suhrkamp taschenbuch 265

Fritz Rudolf Fries, 1935 in Bilbao (Spanien) geboren, kam 1942 nach Deutschland. In Leipzig studierte er Anglistik und Romanistik. Seit 1958 lebt er als freiberuflicher Schriftsteller und Übersetzer, heute in Berlin (DDR). Bekannt wurde Fries durch seinen Roman *Der Weg nach Oobliadooh* (1966). 1970 erschienen die Erzählungen *Fernsehkrieg*. Weitere Veröffentlichungen: *See-Stücke* (1973); *Das Luft-Schiff. Biografische Nachlässe zu den Fantasien meines Großvaters* (1974).

Die jungen Leute, die diesen Roman bevölkern, leben im Leipzig der fünfziger Jahre. Sie hängen ihren eigenen Sehnsüchten nach, und sie machen sich über ihren tristen Widersinn lustig. Sie frönen der Liebe und huldigen dem Jazz. Sie sind Individualisten und pfeifen auf die strengen Riten der Gesellschaftsordnung.

Leipzig verwandelt sich bisweilen in einen Ort südländischer Heiterkeit; der ganz und gar unprovinzielle Blickwinkel des Autors hebt ihn über seine Wirklichkeit hinaus. Doch wiederum nicht auf weltfremde Weise: Arlecq, der Dolmetscher, und Paasch, der trinkfeste Zahnarzt, sehen sehr wohl, wo und wie sie leben. Deshalb auch folgen sie der Verführung des Westens, der sich ihnen in Oobliadooh, einem Schlager von Dizzy Gillespie entnommen, symbolisiert. Doch kehren sie bald von ihrem Ausflug zurück. Fries erzählt übergreifend von Einfall zu Einfall mit wuchernder Phantasie, er assoziiert weiträumig und zeigt ein Talent zur barocken und listenreichen Satire.

# Fritz Rudolf Fries
# Der Weg
# nach Oobliadooh

*Roman*

Suhrkamp

suhrkamp taschenbuch 265
Erste Auflage 1975
© Suhrkamp Verlag Frankfurt am Main 1966
Suhrkamp Taschenbuch Verlag
Satz: IBV-Lichtsatz KG, Berlin
Druck: Nomos Verlag, Baden-Baden
Printed in Germany
Umschlag nach Entwürfen von Willy
Fleckhaus und Rolf Staudt.

Man denkt sich nur immer die eigne
Stadt als das Filial und das Wirtschafts-
gebäude zu einer entfernten Sonnen-
stadt.
*Jean Paul*

# Erster Teil

Dieser Sommer südlich der eigenen Stadt. Arlecqs Blick reicht weiter als über Dächer, die gesunken im Meer liegen, verstreut, einzeln auftauchend, Blick aus der Mansardenkammer für fünf Mark erstanden durch Quittung beim Reisebüro. Er hatte den bibliophilen Blick, der reicht durch Jahrtausende, begrenzt sich an der Seitenzahl des Quartformats: Las flores del romero niña Isabel hoy son flores azules mañana seran miel. Er könnte sie Isabel nennen. Sie hieß aber Maria Dolores te mueves mejor que las olas. Der Refrain des Liedes ging ihr nach wie ein schlechter Ruf. Und bibelfest waren wohl nur noch die Großmütter der Emigranten. Mit Pepe hat man sie auf dem Jahrmarkt gesehen. Die Vogelwiese. Wenn sie hoch auf der Luftschaukel fliegt, bläht sich ihr Rock, und Pepe oder Juan oder Ramón oder wer auch, alle die in Freital wohnen, kann ihr nicht mehr in die Augen sehen, weil ihre Haare drüber liegen. Sie lecken ihr übers Gesicht. Wellen. In Almería noch ein Kind. Die Muscheln rissen ihr die Füße wund am Strand. Aber ihr Vater hatte sie getröstet. Er war General im Estado Mayor im Jahr, als die Brigaden kamen. Da war viel Blut geflossen. Auch in Paris, wenn sie an ihren ersten Coitus dachte. Da war ihr Vater noch ein Ex-General. In Prag und in Moskau konnte er das Ex unter den Tisch fallen lassen. In Dresden auch. Er war: der General. Jetzt war er ein alter General. Die Seinen machten sich einen Ulk aus ihm, außer er war in Moskau. Er glaubte noch, gegen den andern General ziehen zu können, der nach Süden zu an der Fettsucht litt. Das kam, weil er aus allen Tellern aß, die seine Gefangenen am Morgen übrig ließen. Isabel war das gleich. Das mit dem einen General, der ihr Vater war. Das mit dem andern General, der ein Landesvater war. Arlecq war es auch gleich. Kaum daß er Generale liebte, wenn sie in seine Bibliothek eingegangen waren. Er liebte Isabel, falls das hier schon zur Sprache kommen soll. Bitte denken Sie nicht schlecht über Arlecq, sagt Arlecq in seiner Mansarde, es war seine erste Liebe. Aber auch Isabeln wollen Sie sich nicht verschließen; es war ihre letzte Liebe. Dann heiratete sie. Arlecq wollte das an diesem Morgen noch nicht wissen, denn es geschah erst im nächsten Jahr. Nachdem auch der General, der den *Mundo Obrero* sonst nicht von den Augen nahm, ihre Schwangerschaft als anstößig in der ambivalenten Bedeutung des Wortes konstatiert hatte.

Wir sollen das aber jetzt vergessen.

Dieser Sommer südlich der eigenen Stadt. Die Ruinen haben scharf nachgezogene Linien wie von Canaletto, und eine Heiterkeit in b-moll steigt mit den Dächern ins Frühlicht. Er wird sie in ihrem Zimmer besuchen. Ein Bett, Korbsessel, zwei Blumentöpfe mit Geranien auf dem Fensterbrett. Eine Frau mit weißen Haaren öffnet, wenn man klingelt. Arlecq klingelt: Frau Cecilie ist kurzsichtig, da kann Isabel immer nur von einem Verlobten sprechen, der Frau Cecilie in Idealgestalt erscheint, weil er die Züge aller annimmt, die in dieses Zimmer kommen, am Bettrand sitzen, wenn Isabels Wäsche auf den Korbsesseln trocknet. Arlecq leiht Isabels Verlobtem die Züge ritterlicher Diskretheit. Er hat nichts dagegen, weiß sich aber ganz anders einzuschätzen. Der Blick aus Isabels Fenster strandet auf einem Hinterhof. Aber niemand weiß das außer Arlecq, der nicht ruht, nach Fernen zu schweifen, bis ihn Gott mit Blindheit schlägt. Hier aber kann der Hinterhof nur willkommener Abschluß einer Szenerie sein, daß nichts von Isabel ablenke, die schön ist. Arlecq hatte sie seinem Freund Paasch so beschrieben: über ihren Augen siehst du alles an ihr die schulterlangen Haare die Gestalt nur in impressionistischen Umrissen vielleicht noch wie ein Goya-Bild es flirrt es flimmert nirgend Kontur aber große Augen wie gesonderte Lebewesen mit Wimpern bewehrt die beim Küssen an Spinnen denken lassen die dir sanft übers Gesicht streichen. Arlecqs Freund Paasch, der den Kampf ums Dasein mit Obszönitäten bestritt, hatte nur eine Frage gehabt. Arlecq erinnert sich ihrer erst an Ort und Stelle.

Isabel riecht nach Heno de Pravia. Das macht, weil ihre Großmutter, die schon immer gegen den General war, der ihr Schwiegersohn ist, nie von Almería wegzog. Da kann sie Heno de Pravia kaufen und ihren Kindern schicken. Viele Pakete, alle mit Heno de Pravia. Das ist manchmal lästig, wenn die Leckereien, der Turron, die Almendras nach Heno de Pravia schmecken, wie Isabels Küsse, große weiche saugende Küsse, bei denen Arlecq die Augen fest zuschließt. Dann verwechselt er Isabel mit einer früheren, sehr viel früheren Zeit. Seine Mutter, oder war es das Dienstmädchen, sagte, vor Hunden, die an der Leine gingen, brauche man sich nicht zu fürchten. Auch auf Isabels Brüste konnte man das Gesicht legen. Sie waren schmal, fest, aufragend. Sie trug keinen Halter. Chico, sagte sie und schlug ihm auf die

Finger. Sie war so schön wie Soledad Montoya, eine Schwester des im Barranco verscharrten Dichters, dessen Füllfeder nach der Mordnacht feilgeboten wurde. Hier zwischen den Korbsesseln Frau Cecilies war Al-Andalus, das durch einen illegitimen Beischlaf an die Afrikaner gekommen war, mitsamt dem Guadalquivir und den Moscheen von Córdoba.

Asunción de los Reyes, sagte Arlecq, gut gelaunt und schlecht gekleidet, öffnet ihre Tür dem Stern, der daherkam auf der Straße.

Was für Unsinn du weißt, rêveur de mon beauté, sagte Isabel. Zu Reyes bekam ich von meiner Großmutter nur das Neue Testament mit zuckersüßen Bilderchen. Als wir dann in Paris waren, hatte ich so viele Neue Testamente, daß ich, weil ich sie alle verkaufte, davon zehnmal ins Kino gehen konnte. Das zehnte Mal bereute ich etwas und ging deshalb in einen biblischem Film, du lachst, weil du mir nicht glaubst, natürlich gibt es biblische Filme, Samson und Dalila, solltest du wissen. Wir wollen heute abend ins Kino gehen.

Frau Cecilie abonnierte die Neuesten Nachrichten der Stadt. Arlecq legte die Zeitung auf dem Bett aus, daß sie kniend davor lesen mußten. Isabel schlug das Kreuz, während sie ihren Kleidersaum ausbreitete, um nicht mit nackten Knien auf den nackten Dielen zu knien.

Wen beten wir an, sagte sie.

Immer nur dich, sagte Alecq, teilte ihre Haarsträhnen und küßte sie aufs Ohr. Das gefiel ihr nicht. Du wirst mir jetzt vorlesen, was sie auf der Kinoseite schreiben. Arlecq las: zweiherzenimmaileninimoktobersemmelweißretterdermütter sie tanzte nur einensommer.

Amen, sagte Isabel. Gibt es nicht einen Film mit einem kürzeren Titel? Wir könnten ja auch in die Galerie gehen. Das ist was für Fremde wie du einer bist, her zu uns gekommen. Das ist besser. Da könnte ich mein schwarzes Kleid anziehn, das man im Kino sowieso nicht sehen kann, weil kein Licht ist. Und vorher trinken wir noch den Rest aus der Flasche meiner Großmutter.

Pedro Domecq. Das ist ausgezeichnet, sagte Arlecq. Da könnte ich mich Domecq nennen. Dann freilich müßte es hier heißen (Arlecq zog den Romancero aus der Jackettasche): Mit drei Perserfürsten geht hinterher Pedro Arlecq.

Aber du heißt ja gar nicht Pedro. Du bist verdreht. Ein

11

Schwindler. Mit so einem läßt man sich ein, sagte Isabel. Ich, wo ich hier für die Spanische Republik stehe. Und du, wo stehst du? Was bist du für einer? War dein Vater General? Auf welcher Seite hat er gekämpft, eh? Das schweigst du aus? Bei welcher Brigade wenigstens war er Patriot? Wo spricht man von seinen Heldentaten?

In der Ukraine, nehme ich an, sagte Arlecq. Oder am Gran Sasso. Er warf ihr das schwarze Kleid aus einem der Korbstühle ins Gesicht. Zieh das an und laß dich einsargen mit deiner república. Die Pasionaria würde dich nicht mal dazu verwenden, daß du ihr Bild einrahmen dürftest.

Er goß sich ein Glas Pedro Domecq ein, trank aus, sagte, für heute abend lassen wir den Arlecq in der Flasche Domecq. Ich bin jetzt Domecq für dich, komme mit drei Perserfürsten, um mit deinem Vater in der Sierra de Guadarrama zu kämpfen, und mit Hemingway habe ich Fundador in El Paso gesoffen, wenn du weißt, wer das ist.

Qué va, in die Hosen hast du in El Paso gemacht, sagte Isabel mit erstickter Stimme, das enge Schwarze über den Kopf ziehend. Qué va, mein Süßer. Komm auf ein Küßchen zu mir. Soll ich für dich singen? Ich tus auf der Stelle. Nur die Hände bestätigten die Schlankheit ihres Schlangenkörpers. Arlecq trug sie aufs Bett, Frau Cecilies Mädchenbett mit den Amouretten am Fußende. Ein Geraune weltpolitischer Alpträume in den Schlaf nehmend, rollten sich die Neuesten Nachrichten unters Bett. Sie gingen an diesem Abend nicht in die Galerie, auch nicht am nächsten und nicht am übernächsten.

Straßen. Die Brücke. Terrassen überm Flußufer. Der Himmel eine nach Farben abgestufte Himmelsleiter. Arlecq springt vom Turm der Frauenkirche, die Heiligen starren entsetzt. Das heißt Gott versuchen. Isabel rettet ihn. Arlecqs Verwandlung heißt Isabel. Die Heiligen auf den Kathedralen greifen sich väterlich in den Bart, den steinernen, von Pöppelmann mit dem Meißel ziselierten Bart, mit Regierungszuschüssen revovierten Bart.

Arlecq läßt sie vorangehen auf der Brücke im Mittagslicht. Ihr Haar schlängelt den Nacken hinab, tänzelt bis auf die Knöchel in der Bewegung ihres lautlosen Gangs. Auf dem Fluß bewegen sich träg breite Kähne. Da fallen zwölf Mittagsschläge über die Flußlandschaft, setzen auf Vogelschwingen ans Ufer, wo die Maler in den großfenstrigen Gebäuden ihre Ansichten zur Schau stellen oder mit gewissen Bezeichnungen unter Bildern von Mädchen, die Kühe melken, Männer, die pflügen, Arbeiter, die am Schraubstock stehen, für ihre Ausbildung sich erkenntlich zeigen.

Arlecq hat mit dem Morgenkaffee aus Frau Cecilies blauer, im Grund beblümter Tasse seinen Namen, der in der leeren Domecq-Flasche nicht zu ertränken war, wieder angenommen, um nicht als Phantom neben Isabel zu stehen, zu gehen auf dieser Brücke über die mittägliche Stadt. Ihn plagen schon hier, kaum für dies Dasein entworfen, die Sorgen des zukünftigen Romanciers, denn, so wägt er, indes Isabel sich im Winde wiegt, der aus dem Fluß steigt, so bedenkt er, sein Roman, so meint er, sollte in jedem Satz das Ganze sehen lassen, so wie im Samenkorn auch der Baum enthalten ist, mit allem, Stamm, Gezweig, Blättern, Früchten, Vögeln und Sternen. So wie Isabel alles mit sich führt, was sie verließ, andere Städte und Flüsse, Meersalz und Muscheln. So viel Blau über ihnen. Da sind ihre Augen Inseln, auf denen sein Blick ruhen kann vor diesem Blau. Ihre Nähe löscht aus, was dahinter ist, feinziselierte Kirchtürme im Blau, Brückengeländer, ihn selbst. Noch zittert der letzte Mittagsschlag über dem Fluß, bis ihn der Wind einlullt und unter Zärtlichkeiten davonträgt. Es ist in diesem letzten Ton, daß sich ihnen die Stadt entvölkert. Daß ihnen eine neue Sprache gegeben wird. Daß der dreizehnte Glockenschlag, der in einer Stunde erst über dem Fluß hängen wird, vorauseilt, sich im Herzschlag fortsetzt, spürbar, hörbar wie nach einem Schrecken, der alles Blut andrängte. Denn dieses Glück des Augenblicks erschreckt. Dann aber flutet es wieder und drängt durch den Korallenstrauch ihrer Venen. Ein unbändiges Glockenspiel hämmert hoch in die Schläfen. Dann löst sich Isabels Gestalt vom Brückengeländer. Dahinter sind wieder die Kirchentürme, ragend im Unendlichen, der Himmel wolkenlos, und die Stadt bevölkert sich.

Arlecq ist betroffen über die Gesichter, in die er sehen muß. Da ist ein schwangeres Mädchen, dessen Haut sich bläulich über Wangenknochen strafft. Sie hält eine Tüte mit Weintrauben in der Hand, aus der sie kleine Bündel Trauben nimmt und zum Mund führt. Ihre Augen schlitzen sich boshaft, wenn sie die Trauben zwischen die Zähne nimmt und abbeißt. Isabel prüft die Gestalt des Mädchens mit Widerwillen und geht schneller. So kann sie unmöglich Arlecqs Neugier für ein zweites Mädchen beobachten, denn Arlecq bleibt einen Schritt zurück, um ins Gesicht einer Fünfzehnjährigen zu sehen, in Schulmädchenkleidung. Ihr Haar windet sich zum Knoten, ehe es fließend den Nacken hinabfällt. Ihr Gang ist Selbstbeherrschung, nur die schmalen, von schmalen Mokassins geschnürten Füße tänzeln. Sie geht vorbei, und Arlecq vergißt sie. Isabels gelbes, mit schwarzen Blumen durchsetztes Kleid züngelt ihm voran. Wer wird ihr's geschenkt haben, dieses Fähnchen, seine Fahne, der er folgt. Die Farben der Republik sollte sie tragen. Er hat schon immer wissen wollen, was es mit dem Violett auf sich hat. Rot mit dem Violett reifer Brombeeren umzutauschen, nur weil es die andern auch haben auf ihrer Fahne. In seinem Zimmer hat er ein Bild an der Wand, ein Erbstück, sein Großvater kaufte es, als er auch das Auto kaufte, den Willis wie aus einem Western. Auf dem Bild, das auf Arlecq gekommen ist, wird eine Häuserfront vor einem Platz gezeigt. Es regnet, der Platz gähnt in Grau und in Schwarz. Aber die Häuserfronten sind beflaggt, rot-gelb-rot, die Farben der Großväter. Isabels Großmutter, wenn sie Pakete schickt, die alle nach Heno de Pravia riechen, vergißt nicht, eine Papierflagge, kleiner als für ein Kinderfest, aber rot-gelb-rot, ins Paket zu packen, als gelte es so den General, der ihr Schwiegersohn ist, zu beschwören. Wohin beschwören? Dem General ist soviel Rot zuviel Rot, entweder alles rot ohne gelb, oder aus rot violett, anders, und er sieht rot wie der Stier bei Picasso, bevor er alle viere von sich streckt wie ein umgeworfener Tisch, auf dem, dreht man das Bild um, ein Stilleben blüht.

Violett reifer Brombeeren. Arlecqs Zunge hat das Wort behalten, als sie längst schon über der Brücke sind. Und noch, als sie, Arlecq über rot und violett nachsinnend, Standseilbahn fahren, hoch zum Weißen Hirsch, hoch wie zum Montmartre, meint Arlecq, der den Montmartre nur über Toulouse-Lautrec kennt, vielleicht noch über Getrude Stein. Weil er, anders als Isabel, keinen französischen Paß hat. Brombeeren. Arlecq, soweit schon existent, zitierte an dieser Stelle nach seinem Großvater seinen Vater, als gälte es einen Geist anzurufen; denn Arlecqs Vater gab seine Gebeine zur Ausgestaltung eines Schlachtfeldes, düngte damit einen friedlichen ukrainischen oder italienischen oder serbo-kroatischen Acker. Wahrscheinlich doch einen italienischen, was Arlecq vor allem mit dem deutschen Drang nach Süden erklärte. Schon Goethe. Auch Goethe. Nicht vorzustellen, in welchen Mahlstrom ein so simples Wort wie Brombeeren einen bringen kann, denkt Arlecq, indes er Hand in Hand mit Isabel, weich ineinandergeschmiegt, ineinanderschmelzend, die Mitfahrenden beobachten das mißmutig, hier ist nicht Paris, indes beide Standseilbahn fahren, unter ihnen der Abgrund. Immer noch Brombeeren. Arlecq erinnert sich endlich. Er hält sich mit der Linken an der Hand seines Vaters fest, indes beide Standseilbahn fahren oder auch Drahtseilbahn, einen anderen Berg anfahren, in einer anderen Gegend. Vorbei an Wänden, wild von Sträuchern, von Brombeersträuchern bewachsen. Schwarz sind die Beeren im August wie in den Märchenbüchern. Arlecq hat sie alle auf der Zunge der Einbildung. Als sie oben angelangt aussteigen, weiß er, daß ihn von nun an nichts mehr erfreuen kann. Nie, auch nicht unter den phantastischsten Möglichkeiten, wird er diese Brombeeren in die Hand bekommen, an denen die Bahn mit boshafter Langsamkeit sich hochseilte. Brombeeren der unerfüllten Liebe, Brombeeren der erfüllten Liebe. Deine Augen sind Brombeeren. Tienes moras en la cara, sagt Arlecq zu Isabel, die daraus ein Wortspiel knüpft, weil sie ihn nicht versteht, so nah wie sie zueinanderstehen, ihn nicht begreift, seinen Kummer zu Wortspielen verbiegt. Brombeeren, die zu weit hängen. El moro eres tu, sagt sie. Arlecq kann nicht lachen. Er nimmt sich vor, sie besser zu lieben. Nur sie allein. Ein Romantiker, werden Sie sagen, denkt Arlecq, in der hellichten Stadt des Jahres Neunzehnhundertundsiebenundfünfzig. Hätte sein Vater ihm damals die Brombeeren pflücken können, mit schnellen gewandten Fingern, wäre sein Arm so lang gewesen, vielleicht daß er seine Italiensehnsucht mit einer Marmeladenfabrik kompensiert hätte, und Arlecq wär heut sein Teilhaber und Millionärserbe, mit der Wünschelrute der Erfüllung, die aus Blüten Früchte macht, doch meist nur aus Mädchenschößen Kinder wachsen ließ. Wenigstens hatte hier die segensreiche Natur einen ewigen Trost gespendet. Letzteres konnte jeder mit seiner ihm von Gott auf die Welt gegebenen ureigenen Wünschelrute, Gott sei Dank, das konnte man, wenn es auch nicht für die Brombeeren langte. Sollten seines armen Vaters Gebeine in Frieden in italienischer Erde bleichen, wo ihm schon dessen Vater keine Brombeeren pflücken konnte, welche die Inflationszeit noch unerreichbarer gemacht haben wird. Arlecq, fest entschlossen, diese Genealogie nicht fortzusetzen, beschloß, indem er fragend jene Stelle betrachtete, wo man unter Isabels Kleid, Unterrock und Slip einen fündigen Boden erwarten konnte, keine Kinder haben zu wollen.

Dieser Sommer südlich der eigenen Stadt. Arlecq, in zwei Stunden mit dem Zug aus einer anderen Stadt gekommen, schwört auf die Liebe zu Isabel. Soviel Glück ist mit ihnen am Beginn ihrer Geschichte, daß sie im blauen Flirren der Luft auf Schritt und Tritt ein Heiligenschein einrahmt, den Sie bitte ebenso tatsächlich wie rhetorisch nehmen wollen, meint Arlecq, und der aus ihnen etwas ganz Seltenes macht, das des besonders gearbeiteten Rahmens bedarf. Arlecq, dreiundzwanzigjährig, naiv, sentimental, romantisch, melancholisch, temperamentvoll mit Bedacht, die ganze Skala eines Liebenden, auf den jede und keine Markierung Gültigkeit hat, weshalb es mit seiner Charakteristik vorläufig dieses Bewenden haben muß. Maria Dolores, hier von Arlecq als Isabel vorgestellt, leider nicht nur auf Arlecq beziehbar; denn eine Fremde in fremdem Land, leicht und willig in ihrer Zigeunermelancholie (diese Termini von Arlecq entliehen) auszubeuten. Wer es auf sie absieht, appelliert dabei an sein besseres Selbst. Eine ungewöhnliche Geliebte macht ungewöhnlich. Goethe vor Mignon. Die klassische deutsche Konstellation. Denn der Einfluß unseres größten Dichters der Nation auf diese ist wahrlich bis ins letzte organisiert. Letzteres könnte Arlecq aus einem Kolleg seines Professors entlehnen, der einst auf das Fallbeil in Plötzensee wartend sich derer besann, die der sanitären Erfindung des Dr. Guillotin entronnen waren, um die Fackel über die Jahrhunderte weiterzureichen, bis sie dann in den Köpfen der Semesterstudenten verglimmte. Den Fortschritt vom Katheder zu verkünden, wo man davon in der Zeitung lesen konnte, schien Arlecq noch im vorigen Monat zumindest an einer Stelle überflüssig zu sein. Dennoch war er, anders als Paasch, nicht durchs Examen gefallen.

So kann sich Arlecq an diesem Sommertag an der Seite Isabels mehr im Reiche der Mütter fühlen, wo es trotzdem Hunde gibt, denn sonstwo. Er denkt nicht daran, die Bastille zusammen mit seinem Professor zu stürmen und sich dafür den Nationalpreis zu holen.

Isabel in ihrer unverletzten Schlankheit fürchtet sich vor dem Mütterlichen, was verständlich ist. Ein wenig aber gibt sie doch davon in ihre Liebe zu Arlecq, von dem sie nicht weiß, was er eigentlich von ihr will, außer was alle; doch will jeder darüber hinaus noch etwas Bestimmtes, das sie, befragt, Liebe nennen würde.

16

Die Stadt im Blickfeld, sitzen sie und bestellen beim Kellner, dessen Gesicht so gut in gespielter Teilnahmslosigkeit geschult ist, daß es nicht verlohnt, den Blick über den Kragenrand seiner weißen Jacke wandern zu lassen, ein Mittagessen. Weiß die Tischdecke, silbern das Besteck, weiß die Teller. Arlecq malt sich Frau Cecilies blaue Chinoiserien auf den Tellergrund. Seinem poetischen Gemüt ist soviel Weiß zuviel Weiß. Die Teller so in Porzellan aus der nahen Werkstatt August des Starken verwandelte, nahe, weil Meißen nur eine Wegstunde rechter oder linker Hand weit liegt, legt Arlecqs Geist zwei Jahrhunderte zurück, um als russischer Gesandter Graf Keyserling (sein Cembalist, der ihn abends in den Schlaf präludiert, heißt Goldberg) zu erscheinen. Doch dieser Keyserling am Dresdner Hof war ein Einzelgänger. Arlecq kann Isabel nicht in seine Verwandlung mitnehmen, weshalb er aus ihr, ins nächste Jahrhundert wechselnd, Chopins große dresdner Liebe Maria Wodzińska macht, der er das Thema des Walzers in As-Dur, Opus 69, Nummer I, auf die Serviette notiert. Aber das sollte auf einem anderen Blatt stehen, weshalb Arlecq den Deckel des Klaviers, keines beliebigen Klaviers, über seine Imagination fallen läßt. Denn so ein Thema, wie es gerade ein paar Haltestellen weiter im großen Trainingsraum der Tanzschule mit dem weltbekannten Namen gespielt wird, geht unter im Flußtal dazwischen. So wird es unterbrochen, ehe es noch einmal getanzt wird, gewiß von keiner Maria Wodzińska, im Silhouetten schneidenden Trikot getanzt wird, während nur den von einem Knoten im Nacken gehaltenen Haaren erlaubt wird, sich anders als sie es will zu drehen, zu spalten, bei den Pirouetten ins Gesicht zu peitschen, deren Energie um einiges größer ist als die des Walzers, der in Liebe geschrieben wurde. Wie soll man Liebe tanzen, die man nicht kennt.

Verblaßt sind Arlecqs blaue Chinoiserien aus Frau Cecilies Jungmädchentasse. Weiß die Tischdecke, silbern das Besteck, weiß die Teller. Schwarz Isabels Augen. Sie warten auf die Rückkehr des Kellners ohne Gesicht über weißem Kragenrand. Da schlägt es ein Uhr. Von den Kirchen und vom Rathausturm. Normal und ohne Hast markieren die Zeiger in den Glasgehäusen der Normaluhren ein Uhr. Versteckt, im geheimen, nicht ohne einen Anflug von hämischer Schadenfreude ragen die Zeiger auf in Arlecqs Armbanduhr unter der Manschette des weißen Hemds. Den Heiligen auf dem Gesims der Kirchen bröckelt kalkiger Staub

17

von den Bärten, kaum daß sie sich von den Erschütterungen der zwölften Stunde erholt haben.

Sie sitzen über den Vorspeisen. Krebsschwänze, klein wie der Embryo im ersten Monat, ringeln sich auf ihren Tellern. Weißwein lockt mit der trügerischen Kühle eines glatten Meers in den Gläsern. Sandfarbenes Brot vertritt den Strand. Auch der Himmel über der Stadt ist der gleiche Himmel des Mittags wie über dem Meer, wo zur Stunde, niemand weiß es, keiner ahnt es, Arlecqs Freund Paasch hinter den Dünen ein Mädchen schwängert, gewiß nicht in böser Absicht. Arlecq und Isabel stoßen an, Isabels Hand ist am hellen Glas noch dunkler als gehend zwischen den hellen Falten ihres Kleids, dunkel auf dem Weiß des Tischtuchs sind beide Hände, liegen ineinander, sind eins wie Arlecqs Freund Paasch eins ist mit einem fremden Mädchen, indes ihre jeweilige Rechte das Glas wieder an den Mund führt, der Wein den Krebsschwänzen nachspült.

Was hat sie nur diese großen Augen. Er kann, so er möchte, die Augen aller Frauen seiner Familie betrachten, soweit das Familienalbum reicht, das bis auf die Urgroßmutter zurückgeht, die sich mit 93 das linke oder das rechte Bein brach. Niemand hat diese Augen, aus Afrika mitgebrachte Augen, von einem arabischen Kupferschmied, den die Inquisition zu Recht verbrannte, listig im Feuer geschmiedete Augen, als Fluch seinen Kindern vermacht, daß die Flammen, die sie anzünden, auf ihren Besitzer zurückschlagen. Nur die Augen, ist alles zu Asche verbrannt, sind so fest geschmiedet, daß nichts ihnen etwas anhaben kann. Alle Kinder Isabels werden solche Augen als Mitgift haben. Schwarz wie Arlecqs Brombeeren der erfüllten und der unerfüllten Liebe.

Paseábase el rey moro / por la ciudad de Granada
   desde la puerta de Elvira / hasta la de Vivarrambla
      »Ay de mi Alhama!«

Woher hast du nur all den Unsinn im Kopf, sagte Isabel. Du solltest Schullehrer sein. Wir hatten in Paris einen in der Klasse, der war genauso wie du. Dann ging er zurück nach Asturien, mit Gedichten für die Bergarbeiter, damit sie einen Streik machten. Aber die Guardia Civil sperrte ihn ein, noch ehe er den Mund richtig auftun konnte.

Wenn er inzwischen nicht vergessen hat wie ein Baum aussieht, sagte Arlecq, ist noch Hoffnung für ihn.

Warum ein Baum, sagte Isabel. Er hatte noch nie eine Frau gehabt, als sie ihn einsperrten. Vielleicht daß er darüber selbst die Revolution vergessen hat, die er in Asturien machen wollte.

Ein Baum oder eine Frau oder eine Revolution, sagte Arlecq, das ist manchmal alles dasselbe. Freilich, die Revolution, die Bäume im Sinn hätte, müßte wohl erst erfunden werden.

Du bist ein Phantast. Revolutionen sind zur Befreiung des Menschen. Frag meinen Vater.

Was ist ein freier Mensch ohne einen Baum, sagte Arlecq. Revolutionäre, wenn sie alt werden, leiden an Gedächtnisschwund. Wann haben sie euch eigentlich aus dem lieblichen Frankreich vertrieben?

Frag die da hinten, sagte Isabel und wies dem Blick mit einer Handbewegung die Richtung, vorbei an ihrer rechten Haarsträhne, über die Köpfe der hinter ihr Sitzenden, die gebeugt Suppe löffelten, Fleisch zerschnitten, kauend lachten, lachend kauten, essend sprachen, tranken, Knochenstückchen wie zufällig in die hohle Hand husteten, sich den Mund abwischten. Es war schwer für Arlecqs Blick, an ihren Augen vorbeizukommen. In Gesichter abgleitend, die Aufmerksamkeit verlangten, Blond von Mädchenhaaren, das Arlecqs von Isabels Schwarz versengten Blick kühlte, mußte er noch einmal zurück mit den Augen, um sich von neuem von ihrer Hand verwiesen auf den Weg zu machen, in Kenntnis diesmal der Hürden, die ihm auflauerten. Erreichte endlich das Hinterzimmer, der dresdner spanischen Emigration an Montagen reservierte Raum, dem Isabel den Rücken zuwandte. Die Generalstochter hatte sich durch einen undisziplinierten Lebenswandel den Umgang mit den Spitzen der dresdner Emigration verscherzt. Denn hier, im Exil, schätzte man einen intakten Ehrenkodex, wenn auch nicht mehr auf der Grundlage des Dogmas Philipp II., eher auf dem des XX. Parteitags der KPdSU, die eben dabei war, das B wie den Stalin abzulegen.

>>Ay de mi Alhama!<<
sagte Arlecq und zerblies mit Zigarettenrauch das Bild, das sich ihm aus der Ferne bot. Die Emigranten als Vorhut internationaler Beziehungen. Die Gärung treibt sie in die Ferne. Eine Diktatur wird stets an der Qualität ihrer Emigranten erkannt, am Ende auch nach ihrer Quantität. Ost zog nach West, West nach Ost, Süd nach Nord, Nord nach Süd. Er hatte voriges Jahr einen pakistanischen Emigranten kennengelernt, dem Nehru Asyl bot. Ein Land, das auf sich hält, tut etwas für seine Emigranten. Der Grad

an Zuneigung zum Nachbarland, den ein Grenzübertritt erkennen läßt, sollte vergolten werden. Entsprechende Ministerien richten sich ein. Die Sache der Emigranten und der Emigration kommt zu den Akten. Dann vielleicht hocken sie in Vorzimmern, im Blickwinkel langbeinige Damen, die mit Papieren aus Türen kommen und in Türen treten. Trauernd auf der Wartebank sitzend, Zweifel, ob der Verzicht auf die kleinen Bedürfnisse des Lebens, die in ihrem Land einen andern Geschmack hatten, die Beharrlichkeit einer Ansicht nicht zersetzen kann. Wenn am Ende dann nur die Farbe der Nationalflagge, an Feiertagen aus dem Fenster zu hängen, eine andere wurde. Violettgelbrot anstatt rotgelbrot. Auch wenn die Revolution ein Baum war und eine Frau und die Taube über den Wassern.

Einsatzfiguren, dachte Arlecq, als der Rauch zerstob, den Blick erneut freigab ins Hinterzimmer, wo der *Mundo Obrero* von Tisch zu Tisch ging und Reden geflochten wurden, die ins Brackwasser halbgeleerter Weingläser und Kaffeetassen sanken. Arlecq konnte den General sehen. Er verschwieg es Isabel. Still saß er. Allein. Schwarzer Blick, in dem sich nichts bewegte. Immer die Zigarette im Mundwinkel. Ein kahler Schädel. Die Hände in den Taschen seines violetten Anzugs aus dem GUM. »Ay de mi Alhama!« hätte er ihm zurufen mögen, Klage des maurischen Königs um sein Reich. Eure Idee scheint verloren, wo sie uns nicht gewinnen konnte, derer sie bedurfte, um mit Erfolg zu Ende geführt zu werden. Da sind an gleichen Tischen, in anderen Städten, andere Grenzen überschritten habend, Emigranten aus anderen Lagern. Doch konnten diese Sätze, erwog Arlecq, hier und jetzt auch gestrichen werden aus seinen Gedanken. Das war späte Rebellion gegen den obligatorischen Lehrstoff, den er mit bestandenem Examen besiegelt zu haben glaubte. »Ay de mi Alhama!« Zu Rauch zerblasen der General und sein Blick, Isabels Gesicht, nur nicht die Augen mit ihrem Anspruch auf Ewigkeit.

Drei haben die Uhren geschlagen, die auf Türmen und Kirchen den Heiligen und Vögeln die irdische Zeit künden. Drei Schläge der Vergänglichkeit. Denn Arlecq zieht zu allen Dingen Verbindungslinien, wirft über alles, was er sieht, hört, schmeckt, das Koordinatensystem seiner Vorstellungskraft. Gitterwerk oder Spinnennetz. Am Ende aber wird es ein Käfig. Arlecq also zieht seine Linien, drei Schläge im Ohr, die ihm die Liebe zu Isabel einteilen. Zieht eine Linie von der Uhrzeit hin zu Isabel. Wieder gleiten sie eng aneinander, die Rechte des einen in der Linken des andern, Spiegelbild einer dem andern, gleiten sanft wie auf Vogelschwingen den Berg hinunter zur Stadt. Schon, meint Arlecq, ist das hier Vergangenheit, ein Wunschbild aus dem Gestern. Dreiundzwanzig Uhr dreiundzwanzig, eine Narrenkonstellation des Fahrplans, fährt sein Zug aus der halbmondrunden Bahnhofshalle in eine, so hofft er, von Sternen signalisierte Nacht, den Lichtstern in ihren Augen suchend. Denn Isabel existiert, steht so nah vor ihm, daß seine Hände ihre Schultern fassen können. Er zieht sie zu sich, legt sein Gesicht an ihr Gesicht, löscht so alle anderen Gesichter aus. So fahren sie, in verschiedene Richtungen schauend, er ins Weite, sie ins Abteil. Isabel lächelt ihr feines Lächeln. Man weiß nicht, ob über Arlecqs große Liebe, ob über die Leute, die sanft, aber unwillig mit ihnen zu Boden gleiten. Arlecq glaubt sich Serafim über Sodom und Gomorrha. Aber er ist kein Vorbote. Er findet ein Sodom vor, auf das Feuer schon gefallen ist. Als Doppelwesen schweben sie zurück zur Stadt, Arlecq und Isabel, eins und doch nach verschiedenen Richtungen Ausschau haltend. Sieht der eine den Abend, entdeckt der andre den Morgen. Sieht der eine den gläsernen Horizont hinter Dächern zerbrechen, fahren die Blicke des andern zwischen Dächern, Giebeln, Häusern nieder. Die Bahn hält jäh, die sanfte Erschütterung löst sie voneinander. Isabel streift sich das schwere Haar aus der Stirn. In den Füßen spüren sie wieder das Gewicht des Körpers.

Hättest du einen Regenschirm, sagte Arlecq, so einen wie mein Großvater aufspannte, wenn das Verdeck des Willis kaputt war und er bei Regen ausfahren mußte, dann könnten wir heut nacht damit aus deinem Fenster schweben.

In den Hof? Aber wenn du mich gut festhieltest, ginge es vielleicht ohne Schirm. Ich habe keinen. Regenwasser macht schön.

Ohne Schirm? Ich wußte nicht, daß du eine Hexe bist. Mir war schon immer, als hätte ich deine Personalbeschreibung in den Annalen der Inquisition gelesen. Im Archivo de Sevilla.

Schwindler, sagt Isabel. Du warst nie in Sevilla. Aber halt den Mund von solchen Sachen. Ich kann so was nicht hören. Arlecq sah sie an. Sie war blaß geworden. Bei uns in der Familie erzählten sie immer von einem Vorfahren, der verbrannt worden war, weil er Löcher in Hostien bohrte.

Mit dem Klassenkampf schwer zu erklären, sagte Arlecq und

strich ein Zündholz über die Phosphorfläche. Isabel blies die Flamme aus.

Horinzonte, in die Brücken eingezeichnet sind. Der Sommer hat staubige Ränder. Die Straße am Flußufer ist kühler als die andern, vom Staub der Ruinen überzogenen, in den Kinder Gesichter zeichnen. Indes Isabel von ihrem Bruder erzählte.

Auch noch einen Bruder? sagte Arlecq. Das verstimmte ihn. Ja, sagte Isabel. In Paris. Im Gefängnis. Er hat einen erschossen. Hab ichs dir nie erzählt?

Nein, sagte Arlecq. Ich hab nichts mit deiner Familie.

Ich auch nicht, sagte Isabel. Aber meinen Bruder habe ich schon immer gemocht. Also: in Paris drehten sie einen Film über Spanien.

Das macht sich immer gut, sagte Arlecq. Für die Gesinnung, meine ich.

Red mir nicht dazwischen, oder du kannst dir deine Geschichte woanders suchen. Also einen Film. Es war einfach für die Filmleute, Komparsen zu bekommen, die wirkliche Spanier waren. Soviel sie haben wollten. Du weißt nicht, wieviel Spanier es in Paris gibt, die nicht Picasso heißen.

Ich weiß, sagte Arlecq. Das ist etwa wie mit Marx und den Dogmatikern.

Das weiß ich nicht, sagte Isabel. Aber: die brauchten sie für eine Kriegsszene. Beide Seiten. Mein Bruder machte natürlich auf der republikanischen Seite mit. Die andern, die für die andere Seite stehen mußten, verlangten doppelte Gage. Sie hätten sich sonst geweigert mitzumachen.

Eine rebellische Nation, sagte Arlecq.

Alle hatten Gewehre bekommen, die aber nur knallten und nicht geladen waren. Auf der Gegenseite aber war einer drunter, von dem mein Bruder wußte, daß er ein Verräter gewesen war. Als sie jetzt die Szene drehten und beide Seiten zu schießen hatten, schoß mein Bruder nach dem Verräter und traf ihn, denn er hatte sich ein richtiges Gewehr besorgt. Zuerst fiel es keinem auf, die Szene wurde zu Ende gedreht, denn einige sollten ja tot umfallen. Dann aber kam die Polizei. Sie sperrte ihn ein. Und jetzt macht er Strafarbeit. Wenn nicht so viele von den Geschworenen in der Kommunistischen Partei gewesen wären, hätten sie ihm keine mildernden Umstände zugebilligt.

Arlecq, im stillen, berauschte sich an der Geschichte. Ein Bühnentrick wie bei Moreto. Was aber hatte der General dazu gesagt?

Mein Vater, erzählte Isabel, ging nicht zum Prozeß. Den Zeitungsleuten sagte er zu Hause, das sei nicht der Weg zur neuen Republik. Diesmal ohne Blutvergießen. Das war auch das Programm der Partei. Aber es muß ihm schwergefallen sein, bei dieser Meinung zu bleiben.

Das glaube ich auch, dachte Arlecq. Ein General, der Tauben verkauft. Reine Tauben, weiße und graue, mit Augen, die wie die Fische die linke und die rechte Weltseite überblicken können.

Trägt dein Vater nicht immer einen Revolver in der linken inneren Tasche seines violetten Anzugs aus dem GUM? Hast du das nicht erzählt?

Du träumst. Warum sollte er einen Revolver tragen. Er kennt dich noch nicht, sagte Isabel und vergaß ihren Bruder über den Kinderzeichnungen auf der Straße. Sie lachte, lief zwei Schritte zurück, nahm einem der auf den Knien rutschenden Kindern die Kreide aus der Hand, malte mit flinker schlanker brauner Hand in Weiß auf dem Grau des Pflasters einen Engel mit weiß bepuderten Haaren, der dahinschwebend ein Herz in seinen Händen balanciert wie ein übergroßes Tablett. Engel bringen das Gewünschte, sagte Arlecq zu den Kindern, die staunten, indes Isabel ein R und ein M in das Herz schrieb, ihr Herz im Staub der Straße (dachte Arlecq), das der Engel hostiengleich vor sich her trug. Sie gab die Kreide zurück, die Kinder dankten. Isabel strahlte und war albern, wie es Klee nicht gewesen wäre, der keine Frau war, sondern ernst und ein Mann. Doch über das, was dann geschah, hätte auch er gelächelt wie Gott lächelt, wenn er sich sonntags einen Spaß erlaubt und die Kobaltbombe erfindet. Denn was geschah? Es geschah, daß ein Leichenwagen, schwarz, silberwürdig, die Straße befuhr, daß Isabel sich bekreuzigt hätte, hielte sie in letzter Minute nicht die von ihrem Vater genossene republikanische Erziehung zurück. Ein Leichenwagen fuhr auf, ungebeten wie der Tod, daß es eine Unanständigkeit war an diesem Sommernachmittag im kühlen Schatten der Brückengeländer. Auffuhr ein Leichenwagen denn, überfuhr den Engel, rollte glatt darüber hin auf abgenutzten Reifen, daß sich weiß die Reifen färbten mit Herz, Haaren, Initialen, alles mit ins Jenseits nehmend, endlich auch das R und M, A und O einer ganzen Liebe, eins gewesen in einem Herzen. Arlecq lächelte wie Klee gelächelt

23

haben würde, wie Gott lächelte über einen Spaß des Papstes Pius XII. alias Pacelli.

Qué mal agüero, sagte Isabel ergriffen bis ins Innerste. Vielleicht muß ich jetzt sterben, Roberto, oder du wirst mir untreu oder ich werde dir untreu und du mußt sterben. Eine andere Möglichkeit gibt es nicht.

Oder aber du bekommst ein Kind, sagte Arlecq.

Diesmal freilich versagte die Erziehung. Isabel bekreuzigte sich heftig.

Daran habe ich nicht gedacht, sagte sie. Das kommt auch in Frage. Mein Gott.

Dann noch die Milch-Bar im Winkel zum Fluß. Mondkühle sonnensüße Getränke für Isabels Durst. Die Maschine quirlt die Mixtur in hohe Gläser, ein Lächeln präsentiert die Getränke. Arlecq stülpt alles Hartgeld aus seiner Jackentasche in die hohle Hand, dann auf die Kunststoffplatte der Bar. Die Münzen spiegeln sich auf der Platte. Hinter der Theke wird das Lächeln immer von neuem betätigt wie ein mechanischer Sonnenaufgang. Sei ein Mann, der mich glücklich machen kann, sagt das Lächeln oder das Radio oder sagen die kleinen Mädchen mit den grünblaugelbroten Kleidern und den unruhigen Füßen hinter Arlecq und Isabel, die süße Milch und das Radiolied abwechselnd einsaugt, indes über dem Fluß rechts der Brücke ein zitronengrüner Mond die links untergehende Sonne verfolgt. Die langbeinigen Mädchen, die in der Schule mit dem berühmten Namen am Vormittag nach Chopin noch die Schritte des Boleros, Ravels Bolero, schwankend im Rhythmus interpretiert vom Hauspianisten, geübt haben, bezähmen ihre Neugierde nicht, als sie Isabels schnellen Zigeunerrhythmus hören.

Isabel, die keinen Bolero tanzen kann, verdächtigt Arlecq, Augen zu haben für jene eine, mondblasse. Das straff gekämmte Haar fällt ihr zur Schlinge geflochten locker in den Nacken, berührt die schmalen Schultern, wenn sie den Kopf bewegt. Noch sind Arlecqs Blicke so leicht, daß eine Kopfbewegung dieser einen genügt sie abgleiten zu lassen. Sie hat beide heute mittag gesehen, oder eigentlich nur: ihn, auf der Brücke, die jetzt von Sonne und Mond flankiert wird. Arlecqs Augen, ausgebrannt von Isabels Blicken, blind geworden für andre Augen, die nicht Isabels Augen wären, gleiten an ihrem Gesicht vorbei. Gegenwart, die Zukunft wird, Teil einer noch unnotierten Geschichte. Isabel,

Gegenwart, die schon Vergangenheit ist.

Mit ein paar Gesten, Worten bindet Isabel ihn wieder an sich. Die Mädchen, die Isabel beobachten, sind jetzt alle, außer einer, überzeugt, daß Isabel den Bolero tanzen kann. Sie, die eine, seit drei Wochen den elterlichen Ansprüchen entkommen, wagt eine stumme Liebeserklärung. Dann erheben sich die Mädchen in weißgelbrotblauer Eintracht. Durch die hohen Fenster, die rötlich spiegeln, ist sie als letzte, sie, die eine, mondblasse, noch zu sehen, hätte Arlecq Augen für sie.

Comme tu es belle, sagt Arlecq zu Isabel.

Fünf schlagen die Uhren der Stadt. Arlecq ertränkt fünf Schläge in einem Schnapsglas. Dann gehen auch sie.

Es ist die überstürzte Kaskade eines Jazzpianos, die da durch die dünnen Wände von Frau Cecilies Wohnung schlägt. Dem schwerhörigen würdigen Ohr der alten Dame (auf deren Jungmädchenbett Arlecq liegt und die Amouretten betrachtet, rauchend), dem alten Ohr der schwerhörigen Dame, zu dem das Radio mit der Kaskade gehört, klingt es gerade nur säuselnd wie ein Schubertsches Moment musical, was eine Generationsfrage ist. Arlecq ist es recht. Die leere Domecq-Flasche im Auge, an den Händen den Geruch nach Heno de Pravia, Seifenschaum aus Isabels Waschschüssel mit dem angeschlagenen Rand wie in drittklassigen Hotels mit Blick auf den Hinterhof. Sie hat es sich nicht nehmen lassen, ihm warmes Wasser in einem metallnen Kessel aus Frau Cecilies Küche zu bringen, eine Dienstfertigkeit, die Arlecq bis ins Unerträgliche gerührt hätte, wäre da nicht die pianistische Kaskade Oscar Petersons. Darauf dann, nach der hemdsärmligen Überleitung George Hudaks, Chefsprecher bei AFN im Jahre Neunzehnhundertsiebenundfünfzig, denn nichts anderes hörte, durch Schwerhörigkeit von jedem Verdacht einer Sympathie mit den nordamerikanischen Imperialisten freigesprochen, Frau Cecilie, dann also Frank Sinatra. Und ehe Isabel den Tee bringt, ausgerechnet auch noch Doris Day mit Sentimental Journey, dem Bildungsschlager der Nachkriegsgeneration. Erkennungsmelodie eines gewissen Stanislaus bei Geschäften auf dem Schwarzen Markt von Frankfurt. Main natürlich.

Isabel indessen bereitet den Tee, säubert Frau Cecilies blaublümige Tassen, setzt deren zwei aufs Tablett, daß Frau Cecilie, in die Küche kommend, den Sachverhalt sofort über- und durchschaut. Ihr Verlobter? fragt sie, ein Lächeln im Gesicht, des Poesiealben aufblättert, gepreßte Blumen und Gräser in die Küche streut.

Ja, sagt Isabel schnell. Er ist auf Landurlaub und fährt morgen zurück zu seinem Schiff. Er ist Matrose. Sie wissen das doch. Jetzt war er in Afrika.

Frau Cecilie besinnt sich wie immer nur mit Mühe, weshalb sich Isabel in der Berufswahl ihrer Verlobten eine Großzügigkeit leisten kann, bei der die Plankommission (wie Arlecq vergleicht) sogleich in die Zeitung käme. Heute also ein Matrose, und warum nicht, ein hübscher Beruf, so gesund auch, wie Frau Cecilie bemerkt, und soviel Blau ist in der Küche, die Kacheln, die blaubeblümten Tassen, da bleibt der Fantasie kaum Raum für andere Berufe.

Ein Matrose, seufzt Frau Cecilie. Das ist was Rares. Den halten Sie sich mal gut, Kind.

Isabel nickt heftig wie ein Schulmädchen. Ein Gespräch mit Schwerhörigen intensiviert auch die Zeichensprache.

Isabel, das Tablett balancierend, wie der Kreideengel das Herz balancierte, das zerrädert längst samt Engel den Friedhof erreicht hatte, abstraktes Liniengewirr zu einem konkreten Leichnam, Isabel kam aus der Küche. Sie hatte es bunt beladen, ihr Tablett, rote Paprikaschoten zu blassem Käse, Weißbrot zu schwarzem Tee, Äpfel und Pflaumen aus dem Laden an der Ecke.

Frau Cecilie wünscht dir einen guten Appetit, sagte sie.

Oh, sagte Arlecq und nahm eine Tasse vom Tablett. Wäre sie die fünfte Witwe von Johann Melchior Dinglinger, der dem starken August das Goldene Kaffeegeschirr fabrizierte, hätte sie zu ihren Wünschen ein Präsent geschickt. Wir nehmens auch so an.

Hatte er denn fünf Frauen? Isabel verriet eine Schwäche für Familiengeschichten.

Mehr noch. Auch 23 Kinder. Und als er auf dem Böhmischen Friedhof begraben wurde, geleiteten ihn 14 Karossen zur Gruft, kein so häßlicher Leichenkarren wie der, der uns vorhin deinen Engel aufleckte wie Zitroneneis.

Hör auf davon. Und 23 Kinder! Du lügst bestimmt.

Zum Glück starben ihm die meisten vorzeitig. Seine Frauen übrigens auch. Es muß mit der Kunst zusammenhängen. Die Heiligen waren auf seiner Seite, weil er ein so großer Künstler war, daß sie ihm die Frauen immer dann sterben ließen, wenn er genug von ihnen hatte, sagte Arlecq und goß Tee über die blaue Blume cecilianischer Romantik.

Die Blumenblätter schimmerten feucht aus dem Grund, daß er nicht wagte, sie mit dem Löffel zu berühren. In der Moderne, sagt er, haben wir ein ähnliches Beispiel in Gottfried Benn, der es freilich, da er kein so großer Mann war wie Dinglinger, auf nur drei Frauen brachte, wenn ich nicht irre.

Du wirst es zu keiner bringen, sagte Isabel, wenn du jetzt nicht Mund und Augen zumachst, damit ich mich umziehen kann.

So trinkt Arlecq seinen Tee am Fenster aus, die Züge ritterlicher Diskretheit wahrend, die ihm Isabel vor Frau Cecilie verlieh. Sich plötzlich umdrehend, denn er wandte den Dingen nicht gern den Rücken zu, saß in keinem Lokal mit dem Rücken zur Tür, seinen Instinkten folgend Kopf und Rücken wendend, vergißt er den Tee und die Blumen, den Tag, die Stunde, Dinglinger und so fort. Isabels nacktes Braun, seltsam verschwimmend mit den Gegenständen, die es umgeben und alle im weichen Licht des Spätnachmittags miteinander in Beziehung treten. Und Arlecq vor Isabel, von Haus aus gut katholisch, stirbt den Kreuzestod der Begierde, fährt hinab zur Vorhölle und aufersteht zu den Seligen, begrüßt vom bronzenen Flügelschlag der Amouretten auf der Empore zum Riesenrad. Das Rad dreht sich, kreist dem Mond zu, schwebt ab in Dreck und Licht und Geschrei der Vogelwiese, ein paar Fetzen Drehorgel mitnehmend zur neuen Wendung. Doch kühl bleibt der Mond auf der Höhe. Isabels Haut friert unter dünnem schwarzem Kleid.

Längst haben die Uhren erneut geschlagen in der Stadt. Wer ihre Schläge nicht wahrgenommen hat wie Arlecq, mit Isabel beschäftigt in Frau Cecilies Jungmädchenbett, kann ihre Konstellation am milchweißen neonblauen Zifferblatt der Rathaus-Uhr ablesen. Arlecq aber kann auch das nicht, den Blick verloren im Mond, Isabels Küsse tun das ihre, wenn sich ihre Gondel über das Rund des Jahrmarkts hebt. Fallend, wie schon einmal fallend auf Serafim-Flügel, nimmt Musik und Geschrei sie auf. Angelangt auf der Rampe des Riesenrads reichen sie dem Mann im offenen Hemd Geld zur neuen Runde und beobachten sie Figuren des Orchestrions, die weniger die Musik als der eingebaute Mechanismus zucken läßt. Oder ist es denn doch die Musik, der sie folgen müssen? Arlecq streift en passant das Wechselverhältnis von Materialismus und Idealismus angesichts dieser verwirrenden Figuranten, denen die Farbe vom hölzernen Gesicht blättert.

Der Mond erwartet sie auch diesmal reserviert. Seine scharfen gelben Ränder schneiden Isabel durchs Kleid. In ihrem Zimmer hat sie dicke Vorhänge, die ihm den Eintritt verwehren. Zwischen den Schaubuden reibt sich Strom an Gegenstrom. Isabels und Arlecqs Hände verbeißen sich ineinander, daß sie nicht getrennt werden. Arlecq, im ungewohnten Element, ist unsicher. Der Sprung zur Seite, auf die Rampe einer neuen Verheißung, rettet sie ins Glück des Auto-Scooters. Die blauen Funken eines kalten Höllenfeuers knistern über ihnen wie ein Himmel aus Seidenpapier. Isabels Augen, abgrundtief geweitet vor Vergnügen, locken die Fahrer der andern Wagen in die Irre. Arlecq hat doppelte Mühe, dem Verderben auf ihrer Bahn männlich konzentriert auszuweichen. Noch vor Beginn der neuen Fahrt um das eisenbeschlagene blauumfunkte Rechteck halten ihnen Gestalten mit verwegen aufgesetzten Hüten schmutzige Hände vors Gesicht, auf die Arlecq Münzen häuft. Sie gleiten in Schlangenlinien durchs Rechteck, die Wagenantenne zaubert ihnen das Universum einer Milchstraße, sie kreuzen im Viereck, kreisen, fahren rückwärts, wagehalsig als einzelne im Gegenstrom, werden in die Zange genommen, mit dumpfem, bis in die Hände am Lenkrad erschütterndem Anstoß angehalten. Aber da entweicht schon der Strom aus der Leitung, eine Sirene haucht den Ton aus, der Kerl im Hut hält ihm die Hand vor die Augen, die Arlecq beiseite schiebt, um Isabel beim Aussteigen behilflich zu sein und mit ihr von der Rampe in die Menge dem Vergnügen Ausgelieferter zu springen. Ihre Hand – aber Arlecq läßt sie fahren, streift sie ab, eine plumpe, kurzfingrige Hand mit einem dicken Ring am Mittelfinger, dazu ein zwar langhaariges, leuchtend geschminktes Geschöpf, lächelnd, einladend lächelnd, mit gefährlich vorgewölbter Brust. Aber nichts von alledem ist Isabels, das nicht Isabels schmale Hand, an die er da geraten, die Isabels Schwester im Fleische ist, nichts mehr. Arlecq dreht sich in Verzweiflung um sich selbst, sieht einmal links Gesichter, rechts Rücken, dann rechts Gesichter, links Rücken, immer wieder die gleichen Gesichter, die gleichen Rücken. Wo ist Isabels von einem gelben schwarzbeblümten Kleid eingefaßte Gestalt. Dreiundzwanzig Uhr dreiundzwanzig schlagen die Uhren den Bahnhofs wie auf Verabredung.

Arlecq hat durch des Zufalls gnädiges Wirken, das ein Taxi am Ausgang der Vogelwiese bereit hatte, den Bahnhof erreicht. In letzter Minute, nach einer entsetzlich entsetzten Fahrt durch die vom Bombenhagel ausgeräumte Stadt, in der, abwechselnd mit dem Mond, die blaue Rathaus-Uhr wacht. Isabel hat sie in gleicher Richtung längst mit der Straßenbahn durchquert. Denn sie vertrug keinen Abschied, keine Szenen am Bahnhof, seit sie ihren Vater zum Estado Mayor, ihren Bruder ins Gefängnis verabschiedet hatte, ihre Brautmänner zurück in ihre Berufe und Stände, Matrosen aufs Schiff und Dachdecker auf ihre diversen Dächer, Arlecq in eine andere Stadt.

Kaum daß die Uhr soviel hergibt, wie man braucht, um gegen einen weißen bedruckten Schein von einem den ersten Schlaf des Gerechten schlafenden Beamten ein schmales Handgepäck einzutauschen. Dann, Isabel zerdrückt Tränen in ein Taschentuch mit dem Monogramm von Frau Cecilie, doch sanktionieren Tränen den Diebstahl, dann hebt ein Mann in Uniform etwas mit der Rechten, das wegen der schlecht beleuchteten Bahnhofshalle nicht genau zu erkennen ist, hebt es in den ersten zaghaften Pfiff der Lokomotive, weißer Rauch drängt durch die Bahnhofshalle ins schwarze Freie, ins von Mond und Sternen, wie Arlecq es sich gewünscht hatte, entgrenzte Schwarz des Nachthimmels. Der Zug setzt an. Isabel weint. Arlecq sinnt über Isabels Verwandlung. Dreiundzwanzig Uhr dreiundzwanzig.


## Das Klavier über der Stadt

Paasch hatte getrunken, Paasch spielte Klavier. Nur war Alecq nüchtern. Paaschs schwarzer Regenschirm lag gefaltet auf dem Flügel. Paasch griff in die Tasten, Paasch hatte getrunken. Hat das einen kausalen Zusammenhang? Vielleicht. Denn Paasch spielte nie, wenn er nüchtern, aber unausgeschlafen in der Wohnung seines Vaters auf den blankgescheuerten Dielen stand und über sein Examen sann. Nüchtern spielte er nie, denn die Ehrfurcht vor der Musik war ihm vererbt worden. Paasch hatte getrunken. Paasch spielte Klavier, weil man ihm vom Examen ausgeschlossen hatte, das, auch wenn es Arlecq ironisch angriffslustig das Zahnklempnerexamen nannte, nicht eine Spur erträglicher wurde. JAUCHZET FROHLOCKET hämmerte Paasch den Tasten ein, denn in seinen Räuschen war Weihnachten. Weihnachten und Musik, das ging gut zusammen, und Arlecq, obgleich

29

nüchtern, schlug die Paukenschläge aufs Flügelholz, daß der Schirmstock ins Hüpfen geriet. Nüchternen Sinnes schlug Arlecq den Jubel des Weihnachtsoratoriums auf das schwarze Holz, doch beschwingt; denn noch kreiste Musik in ihm, die er, Namenloser unter Namenlosen, von seinem linken Ecksitz in der siebenten Reihe der Kongreßhalle gehört hatte. Nur der Dirigent hatte einen Namen, der mit dem der Stadt zusammenging, und Staat machten beide Namen. Bis dann die Reihen sich im erhebenden Applaus auflösten und Paasch ihn, mit alkoholbeseligter Sicherheit aus der Menge der durch den Ausgang in einen neonblauen Septemberregen Strebenden herausholte, zurückholte in den schwarzen Gang mit dem Ersatzflügel im Winkel. Paaschs Klavier der Seligen.

Paasch hatte getrunken, Paasch spielte Klavier. Nur war Arlecq nüchtern. Doch konnte es sich hier, wo die Beleuchtung fehlte, nur um eine Sache des Instinkts handeln. Ein falscher Schlag Arlecqs auf die Flügeldecke synkopierte unversehens Paaschs schwere Blockakkorde und brachte diesen dorthin, wo ihn Arlecq haben wollte. Jetzt fang an, sagte Arlecq, und Paasch, in der Nacht, spielte wie der blinde George Shearing, aus England gebürtig und mit steifem Kragen. Und da fing es an, Paaschs Oberkörper auf dem elastischen Stuhl, Arlecq, der Schirm, der Flügel, der lange schwarze Gang, der viermal um die Ecke ging, vorbei an den großen Spiegeln, die den Damen aus dem Publikum den Sitz von Frisuren und Büstenhaltern kontrollierten, vorbei an Spiegeln, die endlos das Schwarz des Gangs spiegelten, vorbei an den leeren Haken der Garderobenräume, an denen die Schatten der Garderobenfrauen hingen und mit den Garderobenmarken Domino spielten: der Saal, der Vorhang, der die Bühne schloß, die Stühle im Parkett: schwankten, wippten, schaukelten, das ganze große Haus bis in die Turmspitze mit der Aufschrift zoo drehte sich um den Garten mit den Käfigen, den Schlangen und Leoparden; die aber schliefen. Es drehte sich die Kongreßhalle der städtischen Konzertgänger, mit der Kultur auf Du stehenden Abonnenten zu Shearings, des steifkragigen Engländers Jumping with Symphony Sid, daß es nicht nur Arlecq eine Freude war und ein Rausch zugleich. Selbst der Regen fiel in Wellenlinien, bis ihn hämisch die Gossen schluckten, und Paaschs Schirm, der bis hier und nicht weiter auf den Regen gehört hatte, vermählte sich mit dem Flügel. So kam Arlecq nicht umhin, in einer konfusen Quer-

oder Direktverbindung zu Isabel, Linde, war es Lisa, den Dichter Lautréamont (Comte de, eigentlich Isidore Ducasse) zu zitieren und dessen Nähmaschine auf den Operationstisch zu legen, wo keiner da war. Paasch aber, unbelastet davon, spielte und arbeitete sich ab und war glücklich, noch immer in der Universität eingeschrieben zu sein statt in Kaderakten. War glücklich, noch dazuzugehören statt heute, am Ersten September Neunzehnhundertsiebenundfünfzig, vier Extraktionen, eine Wurzelbehandlung, vierundzwanzig Reihenuntersuchungen und einmal im schönen vollippigen Mund seiner Sprechstundenhilfe Monika Gisela Ingeborg eine Bohrung ausgeführt zu haben. Und es tanzte, und das war erstaunlich, es tanzte Paaschs Mädchen Brigitte, hinter den Dünen im Sommer geschwängert, und sie gefiel Paasch, solange sie tanzte, man sie nicht genau, so genau jedenfalls nicht, erkennen konnte, zu schnell ging der Tanz und zu dunkel war die Nacht. Wenn da überhaupt Licht war, dann nur von den Glimmpunkten ihrer Zigaretten. Wenn da überhaupt Harmonie ist, dachte Paasch oder Arlecq, dann in der Musik, einer männlichen Kunst. Mehr, sagte Arlecq dorthin, wo die Tasten wie Schnee im Dunkeln Licht gaben. Paasch spielte.

Fiel noch immer der Regen lau in neonblauen Wellenlinien, indes Paasch blind Taste um Taste anschlug, Arlecq, kraft der magischen Fähigkeiten, mit denen Isabel ihn begabt hatte, sich der Nacht hingab, Nacht war, schwarz, prinzlich geschmückt mit der O-Gloriole aus der Aufschrift *ZOO* vom Giebel der Kongreß halle, was sich wegen des doppelten O nur akustisch ausführen ließ.

Schwarz, unter bläulicher Neonaureole, überflog er die Stadt. Mäßig die Flügel bewegend zu Paaschs langsamen Intonationen aus dem Repertorie von Joe Chudacs Fünfuhrnachmittagssendung Are you listenin'? Magie und Technik verbindend, weltumspannend, Shearing aus mitternächtiger Kurzwelle, die vier Ecken der Stadt bestreichend. Vor dem Peterstore neben der Kirche spannt' er seine azotenen Flügel aus. Erreicht den Westen, der hier immer der Osten gewesen, mit mehr proletarischen Miethäusern als grünumlaubten Villen, deren größte den nach neuesten Gesichtspunkten bestimmten Komfort einer Entziehungsanstalt hinter Fassaden der Gründerzeit versteckt hält; deren zweitgrößte die hygienische Behaglichkeit in Weiß und Blau eines Säuglingsheims.

Doch bot auch der Osten leiblicher und geistiger Not Abhilfe. Arlecq, nicht ohne die Wehmut der Erinnerung, die leise Beunruhigung der Vorahnung, streift die Gebäude der Krankenhäuser und Irrenanstalten. Dann die große Bücherei, Abbild des Kosmos: Arlecq streichelt mit verschämtem Flügelschlag sanft die marmornen Brüste der sinngebenden Figuren, die dem Passanten der Straße die Rätsel der Sphinx gegen ein Eintrittsgeld lösen. Lächelnd, indes ihre Linke den Kanten eines Vorbaus stützen, triumphierend Erker und Balkone tragen, auf der einen Straßenseite die der Bücherei, auf der andern die der Klinik, an deren Fenster Ärzte Röntgenbilder beschauen und Witze auf den russischen Popen erfinden, der auf der gegenüberliegenden Straßenseite seine Einkäufe in einer gedruckten Rede des Patriarchen Alexej nach Hause trägt, in die beiden Gemächer neben der Russischen Kirche. Vergoldete Tauben mit weißen Schnäbeln kreuzen Arlecqs Flug.

Nord und Süd kommen ihm belangloser vor, wollte man nicht die vielen Namensänderungen der großen geraden, zu großstädtisch geraden Ausfallstraße berücksichtigen – ein belangloses Faktum für den Abfallhaufen der Historiker im Institut für Geschichte der Neuzeit, das im Gebäude des Amtsgerichts der Straße aufsitzt wie das Haus des Fährmanns dem Fluß. Arlecq vermeidet den Flug in die Auenwälder des Nordens und Nordwestens, beschränkt sich gleitend auf das Viereck der inneren Stadt, die er liebt, Nußschale mit dem Kern der beiden Rathäuser, dem neuen und alten. Isabels Name wird ausgesprochen, als er, vom Markt kommend, die Giebel des ockerfarbenen Rathauses erreicht, des alten, sechsgiebligen. Ein Flügelschlag weiter macht es ihm seine serafische Struktur leicht, auf einem der schmiedeeisernen Balkone auf der Außenfront der Universitätsruine zu stehen, der mit der Leichtigkeit eines Scherenschnitts am Weißgrau der Mauer haftet. Die Ruine aber täuscht nur dem Mond Leblosigkeit vor. Verziehn sich die ersten Frühnebel, ziehen die Geister der Aufklärung, am Leibniz-Denkmal defilierend, in die abgestützten Räume und Hörsäle. Man weiß nicht, ob im Auftrag der Rathausherren (denen zu begegnen sein wird) oder des Kulturredakteurs der Volkszeitung (dem nicht zu begegnen sein wird). Hätte es Goethe nicht gegeben, denkt Arlecq auf dem Balkon und beweist die Erziehung, die er genossen, man müßte ihn erfinden. Doch der Gedanke verleiht zuviel Schwere. Das Schlimmste verhütend, fliegt er ab.

Paasch, inzwischen, hatte nicht aufgehört zu spielen. Weniger elastisch als am Anfang, mit zunehmender Ernüchterung, auch der Regen hatte nur noch die Qualität einer Wetterberichtillustration, der Gang war nicht mehr gewunden, sondern wieder scharfkantig, die Stühle standen auf vier Beinen, steif der Vorhang, die Spiegel teilten im Stolz ihrer nie zu trübenden Reinheit rasiermesserscharf zwischen sich und der in vagen Wellen auf und ab flutenden Nacht. Endlich löste sich auch der Schirm aus der Umarmung mit dem Blüthner. Häßlich in sich selbst gefaltet, lag er auf dem Flügelholz, daß Arlecq der Anblick anwiderte. Es kotzt mich an, sprach Paasch sein großes Wort, und der Knall des zufallenden Klavierdeckels weckte den Pförtner des Hauses gerade an der richtigen Stelle in seinem Traum von der Exekution vier ukrainischer Juden. Aber waren es nicht fünf gewesen? fragte er sich gähnend. Komisch, wie die Zeit am Gedächtnis frißt, und er schlief in die zwölfte Stunde.

Ein Besuch im Zoologischen Garten kam nicht in Frage. So gingen sie weiter, betrachteten mit Bedauern den dünnen Faden der Parthe unter der Brücke, Miniaturimitation eines Flusses, schmalhüftige Jungfrau der Stadt, die mit Gier den Regen schluckte.

Sie wird nicht dicker, sagte Paasch und gähnte. Er beugte sich übers Geländer. Wer? fragte Arlecq. Brigitte?

Dieses Wort nicht in deinen Mund, bitte, sagte Paasch und spuckte es in den Fluß.

Die bis in die vierte Morgenstunde unbefahrenen Schienen der Straßenbahn, schwarz ins nasse Grau geritzt, erweckten Arlecqs Anteilnahme.

Sie haben wieder einmal die Schlangen entkommen lassen, sagte er.

Wer? fragte Paasch. Wo? sagte er und rückte unsicher am Brillenbügel.

Je nachdem, sagte Arlecq, kommt drauf an, wo du stehst und zu welch paradiesischen Eingängen du fährst.

Daß du es immer mit deiner Obszönität hast, sagte Paasch mit der freundlichen Ruhe, die ihm eigen war, oder wie sie heißt. Jessabel. Wie war das gleich mit ihren Küssen? An welche Haare lassen ihre Wimpern denken?

Dieses Wort nicht in deinen Mund, sagte Arlecq bewegt und

33

roch an seinen Händen, die in vierundzwanzig Stunden alles ergriffen, gefühlt, betastet hatten, nur nicht Isabel. Fahrkarten und die Griffe der Eisenbahntür, das Leder der Reisetasche, Geld, den hölzernen eisenglatten Griff der Straßenbahn, Geld, Fahrscheine, Geld, die Schultern seiner Mutter, Wasser, den Henkel der Teetasse, Wasser, die Kühle des Bettlakens, Wasser, den Henkel der Teetasse, die Vibration einer schnurrenden Katze, Geld, das Programmheft, den Schirmknauf von Paaschs Schirm, das Flügelholz. Nichts von Isabel. Oder doch: ein Foto, eigentlich ein dummes Foto, aus einer früheren Zeit. Schön, sagte Paasch, ich gehe.

Rechts, feucht, dunkel wie der Schoß der Empfängnis und Geburt, die Straße, die in den Wald führt. Geradeaus die Straße zur Innenstadt. Paasch setzt seinen Schirm auf das Straßenpflaster wie einen Spazierstock. Die Straße überquerend, bannt ihn an der Ecke der nicht illuminierte Glaskasten des städtischen Meisterfotografen. Er sieht nichts, nimmt die Brille ab, reinigt die Gläser am Ellenbogen seiner Cord-Windjacke. Nichts drin, sagte er zu Arlecq gewandt.

Du erkennst auch nur Brigitten, sagt der, in deiner Kurzsichtigkeit einer verpfuschten Jugend. Laß mich sehen. Hier stehen zwei im Schlafanzug, die einen Dackel ausführen. Wenn es kein Pudel ist, sagt Paasch, sind die Bilder aus dem Jahr, als ich bei den Pimpfen die Regeln der nationalsozialistischen Höflichkeit erlernte. Arier und Nichtarier differenziert man durch eine unterschiedliche Grußbezeugung. Ich weiß, sagt Arlecq, der Paaschs Geschichten alle kennt. Sie hätten es euch auch an einem Ofen klarmachen können, ergänzt er auswendig Paaschs Bericht.

Wieso? sagt Paasch aus rhetorischen Gründen.

Die einen saßen am Ofen, die andern flogen durch den Rauchfang.

Richtig, sagt Paasch. Aber hier muß ein Pudel rein, und er klopft mit dem Knöchel gegen das Glas.

Jetzt also die Geschichte mit dem Hund, sagt Arlecq.

Richtig, sagt Paasch. Schön: kennst du die Geschichte vom Hund des Lagerkommandanten?

Arlecq aber sagte: Ich will sie dir diesmal vortragen. Es war, als Stanislaus das dritte Jahr in Waldheim saß.

Jetzt spinnst du aber, sagt Paasch, der eine prosaische Natur ist. nur die Tagespresse liest, seit er mit Karl May aufgehört hatte.

Bestenfalls noch die Geschichte des Peloponnesischen Krieges.

Nicht Stanislaus, sagt Paasch, meinen Vater meinst du natürlich. Stanislaus sitzt zur Stunde in der Kneipe, liegt, wenns hochkommt, unterm Tisch oder auf dem Bett oder obenauf.

Da muß es aber schon ganz hochkommen bei ihm, sagt Arlecq. Aber unterbrich nicht: Es war, als Stanislaus das dritte Jahr in Neu-Waldheim saß, fährt Arlecq unbeirrt fort, während sie auf der Doppelspur der Straßenbahnschienen zur Innenstadt laufen. Das dritte Jahr. Da hatte der Lagerkommandant einen Hund, der aus dem Wurf jenes Hundes stammte, von dem dein Vater erzählte, du Pedant. Da geschah's, daß sie einen neuen Insassen brachten. Und dieser war einst der Herr des Hundes gewesen. Als sie sich nun beim Rundgang auf dem Gefängnishof wiedererkannten, versagte der Hund dem Lagerkommandanten die Gefolgschaft. Der glatte Treubruch eines fortschrittlichen Hundes. Eines arischen, heißt es, sagt Paasch mit Vorwurf. Da erschoß der Lagerkommandant den Gefangenen, der Hund aber starb vor Gram, der Kommandant quittierte den Dienst und starb natürlich. Nach der Überquerung des Stromes, der vom Hades trennt, trafen sich alle drei wieder. Es ist klar, wie die Rechnung beglichen wurde.

Zwei gegen einen, sagt Paasch. Das konnte nicht gut ausgehn. Wenn ich morgen nicht Stanis' Todesanzeige in der Volkzeitung lese, bist du ein Lügner.

Sie erreichten den Ring. Gestützt auf das rot-weiße Geländer, lebenssichernde Balustrade vor der Straßenkreuzung, die Säule der Normaluhr zur Rechten, zur Linken des Ringmessehaus, sahen sie hinüber auf die drei Bänke unter nassen Bäumen in der kleinen Anlage vor dem Warenhaus.

Die Kreuzung des Herkules, sagte Paasch.

The nymphs are departed, sagte Arlecq, der es nicht lassen konnte.

Aus dem Dunkelgrün der Anlage bewegte sich ein engumschlungenes Paar. Sie kamen diagonal über die leere Kreuzung. Der rock-around-the-clock-Rock rockte, vom Hals des Liebhabers aus dem Kofferradio springend, über die Straße. Arlecq sah ihnen nach. Die Halbstarken, meinst du nicht, sagte er, sind die beste Erfindung der Nachkriegszeit.

Solche innenpolitischen Anwandlungen bei dir, sagte Paasch und lachte. Er besann sich des milden Regens und spannte den

Schirm über ihnen auf. Das Geräusch der aufschnappenden Speichen, die den Stoff prall hielten, war angenehm. Ein Taxi fuhr auf. Paasch gab ein Zeichen mit dem Schirm. Der Wagen bremste unwillig. Aus der offenen Tür sprang die vierte Runde des rock-around-the-clock-Rock. Arlecq schlug den Kragen seiner Jacke hoch, was er bisher, entgegen seiner Angewohnheit, versäumt hatte. Sie gingen langsam auf den wartenden Wagen zu, auf den das Licht der Normaluhr Reflexe warf. Paasch ließ den Schirm in sich zusammenfallen und streifte das von ihm zu diesem Zweck eigens zusammengenähte Gummiband um den gefalteten schwarzen Schirmstoff. Er ließ Arlecq den Vortritt beim Einsteigen. Die Nacht, die Stadt wurden zum Miniaturbild, eingerahmt von den Wagenfenstern, die in alle vier Richtungen der Stadt wiesen.

Nur so ein Stück um die Ecke, guter Mann, sagte Paasch im Tonfall des älteren Biedermanns, in einem Winkel des Fonds hockend, die Beine angewinkelt, die Hände auf der entengelben Schirmkrücke. Aus dem Radio klingelte und schnarrte es jetzt südamerikanisch.

Kein Verständnis für Cool unter der Masse, sagte Arlecq, die Hände in den Taschen der maßgefertigten Jacke aus dem Snob- und Neureichenatelier am Markt.

Die Reifen leckten die nasse Straße. Auf dem Halbkreis des Außenrings bog der Wagen schnell nach links ins Innere der Stadt. Glatte Straße, dann unsicher auf holprigem Pflaster, leicht ansteigend, rechts steil aus dem Boden ragte die Thomaskirche, aber Bach auf seinem Sockel blieb verborgen in der Flanke des Kirchenschiffs. Arlecq pfiff ein Stück aus dem Zweiten Brandenburgischen Konzert.

Es ist gut, sagte Paasch. Der Fahrer bezog die Weisung auf sich, minderte die Geschwindigkeit, trat auf das Bremspedal. Einssiebzig, sagte der Fahrer. Arlecq gab ihm zwei Markscheine und dankte.

Vom Hochhaus schwangen zwölf Schläge über die Dächer, vom mechanischen Eifer der gußeisernen Zyklopen an die große Glocke geschlagen. Die Nachtvorstellung des CASINO entließ gerührte Gesichter ins ungewisse Licht der Schaufenster. An Rehbein, des Schneiders prinzlichem Schaufensterarrangement (Modejournale aus BERLINWEST diskret zwischen Stoffdraperien), vorbeigehend, vergewisserte sich Arlecq seines Kragens. Folgte die Buchhandlung am Ausgang des Arkadengangs, dann in vier Schritten über die schmale Quergasse, an der Ecke des CASINO, links ins Haus rein und durch den Gang zur MENSA, dem Studentenlokal KALININ. Wer eigentlich war Kalinin. Paasch lief voran.

Jemand, der aus der Tür trat, Arlecqs Blick traf den von Linde, sagte zu Paasch: Examen bestanden?

Schnauze, sagte Paasch und zog an der Türklinke. Arlecq schloß die Tür. Sie überblickten den Saal. Auf der Empore arbeitete die Kapelle. Darunter, an wenigen Tischen, die Inseln kleiner Gruppen. Arlecq wirft Linde eine Kußhand zu, bereut sogleich, als er Lisa an ihrem Tisch sieht. Paasch sieht niemand und läuft zur Theke. Arlecq zögert, sieht Linde mit dem Trompeter sprechen, von ihrem Platz aus unter der Kapelle. Der Trompeter stützt sich mit der Linken auf ihre Stuhllehne, hält mit der Rechten das Instrument in die Höhe. Die Kapelle versucht sich mit LOVER MAN. Arlecq folgt Paasch zur Theke. Der Trompeter verpaßt den Einsatz, Paasch schüttelt den Kopf und trinkt sein Glas leer. Arlecq beobachtet den Saal von der Theke aus, läßt sich von Paasch das zweite Glas spendieren und berichtet.

Wer noch nicht durchfiel, sitzt noch, sagt Arlecq.

Die Durchgefallenen also stehen, sagt Paasch, der ihm um ein Glas zuvor ist.

Mit meiner Ausnahme, sagt Arlecq.

Deine Zeit, mein Lieber, sagt Paasch, ist noch nicht gekommen. Das bringt ihn auf Brigitte und er bestellt noch mehr in die Gläser. Die Frau hinter der Theke, die den Ausschank besorgt, im weißen Kittel, gähnt. Paasch dreht ihr den Rücken zu, das Glas in der Hand. Seine Augen, vom Licht geblendet, hinter den randlosen geschliffenen Gläsern, sehen zu Boden, auf den Arlecq die Asche seiner Zigarette streut.

Stanislaus ist noch immer da.

Wußt ich doch, sagt Paasch. Wer noch?

Falk sitzt am Schlagzeug.

Gut, sagt Paasch. Hört man gleich.

Linde und Lisa.

L wie Lesbos, sagt Paasch und feixt auf seine stille Art in sein leeres Glas.

Abseits dein Kollege Olsen.

Der auch? Links oder rechts?

Mehr rechts als links.

Früher saß er nur links, sagt Paasch.

Vor dem Parteitag, ergänzt Arlecq. An der Wand: Stalin. Noch immer? fragt Paasch und sieht hoch.

Linde kam auf sie zu. Groß, blond, schlecht gekleidet, berliner Ausgabe mit der stumpfen Nase und dem Mal-du-siècle-Blick in den tbc-kranken blauen Augen. Mit geschlossenen Augen ein in die Großstadt verschlagenes Landmädchen, mit großen Händen und Füßen. Trifft ihr Blick, dem nicht auszuweichen ist, den von Arlecq, macht dieser sich die Mühe, ihre Kurzbiographie aus den Augen zu lesen: den Keller der Bombennacht mit den Rauchschwaden, die in die Gesichter der zum Tode durch Ersticken Verurteilten greifen. Doch erbarmen sie sich der zusammengepreßten Lippen, der feuchten Tücher um Mund und Nase, die der Luftschutzwart lange vorher empfohlen hat. So knicken sie das Gebälk ein, schichten Steine über die Leiber. Linde und ihre Puppe kommen ans Licht, beide blind. Und die Ärzte tun das ihre. Seitdem schloß sie vierteljährlich wundersame Bekanntschaften in den Wartesälen der Augenärzte. Die Lichtsuchenden ohne Unterschied hatte es ihr angetan.

Arlecq sieht ihre Augen und wünscht das Blau in Schwarz zu wandeln, was möglich ist, wenn er sie in seinem Zimmer hat, er das Licht löschen kann, um sich von ihren großen weichen Lippen küssen zu lassen. Küsse, die am Morgen vergessen sind. Anders als Isabels Küsse.

Ich empfehle mich, sagt Paasch, nimmt sein volles Glas und hebt die polierte entengelbe Krücke vom Bord der Theke.

Kommst du an unsern Tisch? fragt Linde und reicht ihm ihre große Hand mit den aufwärtsgebogenen Fingerspitzen. Sie hatte noch die andere Eigenschaft der Sappho, von der Paasch, ein stiller Gräzist an seines Vaters Bücherschrank, ohne Umschreibung sprechen konnte. Sie dichtete. Manchmal so:

Vom Fenster her
Klang buntes Abendlicht.
Weiß wehte die Gardine in den Raum.
Ich hatte mich
Ganz ausgezogen
Und deckte mit den Händen
Beide Brüste zu.
Er kniete neben mir und
Sah mich an

Und lächelte –

Arlecq ließ sich ihre Gedichte schenken und verwahrte sie in einer blauen Mappe, blau wie ihr selbstgemachtes Kleid einer Dorfschullehrerin am Sonntag (Arlecq stellte sich eine Dorfschullehrerin am Sonntag so vor), mit einem Strauß Kornblumen, den ihre Schülerinnen für sie gepflückt haben, in der Hand. Nur den dazugehörigen Ährenkranz germanischer Jungfrauen hatte Linde zu einem Pferdeschwanz aufgelöst, Attribut einer Sechzehnjährigen, die sie nie gewesen.

Du siehst wieder aus wie sechzehneinhalb, sagte Arlecq.

Für Komplimente ist es zu früh, sagte sie. Quand même. Ich glaube eher, mit sechzehn sah ich aus wie dreiundzwanzig.

Ich weiß, sagte Arlecq. Du wohntest bei deiner Tante am Zentralviehhof. Das Schreien der Schweine und Kälber ging dir nahe. Eine Berlinerin mit Herz.

Du weißt nicht, wieviel Licht morgens über dem Viehhof lag, wenn ich zur Schule fuhr. Hatte ich dir die Geschichte mit dem Amerikaner erzählt, der mich immer in den Grunewald mitnehmen wollte? Leider ist es nie dazu gekommen.

Dafür fingst du an, Gedichte zu machen, sagte Arlecq. La chair est triste und solche Sachen aus dem Seminar des Alten. Erzähl ihm das nicht bei der Prüfung nächstes Jahr.

Ich werde mich hüten, sagte Linde, ich such mir ein amusisches Jahrhundert aus.

Mit dem achtzehnten kommt man am besten voran, sagte Arlecq. Der berühmte Streit des Alten mit dem Neuen als ein vormarxistischer Parteizwist oder so etwas.

Faule Witze, sagte Linde.

Die Kapelle spielte jetzt auf Anregung Paaschs den SAINT JAMES INFIRMARY. Nur nannten die Musiker, um keine Scherereien mit der Gaststättenleitung zu haben, das Stück HEIMWEH DES NEGERSKLAVEN. Wes Brot ich eß, dachte Arlecq. Hauptsache, die Titel waren wie aus der Volkszeitung.

Where ever she may be. Der Sänger studierte die altenglischen Epen (Beowulf), die neuenglische Syntax bei Mrs. Collingwood mit ihren kleinen Löckchen, gelb von der Brennschere, den sozialen Gehalt bei Faulkner. HEIMWEH DES NEGERSKLAVEN. Er hatte zu Hause in einem Koffer das Nötigste, was er bei einer Ankunft in Göttingen zu brauchen meinte. Je nach den Rundfunkmeldungen packte er das eine Stück aus und das andere ein. Am Ende entschloß er sich für die Aktentasche. Die andern fanden das unüberlegt, vielleicht voreilig. You may roam the whole world over. You'll never find a good man like me. Linde erzählte von dem Amerikaner ihrer sechzehn Jahre. Where ever she may be. In Dresden, in ihrem Bett. Sie schläft wie eine Katze, das Gesicht im Winkel des Ellenbogens. Er brachte mir Kaugummi, sagte Linde. Ich hielt es für Verhütungsmittel, wurde rot und wollte es nicht annehmen. Paasch hatte sich einen Stuhl auf die Empore gezogen, saß dem Klavier am nächsten, den Schirm noch immer zwischen den Knien. Er schlug mit dem lederbesohlten rechten Schuh den Takt auf das Holz des Podiums, nickte bestätigend mit dem Kopf.

Jetzt kam der Sänger an ihren Tisch. Schon mal was von Capote gelesen, Arlecq? Seine große Nase blähte sich erwartungsvoll.

Keine Zeile, sagte Arlecq, um nicht ein Gespräch über Literatur einzuleiten.

Solltest du aber, sagte der Sänger und ging an den nächsten Tisch, sich von seinen Kommilitonen seine getreue Aussprache bestätigen zu lassen.

Paasch wird gleich eine Schau abziehen, sagte Stanislaus, der nicht immatrikuliert war, immer nur mit Paasch hier auftauchte, mit Geschichten aus dem WESTEN Bekanntschaften schloß.

Arlecq, der sich seit Isabel nach Geschichten umsah, aus denen etwas zu machen war, ungewiß freilich was, hätte ihn ausfragen können. Er unterließ es. Linde hielt ihn auf dem laufenden. Auch mißtraute er Stanislaus. So wie er hinter Paasch her war, mit ihm trank, ihm aus München erzählte, wo er Straßenkehrer gewesen und mit Leonhard Frank ins Gespräch gekommen war. Worüber eigentlich. Jeder konnte mit Frank ins Gespräch kommen, wenn er im Hörsaal 40 vorlas, Geschichten, wie er sich das Stottern abgewöhnt hatte. Stanislaus war dann nach Frankfurtmain gegangen und anderswo bis an die Grenze und mitten durch sie, um wiederzukommen und etwas zu erzählen zu haben.

Was ist mit dem Zirkel schreibender Arbeiter, fragte ihn Arlecq, Lindes Redefluß unterbrechend.

Ich weiß von keinem Zirkel, sagte Stanislaus und schob das Bierglas weit von sich.

Halt die Krücke, sagte da Paasch vom Podium herunter zu Stanislaus, reichte ihm den Schirm.

Paasch inauguriert seine Vaterschaft in spe, sagte Olsen, der anders als Paasch das Examen bestanden hatte, zum Monatsende Dorfzahnarzt wurde, ein Landarzt, doch mit Ambitionen auf Eigenheim und Auto. Wenn schon, dann schon ein MERCEDES zum Tageskurs. Eine kapitale Erbtante konnte man der Polizei jederzeit auftischen.

Linde schwieg sich plötzlich aus. Ist was mit Brigitte? wollte Arlecq wissen, dem es Paasch verschwiegen hatte. Was soll sein, sagte Linde im Jargon ihrer Kindheit, schwanger ist sie. Das klang, der Stimme nach, wie ein Sterbefall.

Ach, sagte Arlecq. Wie gut. Endlich ein Ereignis. Das ist wirklich gut. Weiß es Paasch? Was sagt er?

Einen Arzt, sagte Linde.

Was für ein Unsinn, sagte Arlecq. Was soll das.

Warum sollte es nicht? fragte Linde.

Bitte keinen Spielverderber, sagte Arlecq. Ich meine, wenigstens wir sollten damit aufhören. Wird nicht genug gemordet?

Sieh da, sagte Linde, die in den Wartesälen der Augenärzte den Spott verlernt hatte. Der Moralist in unsrer Mitte.

Warum nicht, sagte Arlecq. Das ist nicht die schlechteste Profession.

Ich weiß nicht, sagte Linde. Aber was willst du sonst machen? Willst du sie beide verheiraten?

Nebensache, sagte Arlecq. Ich bin für das Kind. Ich setze auf das Kind.

Wetten, daß du verlierst, sagte Linde.

Welchen Sinn sollte das Leben sonst haben, als sich zu erhalten, sagte Arlecq. Irgendwann kommt vielleicht einer und macht etwas Sinnvolles daraus.

Ein neuer Messias also, sagte Linde, aber die vor ihm haben ihm nicht viel übrig gelassen, was er noch lehren könnte. Lassen wir doch die großen Worte. Mir jedenfalls tun sie weh.

Wann, wenn nicht jetzt, wäre Gelegenheit, sie in den Verkehr zu setzen, sagte Arlecq ins unerwartete Schweigen der Kapelle und ins Verstummen der Tischgespräche, indes Paasch versunken vor dem Klavier saß und mit dem Mittelfinger der Rechten, gleichsam Arlecqs Frage ins Ungewisse punktierend, den letzten und hellsten Ton anschlug.

Verkehrt hat er ja. Drive carefully, sagte Stanislaus, Hände und Kinn auf Paaschs Schirmkrücke, verkehren Sie vorsichtig, sagte er im Akzent aus Frankfurtmain. Es ging die Geschichte, er sei Reklametexter eines Unternehmens gewesen, das bankrott war, ehe es den ersten (von Stanislaus erdachten) Slogan auf dem Markt hatte.

Arlecq kam nicht mehr zu Wort. Paasch hatte das Klavier übernommen. Spielte im Alleingang. Spielte in die erste, zweite, dritte Morgenstunde, spielte dem Gebäude das Dach ab, die oberste, die darauf folgende, die über ihnen liegende Etage, legte alle Schichten frei, ließ Himmel und Regen und Wolken in den Saal, bis die in der MENSA Verbliebenen, die Examinierten, die Durchgefallenen, die noch-nicht-Examinierten, alle in den Morgen ragten, Olsens Geschäftstüchtigkeit (doppeltbezahlte Planstelle, Eigenheim, Auto) zerknülltes Papier war; Stanislaus sein Hörspiel schrieb, das an einem Tag aufgeführt in allen Sprachen zugleich verstanden wurde, Tyrannei und Willkür, denn dagegen schrieb er, wie Gewürm in die tiefste Erdspalte krochen; der Sänger und Amerikanist die Aussicht vom Empire State Building (102 Stockwerke) genoß. Lisa Delauney allen Dingen, nur durch das Auflegen ihrer kleinen Hand Flügel verlieh; J. W. Stalins Bild an weißer Wand sich in das aus Mais gefügte Gesicht N. S. Chruschtschows wandelte und viel später dann in das des lieben Gottes; Arlecq und Linde (oder war es Isabel) Hand in Hand durch das milde Grau der Straßen gingen, vorbei an erloschenen Schaufenstern, schweigenden Plakaten, leeren Parkbänken, durch Baumreihen, auf Wiesen zwischen einem Dreieck von Straßen, indes Paasch sich auf das Dach des Hochhauses emporspielte, die zeitschlagenden Zyklopen verdrängte, das Klavier an die Stelle der Glocke setzte, in der Leere des Herzens, welche der Zustand des Weisen ist, sich selbst, Name, Stand, Berufs- und Familiensinn, in der erhebenden Wirkung der Musik auflösend.

## Begegnung mit Gott auf der Brücke

Irgendwo aus den Tiefen der Stadt fuhren die Straßenbahnen in die vierte Morgenstunde. Arlecq und Linde, an der Haltestelle, bekräftigten noch einmal ihre Wette auf das Kind, klein noch wie die Mandel in der Frucht. Paasch, vor sich hin lallend und allein, spielte SALT PEANUTS. In der Stadt begann der zweite Dezember. Aber leer blieb Paaschs Sitzplatz im Triebwagen, Paasch war durchs Examen gefallen, Paasch war ein freier Mann. Nur Arlecq war ausgesetzt dem schwarzen Flug der Hüte.

Gott kam von der anderen Seite. Aber auch er ging zu Fuß. Paasch, in der fünften Morgenstunde vom Dämon der Musik verlassen, lief westwärts, über die Friedrich-Ludwig-Jahn-Allee, nach Hause. Gott lief stadteinwärts. Die Straßenbahnen des frühen Tages, vollbesetzt bis auf die Plattformen des Triebwagens und der beiden Anhänger, fuhren in beide Richtungen. Gott und Paasch waren die einzigen Fußgänger. Der Himmel wölbte sich grau. Die in den Straßenbahnen spekulierten auf Regen. Paasch spekulierte auf gar nichts. Gott spekulierte darauf, Gott zu sein. Paasch lief schleppend, aber akzentuiert, trat mit dem linken Fuß auf Frie-drich, mit dem rechten auf Lud-wig, links auf Jahn, indes rechts der Absatz zur Allee ansetzte. Fried-rich-Lud-wig-Jahn-Allee. Die welkenden Blätter der Lindenbäume, die Paasch beschirmten, waren feucht. Paasch griff im Gehen nach niedrigen Ästen, schüttelte das Naß von den Bäumen, daß die Tropfen die Rinnen seiner Cordjacke entlangfuhren, abwärts tropften in den Staub der Straße. Er hätte gern den Rest der Melodien, den Bodensatz orgiastischer Begeisterung, der in seinem Kopf war, abgeschüttelt, zertreten. Immer von neuem dieses Intervall, der Sprung in die Höhe, aus SALT PEANUTS. Saltpeanutssaltpeanutssaltpea. NUTS. Unmöglich, das loszuwerden. Immer wieder die Straßenbahnen auf der schmalen Doppelspur, links und rechts eingefaßt vom breiten Betonstreifen der Autostraße, die jäh zur Brücke wurde, das breite Gelände des Flutkanals im rechten Winkel kreuzte, ehe sie in das Straßengitter der westlichen Vorstadt auslief. Paasch hatte die Brücke noch vor sich. Rechts trat er auf SALT, links auf PEANUTS. Da der Ton bei PEA aber gewaltig emporgerissen wurde, steil anstieg, sich im Unendlichen verlor, empfand er links einen Zwang, das Bein hochzureißen, sich mit der Fußspitze links vom Boden abzuschnellen. SaltPEANUTS. Er versuchte, mit dem zum Spazierstock degradierten Regenschirm auszugleichen. Jetzt ging es. Aber die Mühe war unsagbar.

Ungehindert wehte der Wind von rechts über die Sportstätte, zu der die Jünger des Turnvaters, aus der Wärme der Sportschule kommend, in diagonal sich auflösenden Reihen über die sandglitzernde Vorfläche vor der grün ansteigenden Wand des Stadions sprinteten, hoch zum Sprungturm über dem Schwimmbassin. Jemand pfiff scharf auf der Trillerpfeife. Paasch griff sich besorgt an den Adamsapfel, indes der Ton den Himmel blutig aufriß und die Meisen auf den Lindenbäumen aufhörten das Frühlied zu trillern. Paasch spuckte aus, spuckte sich den Ton aus den Ohren. Aber der Ton hatte ein Echo.

Paasch vortreten, sagt der Lagerälteste. Mein Vater ist ein Verräter an der deutschen Ehre, sagt Paasch. Die Fahne steigt in den Himmel, reißt ein schwarzrotweißes Loch ins Weiß der Morgenstunde. Das Karree der Jungen setzt sich in Bewegung. Halt, sagt der Lagerälteste: die Mutprobe. Paasch ist an der Reihe. Er tritt aus dem Karree der Geborgenheit. Jemand verbindet ihm die Augen, führt ihn an den Rand der Grube, über die zu springen es gilt, ohne ihre Ausmaße zu kennen. Der Älteste pfeift. Paasch springt, fällt ins Bodenlose. Die Meute johlt. Der Lagerälteste pfeift ab. Paasch kann zurücktreten, taumelnd.

Gott kam von der anderen Seite. Auch er zu Fuß. Heller wehte der Wind auf der Brücke, die Paasch nun erreicht hatte, unter sich den Hohlraum und die weiten, vom breiten Strich des Kanals gezeichneten Flächen.

Guten Morgen, sagte Gott, der auf der Brücke wartete. Er lehnte an der rauhen sandsteinernden Balustrade, sein großer Schlapphut, der spitz aufragte, ließ die Leere über dem Elsterflutbecken unendlich werden. Gott hatte einen Bart, das schien selbstverständlich, eine schwarze hochgeknöpfte Jacke mit Rockschößen, Augen, wie man sie irgendwo schon gesehen hatte, dennoch rätselhaft. An warmen Tagen trug er den Hut in der Hand.

Guten Tag, sagte auch Paasch, der Gott kannte sowie seine näheren Umstände. Machst du Sonntag? Oder bist du ihnen ausgerückt?

An Sonntagen hatte Gott Ausgang. Ihm an Wochentagen zu begegnen, war ungewöhnlich, nicht in der Ordnung, schon gar nicht in der Anstaltsordnung. Paasch hielt Ausschau nach vorbeifahrenden Fahrzeugen, in denen man die Späher vielleicht schon ausgeschickt hätte. Doch der Alte war sorglos, nur bekümmert. Kümmernis gehörte zu seinem Gesicht. Auf Fragen gab er nichts.

Ich bin Gott, sagte er.

Das weiß man, sagte Paasch begütigend. Jeder weiß das. Wenn du willst, kannst du mitkommen. Wir trinken was. Bier? fragte Gott und lüftete den Rembrandt-Hut.

Auch Bier, sagte Paasch. Aber wir müssen gehen. Hier können wir nicht bleiben.

Man mußte mit Gott einfach sprechen, imperativisch, aber mit einem kleinen Tonumfang, wie zu einem Kind. Paasch konnte das.

Wir bleiben nicht? zweifelte Gott. Die Brücke trägt gut. Wir können warten. Auf den Tag warten.

Auf welchen denn, sagte Paasch ohne Anteilnahme. Wir haben doch schon Tag, sagte er und wies mit der entengelben Krücke in ungewisse Richtung.

Tag schon, sagte Gott. Nur nicht Sonntag.

Das ist doch gleich, sagte Paasch. Bier gibt es immer. Wir gehen jetzt. Ich gehe.

Nein, sagte Gott, geh nicht. Bleib, kehr ein, kehr in dich. Hier, da ist es, dort. Gott wies ins Weite, bezeichnete im einzelnen die Vögel, das Wasser, die Brücke. Keinen Schritt geh weiter. Die Vögel sind aus Gold. Beharre. Gib nicht nach. Gott wies ein zweites Mal ins imaginäre Weite. Dann schien er Paasch zum erstenmal zu betrachten, prüfte sein Gesicht, entdeckte vielleicht sich selbst in Paaschs Brillengläsern. Du also auch, sagte Gott und nahm den Hut vor Paasch ab wie vor einem just Verstorbenen. Aber ich will auf dich warten. Du wirst goldene Vögel sehen und ich will das Brot mit dir brechen. Glaube an mich.

Paasch wurde es unbehaglich bei soviel Mythologie. Er sah Gott an, er begann an ihn zu glauben. In der Ferne hüpften die Turnjünger übers sandige Gelände. Unten, im Flutbecken, das schwarz und morastig war, von der Kommunalverwaltung vergessen, zogen Wildenten Kreise auf der Wasserfläche wie ins Wasser geworfene Steine. Der Himmel lichtete sich über dem Waldstreifen. Die von beiden Seiten die Brücke schwer belastenden Straßenbahnen ließen den Boden, auf dem sie standen, erzittern.

Du wirst zu uns finden, sagte Gott und pluralisierte sich. Paasch wurde unruhig.

Bier, sagte er. Salt peanuts. Komm, wir frühstücken zusammen. Er legte dem Alten die Hand auf die Schulter, zog sie aber schnell zurück. Dann gingen sie. Schleppend, aber akzentuiert lief Gott in den altväterlichen Schnürstiefeln. Paasch hatte Mühe, seine gewohnte Gangart, schleppend, aber akzentuiert, zu modifizieren, um nicht gleichen Schrittes mit Gott zu gehen.

Zwei Schritte bis zum Gelände der Kleinmesse, des städtischen Vergnügungsmarktes. Die Front der Schaubuden, so früh am

Morgen, war mit Brettern vernagelt. Es stank nach dem Langschläferurin der Schaubudenbesitzer. Ihre Wohnwagen hatten den Anstrich reisender Zirkusartisten. Gott wies mit der Rechten auf die Kulissen der Lustbarkeit, sagte, seiner Rolle sicher: Eitelkeit Torheit das Laster. Paasch nickte zustimmend. Mit der Spitze des Schirms visierte er die Mitte des Riesenrads, als wollte er es um die Achse des Schirms kreisen lassen. Die Torheit ist rund, sagte Gott und tat ein Wunder: das Rad kreiste, aber die Apokalypse blieb aus. In den Gondeln vergnügte sich die Familie des Eigentümers.

Sie ließen den Jahrmarkt hinter sich. Am Kiosk der Haltestelle kaufte Paasch, Gott im Auge behaltend, die WELTBÜHNE und steckte sie, zusammengerollt, in den Schirm.

Geh an der Welt vorbei, sagte Gott, es ist nichts.

Schopenhauer, sagte Paasch, der es aus seines Vaters Bücherschrank hatte.

Nein, sagte der Alte. Ich bin Gott.

Wer wüßte das nicht, sagte Paasch begütigend. Gott sah ihn zweifelnd von der Seite an. Doch jeder wußte es. Denn Gott war auf diesen Straßen eine vertraute Erscheinung. Keiner verrenkte sich den Hals nach ihnen. Gott grüßte nach links und nach rechts, lüftete den Hut nach West und nach Ost, ohne Ansehen der Parteizugehörigkeit. Gott war objektiv, total, niemals totalitär. Paasch hatte Mühe, ihn in eine Richtung zu drängen, lotste ihn endlich zum HAFERKASTEN, seinem Rastpunkt, lief er zu Fuß nach Hause.

Wir sind da, sagte Paasch.

Ich will nicht da sein, sagte Gott und blieb stehen. Und da waren sie auch schon zur Stelle, kamen leise, ungesehen angefahren in ihrem Gefährt, die Bremsen gaben einen dumpfen Laut. Paasch hatte es gleich gewußt, Paasch hatte es befürchtet, im stillen nach ihnen Ausschau gehalten in Seitenstraßen und Hauptstraßen. Zwei Männer stellten sich auf die Füße. Die Wagentür hing starr in den Angeln. Gott sah zu Boden. Paasch umklammerte den Schirmknauf. Die Männer mit den wasserblauen Augen prüften ihrerseits Paaschs Gesicht, ließen unbeeindruckt von ihm ab und packten Gott von links und von rechts, schoben ihn durch die Wagenöffnung, das sah gefährlicher aus als es wohl war, nur der zu hohe Hut stieß gegen den Türrand, fiel zu Boden, färbte sich grau im Rinnstein. Paasch hob ihn schnell auf und gab ihn zögernd ins

Wageninnere. Der Wagen sprang an, reihte sich in den Verkehr. Gott saß im Fond, den Hut auf den Knien, die Augen geradeaus gerichtet. Wird Zeit, daß du dir nen Kalender anschaffst, Alter, sagten die Männer mit dem wasserblauen Blick. Sonntag, das war mal. So behütet fuhr Gott zurück in sein Zimmer Nr. 87, aus dem er nur sonntags, gegen die Sicherheit einer leichten Überwachung aus der Ferne, als harmloser Fall, der er war, Ausgang hatte.

Paasch stand. Wartete. Ging dann in die Kneipe, stieß mit der Schirmspitze die Tür auf. Nahm vom Fensterplatz aus durch seine Brillengläser die graubraune Erbärmlichkeit des Lindenauer Marktes wahr, goß dann die scharfen Getränke des HAFERKA-STENS darüber, daß Gott, Häuser, Markt, Straßenbahnen durch die Fenster des HAFERKASTENS besehen, diesmal ohne Brille, zu-sammenliefen wie unter einer scharfen Säure, als hätte man Essig über die Ölgemälde der Galerie Lorenz in der Hainstraße gegos-sen, ein wünschenswerter Effekt, wie sich Paasch belustigt, unter Benutzung Arlecqscher Denkkonzeptionen, in sein Glas vor-stellte, still und heiter, seiner eher kontemplativen Natur gemäß. Arlecq indessen, im schon vollen Morgenlicht erwachend, ent-schied sich, die Reproduktionen an den Zimmerwänden aus der Frühzeit Picassos durch Reproduktionen japanischer Tachisten zu ersetzen. Er schlief über diesem Vorsatz ein zweites Mal ein, bis er, Tee im Bett trinkend, seinen ostasiatischen Geschmack er-neuerte und im Geiste seine Auswahl traf.

Paasch trank aus, zahlte, ging. Stand wieder an der Stelle, wo Gott entschwunden war. Aber Gott hatte kein Zeichen hinterlas-sen. Die Länge einer Minute gedachte Paasch der ärztlich bestä-tigten Schwangerschaft des Mädchens Brigitte. Für sie war es der Morgen des ersten Erbrechens, zu dem der raupengroße Embryo sie anregte. Hoffentlich kein Junge, dachte Paasch im Weiterge-hen, indes sein Blick die Uhr am Turm der Nathanael-Kirche suchte. Sieben Uhr fünfundzwanzig. Besser kein Junge. Seine Schwester hatte es leichter gehabt. War geborgen überall durch-gekommen. Hoffentlich kein Junge, auch wenn er in den Kinder-gruppen, die vormittags, bei schönem Wetter, von routiniert mütterlichen Pflegerinnen begleitet, ihren Hort verließen, nur für Jungen Zuneigung hatte, in ihnen zu extremer Leidensfähigkeit Aufgerufene sah. Während Frauen in langer Kette immer nur Variationen eines Urtyps weitergaben. Abel, so bedachte Paasch, war schon von klein auf ich-gespalten gewesen. Seine andre

Möglichkeit hieß Kain.

Abel Paasch, im Hochgefühl, ein Gerechter zu sein, lief nach Hause. Griff sich im Gehen die WELTBÜHNE aus dem Schirm, las gehend die Titelseite: Jacobsohn. Sein Sohn könnte Jacob heißen. Jacob Paasch, Begründer einer neuen Weltbühne. Sein, Paasch seniors Testament vermachte ihm den Schirm mit der entengelben Krücke, schützendes Dach seiner ersten Jahre, Plattform für Gottes goldene Vögel. Paasch schritt heiter aus, lallte sein SALT PEANUTS zwischen den Zeilen, stieß bei PEA links das Bein hoch, ließ die Häuser der lindenauer Vorstadt hinter sich, Stadtbad, Markt und Haferkasten, hatte nunmehr rechts Gartenzäune, links die beginnende, unregelmäßig gesetzte Häuserkulisse der leutzscher Vorstadt, lange graue Kette, mit einem Vorfeld von Schrebergärten, Wiesen, ländlich lehmiger Wege. Paasch sang: I knew a wonderful Princess in the land of Oobliadooh… Astern und Heuschrecken fielen ihm vor die Füße, letzter Schwalbenflug segelte unter die Dächer, unter deren eines Arlecq aus einem Fenster im ersten Stock sah. Der leitete den Morgen lyrisch ein, wachend oder träumend. Ich träum als Kind mich zurücke, im neunzehnten Jahrhundert. Paasch, unsichtbar hinter Bäumen und Büschen, das Lied von der Prinzessin, elle est partie, zwischen Gaumen und Zunge, Oobliadooh, blieb am defekten Zaun des Sportplatzes hängen. Sah ins Tor am Fußballplatz, trat ein, unbemerkt, lief einmal auf dem Hufeisen der Aschenbahn, lief als Fußgänger, langsam, schleppend, aber akzentuiert, der Wind stieß ihn in den Rücken, ohne ihn aus seiner zivilen Gangart bringen zu können. Hier hatte er in der achten Klasse das Rennen gegen wie hieß er eigentlich gewonnen, sitzt heute in Aschaffenburg, wo er seine Langsamkeit von einst mit einem Mercedes 300 kompensiert hat. So jedenfalls erzählte es Stanislaus in seinen Geschichten aus dem WESTEN. Da pfiff es auf der Trillerpfeife, der Rasenwärter, aus der Bierkantine kommend, pfiff Paaschs hagere Gestalt in Grau und in Schwarz, belebt nur vom Gelb der Schirmkrücke, pfiff sie von hinten an. Paasch wandte sich um, spuckte aus, um das Kratzen in der Kehle loszuwerden, und ging zum Ausgang. Eng wie ein Scheißhaus und vornübergebeugt, aus Astlöchern spähend, stand die Bude, wo man sonntags Billetts verkaufte, wenn ein Spiel war.

Er hätte jetzt den Weg abkürzen, links den Weg hochgehen können, die Natur im Rücken, um auf guter, glatt asphaltierter

Straße, auf Bürgersteigen längs der Häuserwände, seine Gestalt im Fensterspiegel der Bäcker- und Fleischerläden, über Ellernweg und Weinbergstraße zurückzufinden. Die Qual der Entscheidung spülte ihm die Misere seines siebenundzwanzigjährigen Bewußtseins plötzlich hoch. Er hatte Hunger, die Augen schmerzten ihn, schlaff hing der Schirm vom Handgelenk. Er schmeckte Asche, die im Winter eimerweise hier ausgekippt wurde, zwischen Gärten zur Düne wurde, von den Bewohnern ringsum in der Hoffnung beobachtete, hier einst einen Aussichtsberg zu haben, auf dem man Herr der Lage sein konnte.

Paasch nahm den kürzeren Weg. Stumm, lange ausschreitend, ein Geschlagener, ging er dem Geruch nach frischem Brot nach, der aus Bäckerläden kam und die tief in die Straße hängenden Wolken aufblähte wie Hefe den Teig. Paasch, ein Geruchsmensch, sog den Brotduft tief ein, brachte die erstbeste Bäckertür zum Klingeln, trat ein, grüßte nicht, ließ sich, da seine Bitte nach zwei Scheiben Brot abgelehnt wurde, zwei von den Brötchen aus dem Korb im Rücken der Bäckersfrau geben. Sah im Zahlen nach der weiß sich wölbenden bäckersfraulichen Schürze, klingelte mit der Tür und ging. Ohne zu grüßen. Aß im Stehen und Gehen. Leider waren es Brötchen vom Vortag. Er stopfte sich die zähen Brocken, mit den Fingern mundgerecht zerteilt, zwischen die Zähne, spülte mit ein paar Fetzen seines Liedes von der Prinzessin nach.

An der Ecke Weinbergstraße stand schwer im Rinnstein, miststinkend, Kramanns Ochsenfuhrwerk. Sein Sohn, ein medizinisch beglaubigter Idiot von sechzehn Jahren, auf dem Bock ins Leere staunend, nahm das zweite Brötchen danklallend entgegen. Die Dauer einer Minute betrachtete Paasch sinnend die Schwermut der wiederkäuenden Ochsen, brach einen philosophischen Gedankengang ab und sah schnell vorbei an den blaustumpfen Augen von Kramann junior. So nahe am Ziel nun, war sein Gang nur noch mechanisch, teilte er die vertraute Strecke in eine präzise Anzahl Schritte ein. Wie immer stand der Wasserturm auf der anderen Straßenseite, getragen von vier ausschwingenden eisernen Beinen, eine Miniaturimitation des pariser Eiffelturms, Entwurf eines verhinderten Frankreichreisenden. Paasch stieß mit der Schirmspitze die Haustür auf, ließ die elterliche Wohnung im Erdgeschoß links liegen, ging blicklos an der Wohnungstür des Engelmalers vorüber, stieg in die erste Etage, in die zweite, das

Schlüsselbund schon in der Hand, öffnete entschlossen die Wohnungstür, hatte in zwei Schritten sein Untermieterzimmer erreicht, im Fenster die drei Seiten eines von Häuserwänden geschlossenen baumbepflanzten Vierecks. Er zog die Cordjacke aus, die Schuhe. Seine Schwester hatte ihm wie immer das Tablett mit dem Abendbrot gebracht, das er gestern nicht mehr abwarten wollte. Er goß sich Tee ein, der dunkelrot war. Er trank, warf sich dann, ein belegtes Brot in der Hand, aufs Bett, nahm die Brille ab, schloß die Augen. Sah mit geschlossenen Augen sein Zimmer mit den Dingen, die des Wirts waren, denen, die ihm gehörten. Die Ordnung im Zimmer bannte sogleich die Gespenster seiner inneren Unruhe. Die ebenholzschwarzen Flächen des Rundfunkapparats waren staubfrei. Die Tonbänder in den rötlichen Kartons lagen übereinander neben dem verschlossenen Tonbandgerät. Schuhcremedose und Bürste lagen nebeneinander auf der Fußbank. Nur der Sockel gelesener Weltbühnen sowie die Erlasse militärischer Gesetzgebung aus den Jahren 40 bis 43, eine Leihgabe seines Wirts, des Majors a. D., waren durch die Unachtsamkeit seiner Schwester vom Abendbrottablett verschoben worden, so daß beide Stapel in die Diagonale geraten waren. Auch die Proportionen des gemieteten Raumes beruhigten Paasch. So hatte das Bild über dem Bett, Matterhorn im Alpenglühen, ein Hochzeitsgeschenk der Schwiegermutter des Majors, als dieser ein Major wurde, genau das halbe Ausmaß von Paaschs Bett, dessen Dimensionen wiederum vom Kleiderschrank verdoppelt wurden. Einzig der Kachelofen mit seinem Blumenzierat und seinem asymmetrischen Aufbau bis unter die Decke reichend, warf das schöne Gleichmaß beunruhigend um.

Paasch, unruhig getragen vom beginnenden Tätigkeitsdrang der Hausbewohner unter über neben ihm, gebettet auf das Geflecht von Stimmen, Schritten, stumpfsinnig dumpfem Teppichklopfen, Scheppern leerer Wassereimer, einander in ihrem Wahrheitsgehalt aufhebender Radiomeldungen aus geöffneten Fenstern, dem intensiven Geräusch eines von der Hand des majoralen Wirts mit militärischer Akkuratesse gezielten Wasserstrahls, dem gleich darauf folgenden Spülgeplätscher, Paasch schlief dennoch ein. Träumte sich durch alle Etagen, stieg wieder auf, im Schlaf leicht wie ein Korken, trieb obenauf. Erfreute sich am Anblick seiner knabenhaften Schwester mit dem Profil Brigittes. Sie stand in der Strenge der elterlichen Wohnung, in der Kühle ihrer nackten

Dielen, glasgeschützter Bücherreihen in Schränken, auf denen die geschwungenen Linien von Musikinstrumenten wie ein Ornament die Tapetenleiste durchbrachen. In der Etagenwohnung zur Rechten indessen, das rosa Morgenlicht durch ein ikonengeschmücktes Fenster betrachtend, sann der Bildschnitzer Georg Hübner über den Flug der Engel, die seine Spezialität waren. Mit der beseligenden Gabe himmlischer wie irdischer Nahrung ausgerüstet, flogen diese hier ein und aus, einmal auf den Schwingen des Geistes, einmal in der ledernen Tasche des Briefboten. Aber das längst fällige Angelusläuten des Monats war bei Hübners diesmal ausgeblieben. Das war schmerzhaft, und doch gab es dem Ehepaar eine unentbehrliche Weihe in ihrer Festung geistigen Strebens, der Start- und Landebahn goldbeflügelter langgewandeter Engel zwischen kleinbürgerlichen Haushaltungen. Denn von hier bis unters Dach war das Haus zu dieser Stunde fest in der Hand von Hausfrauen, deren groteske Persönlichkeiten den kleinen Erfolgsroman der Malersfrau zu bevölkern begannen. Paasch, der anders als Arlecq wenig Neigung für Malerei an den Tag legt, verläßt das Malerspaar ohne einen Blick auf das Porträt seiner zehn oder zwölf Jahre. Die Gerüche nach Ölfarben drehen ihm den Magen um, und überdies hat Hübner die Augen Gottes. Mag dies der Anlaß sein oder nicht, aber unerwartet gerät Paasch in einen absurden Traum, in dem Gott und er in einer Flasche durchs Weltall gleiten, die von goldenen Vögeln gezogen wird. Im Gefühl wunderbarer Leichtigkeit schläft er dennoch unruhig und erwacht, lange bevor der glattrasierte Kopf seines Wirts zur zwölften Stunde an der Tür erscheint: Arlecq ist am Telefon. Den Spleen seines Wirts verfluchend, diese Spielerei aus Kriegstagen, ins Zivilleben gerettete Allüre eines Feldtelefons auf dem Nachttisch des ehelichen Schlafzimmers, die Paasch jedes Mal aufs neue erbittert, auch wenn der Major adee nicht mehr Angreifen, Mann! durch die Muschel brüllt, die Stellung wird gehalten, wohl verrückt geworden, was, Ende der Durchsage, sondern geduldig vom Kundendienst das Orakel des Wetterberichts und der Lotto-Zahlen entgegennimmt. Die Zahlen notiert er seiner begriffsstutzigen Frau auf den Rand der Sonntagszeitung, einen Tag ehe das Montagsblatt das Glück ins Haus bringt.

Ihr Freund, Herr Arleck, verlangt Sie telefonisch, sagt der Major und Wirt, wobei die korrekte und nahezu servile Haltung an der Tür nicht verhehlen kann, daß er einen solchen Namen noch nie gehört hat, nicht im Baltikum und nicht in Serbien, wo er ihn sogleich hätte auf die Liste derer setzen lassen, die an die Wand zu stellen waren. Seine Haltung läßt ebenso klar erkennen, wie sehr er es mißbilligt, Paasch in bekleidetem Zustand auf dem nicht abgenommenen Bett zu sehen. Das hätte sich bei dem nicht mal ne Frau erlauben dürfen, denkt Paasch die Gedanken seines Wirts zu Ende und lacht, was den Glattrasierten etwas aus der Fassung bringt.

Paasch setzt die Brille auf die kantige, von vorn einem verzogenen Dreieck ähnelnde Nase, geht in Strümpfen ins Schlafzimmer, wo es nach Eingemachtem riecht, ein wenig säuerlich, manchmal heben sie hier auch den Sonntagskuchen auf, nimmt den Hörer des imaginären Feldtelefons ab, vernimmt die Detonation einer rollenden Straßenbahn, kombiniert so Arlecqs Standort an der Haltestelle des Diakonissenhauses. Du Arsch, sagt Paasch gelassen durch den Draht, und der Major ohne Charge, der das Gespräch vom Nebenzimmer verfolgen kann, lächelt erinnernd.

Sprich lauter, sagt Arlecq. Ich versteh dich nicht.


## Arlecq, historisch

Arlecq, sein Buch schreibend, finge bei sich selbst an, stellte A vor P, nicht der Rangordnung wegen, eher aus Gründen der Verläßlichkeit. Wo aber nimmt man den Anfang her. Mit Paasch in der Zelle verbunden, für Minuten aus dem Kontext gehoben, gäbe er Gelegenheit, das zu betrachten, was er in der runden Jahreszahl 25 ansammelte: Daten, die Möglichkeiten ausschließen. Möglichkeiten, die keine Daten festhalten. Arlecq, an seinem Schreibtisch, notierte sich nichtgelebte Biographien, um zu sehen, was dann noch übrig bliebe. Also: keine psychologischen Konflikte großen Stils. Die Generationsfrage hatte den Krieg nicht überdauert. Wo gab es den jungen Mann, der sich bildend die Welt bereist. Die jähen Untiefen der Liebe. Die Große Metaphysische Frage. Der Klassenkampf. Der Sturm auf die Barrikaden. Die Apotheose der Fortschrittsgläubigkeit. Und er hat nicht für umsonst sein Leben gegeben.

Was blieb, ließ sich zu Papier bringen. Geburtsurkunde, Meldelisten, Polizeikarteien, Ausweise, Mitgliedskarten, Lesekarten, eine Examensbescheinigung, eine Eintragung auf dem Finanzamt zwecks Steuerklassifizierung, eine Sozialversicherung für Freischaffende. Erst die Krankengeschichten gaben Profil. Die ärztliche Diagnose, das gab Charakter, das Röntgenbild war verläßlich, der Rhythmus des Pulsschlags ordnete die Lebensmelodie, die Fieberkurve war eine seelische Startbahn.

Er versuchte, sich schreibend einen Umriß zu entwerfen, der nur im Augenblick des Schreibens gültig war. Er liebte den Frühnebel auf herbstlichem See, den Geruch nasser Erde im Frühjahr, immer die Meeresküste, an die ihn seine Mutter geboren. Doch waren das Kennzeichen eines Falls unter Tausenden. Symptomatisch sein Drang, behaust zu sein, die Geschichte seiner Zimmer. Sein Abdruck auf den Dingen zeigt sein Gesicht, wenn auch in der Starre der Maske. Arlecq im Gehäuse erweist sich als das zutreffende Stichwort.

Arlecq, sein Buch schreibend, an einem Sommerabend damit anfangend, bei offenem Fenster, finge bei seinem Vater an. Das kann irgendwo spielen, an südlicher Küste, der deutschen Geschäftsinitiative waren keine Grenzen gesetzt. Sein Vater kommt an einem bestimmten Tag für die Getränke zu Oliven und Anchovisbroten im Deutschen Klub auf. Die andern beteiligen sich mit Reden. Je größer das Parteiabzeichen am Rockaufschlag, desto siegessicherer zukunftsgewisser die Reden. Dazu steigen gerade die Aktien, die seines Vaters Chef irgendwo, nur nicht hier, hat. So hält dieser die längste Rede. Sein Vater hätte an dem Tag lieber das Rennen von Caracciola gesehen, von Biarritz bis San Sebastian. Eine Rekordzeit. Um es ganz wirklich zu machen, sollte man etwas von Autorennen verstehen. Zumal es seiner Mutter auf der Tribüne schlecht geworden, als sie es sich ansehen mußte. Das beschleunigte die Geburt. Wenn es dann schon so weit ist, daß sich seines Vaters Chef die Dividende auszahlen läßt für den großen Materialabsatz bei Guernica und anderswo, kann die Geschichte sich am Einzelfall von ihrer wahren Seite zeigen. Das teilt sich ohne Absicht auch dem Tonfall mit. Da ist die Auflösung einer Wohnung, die in sich zusammengeklappt in Holzkisten versenkt wird, die anfangs noch zwischen den Möbeln stehen, bis sie alles verschluckt haben. Stabile, sehr ungewöhnliche Holzkisten. Eine Spezialanfertigung, von rauher Oberfläche, welche die blaue Farbe unregelmäßig aufnimmt. Sein Vater beziffert die Kisten mit den Zahlen 1-8, Arlecq kann bis zehn zählen. Er mischt sein Spielzeug unter die Vasen, Bilder, Teppiche, eine Uhr, eine zerlegte Kommode, Lampen. Dann werden die Kisten mit glänzendem Bandeisen verschnürt, mit den Tränen von Arlecqs Mutter versiegelt, die zu aller Auflösung noch an einer Zahnfistel leidet. Gerade ein solches Detail, das Arlecq für veristisch hält, steht auf seinen Zetteln, den Akten von Zeugenaussagen aus jener Zeit. Zeugen wie seine Mutter, seine Tante Flora, die als Mittäter eigentlich nicht in Frage kommen.

Acht Kisten also, blau beziffert, stahlglatt bebändert, wandern als Expreßgut über die Grenzen, kreuzen sich mit Emigrantengut etwa zu der Zeit, wie Arlecq rekonstruiert, da der General in Moskau um Isabels Erziehung sich müht, Witze auf Chamberlains Regenschirm noch nichts an Wirkung eingebüßt haben, das Propagandaministerium an der Erfindung von Kohlenklau arbeitet.

Schon der Erinnerung anheimfallend, durch sechs leere Räume wandernd, spaltet sich Arlecq in Ich und Es, als er Arlecchino, das Wollmännchen, auf dem Fensterbrett liegen sieht. Er schiebt es in die Tasche, wo es die Reise überstehen kann.

Die Nacht vor der Abreise, schmerzlich verbracht bei Großmutter und Tante Flora, die zu der Zeit einen Busen ansetzt, in ihrer süßlich wächsern riechenden, von Nonnen verwalteten Pension, kann nicht als Übergang in neue Räume gewertet werden. Erst im Zugabteil mag man sich abfinden, hier oder im bewegten Gang zwischen Abteil und Speisewagen, das neue Gehäuse gefunden zu haben. Sein Vater schneidet Kuchen mit einem Taschenmesser, das er auf einer Station gekauft hat. Arlecchino, das Männchen, ist es zufrieden, in der Hosentasche zu reisen. Das Benehmen der Leute im Speisewagen ändert sich von Station zu Station. Manche, wenn sie einen Deutschen an den zu kurzen Haaren und zerbeulten Anzügen erkennen, essen schnell etwas Saures. Gut, daß sein Vater nicht so aussieht. Seine Anzüge sind von dem Schneider in der Gran Vía, Arlecqs Mäntelchen auch. Die Anproben waren ein Vergnügen. Der Schneider hat einen Mund voller Nadeln, die ihm auf der Unterlippe kleben, wenn er spricht. Und er spricht, ohne aufzuhören. Arlecq liest in einem Buch, das ihm Tante Flora zum Abschied gekauft hat: wenn man es aufklappt, stellen sich die Bilder auf; eine amerikanische Erfindung. Arlecq vernimmt von seinem Vater anhand des Buches, daß er einen Onkel in Amerika habe. Nachts können die Sterne auf dem Wasser schwimmen. Der Zug hält oft, liegt allein auf weitem Schienengelände, während andere Züge jubelnd und mit blendenden Lichtern vorbeifahren. Das ist unermeßlich traurig, wenn man so aus dem Schlaf genommen wird. Garade dieses Detail, bedenkt Arlecq schreibend, verdiente hervorgehoben zu werden, vor allem, um seine Mutter zu zeigen, wie sie, ein Kissen im Nacken, doch schlaflos, mit ihrer sehr zerbrechlichen Hand die seine hält. Ein Anblick, über den sein Vater verzweifelt, trotz der Gedanken an den zukünftigen Soldatenstand. Aus Sorge über Arlecqs Hingebung an das Mütterliche, aus Sorge über diese zerbrechliche Hand? Arlecq, schreibend, kann es nicht entscheiden.

Am Morgen fahren sie über einen Fluß. Die Loire, sagt sein Vater und schaut über den Rand seiner französischen Zeitung. Ein Mann mit einem Bärtchen macht auf der ersten Seite den Mund auf. Der Zug fährt in Paris ein. Das Gehäuse erweist sich als trügerisch. Der Mann mit dem Bärtchen hält einen Arm steif über der Stadt und kann den Mund nicht mehr zumachen. Der Zug fährt in einen Tunnel ein. In Paris fällt Arlecchino, das Männchen, ins Waschbecken des Hotelzimmers und muß ins Taschentuch gerettet werden. Das ist traurig. Immer schwieriger wird es, die alte Welt vor Schaden zu bewahren. In Saarbrücken empfängt sie eine steife Frau und leuchtet ihnen, weil es Nacht ist, die Straßen und Fenster ohne Licht, mit einer Taschenlampe die Bordkanten aus. Da hat auch die kürzeste der Erzählungen seiner Mutter, Episoden aus Mädchenpensionaten vor Arlecqs Zeit, keinen Platz im Kegel der Taschenlampe. Eine Vergangenheit, die ganz im Dunkeln bleibt. Als seine Mutter in der Badewanne sitzt, heult eine Sirene. Die Frau mit der Taschenlampe klopft an die Wand. Aber noch ehe sie ihrem Klopfen Folge leisten, heult eine zweite Sirene anhaltend in C-Dur. C-Dur, sagt seine Mutter, die im Pensionat das Klavierspielen erlernte. Sie können im Zimmer bleiben, aber seine Mutter hat keine Lust mehr, noch einmal in die Wanne zu steigen. Sein Vater stößt lachend den Rauch seiner französischen Zigarette aus.

Am nächsten Tag, nimmt Arlecq an, reisen sie weiter. Aber jetzt hat er Schwierigkeiten, sich seinen Großvater vorzustellen, der sie am Bahnhof erwartet und nach den Fotos eine andere oder wohl auch diese Vorstellung von der Familie seines Sohnes hatte. Einfacher die Szene in der großmütterlichen Küche, wenn die Sirenen die Straße leerfegen, die Großmutter den Rosenkranz zur Hand nimmt, die Kugeln zwischen die Finger; doch die zerplatzen zur Detonation. Sie fliegen woanders, sagt sein Großvater, die deutschen Verhältnisse erklärend, auch wenn es hier knallt. Und gewiß sagt er etwas über seinen zweiten Sohn in Amerika, der die Flugzeuge gebaut hat, die hier oder woanders fliegen, und es ist klar, wie er über diesen Sohn spricht, der sich beizeiten zu den Plutokraten, den Juden abgesetzt hat. Wenn die Großmutter den Rosenkranz nicht zur Hand nimmt, begleitet sein Vater den Großvater zu einem Bier und einem gesalzenen Rettich. Er hat zuvor den besten Anzug aus dem Koffer gewählt, in stiller Freude, wie Arlecq beobachten kann. Er liebt die Freude seines Vaters.

Aber auch hier ist keine Bleibe. Der Mann mit dem Bärtchen erwartet seinen Vater in Glauchau. Dessen Vater spricht es wahrscheinlich aus wie: Braunau. Glauchau, soviel weiß man, liegt in der Nähe der großen Stadt, in der man bleiben will, in die sein Vater, so er Urlaub hat, kommen kann. Immer neue Bahnhöfe. Umarmungen beim Ein- und Aussteigen. Arlecq umarmt Arlecchino. Aber das Männchen schneidet eine Grimasse. Im Speisewagen des Zuges beißt keiner mehr auf Saures, wenn er einen Nazi sieht. Sein Vater hat sich hinter das Buch zurückgezogen, der Geschichte Philipp II., die im letzten Kapitel anschaulich den Untergang der großen Armada beschreibt. Von den 30 000 Mann Besatzung sieht kaum ein Drittel die heimatlichen Küsten wieder. Der seekranke Admiral zieht sich pensionsberechtigt auf seine Güter zurück.

Jetzt, wo sie eine Bleibe haben, mitten im Winter, wohnt Arlecq im Krankenhaus. Das ist unklar. Arlecqs Notiz hierzu macht es auch ihm nicht deutlicher: Wie gesichert vor sich selbst und vor seiner Umwelt hingegen fühlte er sich in den großen Krankenhäusern, die ihn zuweilen aufnahmen. Daß jetzt alles in Weiß gemalt werden kann, klärt noch nichts auf. Weiß der Schnee, die Bettlaken, die Schneemänner, die Krankenschwestern, nur Schwester Erika hat einen roten Mund. Arlecq und Arlecchino entzweien sich in heftiger Liebe zu Schwester Erika, doch Arlecqs Pulsschlag ist schneller, so hat er die größeren Chancen. Für Monate hat Arlecq seine eigene Vorstellung von Geborgensein. Er hat Schwester Erika. Was dazwischen liegt, zählt nur soviel, als es immer wieder zu ihr hinführt. Sie bringt ihm die Schnabeltasse mit dem Tee, kleidet ihn an, zieht ihn aus, erzählt Geschichten von Schneemännern, die Karussell fahren, bis sie ihre Nasen verlieren. Seine Mutter kommt mit Geschenken, aber sie muß sie über die Kette an Erika reichen. Arlecq kann ihr Gesicht nicht sehen. Sein Vater schickt Karten aus Glauchau: Soldaten, die augenzwinkernd Klöße zubereiten, kleine weiße Schürzen auf grünen Uniformen. Wenn die Klöße in der Pfanne schmoren, schreibt er, fahren sie nach Rußland. Schwester Erika hat an manchen Tagen verweinte Augen, weil sie keine Post bekommt. Arlecq schenkt ihr eine von den Karten aus Glauchau.

Nach der Operation weiß man nicht, wie spät es ist. Die Fenster sind hell, hell wie sie gestern waren. Oder ist noch immer gestern. Man könnte fragen, kennt sich aber in den Worten nicht mehr aus, die dazu nötig wären. Gestern oder heute liegt man an Händen und Füßen gefesselt auf dem Operationstisch. Eine weiße Leinwand trennt aufgespannt den Tisch in zwei Hälften. Darunter ist gerade noch Platz, den Körper durchzuschieben, an dessen oberer Hälfte Schwester Erika steht und ihm ein Bilderbuch, das er längst kennt, vor die Augen hält. An der unteren stehen die Ärzte. Ihre Köpfe, die man auf der Leinwand erwartet, ragen über sie hinaus, die Gesichter halb in weißes Tuch vermummt. Jetzt aber entsteht Bewegung auf der Leinwand durch die unregelmäßigen roten Tupfen, die in schneller Folge plötzlich auftauchen. Im grünlichen Licht der runden Lampe über dem Tisch gleißen scharfe stechende Reflexe. Rechts steht Schwester Erikas Freundin und reicht silberne Gerätschaften, die manchmal von den weiß Vermummten abgelehnt werden. Dann fallen sie nutzlos wie altes Eisen zurück in den großen Behälter. Jetzt ist es noch gestern oder heute, und als man sich an die neue Zeit gewöhnt hat, wird man auf die Füße gestellt und in einem Saal, der viel zu groß ist, als daß die eine, auf Arlecq gerichtete Lampe ausreiche, vor einer Kommission interessierter Herren, einige in Weiß, muß man laufen lernen, nackt, auf einem Podest, im Rampenlicht der Öffentlichkeit.

Wie einfach, denkt Arlecq schreibend, nun die Geburtsstunde des Anarchisten Arlecq, des großen Verächters, anzuzeigen, oder auch, ihn etwa nach Bergen-Belsen, Maidanek, Auschwitz zu versetzen. Das Leben bietet immer eine Chance.

Da schon wird es Frühling, seine Entlassung besteht bevor, in der Ferne treten Don und Dnjepr über die Ufer, die Goldkuppeln der Kirchen stehen im neuen Glanz, die Deportierten spielen in den Güterwaggons auf Mundharmonikas, und sein Vater marschiert aus dem großen Rußland nach Italien. Die Uniform der Gefreiten ist rauh, die Anzüge aus der Gran Vía, die Hemden aus der Camisería Inglesa aber vorübergehend erreichbar. Nur die Hände sind unempfindlich geworden, haben sich im Umgang mit dem Holz und dem Eisen des Gewehrs mit einer neuen Haut überzogen. Der Weg führt über Polen nach Deutschland. Der Mann mit dem Bärtchen, Todfeind eines andern Schnurrbärtigen, die Bärtigen wie immer bestimmen die Geschichte, hat seinem Vater ein Paket mitgegeben mit der Milch, dem Fleisch, dem Brot, das die Deportierten stehenließen. Arlecq ist dabei, als das Paket ausgepackt wird. Das Führerpaket füllt die Speisekammer.

So haben sie nun alle eine Bleibe. Aus den Wäldern um den Auensee zieht der Frühling durch den Balkon, und von der Straßenseite steigen die miesen Gerüche und Ängste der von Bomben und Spitzeln bedrohten Vorstadt durch die offenen Fenster. Arlecqs Vater auf Fronturlaub kommt sich nackt vor in der leichten Zivilkleidung. Das Gewehr hat er in den Winkel neben der Wohnungstür gestellt. Es zielt immer in die Worte, welche Besucher beim Abschied an der Tür machen. Aus einer der acht Kisten, die ihren Inhalt auf der Reise bösartig verwandelt haben, daß er nun fremd zwischen dem neuen Mobiliar lauert, baut Arlecq Arlecchino, dem Männchen, ein Haus. Auseinandergefaltet, durch ein Vergrößerungsglas betrachtet, oder auch wenn Arlecchino mit Arlecq auszutauschen wäre, entspräche es ganz der Wohnung mit ihrem Blick auf Himmel und Wald auf der einen, ihrer Beklemmung auf der anderen Seite. Noch kann Arlecq an jedem Ausblick sich seiner Liebe zu Ruth hingeben, die ihr rundes, von braunen Haarwellen eingefaßtes Gesicht aufs Kopfkissen des Nebenbetts legte, als er von Schwester Erika Abschied nahm, längst unsicher an dieser einen Liebe. Wenn er lustlos seines Vaters Spielzeug aufbaut, das der Großvater geschickt hat, eine Minderzahl blau-roter Franzosen und eine Überzahl kaiserlicher Ulanen und Soldaten mit angelegtem Gewehr, die man, wie sein Vater erklärt, gegen die Franzosen in die hölzernen Laufgräben stellen kann, sinnt er über die Möglichkeit einer eigenen Behausung nach im vierten und kleinsten Zimmer. Das aber, so erfährt er, bleibt Tante Flora vorbehalten, die ihnen über Paris und Saarbrücken, in Zöpfen und brauner Bluse, nachreist.

Hier ergäbe sich eine neue Zäsur. Denn referiert man militaristische und klerikale Neigungen auf einmal oder auch Satz für

Satz, Jahr für Jahr? Entledigt man sich der Schuldfrage durch das passende Auftauchen Floras, die eines Dienstags klingelt, mit Tornister und Koffer vor der Tür steht, in einer Jacke mit Lederknöpfen, einem ledernen Krawattenknoten? Eine Auslandsdeutsche heim ins Reich. Sie hatte den Ruf vernommen, und in dem rundlichen Schoß ihrer siebzehn achtzehn Jahre war die Saat von Walhalla, Biefröst, Odin und des Gefreiten aus Braunau aufgegangen und entzückte Arlecq, der etwas auf Geschichten gab. Gewiß war auch Musik im Spiel; denn aus dem vierten Zimmer schalmeite nun die Blockflöte, Flora blies unentwegt, wie sie es gelernt hatte. Arlecq wußte sich nicht zu fasen über das Wunderrohr, in dessen Kniffe und Griffe er eingeweiht wurde, in dessen staccato geblasene Marschmelodien sein Gesang (Es dröhnen die morschen Knochen) irritierend eingriff. Noch stand der Atlantikwall, Arlecqs Repertoire blieb beschränkt auf die Melodien des Deutschlandsenders, Operettenklänge nach Wasserstandsmeldungen, Märsche nach Sondermeldungen, Bomben auf Engeland vor Luftlagemeldungen im Raum Leipzig–Halle. Salt Peanuts wurde nicht geblasen. Auf dem Weg nach Oobliadooh wucherte Stacheldraht. Kein amerikanisches Patent-Bilderbuch hatte Flora im Gepäck gehabt, wohl aber die eingerollte Fahne des Großdeutschen Reiches, ein Abschiedsgeschenk des Konsuls. Flora half ihm, das Fahnentuch mit Reißnägeln an einen dienstunfähigen Besenstiel zu heften, daß er durch alle Zimmer damit ziehen konnte, so wie er in der Schule, der 57. Grundschule, dem Lehrer an manchen Tagen den Rohrstock nachtragen durfte. Wahrlich, eine üble Zeit, betrachtet man sie aus einer immerhin besseren. So läuft denn, wie er im Kolleg zu seiner Beruhigung gelernt hat, jede Geschichte, wohl am Ende auch seine, auf den Fortschritt hinaus. An dieser Stelle spätestens ist es Zeit für ihn, Monk, Parker, Gillespie auf den Plattenteller zu legen, um nicht schon über die Schulaufsätze jetzt und später schreiben zu müssen.

Die Sonntage im fragmentarischen Kontext der Biographie sind Familienausflugstage, und es geht versammelt bis hinunter zu Arlecqs beiden Cousinen in den Lunapark des Auensees. Malzbier und Salzbrezeln. Die Kapelle spielt, wenn sie spielt, Schlösser die im Monde liegen. Außer der Reihe und unter Mahnungen, wegen der Fremdarbeiter, führt der Weg zum Prießnitzbad, wo Holländer und Polen in Baracken, die an den Zaun zum Badeplatz grenzen, die Kohlsuppe des nationalsozialistischen Europagedankens löffeln. Arlecq ohne Arlecchino, der dazu verurteilt wurde, ein Anti-Faschist zu sein, seit man den Juden Levin von schräg gegenüber doch noch abgeholt hat, Arlecq nimmt Verbindung mit den Polen und Holländern auf. Da aber wird die Staatsgewalt zu Hause vorstellig, wenn auch nur in Gestalt des Prokuristen Kleinschmidt, und will einmal nach dem Rechten sehn. Flora spricht mit ihm. Außerdem möchte sie eine Lehrstelle im Büro haben. Arlecq ist geneigt, dieses Eingreifen der Staatsmacht als das jähe Ende einer lebensumformenden Aktivität zu sehen, die ihre Kräfte nun an die Mythologie in den milden Räumen des Gemeindehauses Am Langen Felde abgibt.

Trotz der heldischen Gestalt des Kaplans, ein Sankt Christophorus wie aus den späten Bildern des Engelmalers Hübner, unheimlich anzuschaun auf dem Gemeindefahrrad, ist man in der Katechetenstunde gefeit vor militaristischen Neigungen und der Staatsmacht entzogen. Arlecqs schwankende Seele wird sicher auf transzendente Pfade geleitet. Bis hoch zum Vorstand der katholischen Gemeinde der Stadt läßt das Licht in den Augen eines Kindes glauben, daß hier eine höhere Berufung auf ihre Erweckung warte. So hat es den Anschein, Arlecqs Weg nach Oobliadooh ende in Rom, Paaschs Weg, in seinem von Homosexuellen geleiteten Erziehungslager, bestenfalls bei Richard Wagner. Doch da kann Eisenhower in letzter Stunde am Atlantikwall dem Drachen in die Flanken schlagen, der diesen Nibelungenhort fataler Möglichkeiten umkrallte. Gaben Dizzie Gillespie und Charlie Parker ihr großes Konzert in Toronto. Arlecq, abermals, bedient den Plattenteller.

Bleibt der Tod seines Vaters. Voraussetzung für Oobliadooh, ledig der väterlichen Autorität? Arlecq weiß es nicht. Jedenfalls kommt ihm dabei auch die andere, vom Kaplan vermittelte Autorität abhanden. Die Absage an den Klerikalismus, etwa nach der Messe, wenn der Kaplan von den Nonnen nach getaner Arbeit mit Erdbeeren und Rahm erfrischt wird, das gäbe vielleicht eine gute Szene. Wichtiger aber scheint ihm die andere zu sein, mit den Umständen der Todesbotschaft. Seine Mutter kommt vom Einkaufen und hat den Postboten verpaßt. Der hat den Brief der Nachbarin übergeben, die keine halbe Stunde später auch schon die aus der Tageszeitung ausgeschnittene Karte, sorgsam ausgeschnittene Karte, denn die Nachbarin war einst Chefsekretärin, die Karte des italienischen Frontabschnitts also, bringt. Arlecq besieht sich die Karte, reißt denn das Fahnentuch vom Besenstiel, nimmt auch das Flötenliederbuch, wickelt Karte und Buch ins Fahnentuch, wirft alles in den Ofen und befreit anschließend Arlecchino aus seiner Festungshaft. Dazu setzt er (ungeniert) das rote handgebastelte Flugzeug seines Amerikaonkels in Bewegung (N. Y., USA auf dem Rumpf) und benutzt es zur Rettung Arlecchinos als Fieseler Storch. Das geht schnell wie in der Wochenschau, in der nächsten Szene schon schaukelt sein Vater auf dem Rücken eines glutäugigen Maultiers als Leichnam zu Tal, vorbei an welken Sonnenblumen, deren blutschwarze Kerne zu Boden tropfen. Dreiundreißigjährig ans Hakenkreuz geschlagen, eine Schattenexistenz verlöscht unterm Stahlhelm. Unten, im Tal, breitet Il Poveretto, der Mönch von Assisi, seine Arme aus, denn es ist seine Stadt. Der Sanitäter indes (malte man diese Geschichte aus), der den Maulesel führt, würde den Wert des Eheringes und der Armbanduhr in seiner von Dekorationen schweren Brusttasche berechnen.

Die neue, die vaterlose Zeit, beginnt mit dem Umzug ins vierte Zimmer. Flora, die Tante, rückt ins dritte. Noch hat Arlecq seine aus allen Zimmern mit Autorität ausgewählten Habseligkeiten nur improvisierend ins eigene Zimmer gestellt, das Bett unters Fenster, Arlecchinos Haus ans Fußende, als von einem Tag zum andern, jede theologische Vorstellung umkehrend, die Hölle aus heiterem Nachthimmel auf die Stadt fällt und die Luftmine in den Hausgarten. Noch sind gut acht Wochen bis Ostern, Arlecqs Onkel aus Amerika aber schickt dieses frühe Osterei. Doch nicht nur kommt es verfrüht an, es verfehlt trotz heller Schneenacht sein Ziel, gräbt sich ein in Winterbeete, reißt, das Hindernis der Gartenhecke mit sich wühlend, einen Krater in den hartgefrorenen, an Sommertagen mit Karussell und Luftschaukel besetzten Weg zum Prießnitzbad. Reißt die Adern der Kanalisation durch, die Arlecqs verbotene Freunde, die Holländer und Polen, wieder zusammenflicken. Vorläufig aber verbietet der Hauswirt noch im Keller achtundzwanzig verstörten Mietern das Benutzen der Wasserspülung, ganz gleich, ob man groß oder nur klein gemacht hat. Beim Anblick ihrer Wohnungen jedoch verspüren die Bewohner ganz neue, nie empfundene Bedürfnisse. Im Niedergehen nämlich rächte sich die fehlgeschlagene Luftmine für die schlecht funktionierende Zielvorrichtung des von Arlecqs Onkel gebauten Bombers und drückte dem Haus zum Spaß die in Blei gefaßten Fenster des ehrwürdig mattbunten Treppenhauses ein, auch noch gleich die Schlafzimmer-, Badezimmer- und Küchenfenster samt den dazugehörigen Rahmen, daß zu Schneekristallen gesplittertes Glas die Steppdecken Paradepuppen Bettvorleger Badewannen Klobrillen Küchentische bestreute. In der wiedererlangten Stille produzieren die Schritte der Hausbewohner spukhaft knisternde Weisen. Die Außentemperaturen von minus fünfzehn, sechzehn Grad vollendet, was die Luftmine nur ausprobiert hatte. Das Wasser aus den Rohren, anfangs in fröhlicher Vermählung mit den Glasscherben des Fußbodens, verbindet sich mit dem Glas zu einer unbekannten Legierung und breitet auf die Zimmerfußböden nie gesehne Teppichmuster. Wahrlich, ein Spaß, der das Risiko einer Erkältung in Kauf nehmen läßt. Das Radio meldet sich um vier Uhr mit einer Morgengymnastik für Frühaufsteher, die alle Mieter strikt, wenn auch wenig rhythmisch, befolgen. Denn das E-Werk der Vorstadt war intakt geblieben, aus der Luft zweifellos unter der Schneedecke wie ein Kinderheim anzusehen; das Kinderheim, wie ein E-Werk ausschauend, hatte die volle Last der Vergeltung auf den schwachen Schultern der Vaterlosen zu spüren bekommen und war bis auf das Sägemehl in den Bäuchen der Puppen abgebrannt. Maikäfer flieg, dein Vater ist. Herr Kleinschmidt wußte, auch das käme aufs Schuldkonto des Juden Levin, der zu spät abgeholt worden war, erst mit Herrn Kleinschmidts Auftauchen aus dem Inventar der Vorstadt verschwand.

Um auch von Flora zu sprechen, denkt Arlecq, das ihrem Büroleben so vertraute Dinavierformat durch die Walze drehend, so gibt es da die Szene am Morgen nach dem Bombenangriff. Ein Morgen, der mit einem Schlag rot am Horizont stand, ohne farbliche Übergänge von schwarz zu grau, zu rosa und blau. Flora und er gehen am Morgen zum Bäcker, im lautlosen Gestöber sanfter Rußflocken. Das Gerippe der Stadt höhnt sie an, und es gibt auch kein Brot mehr. Da haben sie beide Angst, sind Hänsel und Gretel und von nun an Geschwister. Pommerland ist abgebrannt.

Da, ins Hämmern der Mieter, die ihr zugeteiltes Ersatzglas ans rohe Fensterholz nageln, rollen schon die ersten Panzer den Bienitz hinunter, rollen ungehindert die kleine Sandaufschüttung aus grauer Steinzeit hoch und hinunter. Die Amerikaner sind da, eines Morgens, alle, außer Arlecqs Onkel. Neger lassen sich fotogen vor den Bettlaken der Kapitulation fotografieren. Maiblumen in den Rohren der Sherman-Panzer. Glory glory halleluiah. Die Mieter vergraben sich unnötigerweise in die Kellerräume, zu den eisernen Rationen eingemachter Gänsebrüste und Rotweinflaschen aus Führerpaketen. Durch die Kellerräume knacken Gänseknochen. Eine festliche Note in der Abgangsszene des Mannes mit dem Bärtchen, der sich mit Feuerzeugbenzin über und über begießt.

American Patrol. Angelockt von der weichen Swing-Welle Glenn Millers, folgt Arlecq der Raupenspur der Panzer. Aber das Vergnügen währt nie länger als bis sechs Uhr abends. Die Nachbarn hängen aus den Fenstern und haben ihren Spaß, wenn die Sieger nach sechs die Besiegten jagen. Männer mit Rucksäcken zappeln am Arm von Kentucky-Negern, die My ol' Kentucky home singend darzustellen wären. Arlecq nimmt bei Frau Hübner englischen Unterricht gegen Naturalien, die er dem Schwarzmarkt abgewinnt. Der Engelmaler macht eine Kohlezeichnung von ihm, indes Arlecq lernend beflissen Vokabeln ausspricht. God bless America.

Da tritt jäh der Ernst des Lebens auf und setzt der Feststimmung ein Ende. Aufgezehrt der Gänsebraten, ausgetrunken der Bordeaux, als der Steppenwind über Parkanlagen und Plätze fegt. Flora, die das Büro noch vor der Kapitulation aufgegeben hatte, verbrannt waren Papier Stifte Farbbänder, verschwunden auch Herr Kleinschmidt, kann auf dem Weg zur Drehbank, gerade noch sich selbst bewahrend, ihre Unschuld in einer Toreinfahrt retten. Doch ziehen die Panjewagen an ihr vorüber, die Gestalten in den langen, vom Schützengrabenschlamm verkrusteten Mänteln. Vielleicht, daß einer *djewotshka* zu ihr sagt, beim Vorbeistapfen in die Toreinfahrt lugend. Aber mehr passiert nicht. Vielleicht, daß im Rathaus die Ratsherren nach einem Blick aus dem Fenster, alle von halblinks nach ganz links rutschen. In der Hauptstadt wird ein Staat vergeben, den es erst zu machen gilt.

Aber mehr passiert nicht. Nur daß Arlecqs Onkel aus Amerika in der Stunde der Not seine private Luftbrücke eröffnet. Aus dem Überangebot der Woolworth-Läden werden eingeflogen Büchsenkaffee und Bleistiftanspitzer, Socken und Milchpulver, Nähnadeln und The Comic Weekly, Hustenbonbons und Seifenpulver, Kakao und Wäscheklammern, Fleischextrakt und ein

Stadtplan New Yorks mit dem handschriftlichen Vermerk, dem Pfeil aus Tintenstift über einem Stadtteil (Bronx): I am gewohnt here. Über Arlecchinos Haus hißt Arlecq trotz der Zeitungsmeldungen das Sternenbanner.

Jetzt endlich kann auch Paasch eingeführt werden, nachdem Flora nicht von ungefähr einen wichtigen Einfluß auf ihres Neffen Werdegang nimmt. Denn auf der Suche nach fixierten Texten zu Schlagermelodien, die man zum flinkeren Rotieren der Drehbank absingen könnte, geriet Flora an die MELODIE, genau an der Stelle, wo etwas später Paasch die WELTBÜHNE kaufen wird. Arlecq, immer auf der Suche nach dem Sinn des Daseins, schnitt das Heft in Stücke, klebte sich Armstrong, Stewart, Beiderbecke, Lem Arcons Gesicht, das in der Würde eines seltenen Vogels aus dem Saxophontrichter steigt, an die Zimmerwände und nahm Begriffe wie Jazz, Jive, Swing, Pop und Oldtimer in sein Vokabular auf. Lauschte zur Mitternacht den neuen Klängen aus der nicht entnazifizierten, in nazistischer Verbohrtheit den neuen Wellenlängen feindlich gesinnten Goebbels-Schnauze und blies den Air Lift Stomp auf der Flöte. Bei einem Konzert der Vorstadt Syncopaters in Schäfers Ballhaus traf er Paasch an seinem Tisch. Und sie hatten die gleichen Erfahrungen gemacht mit den Syncopaters, die nicht viel hergaben, und mit gewissen Sendungen um Mitternacht. Be-bop ist da und wird bleiben, sagte Paasch, und die Geschichte würde seine voreilige Prognose rechtfertigen.

### Die Zelle

Sprichst du oder schläfst du, sagte Arlecq, den Hörer am Ohr. Du wirst verlangt. Paasch in Strümpfen, des Majors a. D. Feldtelefon in der Hand, das Bild von der himmlischen und der irdischen Liebe vor Augen, im säuerlich riechenden Schlafzimmer, kratzt sich mit dem linken wollbestrumpften Fuß die rechte Wade und wartet auf das Abklingen der stadteinwärts fahrenden Straßenbahn der Linie 18 der 27 oder 13, die noch grollend in der Leitung sitzt. Arlecq in der Stille, abgeschlossen, wartend, hat die absolute Stille der Konzentration im Ohr, trotz der vibrierenden Zellenwände. Vorbei, sagt er.

Was war's denn für eine, fragt Paasch, die Achtzehn oder die Dreizehn?

Die Langhaarige aus dem Nebenhaus, sagt Arlecq. Stand im letzten Wagen. Aber hör hin: so dein Sinn heute nach Natur stünde, träfen wir uns unter Bäumen am Zaun eures Besitztums?

Paasch läßt von der rechten Wade, zieht den Mund hoch zur Nase, der Wirt im Nebenzimmer kommt noch immer nicht recht in die Zeitung vor lauter Hinhören durch die hellhörige Wand. Paasch sieht zum Fenster, sieht nicht nach Regen aus. Besser, er nimmt seinen Schirm mit.

Gut, sagt er. Falls es nicht regnet. Getränke besorg ich. Jetzt endlich findet sich der Wirt zurecht.

Arlecq hat auf der verschmierten Zellenwand Paaschs väterlichen Garten mit Bäumen und Büschen vor sich. Die Hagebuttenhecke am Eingang, die nach Äpfeln riecht, die Pappelreihe, wie eine Äolsharfe, sagt Paasch immer. Dahinter, verborgen, der Nachbargarten. Ein Bild, das verwischt, und es bleiben nur noch Zellenwände. Das Stiergehörn des aufgelegten Hörers weist auf ihn, und auf der Stelle wollen alle Nummern des Telefonbuches durch die Scheibe gedreht werden, in rasendem Wirbel. Arlecq hat Schweiß auf der Stirn, er ist in eine Falle geraten, aus der Zeit gestellt worden, welche Zellenwand ist die Tür, er muß rote Zahlen haben für einen Hilferuf, aber alle Zahlen des Buches sind schwarz. Er blättert es durch, mit einem Mal wie im Traum, Anschlüsse, Kontaktmöglichkeiten von A bis Zet. Welche Gemeinschaft aber bietet sich ihm da an, wer ließe sich alarmieren, wo hier nur die Unbekannten Unvertrauten ihre Nummern anbieten. Nicht so Isabel, seine Mutter nicht, nicht der Engelmaler, immer die andern, die Behäbigen, die Gestrigen, die Heutigen mit ihren geliehnen Stimmen. Ging es so aus mit ihm? War das der Abschluß? Die monologische Situation? Und wer waren die andern, die mit einem gingen. Paasch, ein Fragezeichen unter einem Regenschirm. Isabel, am ganzen Körper behaart und weich wie ein Spinnenbauch. Linde, nichts als ein blauer Himmelsstrich. Seine Mutter: vergebliche Güte. Hübner, der Maler der Engel und mandeläugigen Propheten, ein Vorstadtmessias, der zum Kinderfest auf einem Esel reitet. Und er selbst? Wer?

Er zog zwei Geldstücke aus der Tasche, steckte sie in den Schlitz, wählte auf der nur langsam willenlos kreisenden Scheibe 4 37 88, preßte den Hörer ans Ohr, war an Gottes Anstalt geraten, den der Pförtner, als harmlosen Fall, der er war, für Minuten in Vertretung an den Hausapparat gelassen hatte, um sich ein

Bier und ein paar Zigaretten von gegenüber zu besorgen. (Erzähle Arlecq später Paasch.)

Ja, sagte Gott wohlklingend, etwas guttural, hier Gott. Sie sind richtig. Auch du, mein Sohn, sagte Gott, die Stimme vertraulich senkend, wie um geheime Botschaft mitzuteilen. Auch du. Zieh mit den sanften Tieren. Höre den Wind in den Bäumen. Kenne die Sprache der Vögel. Zieh hin in Frieden. Wir alle harren deiner.

Arlecq aber legte den Hörer achtlos aufs aufgeschlagene Telefonbuch, ließ Gottes Stimme den Unbekannten predigen, floh die Zelle, eilte verstört, nur noch die schmale Pappelreihe im Sinn, hin zu Paaschs väterlichem Garten in der Grabbau-Straße.

### Noch einmal im Gestern

Arlecqs Fahrt durch die Vorstadt kann noch immer im Gestern stattfinden. Die Zeichen stehen unverwischt an den Häuserwänden. Weiß pfeilt sich der Strich zu den Kellerräumen. LS heißt noch immer LUFTSCHUTZ, und nur im Dunkeln sind die Zeichen, die einst phosphoreszierten, unlesbar geworden. Der Sirenenpilz steht noch immer neben dem Schornstein. Der Kaminfeger kann sich am Blech festhalten, wenn er das Senkblei in die Tiefe fahren läßt. Im Lindenhof wird noch Bier über die Straße verkauft. Nur die Lindenhofwirtin ist langsam von unten sacht von der Syphilis zwischen ihren schönen Schenkeln aufgefressen worden und kann nicht mehr lächeln wie einst im Mai, als die Syncopaters, von denen Paasch nicht viel hielt, zum Schwof aufspielten. Hier kam Flora in ihrer proletarischen Phase zuweilen auf ihre Kosten, ging sie abends mit dem Buckligen Richard von nebenan tanzen. Richards weißseidener Schal fiel auf in der Vorstadt, ein Schal nach der Mode der Zeit, nichts weiter, der ein weiches Herz fesch verbarg. Richard war ein guter Tänzer. Zwei feste Beine, die kein Marschbefehl je in Gang gesetzt hatte. Das Schreien aus dem Lindenhof dringt über die Straße. Dennoch schickt ihn seine Mutter zuweilen hinüber, um Malzbier zu holen für eine Warmbiersuppe. Denn, überhaupt, die materielle Frage. Da reicht eine Aufzählung der glänzend verpackten, grell beschrifteten Konserven Pappkartons aus Übersee nicht aus. Da waren die Hosen Hemden Jacken Schuhe zu groß und zu klein, die ausgebreitet ausgelegt hingestellt auf dem Sofa, sieh mal nach, was in der Stube ist, sich anbieten, wenn man aus der Schule kommt. Da war der illegale Dollar im Briefkuvert zu mager, als daß seine Mutter ihre kleine Hand (so weich noch von den Künsten der Pensionszeit) hätte schonen dürfen.

Da war auch Herrn Levins Geschicklichkeit nichts wert, der in Dachau, wie er in der Tageszeitung zu Bericht gab, Banknoten gefertigt, teures Geld für sein Leben gegeben hatte. Er zog, winziger geworden, aber sonst unversehrt, in Herrn Kleinschmidts Wohnung, blieb ein, zwei Jahre, ging dann nach Bronx. Das hing, möchte Arlecq vermuten, mit den Briefmarken zusammen, die Herr Levin zeichnete oder vielmehr so nicht zeichnen wollte, gleichwohl der Präsident des Staates ein ebenso freundlicher Herr schien wie die amerikanischen Präsidenten, mit denen sein Onkel seine Pakete frankierte. Herr Levin jedenfalls konnte die Währungsreform nicht aufhalten mit seiner Kunst.

Da bleibt auch Floras Lohntüte zu klein, der Gehaltsstreifen zu kurz, als sie endlich die Stelle beim Rechtsanwalt hat. Denn nur die kleinen Hände seiner Mutter erweisen sich als stark genug, und sie hatte die Strickkunst nicht umsonst auf dem Pensionat erlernt. So wurde ein Faden gesponnen, verstrickt, verhäkelt, eingefädelt, geknüpft, eine links, eine rechts, daß es gereicht hätte, allen deutschen Schlagbäumen wärmende Futterale überzuziehen und man sie am Ende mit Nugatstangen, Lakritzenstangen und andrem Nahrhaften hätte verwechseln können. Aber keine Futterale gab das Haus Nadel in Auftrag, sondern weitfaltige Strickkleider in Rosa und Gelb, Jacken mit und ohne nordisches Muster, Pullover mit und ohne Kragenpasse, angestrickten oder durchbrochenen Taschen, Kragenkollern oder spitzen Ausschnitten zu andersfarbiger Kante. Das ging zusammen mit Meißner Porzellan, echten und unechten Nippsachen bis nach Leningrad und Nowgorod und in den sibirischen Winter; denn so weit reicht die Kundschaft des Hauses Nadel. So umhäkelte, erwärmte seine Mutter den Feiertag der Kolchosbäuerin, jedenfalls in Arlecqs weitreichender Vorstellung, und ein bunter Faden flocht sich um die Zwiebelkuppeln der Basilius-Kathedrale auf dem Roten Platz. In die Ferne wirkend, saß seine Mutter im Lehnstuhl wie das von den Dämonen des Märchens in die Hinterkammer gesperrte Aschenbrödel, von Fäden umlaufen, eingesponnen im Garn, nadelklappernd, gesenkten Blickes, mit den stumpfen Wollfarben den Glanz der Augen auslöschend, nach dem siebenten Winter auch das Schwarz der Haare für die Kanten, Patten und Aufschläge hergegeben, ein Restgrau zurückbehaltend rechts und links des Mittelscheitels, das ihr gut zu Gesicht stand, strickte sie einen roten oder blauen Faden. Saß nadelklappernd sieben Jahr, statuenhaft und doch rhythmisch bewegt im Lehnstuhl, verbunden mit Ferne und Welt. Tätig und doch ohne Hast, hatte sie nach sieben Jahren ein Unendliches an Güte aufgespeichert, ein Wohlwollen zu jedermann, das sich in einer weitverzweigten Korrespondenz jedem mitteilte. Doch erwiderte die Welt Güte mit Nachlässigkeit, Wohlwollen mit Höflichkeit, Anteilnahme mit Gleichgültigkeit. Die rhythmisch bewegte Einheit des Lehnstuhls mit Nachbarschaft und Weltweite zerbrach bei größeren Belastungsproben. Mit der Zeit kam ihrer idealbedürftigen Seele die Technik in der Hand Floras zugute. Die Vollkommenheit einer Welt zur Zeit pensionsbehüteter Mädchenjahre fand eine Entsprechung in der Magie der Fotografie. Die Idylle des allseitig lächelnden Gruppenbildes verlieh Welt und Zeit ein Maß an Harmonie und Stabilität, die durch nichts zu erschüttern waren. Die technische Perfektion des Farbbildes, das lebensgroß an die Zimmerwand projiziert werden konnte, machte auch den Alltag vollkommen. Selbst Arlecqs Eitelkeit ließ sich für den Stolz der mütterlichen Gefühle ausbeuten, und Flora, von jeher eine große Sammlerin, füllte Kasten um Kasten mit den Glasplättchen, die das farbige Wunder ewiger Dauer bargen.

So nur hätte Arlecq sie beschreiben wollen. Vielleicht war ihre Güte eine Form der Eitelkeit, verbarg sie in schlaflosen Nächten bittere Unzufriedenheit über ein Leben, auf das sie nicht vorbereitet gewesen war. Aber wichtiger würde es sein zu zeigen, wie sie es arbeitend bewältigte.

Flora in jener Zeit, um die Arlecq sich müht, war abends zu müde für den Lindenhof. Auch sie fügte sich arbeitend in einen Gleichlauf der Dinge, indes Arlecq es vorzog, die Schule zu schwänzen. Flora setzte abends die Schlager der Woche gegen das Schlurren der Füße auf dem Parkett, den Vierviertakt aus den hohen Lindenhoffenstern. Hatte sie am Tage mit der Öffentlichkeit zu tun, die ins Rechtsanwaltsbüro bittend, fordernd, eigentlich frech eindrang, von ihr abgefertigt werden mußte, zog sie sich abends ins Private zurück. Stenografierte sie am Tage die Aussagen in Ehescheidungsprozessen, in Sachen Schulze gegen

Schulze, nahm sie die Plädoyers des Anwalts in ihr Heft, der sich am Fenster, mit einem Blick auf die Seeburgstraße, einübte, um mit Bravour anderntags in Prozessen gegen Abtreibung, Bigamie, Einbrüchen in Lebensmittelgeschäften, Herumstehen auf dem Bahnhofsgelände zwecks Schiebergeschäften, Unzucht mit Minderjährigen aufzutreten, eine gute Stimme für eine üble Sache einzusetzen, studierte sie abends die alphabetisch geordneten Schlagertexte, die sauber in kleine Hefte eingetragen waren. Ließ den Projektor das lebensechte Bild einer Dame von 28 Jahren, in gelber Bluse vor einer lichten Fontäne, weich ist der Blick nachdenkend ins Innenhinein gekehrt, auf die Leinwand setzen. Dazwischen die Bilder, welche die Familie bei ihr in Auftrag gegeben. Flora hatte sie alle in Eintracht beisammen, die zur Zeit der Schwarzweißaufnahmen noch auf Briefwaagen ihr Teil Ei- und Milchpulver prüfend gelöffelt hatten, jetzt aber lächelnd erstarrt waren samt Haustieren und Hausrat.

Auch Paasch war bewahrend zwischen Glas gepreßt worden. Er hingegen, eine wie gesagt eher prosaische Natur, machte keine freundlichen Worte, wenn er dazu eingeladen wurde, brillenbewehrt Floras Schau zu begutachten, zweifelnd an der guten Wirkung die süßen Liköre trank, die sie bereithielt. Denn vorübergehend saß Paasch jede Woche in Floras tiefen Sesseln, verschmähte Arlecqs harten Überseekoffer seines ausgewanderten Onkels, der ihn mit abgelegter Wäsche gefüllt über See hatte zurückgehen lassen. Vorübergehend war Paasch auf Freiersfüßen gekommen, und Arlecq, der ihn kannte, wollte Flora die süße Hoffnung nicht nehmen. Indes von Liebesdingen in dem einen Zimmer die Rede war, die abgeblendete Beleuchtung den starken Glanz in den Augen Floras diskret herabsetzte, brachte Arlecq in seinem Zimmer den Plattenteller ins Kreisen. Und Paaschs Herz schlug höher. Natürlich siegte hier Arlecq über Flora, und Paasch umschiffte, vorerst, das Kap der Sirenen. Versagte er sich auch von nun an, so gehörte er doch zur Sammlung der Zauberspiegel, saß da, aus der Zeit gestellt auch er, dank Floras Apparat in ewiger Zuneigung festgehalten, halb von der Seite aufgenommen, der Blick ging am Objektiv vorbei zu Boden, das Glas in der Hand, die Ohren nach den Klängen ausgerichtet, die aus Oobliadooh kamen.

Paasch seinerseits ließ es sich nicht nehmen, Hüter seines Bruders zu sein, wenn Arlecqs Liebe zu Linde mehr zu werden drohte als die Erprobung eines Sommerglücks. Zog Linde an sommerlichen Nachmittagen bei Arlecq ein, den Geruch nach Ähren und Mohn im Haar, glitt Paasch regenbeschirmt dazwischen, konnte manches Mal noch zu Flora ins Zimmer abgeschoben werden. Aber so oder so, Arlecqs Liebeskonzentration war dahin, drohend nickte die Schirmkrücke vom Garderobenständer im Vorsaal, wenn Arlecq in die Küche ging, um die Kanne mit dem Tee, das Tablett mit den Broten zu holen, die seine Mutter in geübter Gastfreundschaft vorbereitet hatte. Regen zog stets auf an den Nachmittagen, da Linde kam, ballte sich zum Sturm von der Waldseite des Hauses, eine kühle feuchte Woge drang durchs offene Fenster auf seine Bettstatt, wo Linde lang ausgebreitet lag, mit aufgeflochtenem Haar, in der Urkraft der Liegenden. Von Henry Moore, wie es sich Arlecq dazudachte; nur die Augen waren von Modigliani. Linde im Liegen gab einen inneren Monolog zum besten, das gehörte zu ihr, alles floß ineinander, Kindheit und Semesterstoff Eigenheiten Cousinen dritten Grades der Ausdruck von Hunden wenn sie sich unbeobachtet fühlen alle Gesichter im Straßenbahnabteil Radiomeldungen ihre Nöte beim Augenarzt die ausgebliebene Menstruation der Nachbarin oder war es ihre Wirtin und habe ich dir erzählt daß mich ein Schuljunge im Stadtpark angesprochen und mir war plötzlich als stünden wir beide auf hochschaukelndem Riesenrad und es ist Gewitterstimmung. Vergeblich ließ Paasch indes auf Floras Plattenteller kreisen, was er fand, Schubert und Die weiße Weihnacht, Beethoven und Ich weiß es wird einmal ein Wunder geschehn. Linde hatte das vollkommene Gedächtnis. Der Mohn der Betäubung, den er ihr auf die Lippen setzte, blühte nur ein paar Nachmittage, welkte und barg in der ungesprengten Kapsel die schweren Träume des Morgens, die Arlecq nur mit Isabel träumte. Hier erst erweisen sich Paaschs Versuche, Arlecq unter seinen Schirm zu bekommen, als Dunkelmännertum. Denn Isabel kam, kam im September, im Sternzeichen der Jungfrau. Mit Weinlaub und reifen Früchten bekränzten die Arrangeure des staatlichen Filmbetriebs ihren Auftritt. Zu schön, zu selbstgewiß, zu einmalig war sie für die Rolle des edelgesinnten Landmädchens, das dem heldisch verdurstenden Kämpfer am Ebro Wasser aus ihrem Krug reicht, den zu balancieren, auf ihrem schönen Kopf sicher zu tragen, sie mit Mühe erlernt hatte. Arlecq indes saß verschmachtend am Bildrand, in der Rolle des Vermittlers zwischen Regisseur und

Star, übersetzte ohne Anteilnahme, bewegte einen trockenen Mund und hatte Schmerzen in den Augen hinter den dunklen Gläsern. Ihrer beider Dialog am Rande der Szene konnte an drehfreien Tagen unterm Arkadengang des Alten Rathauses auf seine Wirksamkeit erprobt werden, zum feinen Klang der Turmuhr. Ging improvisierend leicht von den Lippen in den Passagen der Innenstadt, den seltsamen Gängen und Schächten, die die Häuser bloßlegten. Worte, die sich im Glanz der Schaufenster spiegeln konnten, lockend gesprochen vor Mephistos Standbild, der Faust-Arlecq hinüberwinkt, während Paasch-Wagner den Drängenden zurückhalten möchte. Und immer der schwerelose Gang Isabels an seiner Seite, die gehend ihr schweres Haar über die Schultern verteilt. Kannst du mit Genuß betrügen. Isabel konnte auch das. Indes Paasch die Mollklänge des Verlassenen auf dem der Hausmusik reservierten Klavier seines Vaters intonierte, fuhr Arlecq mit Isabel zur Pressekonferenz im Hotel International vor, geriet mit ihr in die Zeitung, sah sich in Schlagzeilen verwickelt, verdiente Geld, gab es für Isabel aus, aß leichten Sinnes im International, dank Isabel, Austern mit Franzosen, Haifischflossen mit Chinesen, trank Kaffee mit Arabern, sprach mit Dänen über Hemingway, mit Amerikanern über Stalin (they really called him Dshugashwili?) und trank seinen Whisky mit dem isländischen Generalkonsul zu Prag zu Gesprächen über Gott und Laxness, wenn Isabel statt wie versprochen am Abend erst zum Frühstück zu Arlecq an den Tisch trat. Fand so ein Charakter seine Ausprägung, ein Werdegang einen Abschluß? War das der Ausweg aus einer Biographie, globetrottend an den Tischen des International, indes Linde etwa in einem Seminar über Marcel Proust saß, keine zwei Haltestellen weit in der Ruine der Alten Universität, Paasch in der Anatomie präparierte und Stanislaus krankgeschrieben zu Hause lag und die Zeitung las.

Glauben Sie nicht, lieber Freund, sagte Arni Gislasson, der Generalkonsul, und schaut aus seiner Turmhöhe in sein Glas, daß Ihre Freundin aus dem Süden etwas leichtsinnig ist? Warum sollte sie nicht leichten Sinnes sein, erwidert Arlecq, wo nahezu drei politische Systeme an ihrer Bildung gearbeitet haben?

Noch immer durch die Vorstadt. Gottes stille Mahnungen, die in telefonischer Umleitung an sein Ohr gekommen waren, für ihn zunächst nur Furien der Ausweglosigkeit sein konnten, am Netzwerk der Straßenbahnoberleitung segelnd, begleiteten Arlecq, als er auf quietschvergnügten Rädern der Linie 18 rausfuhr zur Endstelle. Blickpunkte Meilensteine auf der Fahrt durch die schmale Vorstadtstraße waren rechts einmal die Grenzdrogerie mit ihren Farbtöpfen Wermutflaschen Verhütungsmitteln, wenig später dann, immer entlang der Bordsteinkante, in Höhe der Fensterreihen im Erdgeschoß, wo Gardinen der Fahrt nachwehten, die wellblecherne Bedürfnisanstalt zur Linken, durch die hindurch die diensttuenden Beamten der ratsherrlichen Vorstadtgemeinde nach Feierabend schritten, einmal ums Rondell wie durch eine Drehtür, die Hose auf- und zuknöpfend, den Dienst so bis zur Morgenstunde hat Gold im Munde quittierend. Über die beiden Schulgebäude sah Arlecq lieber hinweg, die Bahn legte sich auch, kaum daß die Schaffnerin an der Klingelleine riß, nach rechts kühn in die Kurve, und die Kirche kam links in Sicht, mit dem ummauerten Garten des Pastors, der Paradiesäpfel züchtete, die klein wie Kirschen eigentlich nur einen ästhetischen Wert haben konnten, sah man von ihrer bibelverwandten Namensgebung ab, mit der es aber auch nicht weit her war. Die Kirche der evangelischen Gemeinde, zehn Uhr markierte das Zifferblatt, der Tag war noch jung und gottesfürchtig blau. Hübner, der Maler der Engel und Propheten, stand im linken Seitenschiff auf einem Gerüst. Seine hinter dicken Gläsern qualligen Augen fuhren liebevoll den Linien nach, die seine Hand ins Mauerwerk ritzte: ein geschuppter Engelsflügel entstand so aus seinen kleinsten Elementen, im ganzen aber zunächst nur wie der gestreckte Leib eines Fisches anzusehn. Die eisernen Räder der Bahn, abermals in die Kurve gehend, schliffen die Schienen nun im höchsten Diskant, der, über der ganzen Vorstadt hörbar, eine akustische Grenze zog. Dort wo der Ton sich im Wind verlor, konnte es sich nur um einen anderen Bezirk der Stadt handeln. Einmal in der Zielgeraden, nahm die Bahn die Strecke in gleitender Fahrt. Die Szenerie wechselte jäh. Die im Hintergrund gerade niedergehenden Schranken des Vorortbahnhofes schufen nur eine zeitweilige Barriere. In Wirklichkeit war hier schon die

Auenlandschaft mit ihrer von Kanälen, Flüssen und Wäldern unterbrochenen Weitläufigkeit. Dahinein die Dekoration der kommenden und gehenden Straßenbahnen an der Endstation, die Dekoration des Bahnhofs mit den gemächlichen Zügen, die immer älterer Bauart waren, dennoch angekläfft von den Dackeln des Försters, der gleich hinter der Schranke sein Haus hatte, von Wildenten träumte und Jagdscheine unterschrieb, die Linke spielerisch im Barthaar vergraben.

Mittendurch fuhr jetzt der Zug westwärts, dem Arlecq an der einen Seite der Schranke, wie immer vor Zügen, nachsann, ins Blaue ferntrauerte, indes seine Cousine, von der anderen Seite, diesem Gefühl noch verstärkt nachhing, war sie doch erst siebzehn. Nichts voneinander wußten beide, beider Blicke wechselten schnell in die blaß schauende, animalisch schicksalsergebende Kette von Augenpaaren der Provinzreisenden, die in ihrem Zug dahinrollten unter dem grünen Licht der freien Strecke.

Schon lief Arlecq zurück, noch ehe der Packwagen in Sicht kam, entlief den Schranken, lief Paasch in die Arme, als sie beide um die Ecke bogen, im leichten Herbstwelken, das ihnen der Wind vor die Füße blätterte.

Wieder mit Fernweh am Geländer gehangen? sagte Paasch. Zum Kotzen. Stanislaus will morgen nach Berlin. Möchte wissen, wo dieses arme Schwein das Geld für die Reise hernimmt. Sicher von seiner Mutter.

Nicht sehr aufregend deine Kunde, sagte Arlecq und klappte den Jackenrand hoch bis zum Haaransatz und darüber. Paasch, in den von Rehbein meisterlich gefertigten Kordhosen, deren Beine über verrutschten Wollsocken eng ausliefen, die in festen, blank geputzten Schuhen staken, Paasch schritt freudig weit aus, die große Ledertasche in der Hand, in der die Bestandteile des Garten-Rituals, die Flasche Kahlbaum, das Sonnenöl, das Stück grüner Seife und der Kamm auf rauhlederner Grund lagen. Er kam ohne Schirm.

Die Dackel des Försters hatten dem Packwagen längst kläffendes Geleit gegeben, Arlecqs Cousine Ines war in die gleiche Bahn gestiegen, die ihn hergebracht, der Wind hatte ein paar Wolken breit und träg über die von Wald eingerahmte Vorstadtszenerie gelegt, als Paasch mit Arlecq, Arlecq samt Paasch, die Gartentür aufstießen, Arlecq den Apfelduft der Hagebutten prüfte und Paasch den Wasserstand in der mit einer Handpumpe kombinier-

73

ten Regentonne. Hier fände, nach abgelaufenem Ritual, Paaschs Fußwaschung statt. Das war Tradition.

Paasch nahm eine WELTBÜHNE der vorigen Woche aus der Jakkettasche und warf sie mit allem, was er auspackte, ins Gras.

Eine wunderliche Ehe, sagte Arlecq und warf seine rotweiße Packung chinesischer Zigaretten dazu.

Die letzte Unterredung des amerikanischen Außenministers, sagte Paasch und glitt aus Hemd und Hose, mit dem sowjetischen Botschafter in Washington dizzie beunruhigt mich im Hinblick auf mein nichtbestandenes Examen. Er stand im Unterzeug, zog sich die Socken von den Füßen.

Die Weltpolitik schlägt nach dem kleinen Mann, sagte Arlecq und betrat Paaschs väterliche Gartenlaube, die dieser, Grundstein legend für Paasch juniors Gartenvilla, in seinen Mußestunden vor dem Kriege mit Hoffnung und Sorgfalt erbaut hatte. Arlecq griff einen Wassereimer, ging zur Pumpe, hielt sich unterwegs bei den Rosen auf, hatte Mühe mit der abgelaufenen Pumpe, füllte dann den Eimer, trug den Eimer zurück in die modrige Kühle des Holzhauses und ließ die Flasche auf den Grund gleiten.

Paasch, in schwarzer Turnhose, brillenlos, ölte sich Gesicht, Brust, Arme, Beine, die Füße nicht. Darauf richtete er die Liegestühle im genauen Einfallswinkel zu den Sonnenstrahlen. Arlecq inzwischen hatte sich ein zweites Mal mit den Rosen beschäftigt, a rose is a rose undsoweiter, und kam zurück mit Kirschen im Mund.

Iß dich satt, sagte Paasch unsicher spähend aus verkniffenen Augen, auf deren Lidern das Öl glänzte. Arlecq spuckte Kirschkerne ins Gras.

Der Wind wie immer brachte die Pappelreihe zum Klingen, die Paaschs Vater an den östlichen Rand des Gartens gepflanzt hatte. Wie eine Äolsharfe, sagte Paasch.

Hier endlich drehte der Sommer sich auf goldener Achse, dachte Arlecq in einem halblyrischen Ansatz und sog den warmen Wind begierig ein. Hier endlich das kleine Paradies an der Endstelle, die goldene Stunde im blumenumrankten Drahtverhau, faunische Spätsommeridylle, Flucht in den Hintergrund. Nichts von Isabel, nichts von Brigitte. Paasch, indem er sich abermals Brust und Arme salbt, hat alle Namen der Anatomiestunde vergessen.

Hieß euer Lehrer auch Thomas, sagt Paasch, ohne die Augen zu öffnen.

Thomas war Klassenlehrer in dem Jahr, als sie anfingen, uns von Mai bis Juli zur Waldschule zu schicken, die Schulbank unter Erlen und Kastanien, ein paar Straßen von hier. Die ältesten Schulbänke, die ich je gesehen habe. Groß wie ein Harmonium.

Ebenden mein ich, sagt Paasch. Soll nachm Westen sein. Begreif ich nicht, sagt Arlecq und schließt die Augen. Einen besseren Sommer haben sie drüben auch nicht.

Der Zigarettenrauch steilt sich an den Sonnenstrahlen hoch. Aber bessere Pensionen für Nazis, sagt Paasch.

Steht in der WELTBÜHNE, sagt Arlecq. Aber Thomas war keiner. War immer ein Ungläubiger.

Mit ungläubig kommt er nicht durch, sagt Paasch und gähnt. Laß dir mal von Stanis erzählen, wie sie ihn in der Schweiz durch alle Konfessionen gejagt und ihm die Hölle heiß gemacht haben.

Wo er doch von Haus aus gut lutherisch-cvangelisch ist, sagt Arlecq und zerdrückt die Zigarette an der Rinde des nächsten Baumes. Der Rauch schmeckt bitter bei dieser Hitze. Dann singt Paasch die erste Strophe des Liedes Ich hatt' einen Kameraden, einen bessren finst du nit; halblaut. Arlecq pfeift sich eine zweite Stimme.

Irgendwo bleiben sie stecken.

Zu heiß, sagt Paasch. Und nach einem längeren Schweigen: Wenn du jetzt die Flasche holtest, erzähle ich dir die seltsame Mär von Erwin und Erwins Gespiel.

Eine Geschichte nach dem Leben, hoffentlich, sagt Arlecq. Genau, sagt Paasch.

Seine Biographie nach dem Leben verstimmt ihn, je weiter er damit in die Jahre kommt. Er sollte es besser mit Fantasiestücken versuchen. Das nichtgelebte Leben wäre am Ende das ergiebigste.

Das Wasser hat das Etikett von der Flasche geschwemmt. Arlecq fischt das Papier aus dem Eimer, schlaff hängt es am Finger. Er klebt es zu den anderen Etiketts dieses Sommers an die Innenseite der Tür. Die Flasche ist kühl, Wassertropfen gleiten ihm über die Hand.

Der Wind prallt mit der zwölften Mittagsstunde vom Turm der Gemeindekirche gegen die starre Wand der Pappeln. Hübner, in seinem farbverschmierten Malerkittel, steigt langsam von der

Leiter, der Engel hält den Schwertknauf in der Linken, die ersten Flammen, fein gestichelt, züngeln nach oben. Wir sind um Minuten zu spät, sagt Paasch und nimmt die Flasche entgegen. Als dem Älteren kommt ihm der erste Zug zu. Arlecq trinkt stehend im Schatten des Sauerkirschbaumes.

Die ersten Nachmittagsstunden entgehen ihnen in schweigender Selbstabgeschiedenheit. Paasch gibt dann und wann das Zeichen zum Umstellen der Liegestühle. Die Sonne wandert nach rechts. Um drei pflückt Paasch die Brille von den Zweigen des Pflaumenbaums, um das Stück grüne Seife im Gras zu suchen. Auch Arlecq verläßt seinen Stuhl, um sich noch einmal ein Bild von den Rosen zu machen und eine davon auszuwählen, die ihm eine scharfe Gartenschere in die Hand köpft. Paasch taucht eine Hand in die Regentonne. Das abgestandene Wasser ist lau. Blätter und kleines Ungeziefer schwimmen auf der teerschwarzen Oberfläche.

Auch wenn deinem Conquistadorenblut derartige Handreichungen zuwider sind, sagt Paasch zu Arlecq gewandt, der die Rose aus der Hand legt, bitt ich dich jetzt um deine Dienstleistung. Dieser Satz leitet den Schlußritus ein: Arlecq pumpt aus kieskühler Erdentiefe kaltes Brunnenwasser in Paaschs aufgespannte Handflächen, ist seinem Reinigungsakt dienlich, ehe dieser die gleiche Leistung für Arlecq eingeht. Nun fordert Arlecq zum Schluß noch die liegengebliebene Geschichte von Erwin, die Paasch versprochen hat.

Die Parabel von Erwin nun denn, sagt Paasch und hält den rechten wohlgeformten Fuß, Fuß eines passionierten Gehers, unter den Wasserstrahl. Die Parabel von Erwin, eigentlich unverständlich, weil von einem Manne handelnd, der das Kind gewollt hatte. Nicht so sein Mädchen, die Frau, welche schwanger ging von ihm. Überbracht von Stanislaus. Aus seiner Schweizer Zeit.

Paasch spricht das vor sich hin wie auswendig, ohne große Modulation der Stimme.

Ein Fall eigentlich für die Psychiatrie, jener Mann, der das Kind wollte, nicht aber wollte es die Frau, die es zur Welt bringen sollte. Der Ort: eine Sennhütte, hoch droben, juchhei. Stanis an dieser Stelle jedenfalls sagt: juchhei. Paasch, rechts in den Schuh schlüpfend, wechselt das Standbein.

Stanislaus, nimmt Paasch wieder auf, der nach dem Dreifachmord mit dem Vater, verhindertem Großvater, den Steinhäger

76

des stillenden Schmerzes trank. Um es also kurz zu machen: es bracht' der Mann die Frau um mitsamt dem Embryo, sich selbst hinterdrein, schier außer Verstand ob der ruchlosen Tat, von eigener Hand, machte sich kalt mit einem Colt; ein gelernter Schütze.

Wie alle Schweizer, sagt Arlecq.

Wilhelm Tell, sagt Paasch. Hieß aber Erwin. Perdutzke mit Nachnamen, polnisch und also verdächtig. Die Polizei hatte das Nachsehen und der alte Vater, ihr Vater, das Narrenhaus als letzte Instanz.

Seltsame Perversion der Instinkte, sagt Arlecq. Paasch hält im Waschen inne, zieht den Fuß zurück, steht ungleich auf sandigem Gartenweg. Er muß in diesem kritischen Das Kind oder nicht das Kind die Hure im Weib gerochen haben, sagt er, und da schoß es.

Muß so gewesen sein, sagt Arlecq. Ein standhafter Mann, wahrlich.

Gurgelnd erstickt die nicht bediente Pumpe. Er rettete unsre Reputation. Ein Held unterm friedlichen Dach der Schweizerhütte.

Paasch aber geht nicht länger auf dieses Spiel ein. Sich erinnernd, sinkt er, im Duft des Hagebuttenstrauchs in ihrem Rükken, in sich zusammen, daß Arlecq rettend nur noch den Rest aus der Flasche anbieten kann, den Paasch langsam zu sich nimmt. Hier erst erkennt Arlecq, wie es um Paasch steht, und er sieht, daß etwas geschehen müßte, soll Paasch erhalten bleiben, Paasch bleiben, Paasch, der das Dritte Reich überstand und Paasch blieb. Indes die Beamten des Standesamtes, die Hände über fette Bäuche gekreuzt, nach Paasch Ausschau halten, der das Mädchen Brigitte geschwängert hat, es ihnen hochschwanger zuführen soll, daß sich ihre Gesetze erfüllen.

So kann Arlecq sich nur unter dünnem Wasserstrahl die Hände waschen. Paasch zieht sich an und schweigt. Arlecqs Rose reiner Zuversicht welkt ihm in den Händen. Schweigend schließt Paasch die Gartentür, zweimal schnappt das Schloß nach Anweisung des Schlüssels. Arlecq stapft hinter Paasch. Die Last des Windes beugt die schlanken Hälse der Pappeln: denkt Arlecq im Gehen. Oder: Der Garten schickt üppige Früchte über den Zaun, Blumenstengeln in vergeblicher Pracht, späte Wicken mit verblichenen Holländerhauben. Oder: die Flucht in den Hintergrund mag

nur mehr gut sein für Kinder, Narren und dieses ganze Geschmeiß aus Gottes Tierreich, das Honig aus Rosen saugt oder
in der Regentonne ersäuft. Höre den Wind in den Bäumen: diese
Stimme in der Hörmuschel.

### Misere zwischen zwei Zügen

Im Gehen und Stehen kamen Paasch und Arlecq auf Stanislaus.
Der saß zur Stunde zeitunglesend in der Küche seiner Mutter. Irgendwo im Norden, sagte Paasch, der die Wohnung nie betreten
hatte. Genauer würde das der Handapparat des Sicherheitsdien-
stes wissen, das wollen wir doch mal annehmen, sagte Arlecq,
nicht wahr, ein Grenzgänger wie Stanislaus, der was ein- oder
ausschleppen könnte, den läßt man sich vermutlich nicht entgehn.
Vor einem Bauzaun stehend, der roh und ungleichmäßig die
mörtelverkrustete Ziegelreihe eines unfertigen Landhauses
schützte, erklärte Arlecq, was er sich dachte. Ging auch die Stadt
andere Wege als den, der am Gebäude des tausendäugigen
Diensthauses, von dem aus in sieben Staaten zu sehen war, ent-
langführte, ging auch Stanislaus diesen Weg nicht, der von Bau-
zäunen versperrt, von Baugruben unterhöhlt war (daß etwelcher
Wühlarbeit durch Wühlarbeit begegnet würde), so war er gesehen worden und beschrieben wie folgt: Alter 27; Haarfarbe, ver-
waschenes Braun; Augenfarbe, blau; Größe kaum über mittel-
groß; Beruf, Bibliotheksangestellter; Familienstand, geschieden.
  Daß sie ihn hier registrierend aus der Anonymität der Namenlosen hoben, hätte auf Stanislaus einen gewissen Eindruck gemacht, sagte Arlecq.
  Paasch bezweifelte, daß es so um Stanislaus stand. Gewiß
kannte er ihn als Mann von Grundsätzen. Er hatte die Welt sehen
wollen, er war bis nach Genua gekommen. Stanislaus möchte bekannt werden, sagte Arlecq. Der will sich kantig profiliert in der
Tagespresse sehen, Aug in Aug, vielleicht farbig porträtiert in ex-
akten Farben, die sein Haar blond aufhellen und ihm einen arglo-
sen Zynismus unters Auge malen. Ein wenig Schminke überall,
wie aus der Rolle des jugendlichen Liebhabers, den er auf der
Amateurbühne der Bibliothek abgab.
  Immerhin, sagte Paasch, der wenig las, doch um so mehr beein-
druckt wurde von Namen, die er in der Volkszeitung gefunden

hatte. Du vergißt Leonhard Frank in München, sagte Paasch. Ich hab ihn einmal im Hörsaal 40 gesehen, sagte Arlecq. Ein braungebrannter freundlicher, weißhaariger alter hagerer Mann, der ohne besonderes Interesse an der Literatur Romane über seinen Lebenslauf schreibt.

Für Stanis waren diese Einzelheiten ohne Bedeutung, denk ich, sagte Paasch. Er hat ziemlich viel Courage gezeigt, als sie ihn von der Penne warfen, zwei Wochen vorm Abitur. Jetzt begreife ich den Kern eurer Freundschaft, sagte Arlecq. Scheiße, sagte Paasch. Mit ihm kann man wenigstens zünftig Skat dreschen.

Das läßt sich denken, sagte Arlecq. Immer das Skatspiel in der Hosentasche. Frankfurtmain, Luzern, Genua, und immer ein Spielchen mit Parkwächtern, Kellnern, Melkern, Gigolos, re contra passe.

Keine Ahnung, sagte Paasch.

Herzbube sticht. Wie war das eigentlich mit seiner Frau? fragte Arlecq.

Muß ein ganz schöner Bomber gewesen sein, sagte Paasch und fuhr sich durchs ungekämmt widerspenstige Haar. Süß wie Schokolade, Vorarbeiterin in der Schokoladenfabrik, die ihn in Luzern als Nachtwächter anstellte.

Eine schöne Geschichte, sagte Arlecq genußvoll. Wie war der Liebhaber?

Eben nicht, sagte Paasch. Sie erlag den züngelnden Flammen der lesbischen Liebe. Seitdem ists aus mit Stanis.

Das ewig Weibliche, sagte Arlecq. Wenn es damit auch schon Lüge ist wie mit allem, gibt es am Ende nichts mehr, an das man sich halten könnte.

Darauf kannst du einen lassen, sagte Paasch und schritt aus. Stanislaus irgendwo im Norden der Stadt ging mit der Zeitung zu Bett, ließ sich den Wecker stellen, um den Frühzug pünktlich zu erreichen.

Der Sechsuhrzwölfzug ist nicht unbedingt ein Zug für eine Fahrt ins Blaue. Stanislaus sieht es sogleich, als er, seine kleine Mappe in der Hand, den Fuß ins Abteil setzt. Reisegepäck fiele hier sofort auf. Das Dutzend Polizei, das mitfährt, hat einen leichteren Überblick als ihre Kollegen in den anderen Zügen, die zu späterer Stunde auf gleicher Strecke fahren. Stanislaus sitzt zusammen mit den Funktionären des eingeplanten wirtschaftlichen Wohlstandes von Morgen, die ihre vollbrüstigen Aktenmappen auf dem

Schoß halten, in deren unsicheren Kinderblick Stanislaus kühn sein Auge taucht (wie der Fuchs vor dem Mastschwein, sagte Arlecq zu Paasch). Bis der andere flatternden Blicks nach seinen Akten greift und Ziffern memoriert. Stanislaus versucht dieses Spiel mit allen Gesichtern, deren er gegenüber und schräg über den Gang habhaft werden kann. Die Träger der Wirtschaft sind von Schuldgefühlen durchsogen (erzählten sich Paasch und Arlecq), daß sie nur aufgeschwemmt dasitzen können in ihren schlecht geschnittenen Anzügen, aus denen das einzig unverletzbare Auge des Parteiabzeichens wie das Auge des Zyklopen Stanislaus fixiert.

Stanislaus hat noch einen Koffer in Berlin-Friedenau. Bei Frau Schwennicke, drei Treppen links. Ein seriöser Lederkoffer, hellgelb, Inbegriff schweizer Wohlstandslebens, den er einst bei Schaffhausen über die Grenze trug. Es ist sein Notstandskoffer, die Alternative im Handkoffer, enthaltend drei Hemden, eine Hose, ein Paar Schuhe, zwei Nummern der amerikanischen Zeitschrift LIFE vom Juni des Jahres Neunzehnhundertdreiundfünfzig. Frau Schwennicke, eine Frau mit Herz, Berlinerin mit Schnauze, verwahrt den Koffer unter ihrem Bett. Stanislaus, in seinen Träumen von einem zweiten Grenzübertritt nach und von WESTBERLIN, weiß sich nahe jeglicher Erfüllung, solange der Koffer unter Frau Schwennickes Bett ruht, seinen Ledergeruch im Zimmer verbreitet, den Geruch nach frischen Hemden, nach Druckerschwärze, amerikanische Druckerzeugnisse riechen besonders, klappt man ihn auf. Er kann so das Mißtrauen der Polizei spielend von seiner gepäckarmen, an sich schon schmalen unscheinbaren Person ablenken, wenn er in die Städte Berlin fährt, um in den Zeitschriften aus dem Koffer zu blättern. Den Juni dreiundfünfzig, den hat er verpaßt, beschäftigt, wie er in Genua war, an der Tankstelle, grazie, signore, thank you und dankeschön. Die Dankeschöns waren in der Mehrzahl, fuhren ans Meer hinunter in offenen Wagen.

Die Landschaft links und rechts ist ohne Anziehung für einen Mann, der die Schweizer Alpenwelt gesehen hat. Da sorgt die Polizei für Abwechslung. Forsch wird die Tür aufgeworfen, und die Träger der Wirtschaft, beim Anblick dieses blauen Bündels Uniformierter, das ins Abteil vorstößt, sind erleichtert, sich ausweisen zu können, ein festes Verhältnis zur Staatsmacht zu dokumentieren. Sie spüren sogleich den Augenblicksvorteil über Stanislaus, der nicht nur kein Abzeichen trägt, sondern sein aufsässiges Gesicht auch noch mit Glorienschein zukünftiger Größe umrahmt hat. Die Polizei verteilt sich wie bei einem Geländespiel schnell und ohne sich gegenseitig zu behindern über alle Abteile des Zuges. Jeweils zwei und zwei, in unschuldiger Paarung, fragen sie nach Ausweis und Reiseziel. Stanislaus hat nicht nur einen Ausweis, dessen Seiten die Polizei nachzählt, es ist die richtige Anzahl, er hat auch ein abgestempeltes Papier, Unterschrift und Dienststempel. Dienstlich, sagt Stanislaus, ungewiß zu wem, und hält sein Papier hoch. Es geht durch vier Hände, zwei Augenpaare lesen: herr stanislausfuhrmannist beauftragt aus den ka ta logender deutschenstaatsbi bliothek zwecksmateri albeschaffung. In Ordnung, sagen die Polizisten aus einem Munde und reichen den Dienstauftrag zurück. Stanislaus läßt sich Zeit, seinerseits die Hand auszustrecken und mustert in Ruhe die Gesichter der Uniformierten. Möglich, daß sie mit ihm zur Schule gegangen sind. Aber einzuschüchtern sind sie nicht. So muß er den Blick zurückziehen und die Hand ausstrecken.

Daß gerade ihm der Auftrag zuteil wurde, spricht für das Vertrauen seiner Dienststelle im Hinblick auf die offene Staatsgrenze. Und er hat ja sein staatsbürgerliches Bewußtsein durch eine eindeutige Rückkehr in unsern Arbeiterundbauernstaat wie jeder Rückkehrer auch klar zu erkennen gegeben. Wir haben Vertrauen in den Kollegen Fuhrmann. Wir wollen ihm auf seinem weiteren Lebensweg. Unsere Menschen werden ihm Anleitung und Vorbild. In einem Staat der die Ausbeutung des Menschen durch. Die Angestellten der Bücherei sehen ihn an; da kann viel in diesen Blicken zu lesen sein. Stanislaus kann es nicht. Er hat einen roten Kopf. Solche Reden kennt er von seinem Vater, dem BGL-Vorsitzenden. Der schrieb sie sich abends auf, als er noch nicht in Scheidung lebte. Er wird auch heute nichts anderes tun. Zeitungen, Papier und einen Bleistift, das fand man überall. Stanislaus steht auf, er muß etwas sagen, erzählt über Arbeitsbedingungen in einer (Schweizer) Schokoladenfabrik. Einmal im Jahr kostenlose Ausflüge an den Lago Maggiore, sagt er zum Schluß und freut sich an der Wirkung dieser Worte. Die kleinen Mädchen sehen sich an.

Seitdem ist er wenig vorangekommen in seinem Beruf. Verschlossen sind ihm noch immer die Magazine, wo sie den Wendekreis des Krebses, den Kinsey Report und Mein Kampf stapeln. Er arbeitet in zwei Schichten, wechselnd die eine Woche von acht bis sechzehn Uhr, die andere von sechzehn bis zweiundzwanzig Uhr. Er kommt zu jeder Schicht fünf Minuten zu spät, ein Prinzip, das einzuhalten ihm zuweilen schwerer fällt als das Eintreffen mit dem Gongschlag. Nach vergeblichen Korrekturversuchen hat man ihm dieses Privileg des pünktlichen Zuspätkommens eingeräumt. Aber auch das hat längst seinen Reiz für ihn verloren, und so fährt er zu Frau Schwennicke, um seinen Koffer hervorzuziehn und abzustauben. Fliehen möchte er, doch sitzt ihm niemand im Nacken. Er ist gern unter Büchern, kennt manche Geschichte ihrer Entstehung. Die Polizei behandelt ihn höflich. Niemand hält ihn auf, wenn er heute über Gleisdreieck fahren wird, wenn er in ein Kurfürstendammkino geht, sich in der Amerikabibliothek um eine Anstellung bemüht. Wie hätte er erklären können, weshalb er es nun nicht länger aushielt. Ehrlichkeit vor sich selbst? Das galt immer nur für den Akt der Entscheidung. War diese einmal vollzogen, hatten ehrlich und unehrlich wieder das gleiche Gewicht. Es war auch nicht wegen des Hörspiels. Das Manuskript hatte ihm der Nordwestdeutsche Rundfunk zurückgeschickt. Faßbar war nur die Furcht vor der kommenden großen Schulung aller Bibliotheksangestellten. Da sollte das fortschrittliche Bewußtsein gewaltig aufgebläht werden (würde er fürchten), daß am Ende seine Hungerleidergestalt in einen dieser breithosigen weitbeinigen für große Sitzärsche und Blähbäuche zugeschnittenen Konsumanzüge prall hineininge. Das zu verhüten, muß Stanislaus seinen Koffer hervorholen, mühelos, drei Hemden, eine Hose, die Zeitschriften, das Paar Schuhe, das ist kein Gewicht. Damit kann man ausgeflogen werden. Wenn es sein muß.

Nichts davon weiß die Polizei, die alles weiß, den Zug durchgekämmt hat, ein paar Ehepaare mit mehr Koffern als Kindern, ein paar Leute vom Lande, für die Berlin zu groß ist, aufgespürt hat und in Berlin-Schönefeld zum Aussteigen bewegt, hineingeleitet mit freundlicher Handbewegung, dein Freund und Helfer, in die graugrünen Holzbaracken am märkischen Wegesrand. Behende steigt ein der russische Rekrut im langen Mantel und fragt nach Landsleuten. Njet, sagt Stanislaus und erregt Aufsehen in den Gesichtern der Wirtschaftsgewaltigen, die nicht wissen, wie sie das verstehen sollen. Sie sehen Stanislaus an. Der aber schweigt sich aus, und der Rekrut schleppt seinen langen Mantel durch die

Gänge. Der Zug ruckt an, ohne Rücksicht auf die vorzeitig Aus-
gestiegenen.

Soweit konnte es einfach sein für Paasch und Arlecq, Stanislaus
über hundertundneunzig Kilometer Strecke vorgestellt reisen zu
lassen. Einmal am Ostbahnhof, verlieren sie ihn aus den Augen.
Der Treppenschacht schluckt ihn, trägt ihn auf der anderen Seite
wieder ans Oberlicht, umwölbt vom Bahnhofsdach, der provin-
ziell schmalbrüstig den Blick nach zwei Seiten hin freigibt, weder
Anfang noch Ende der Strecke markiert. Das Zugpersonal verläßt den Zug ohne Erregung, ohne am Mysterium der Reise teil-
genommen zu haben. Immer ist ihnen die Ferne zugleich die
Nähe und nur das Ende des Arbeitstages das Ende der Reise. Zu
beiden Seiten des Bahnhofs scheint graues Licht in die Halle.
Dieses Berlin, das Stanislaus und die Wirtschaftsplaner aufgenommen hat, gleichgültig, wie Arlecq und Paasch noch vermuten
können, alle Köpfe trugen den gleichen Hut, nur Stanislaus ging
barhäuptig, dieses Berlin und das andere bleiben unerkannt zu
beiden Enden des Bahnhofs, am unendlichen Halbbogen des
Schienenstrangs unbestimmt aufragend, ausbalanciert von Ost-
und Westkreuz.

Bahnsteig C zur Nachmittagsstunde füllt sich mit den gleichen
Gesichtern und Hüten wie zur Morgenstunde. Kaum daß man bei
dem Grau in Braun der Wirtschaftsträger von einem Wiederse-
hen sprechen kann. Der Zug fährt ein. Man hat die Abteile ge-
heizt, Dampf hat die Fenster beschlagen. Die Abende im September sind kühl. Stereotype Redewendungen der Kasernenhof-
sprache gebrauchend, in die Aura ihres Dialekts gehüllt, steigen
die Beamten des Wirtschaftssystems in ihren Zug und verteilen
sich auf die numerierten Plätze. Sie greifen in ihre Aktenmappen
nach den belegten Broten, die man ihnen zu Hause wie Schulkin-
dern auf den Weg gegeben hat, damit sie die Reisespesen einspa-
ren und zum Gehalt verbuchen können. Beißen in ihr Brot und
erkennen Stanislaus wieder, der unter ihnen sitzt und ihre Nasen
mit dem Tabaksgeruch unerreichter Sorten reizt. Denn Stanislaus
hat als letzter den Zug erklommen, in der Hand einen hochele-
ganten hellen Reisekoffer, der nicht recht zu seinem sonstigen
Habitus passen will. Ein einsamer Reisender, schattenlos unter
dem blauen Neonlicht, so wäre er zu beobachten gewesen, wenn
nicht Dampf die Scheiben blind gemacht haben würde. Die Pla-
ner nähren ein fettes Lächeln der Genugtuung (denn sie haben

wie Kinder einen guten Instinkt) mit dem beschmierten Brot ihrer Ehefrauen. Stanislaus hält ihnen unentwegt den Rauch seiner Zigarette steil unter die Nasen und streckt die Beine unter den Sitz des Gegenübers, daß dieser auf dem Weg zur Toilette über seine Beine ungelenk hinwegsteigen muß. Er hat Bücher in der Manteltasche, Zigaretten. Seine Erfahrungen zwischen Ost- und Westkreuz läßt er nicht über die Schwelle seines Bewußtseins. In allem, was mit ihm noch geschieht, werden Arlecq und Paasch auf Vermutungen angewiesen sein. Stanislaus ist auch ein gelernter Schweiger vor sich selbst, und er hat mehr als einen Zusammenbruch verwunden.

Der Zug rollt, fällt, auf dem Kopf stehend, magnetisch angezogen nach Süden, fällt auf den unermeßlichen Schlund des Hauptbahnhofes zu, der keinen Durchgang hat, es sei den in die Stadt. Draußen ist Nacht. Die Beamten verdauen ihre Wurstbrote und entleeren sich zwischendurch mit Freuden, wo sie tagsüber nur plattsitzen mußten in den Sesseln der Sitzungszimmer, die Aktendeckel auf den Schenkeln, nichts als Zahlen im Mund und das Wort PLAN in den Ohren. Jetzt aber hatten sie's bestanden, aßen ihr Brot, um keine Reste mit nach Hause zu bringen und Ärger zum späten Feierabend zu haben. Falteten ihr Stullenpapier in kleine Rechtecke und umsaßen breit diesen Wicht Stanislaus, der ihnen nicht entkommen konnte. Der überhaupt nicht entkommen konnte. Der morgen, von acht Uhr fünf an, mit einem schlecht erfüllten Dienstauftrag im Rücken, das kleine Glasfenster A-K auf- und zuklappen würde, um den Wartenden das Brot des Geistes durch die Luke zu schieben. Und das AN JEDEM TAG.

Heizer und Lokführer geben jetzt ihr Bestes, der Zug fliegt auf langer schmaler Strecke glatt dahin, donnert über die Elbbrücke, und die Funktionäre sehen auf ihre Uhren: Halbzeit.

## Die Coelinfrucht

Die Süße des Sommers ward bitterer Honig, dachte Arlecq an Isabel. Mit des Windes klagenden Oboenklängen irrte Arlecq über die Dächer der Stadt, trieb ihn die Unlust an seinen Tätigkeiten ab und weg vom Schreibtisch. Doch fern in der Höhe verfolgten ihn die Drachen mit ihrem feinen mondsichelscharfen Lächeln, wie gierende Hunde an straffer Leine von einer Kinderhand gehalten. In den Parkanlagen lauerte die falsche Sanftheit des Oktobers. Isabel aber schrieb nicht. Kein Brief, südlich der eigenen Stadt aufgegeben, schlitzte morgens den Briefkasten, fiel schwer zu Boden, wurde verkündend eingeklingelt ins Haus von der Briefträgerin, die sich gut mit seiner Mutter stand, ein weißes rundes Gesicht hatte mit einem wie aus Wollresten gestrickten ockerfarbenen Haarkranz darüber. Arlecq, vom Turm der zeitschlagenden Zyklopen, verfolgte den Weg aller Post, eingegangen ins zentrale Postamt am Platz unten, ausgeliefert an die Ämter der Stadtviertel, in zitronengelben Holzautos befördert, gebündelt getragen in Ledertaschen, nach Straßen, nach Häuserzügen links und rechts geordnet. Im Verein mit Zeitungen und Zeitschriften, welche offizielle Mitteilung brachten, die hämisch überraunt, kichernd annulliert wurde, hilflos unterging im geschwätzigen blaublütigen Lebensstrom der Alltäglichkeit. Es raunten die Briefe in Arlecqs Traum eine besserwisserische Sprache, daß die amtlich bestellten Briefeleser blau anliefen, wenn sie die beunruhigenden Wendungen ins Hirn saugten wie in Löschpapier.

Nicht aber schlug Isabels roter Pulsschlag der Liebe in den Säcken der Postbeamten, in der Ledertasche der Brieffrau mit den angestrickten Haaren. Am Ende konnte auch sie eine Erfindung seiner Mutter sein, die Haare ihre Zugabe; denn auch sie wartete immer auf Post, auf das Mitteilen anderer. So also stürzte Arlecq sich kopfüber vom Hochhaus auf die Goethestraße, spiegelte sich letztmalig in den Scheiben der Franzmehringbuchhandlung und schlug die Augen auf. Tee stand in der weißen Tasse, Brot lag auf dem Teller, Butter, ein Apfel, von seiner Mutter aufs Tablett geordnet und an sein Bett geschoben; denn Arlecq frühstückte im Bett.

Das hatte nicht unbedingt mit seiner Vorliebe zu tun, die Post im Bett zu lesen. Da mußten schon eher die vierundzwanzig Klassiker der Weltliteratur herhalten, diesen Luxus zu gewährleisten. Denn Arlecq verkaufte Manuskripte, die er nach dem Frühstück herstellte. Kramte das Picaresque der Weltliteratur hervor, das unverfänglich komisch war, von entlegener Zeitkritik und vordergründig erotisch wie die Schlager der Rundfunkanstalten. Das zu drucken erklärte sich Mathäus' Verlagsanstalt jederzeit bereit, mit der Arlecq seine Verträge schloß. Und Arlecq kleidete die ferne fremde Vorlage in ein Deutsch, von dem der Verleger Mathäus überzeugt war, daß es seinen Lesern eine Vorstellung vermittelte und er das Buch getrost in sein Jahresprogramm der vierundzwanzig Klassiker reihen konnte. Für die richtige Plazierung im Bewußtsein der Leser hatte Mathäus seine Spezialisten. Auch Arlecq lernte es, Klassikerausgaben mit den Reminiszenzen seiner Studienjahre einzurahmen, gab auch seinerseits dem Staate, was des Staates war, daß am Ende die Bücher so waren, wie sich der Staat seine Klassiker vorstellte, daß sich auch die Leser den Staat nach Maßgabe der Klassiker vorstellten. Der Staat vor soviel falschem Bewußtsein das Nachsehen hatte. Das Endprodukt gab Mathäus billig ab, handlich dazu, leinengebunden, in diskretem Prunk, jede Zeile sauber gesetzt aus der Garamond-Antiqua oder der Borgis Fournier-Antiqua, je nach dem Stammland des Autors. Mathäus, im Silberglanz des greisen Hauptes, brachte so seine Klassiker geschickt ins Rollen, warf sie mit der Rechten hoch und fing sie mit der Linken auf wie der Jongleur im Zirkusrund. Vielleicht daß am Ende die Bücher ein Auge zukniffen, wenn sie sich mit dem Leser konfrontiert sahen, wo immer das geschah, in Zügen, Straßenbahnen, auf Parkbänken, im Licht von Tisch- und Bettlampen. Denn auch im Bett lasen sie sich gut, konnten ihres Formats wegen mit nur einer Hand gehalten werden, indes die andere warm unter der Bettdecke lag.

So also konnte Arlecq im Bett auf dem Rücken liegen, die Haare schwarz in der Stirn, während der Tee langsam aufhellend wirkte. Seit den Tagen der mit Bravour gefertigten Schulaufsätze zu Themen wie Der große Freund des deutschen Volkes hatte sich nur das geändert, diese Morgenstunde faul im Bett, mit einer Frühstückszigarette im Mund, den blauen Spiralen, die sich zum Fenster hin zerdehnten. Groß und klar warf das Fenster das Licht der Frühe ins Zimmer. An manchen Morgenstunden rief die Klingel dreimal zur großen Versammlung in die Aula. Das verhieß ein politisches Ereignis. Schuldirektor Reisiger las aus der Volkszeitung vor. Die schüttere Front der alten Lehrer erhob sich in der ersten Reihe, wenn Reisiger mit der Zeitung aufs Pult schlug und über die Köpfe rief: Hoch Josef Wissarionowitsch. Ein alter Herr mit Schnauzbart. Daß er Biologie unterrichtete, hatte ihn nicht klüger gemacht.

Alles Licht des Morgens sammelte sich in den genormten Blättern Papier, die verstreut über Schreibtisch und Fußboden lagen. Die Schreibmaschine starrte offenen Maules und wurde beschworen durch einen Engel des Malers Rubljow, im Reigen an der Wand mit einem zweiten des Malers Klee und einem dritten des Malers Georg Hübner. Eine Zeichnung Picassos, ein Mädchenprofil, halb beschattet von schwarzer Haarfülle (man konnte auf Isabel schließen), sah blicklos auf den rauchenden Arlecq. Halb verdeckt von der Zeichnung eines reich ornamentierten Gitterwerks staken, bösen Auges starrend, drei Maskenköpfe aus dünnem Papier, aus je einem Auge dreiäugig das Zimmer bewachend und den Eintretenden ihre Riten lehrend. Doppeläugig, doch auch sie nach Assyrien und Babylonien weisend, hielt vom Zimmerwinkel die Katze Ausschau nach dem ironisch sich wiegenden japanischen Spottvogel, der golden unter der Decke an einem Zwirnsfaden hing. Auf dem Ölbild über dem Teetisch näßt ein ewiger Regen einen grauen Platz vor rotgelbrot beflaggten Häuserfronten. Lady Bird, die Katze, sitzt mit der Geringschätzung ihrer Rasse für alles menschliche Tun auf einem Blatt Papier, auf dem Arlecqs gestriges Nachtgedicht notiert wurde.

Später am Tag wird er das Blatt aus dem Fenster werfen, daß es ein Herbstblatt werde, vielleicht einen Weg finde zu den Blättern und Blumen in Paaschs väterlichem Garten, zu den Rockfalten des großen Hübnerengels oder auch nur bis zum nächsten Rinnstein gelange, und Linde findet es auf ihrem Weg zur Universität.

Fanfarengleich zerriß da die Klingel die Stille der Wohnung: und Isabel hatte geschrieben. Eingeschriebene Post brachte die Brieffrau und gab sie nur gegen Quittung von Hand zu Hand. Ein Brief von Isabel. Einflog ins Zimmer der Liebe flüchtiger Vogel, Jessabel, die Große von Babylon, schickte ein Zeichen, rief, warb in kleiner Handschrift, runde Tintenkleckse zwischen den Zeilen. Sie kam den siebzehnten Oktober in die Stadt. War das heute? es war heute. HEUTE! Mit dem Nachmittagszug.

Arlecq warf Lady Bird aus dem Bett und fragte durch die Tür nach einem sauberen Hemd.

Der Tag, würde sich Arlecq schreibend erinnern, war ein blauer Tag. Zwischen Vormittag und Nachmittag war einmal durch das Labyrinth der Stadt zu laufen, ein nach oben hin offenes Labyrinth, über dem die Drachen um die Wetterhähne der Kirchtürme kreisten. Arlecq benutzte die Straßenbahn wie jedermann, fuhr kreuz und quer, die Hände in den Jackentaschen, eine Zwanzigpfennig-, Zwanzigminutenfahrt hin zum Neuen Rathaus, zu dem er keine Beziehung hatte und das am Halbbogen des Stadtrings aufragte wie ein mittelalterliches Zinngeschirr. Fröhlichen Sinnes lief Arlecq am rot-weißen Geländer entlang, hörte die mandelsüßen Oboenklänge des ›Bereite dich Zion‹, die in der Thomaskirche für das Weihnachtsoratorium vom Sopran probend in den Mund genommen wurden. Arlecq, über das Straßenkreuz setzend, erreichte die Schillerstraße, wo die Städtische Kommunalbank ihm ein Konto eingeräumt hatte für die laufenden Bezüge aus dem Verlagshaus Mathäus und aus welchen Quellen auch immer. Paasch, wenn er in der Ritterstraße Anträge auf ein Stipendium bis zur wiederholten Examensablegung stellte, zog sich eine geflickte Hose an und Schuhe aus der Zeit der Währungsreform. Arlecq gab sich unbeteiligt, sagte: Abheben bitte und bekam ein Stück bedruckten Papiers und einen Bleistift, den er nicht annahm, den eigenen schon in der Hand, mit dem er hier und sonst der Unschuld des Papiers auflauerte. 320 schrieb er auf die den Zahlen vorbehaltenen Felder des Papiers und dann noch einmal in die Notenlinien: Dreihundertzwanzig. Das war nicht viel. Sparsamkeit gehörte zu den goldenen Hausregeln des Verlegers Mathäus. Arlecq gab das Papier einer Dame in die Hand, empfing eine Nummer, wurde mit Namen aufgerufen, gab der Dame an der Kasse die Hand, das Wetter, Erkältungskrankheiten, lange nicht hier gesehn, sagt die Dame und zieht ein paar Banknoten von einem gebündelten Stoß ab, geschickt wie ein Kartenspieler. Arlecq lächelt zu den Gesprächen über Wetter Erkältungen früher Winter vielleicht und reicht seine Hand herüber, nimmt mit der Linken das Geld und verabschiedet sich mit der Rechten. Die Dame an der Kasse trägt eine Hornbrille. Das Geld in der Hosentasche, schiebt, wird geschoben, kommt Arlecq durch die Drehtür, die ihn in eine neue Windung des Labyrinths entläßt.

Er hat eine Verabredung mit Rehbein, im Rehbeinschen Modeatelier, dem ersten am Platz. Rehbein, erwägt Arlecq gehend oder schreibend, war der geheime Treffpunkt des alten, des neuen Bürgertums. Hier bestellte, wer im Konsumkaufhaus auf der anderen Straßenseite, Bilder von Rennfahrern und Aktivisten zwischen Trikotagen und Sporthemden, nicht kaufen wollte, nicht kaufen mußte. Rehbein, der für Zirkusclowns und Nationalpreisträger mit gleicher Distinktion maß und nähte. Die schweren Modejournale aus BERLINWEST oder PARIS LONDON MILANO auf den gebrechlichen Rokokotischchen. Die Rechnung lag auf goldeingefaßter Glasvitrine. Arlecq, fein umläutet von Rehbeins Türklingel, tritt ins Halbdunkel des Vorraums. Es riecht nach dekatierten Stoffen, süßem Virginiatabak, nach Leder, nach Druckerschwärze der Modehefte auf den Tischen.

Herr Rehbein tritt selbst auf den Plan, öffnet mit elegantem Schwung, aber im kleinstmöglichen Winkel eine der beiden Türen im Hintergrund. Nein, es ist die linke Tür, die rechte führt in die Ankleide, Anprobekabine, die linke irgendwo ins Dunkle hinter den Kulissen, wo an langen Stangen die Anzüge, Hosen, Jacken hängen.

Mein bester Herr Arlecq, sagt Rehbein und neigt den kahlen runden Kopf über einen Zweireiher mit Weste.

Dennoch ging Arlecq ungern zu Rehbein. Er liebte es nicht, in kleiner Zelle, vor dreiteiligem Spiegel den Nöten seines Körpers ausgesetzt zu werden, indes Herr Rehbein sich in seinem Rücken zu schaffen machte, dreifach sichtbar auf den Spiegelfeldern, die Ärmel vom Manteltorso abriß und neu anheftete zu einem Gespräch aus dem vermutbaren geistigen Umkreis des Kunden. Da stand er, Arlecq, vor drei Spiegeln, dreifach zerteilt, in den Fragmenten des neuen Wintermantels wie in einem Schildkrötenpanzer, und Herr Rehbein dirigierte die Bewegung seiner Glieder. Das war häßlich. Gott mußte einen großen Zorn auf die Schneider haben, die ihm sein Ebenbild mal in die Länge, mal in die Breite zogen. Wenn ich empfehlen darf, sagte Herr Rehbein zärtlich, drei Knöpfe zum Mantel, und er strich mit flacher Kreide drei Kreuze je auf der Höhe von Arlecqs Brust, Bauch und Geschlechtsteilen. Seltsam, dachte Arlecq und zuckte etwas beim dritten Kreuzstrich, daß gerade an diesen Stellen eine Transformation von innen nach außen und von außen nach innen vor sich gehen sollte. In Ordnung, sagte er, Sie haben ja den besseren Blick dafür. Besten Dank, verbeugte sich Herr Rehbein hinter seinen Rücken. Darauf zog er ihm den Manteltorso, den ein fester weißer Zwirn in seinen Elementen zusammenhielt, ab.

Im Vorraum warteten ein schlagersingendes Gretchen und ein Pudel, der Herrn Rehbein sofort anging, die sakrale Weihe der Räume durch sein schwarzes Gebell beschmutzte. Roch er des Teufels Merlin hinter Herrn Rehbeins Maske des Biedermanns? Die Nymphe übertönte das Gebell mit mühelosem Lachen, das in duftender Pafümspirale Herrn Rehbein vollends überwältigte. Dieser wies auf das blaue Ballkleid in der Glasvitrine. Arlecq hielt Umschau nach dem nackten Körper, der im Raum schwebend vielleicht auf dem Kopf stand, auf der Suche nach diesen Schmetterlingsflügeln, die Rehbein, in Vollmondnächten über wer weiß welcher mittelalterlichen Hauspassage sitzend, ausgeklügelt hatte.

Herr Rehbein begleitete den spukumwobenen Arlecq unter Verbeugungen zur Tür, die hell läutend ihn heil hindurchließ. Zu fürchten war, das Geschäft ein nächstes Mal nicht mehr vorzufinden, wenn der Pakt mit dem Teufel abgelaufen wäre.

Auch Stanislaus kam zuweilen zu Rehbein ins Atelier, wurde mit kritischer Stirnfalte aufgenommen, verlangte nach den letzten Modeheften, gab sich unschlüssig, mäkelte an Zweireihern, Dufflecoats, Gabardinemänteln, Hosen ohne Umschlag. Nach Preisen, Lieferzeiten befragt, gab Herr Rehbein mäßige Antwort. Auch verborgte er keine Journale aus BERLINWEST mit Abbildungen des KURFÜRSTENDAMMS, der BONDSTREET, der CHAMPS ELYSEES.

Mittagsschläge über der Stadt. Licht zeigte sich am Ausgang des Labyrinths. Die Habanera aus Carmen pfeifend, stieg Arlecq über marmorne Stufen in die zweite Etage des Verlagshauses Mathäus. Die Gasse unten war schäbig, das Haus wie ein Goldzahn in einem mittelprächtigen Gebiß. Sie führte von den neuen Mietshäusern mit ihren Kringeln und Verzierungen der ausgehenden stalinistischen Ära in östliche Richtung. Sie verlief sich irgendwo in Heid und Flur, auf der 1813 die vereinten preußisch-russischen Armeen Napoleon am Napoleonsstein geschlagen hatten.

Das war gute Tradition auch für das Verlagshaus Mathäus. Geübt, im Wellengang der Geschichte das Boot des freien Unternehmergeistes stets auf den Wellenkämmen zu steuern, hatte Mathäus Häuser fallen sehen, und immer die andern hatten sich in den Angeln der Reichsschrifttumskammer fangen lassen. Nicht er.

Mein bester Herr Arlecq, schritt Mathäus durch die Vorzimmertür, streute, wo er ging und stand, Wohlwollen um sich, auf Arlecq, auf den Buchhalter, der von seinem Schemel aus die Honorare versandte, auf die beiden welken Damen, die Bücher in gerillte Pappen packten. Arlecq, auch hier und jetzt gewillt, Notizen zu sammeln, Porträts zu entwerfen, das Stenogramm aller Bekannten zu verwahren, ungewiß noch, zu welchem Zweck, läßt Mathäus ein in sein Gedächtnis. Der Glanz des silbrig milden,

kurz geschnittenen, korrekt gescheitelten Haars kreist um das zu
runde Gesicht. Mathäus, hält Arlecq fest, wurde gleichsam nur
durch die Porträts, Anekdoten der verlegten Autoren lebendig.
Die privat spärlich angesetzte Weisheit des Alters war hier über-
deckt, überwachsen von der Weisheit seiner Autoren, vom Salz
ihrer persönlichen Bekanntschaft, handelte es sich nicht um Se-
neca oder Horaz. Denn was dann kam, war schon Familiengut,
als mein Großvater selig einmal Heinrich Heine, ich selbst habe
noch Maxim Gorki gesehen, wenn er in Neapel, das Gesicht mit
den hohen Wangenknochen unterm runden Hut, die löchrigen
Hosen, in denen er daherkam, gegen Beinkleider vertauschte,
wissen Sie, wie man damals. Und die Saalschlacht 1926, bei der
Premiere von Mann ist Mann, da hätten Sie das Mienenspiel einer
echten Entrüstung beobachten können! Arlecq nickt, Mathäus,
das ist die wiedergefundene Zeit. Haben Sie Proust nicht gekannt, sagt Arlecq und versinkt im Lederfauteuil. Nein, ruft Mathäus, das ist es ja, was mich ein Leben lang bekümmern wird.
Wo ich ihn so liebe. Wenn ich ihn doch nur verlegen könnte, lie-
bend gern täte ich's. Das wäre das erste Buch, das ich mir aus Ihren
Sammlungen kaufte, sagt Arlecq.

   Mein bester Herr Arlecq, sagt Mathäus, Sie sind ein Schelm. Ei-
nen Schelmenroman, sagt Arlecq, sollten Sie mal wieder machen.
Da gibt es ein Buch des Kochs beim Grafen Piccolomini, eine Fi-
gur zwischen den Fronten, mal im einen, mal im andern Lager.
So etwas Direktes, sagt Mathäus, krieg ich doch niemals durch.
Da bleiben wir doch lieber bei Ihrem Cervantes.

   Immer die Klassiker also, sagt Arlecq und legt sein Manuskript
auf den Tisch. Das so außergewöhnliche Leben des Mannes, der
den Don Quijote schrieb. Es war leicht gewesen, die Abenteuer
alle in den Vordergrund schießen, brennen und jagen zu lassen,
und den Mann selbst hinter die Kulissen zu stellen. Ohne die
Abenteuer wäre es sehr schwierig gewesen. Der Mensch an sich,
das war pittoresk. Da steht ein Mann am Fenster, im blauen
Dunst seiner Pfeife, Licht im Silberhaar. Hinter dem Fenster ist
ein Baum. Beim Geruch des guten englischen Tabaks kommen
Assoziationen. Ein charmanter alter Mann. Hat der Mensch einen Eigenwert, fragt Arlecq, und Mathäus, auf jede Frage gefaßt,
greift ins Bücherregal. Sie können so die Frage nicht stellen, mein
Lieber, sagt er und schlägt das Buch beliebig auf. Rivarol, sagt
er, Maximen und Gedanken. Arlecq möchte unterbrechen, aber

Mathäus liest schon: Die Welt besteht aus konzentrischen umeinander geordneten Kreisen, die mit einer wunderbaren Harmonie einander entsprechen vom Insekt und vom Menschen, vom Atom und der Sonne bis zu dem einzigen strahlenden und geheimnisvollen Wesen, das ihr Zentrum ausmacht und das Ich des Universums ist.

Nun ja, sagte Arlecq, auch ein Weg nach Oobliadooh. Wie, sagt Mathäus, *oublier*? Mit Vergessen hat das wohl nichts zu tun.


### Isabel im Vorübergehn

Hier an diesem Tisch saßen wir, sagte Arlecq zu Paasch im Garten des Burgkellers, am Fuße des Dichterdenkmals.

Paasch trank sein Bier. Die Kellnerin schaute aus der Tür, andere Gäste kamen nicht unter die blasse Sonne des Spätherbstes.

Ihr saßet nicht lange, vermute ich, sagte Paasch.

Es ging nicht gut, sagte Arlecq. Was in der einen Stadt aussah wie für die Ewigkeit, reichte in der andern kaum für ein Tischgespräch.

Red nicht herum, sagte Paasch. Sie ist dir also davongefahren.

Geflogen, sagte Arlecq. Dabei weiß ich gar nicht, was mit ihr war. Es gab da immer einen, der sie heiraten wollte, den sie nicht heiraten wollte, und der ihr vielleicht ein Kind gemacht hat. Einer, der es sich mit Absicht einfach machte in ihrem Bett, während die Wäsche auf den Korbsesseln lag in einem fatalen Durcheinander.

Jetzt freute sich Paasch, gab der Kellnerin ein Zeichen, bestellte für sich noch ein Bier und für Arlecq einen Cognac.

Wohin ist sie denn?

Nach Paris, sagte Arlecq. Sie hat da eine Tante. Zum Bahnhof ging sie allein. Du weißt ja, Abschiedsszenen waren ihr immer zuwider. Sie fuhr mit dem Nachmittagszug nach Berlin. Die Maschine startete gestern nacht.

Jessabel, sprach Paasch das Wort mit Genuß in sein Bier. Und du sitzt da und trauerst.

Die Welt ist blau wie eine Orange, sagte Arlecq, seine Stimmungen etikettierend. Es ist nicht, weil sie weg ist, sagte er. Aber daß wir hier saßen und ein Gespräch führten ohne Zwischentöne, nur so ein trockenes Hin und Her. Nur davon bin ich müde, leer.

Die Kellnerin kam mit dem Tablett.

Gieß Schnaps hinunter, sagte Paasch und nahm das feuchte Bierglas in die Hand.

Sie hatte nur eine leichte Reisetasche mit, die sie nicht abgab, erinnerte Arlecq, als ich sie vom Bahnhof abholte. Trug eine karierte Jacke, blau mit schwarz. Sie zeigte mir ihren Reisepaß und als sie darin blätterte, um ein Foto für mich zu suchen, das sie aber nicht fand, fiel ihr das Haar in schweren Strähnen vornüber.

Und ihre Wimpern, sagte Paasch, als gäbe er ein Stichwort weiter.

Nein, sagte Arlecq. (Isabel vor Augen, wie sie in einer pariser Vorortbahn die Mitfahrenden beobachtet, in ihrer kindlichen Unbefangenheit.) Ich sagte dir doch: es war aus.


## Der Engel des Todes

Hübner ist tot, sagte Flora, als sie um fünf nach Hause kam. Die Kunde lief durch die Vorstadt. Vor Jahren hatten die Kinder bei ihm das Schönschreiben gelernt. Dann war er aus dem Schuldienst entlassen worden. Bilder hatte man bei ihm nicht bestellt. Vielleicht würde morgen eine Totenmesse in der Gemeinde zelebriert werden, unterm Flammenschwert des letzten Engels, den Hübner in die kalkige Wand geritzt hatte und vor Ausbruch der Krankheit vollendet hinterlassen konnte.

Er war nicht über Nacht gestorben. Sein Tod war kein gnädiges In-die-Arme-genommen-werden, kein Hinübergleiten in ein neues Reich der Liebe. Es war ein hartes Ringen gewesen, und die bittende Fürsorge der Diakonissinnen hatte nach dem fünften Tag den Sterbenden um Aufgabe des ungleichen Kampfes beschworen. Da war niemand ihm zur Seite gewesen, auch seine Frau nicht, die, im schwarzen Kleid schon, in den Chor der Diakonissinnen einfiel. Allein mit dem Engel, hatte er nicht länger bestehen können und war mit ihm gegangen.

Das war ein Fremder, der da im offenen Sarg lag, das Gesicht wie aus braunem Holz geschnitzt, eine Maske, die effektvoll unter Blumen lag. Es war ein wehrloses Gesicht ohne die übermächtigen Brillengläser. Unter schrumpfenden Lidern verwelkten die Augen.

Man wollte ihn unter dem Pappelbaum begraben, der blattlos

im Wind stand, die Friedhofsmauer steil überragte, niedrige Wolken aufriß, daß weißgraue Risse sich auftaten und ihr Licht spärlich über die Gemeinde der Trauernden ausstreuten. Arlecq sah die Engel, die Hübner gemalt hatte, schwarze Linien auf weißem Grund. Ein wenig erinnerten auch sie an Schönschriftübungen. Er sah sie auf den nassen Grabsteinen sitzen und zuschauen, ungerührt von der nur irdischen Trauer der Lebenden. Auch Paasch war gekommen, hatte erst nicht kommen wollen, aber da stand er mit seinem Schirm, denn es war Novemberwetter, und dem Kranz, den sein Vater zur nachbarlichen Kondolenzbezeugung schickte.

Der Engel waren viele. Sie reichten so weit wie Arlecqs Gedächtnis. Es gab den Engel der Verkündigung in der heiteren Anmut des Götterboten und den, welcher in seinem Kinderkatechetenbuch aus den Tagen des nun nach dem WESTEN gegangenen Kaplans über Brücken, Steg und Weg geleitete, und irgendwo gab es auch Isabels Kreideengel auf grauem Stein, weiß mit weiß gepuderten Haaren. Da waren die Engel, die über den Jordan geleiteten und mit leichter Hand die Jünglinge aus dem Feuerofen gezogen hatten. Der letzte und größte mußte der Engel des Todes sein, der sie alle in serafischer Gelassenheit überragte mit mächtig ausgebreiteten Flügeln.

Die Träger nahmen den Sarg auf. Die gekommen waren, bildeten einen Geleitzug und folgten der Witwe in ihren Schleiern. Paasch wußte nicht, wem er seinen Kranz geben sollte. Er wagte nicht, Arlecq danach zu fragen, da keiner sprach.

Da folgten ihnen die Engel lautlos. Traten aus Trauerweiden hervor und hinter Grabkreuzen, einen Flügelschlag lang vergoldeten Angesichts, von einer blattgolddünnen Sonne berührt, die strahlenlos hervorkam und zurückschwand hinter ziehenden Wolken. Es waren auch die darunter, die Hübner nicht gemalt hatte. Die schwertschlagenden Engel der Apokalypse, die Männerengel, die Engel Martin Schongauers und des Hans Baldung-Grien, die Engel von Dürer und Lucas Cranach in scharf gezogenen, tausendfach gebrochenen Linien. Es waren auch die Engel der Städte darunter, mit Mädchengesichtern und zaghaften Gebärden. Nur sie waren traurig. Auch die andern, die Engel der Gettos und Konzentrationslager, waren gekommen und zeigten eine gewisse Resignation, die sie, wie Arlecq aus Zeitungsfotos ersah, in Warschau, in den Neubauten auf den Trümmerhalden des Gettoviertels im Umgang mit Fahrstuhl und Müllschluckern angenommen hatten.

Diese Engel sah auch Ines, die, zu spät gekommen, als letzte im Trauerzug ging. In tadelloses Schwarz geleidet, lief Arlecq, das aufgeschlagene Gebetbuch in der Hand, hinter Paasch her, der auf schmalem Pfad, vor sich Flora, nicht in seine gewohnte Gangart fallen konnte. Ein paar Nachbarn waren im Zug der Trauernden, waren aus Routine gekommen und aus Prinzip, keine Beerdigung, soweit erreichbar, zu verpassen. Auch die Öffentlichkeit trat in Erscheinung in Gestalt eines Vertreters vom Verband der bildenden Künstler. Eine posthume Ehre für ein Mitglied, das sich nicht hervorgetan und den kleinen Kreis der Kirchengemeinde der Vorstadt für die Öffentlichkeit schlechthin genommen hatte. So war auch der Vertreter des Verbandes nicht sehr repräsentativ, ein Herr im mächtigen Mantel, auf seine Schuhe herunterblickend, die im schmierigen Lehm einsanken. Hübner hatte nie versucht, sich klappernd durchzusetzen, weder Kühe noch Traktoren noch das immer bereite Schulvolk mit blauem Halstuch war ihm in den letzten Jahren über den Weg gelaufen, der lang nicht genannt werden konnte, von der Wohnung bis zur Kirche zwei drei Häuserblocks ausmachte. Ein paar Kinderbilder hatte er aus dem Gedächtnis gemalt, Gesichter, von den Mühen des kleinen Alltags blaß und mit so großen Augen, daß die Bilder auch vor der Kirchengemeinde nicht ausgestellt werden konnten, die sie als unnatürlich abtat. Da hatten gerade noch die Engel Platz finden können und ein paar von den Propheten, die von Natur aus große Nasen und Augen mitbrachten. Vom Sankt Christophorus mit dem Kind auf der hohen Schulter hätten beide Parteien sich gern ihr Teil mitgenommen. Die eine das Kind mit den zwar großen, aber zukunftshellen Augen. Die andre den alten Mann, den von der Zeit gebeugten Riesen, dem ein grimmiger Stolz ins Gesicht gemalt steht.

Ein paar Schüler des Meisters schritten dahin in disziplinierter Trauer, ein paar langhaarige Mädchen sybillinischen Ausdrucks wie aus Hübners Frühporträts. Joachim Falk war darunter, der Vorzugsschüler, der ein Landvermesser geworden war in Lichtenberg, sonntags nur malte, Stilleben mit bunten Kreiden und mit weicher Kohle Bahnhöfe und die sich in der Ewigkeit treffenden Schienenparallelen der S-Bahn. Falk, geschorenen Hauptes, in das die Bügel seiner randlosen Brille griffen, brachte die Unruhe der Städte Berlin mit, die er auf Paasch, auf Arlecq übertrug.

Flora benutzte das Taschentuch. Hübner hatte sie in den Nachkriegsjahren oft porträtiert, in der Fülle ihrer Jugend, mit einer Blume im Haar, den Fächer in der Hand, oder gesenkten Hauptes zur Trauer des Karfreitags. Leider hatte Hübner immer gut erkennbare Teile des Kachelofens mit ins Bild gemalt, an dem die Sitzungen in den kohlenarmen Wintertagen stattfanden, so daß die Stimmung nie ganz aufging.

Arlecq las in seinem Buch mit den abgeschabten Kanten und dem verblichenen Goldkreuz. Das Buch hieß der Heilige Schutzengel, und mit Tintenstift war ins Titelblatt das Wort *reminiscere* hincingeschrieben. Ein Engel begleitet augenaufschlagend ein kleines Mädchen, das die Augen zu Boden schlägt. Darunter liest man: Vollständiges Gebetbuch für kath. Christen, und: Mit bischöflicher Druckbewilligung. Das Buch hatte seinem Vater gehört, der es nie bei sich getragen hatte, auch in Italien nicht, als er starb, mit zwei Gewehrschüssen im Leib, die, losgelöst längst von allem Fleisch, durch das Gitter des Brustkastens fallend, auf dem Sargboden liegen werden.

Eine tiefe Furche weißen Lichts zog über die Grabstätte, als die Träger den Sarg in die Tiefe ließen. Die Engel schlossen den Kreis, und der Geistliche betete aus seinem Buche: Erlöse o Herr die Seelen deiner Diener und Dienerinnen aus den Peinen des Fegefeuers damit sie der Welt abgestorben bei dir ewig leben und Verzeihung aller Fehler und Missethaten die sie aus menschlichen Schwachheiten begangen durch deine unendliche...

Worte Worte Worte, sagte Arlecq ins Gemurmel, vielleicht zu Paasch. Doch der stand zu weit weg. Ein Loch in der Erde. Hier galt die Reihenfolge des Trauerzuges nicht mehr, jeder trat willkürlich aus dem Umkreis und warf seine Blumen in die Grube, hinterließ seine Fußspuren in der lockeren aufgeworfenen Erde, die gelb war. Paasch lehnte seinen Kranz an den Pappelstamm und trat zurück. Arlecq las ein Ahornblatt auf und ließ es zu den Blumen in die Grube. Aus der Schar der Großstadtengel schritt zaghaft Arlecqs Cousine Ines und gab ihre Blumen dazu. Die Schaufel in der Hand, wartete der Totengräber hinter einem Baum. Wäre dies eine russische Beerdigung, sagte Arlecq zu Ines und schmeckte mit den Worten die lehmige Erde, die sie dem Toten in den Mund schaufelten, könnten wir dann den Totengräber mit dem Toten Arm in Arm über die Gräber ziehn sehen und einer von ihnen spielte Ziehharmonika.

Welcher von beiden, fragte Ines.

Das Rätsel des Todes hinge von der Beantwortung dieser Frage ab, sagte Arlecq in seinem feierlichen Hamletbühnenschwarz.

Man gab verabschiedend noch einmal der Witwe die Hand, wortlos, da keine Grußformel hier angemessen schien. Sie sagte danke und prüfte jedes Gesicht mit ihren sehr großen, sehr blauen, rotumrandeten Augen. Sie hatte ein paar der Gekommenen, Nachbarinnen vor allem, in ihren kleinen Erfolgsroman aufgenommen, für den Hübner noch den lustigen Umschlag gezeichnet hatte mit Jonas und dem Walfisch und den Kindern beim Laternenfest. Die Nachbarinnen, in ihrer Raffgier, ihren hausfraulichen Untugenden porträtiert, würden nur den Umschlag gelten lassen. So konnte sie fast ein wenig lächeln, als sie ihnen die Hand gab.

Wer gekommen war, zerstreute sich, und der Totengräber ging schaufelnd an sein Amt.

Der gesellige Teil bricht los, sagte Paasch.

Ashes to ashes, sagte Arlecq.

Dust to dust, antwortete Paasch.

Its e pitti der puhr fellah couldn't stehen länger with us, sagte Ines. Da trat Falk zu ihnen, der auf dem Weg zum Friedhof (er war mit dem Frühzug gekommen) eine Posaune im chinesischen Gebrauchtwarenladen erstanden hatte. Er packte das Instrument aus dem schwarzen Kasten und setzte die Posaune an die Lippen. Falk, das Wunderkind, Hübners bester Schüler und doch in die Geophysik entlaufen, war auch mit diesem Instrument vertraut. Der rauhe Ton wurde nur stotternd zur Melodie, doch dann war's die Klage des New Orleanser Begräbnismarsches, den alle kannten. Jetzt erst wurde es eine richtige Beerdigung, und auch Hübner würde seine Freude gehabt haben, der einen guten Spaß immer mitgemacht hatte, bei dem er seine Schüchternheit ablegen konnte. Dem Totengräber schien die Musik nichts anzuhaben. Arlecq saß auf einem eingesunkenen Grabstein für Johannes Brandstätter, eingedenk deiner sind wir immer, gest. 13. 11. 03, und Paasch stützte sich auf seinen Schirm. Falk blies die nun zitternde Klage dennoch in sicherer Linie hin zur Pappel. Ines erschauerte und sah nach den Gräbern, die in langer Reihe zum Ausgang strebten, vor dem, sichtbar durch die blattlosen Bäume, Straßenbahnen hielten. Es war ein schöner Friedhof. Hohe Pappelreihen führten in die Ewigkeit. Es gab Kieswege wie in den Parkanlagen. Die Kiesel, der Efeu auf den Gräbern hatten einen feuchten Schimmer. Es war wie an der Meeresküste an einem kalten nebligen Tag. Feuchte Erde und behauene Steine blieben den Toten und über ihnen wolkenhoch die Bäume. War so der Tod, dachte sie, während sie die Namen von den Steinen ablas, war das die Ewigkeit nach dem Leben, Erde, Steine; die Seele, was immer man darunter zu verstehen habe, zu einem Satz geronnen, zu Buchstaben. Gepriesen seiest du Ewiger mein Fels, Worte und Namen, Jahreszahlen als Chiffre eines Lebens.

Der Totengräber hatte gute Arbeit getan, Falk sein Instrument vor der Nässe schützend wieder eingepackt. Der Hund des Totengräbers kam, ein Tier mit breiten Pfoten und schwarzem Fell. Der Totengräber schulterte seinen Spaten, packte den Hund am Halsband und ging an ihnen vorbei. Der Hund bellte einen Fremden an, der quer über die Grabreihen zu kommen schien. Es war Gott, wie man am hohen spitzen Hut, am Gehrock, den Schnürstiefeln sogleich erkannte. Er trat zu ihnen. Arlecq erhob sich von seinem Stein. Ines, in ihrem Sommermantel, fror. Gott schritt langsam bis an das Grab, faltete die Hände und verharrte. Es war nicht sicher, ob er Paasch erkannt hatte.

Wir alle so, sagte Gott. Und sie trampeln auf uns herum, und man muß warten bis zur Auferstehung. Das ist ein langer Weg hin. Dieser war ein guter Mann, er wird einen kürzeren nehmen können. Amen, sagte Gott und sah sie an.

Hier, wo alles auf die Proportionen des rechten Winkels abgestimmt war, lief Gott wie er gekommen war quer über die Grabreihen. Falk sah genau hin und vermutete einen sich quer hindurchschlängelnden Weg. Gottes Hut ragte in den spitzen Winkel der Pappelallee und so schnitten sich Linien, die, auf ein Blatt Papier übertragen, fast die Form eines Sterns ergäben.


## Die Nacht darauf


Paasch ging noch schnell in den Konsum, als er vom Friedhof zurückkam, auf dem Hübner in Gesellschaft des Totengräbers und seines Hundes verblieben war, ein Meter Erde über dem Sarg. Paasch wollte noch was einkaufen am Dreh- und Kreuzpunkt seines Weges, trat verschlossenen Gesichts in den Laden, grüßte nicht die Nachbarn, die sich hier ihr Brot und ihre Wurst zum Abend kauften, die Verkäuferin aus dem Gleichgewicht ihres Einmaleins brachten, wenn sie in die Additionen hineinredeten, vom Begräbnis des Malers Hübner, haben Sie doch auch gekannt, nicht, erzählten. Paasch kaufte eine Flasche Kahlbaum, trat dann wieder durch die Tür und seinen Weg an, die Flasche im Arm, deren Inhalt gegen runde Wände stieß, melodisch auf und ab schwappte wie die ewige Wiederkehr des Wellengangs an der Meeresküste. Schwellende Sanddünen, die ihm zum Verhängnis geworden waren. Auf den kahlen Bäumen im Schulhof krallten sich Krähen in die obersten Äste, daß die weit ausgreifenden Bäume wie geflickte Handschuhe aussahen. Die Uhr schlug fünf, die Schulklingel rieselte auch zu dieser Stunde dünn durch das alte Gebäude, um nur noch eine Sitzung im Lehrerzimmer zu erreichen, bis das Gähnen des Hausmeisters sie verschluckte. In der Turnhalle fiel das erbärmliche Licht dreier Vierzigwattbirnen auf eine schweißabsondernde Frauenriege der Vorstadtturnerinnen, die für einen Ausscheid mit der Elite des angrenzenden Stadtbezirks trainierten. Paasch konnte von der Straße durch die Fenster in den Saal sehen. Gespannte Muskeln, gegrätschte Beine, unter dünnem Hemd sich abzeichnende große Brüste, die hier fehl am Platz waren und hinderlich für maximale Leistungen am Pferd oder am Barren. Paasch, der lieber Historiker geworden wäre, Stadtarchivar vielleicht, Kustos im Grassi-Museum, im Heimatmuseum die Schulklassen geführt hätte, verstand, weshalb die Amazonen der Urzeit mit nur einer Brust ausgekommen waren. Es ging von diesen, mit Bier und Dreipfundbroten, wie es schien, genährten Körpern unterm trüben Licht mehr Anziehung für ihn aus als von Brigittes karger Nacktheit, ihrem langsam sich vorwölbenden mondrund wachsenden Bauch, in dem die Frucht im Urmeer des Fruchtwassers fest verankert lag und von Woche zu Woche neuen Raum verdrängte. Paasch schwindelte vor dem Ergebnis dieser im Sommer vor sich gegangenen Kopulation an warmer algiger Meeresküste, an der er an einem windstillen Tag den Samen in diese Leibesfurche gelegt hatte. Die vom Nußöl geförderte Bräune war längst abgewaschen, unter den Kleidern verblaßt, ihr Leib von jenem Weiß rotblonder Frauen, einem Weiß, das das schwärzeste Zimmer nicht auslöschen konnte.

Paasch trat ins Haus, hatte den Fuß schon auf der Stiege zum ersten Stock, doch war Frau Siebenmüller schneller. Auch sie war soeben heimgekommen vom Begräbnis, das Profane immer nahe am Erhabenen, und wollte Paasch in ein Gespräch über das gemeinsam Erlebte ziehn. Sie erriet die in Papier eingeschlagene Flasche in seiner Armbeuge, ließ sich aber nicht abhalten durch Paaschs offen zur Schau getragene, eigentlich im ganzen Hause bekannte Neigung zum Alkohol. Sohn ehrbarer Eltern, die freilich was Beßres verdient hätten auf ihre Tage.

Ja, sagte Paasch, schrecklich so ein Todesfall. Paasch sprach gern mit den Leuten. Frau Siebenmüller konnte sich auf ein längeres Gespräch einlassen.

Und die arme Frau, sagte sie. Ich meine, zur Rente is's noch zu früh fürse und von ihrer Schriftstellerei, will ich mal sagen, kannse auch nich leben.

Harte Zeiten, Frau Siebenmüller, sagte Paasch auf seinen Schirm gestützt. Wir haben alle unser Päckchen zu tragen. Frau Siebenmüller strengte sich an, nicht auf die Flasche zu schauen.

Nu freilich, sagte sie. Mein Mann sagte neulich...

Das Gespräch entwickelte sich vor der Tür der Witwe. Das war geschmacklos. Paasch hätte gern eine andre Tür im Rücken gehabt. Frau Siebenmüller aber blieb standhaft. Die Witwe indes trug Bilder zusammen, auf Rahmen gespannte Leinwände, Pappen und Blätter, den Nachlaß, der sie allein zum Erben hatte und sie mehr belastete, als wenn es sich dabei um Stühle, Hüte, Tische, Mobiliar gehandelt hätte, normale Gegenstände bei einem sonstigen Sterbefall. Sie versuchte, ihrer Beschäftigung ein System unterzulegen, ordnete in Öl Gemaltes in diesen Zimmerwinkel und die Aquarelle in jenen, legte Zeichenblätter zuhauf auf den farbbeschmierten zerkratzten zerfurchten, an den Kanten abgestoßenen Holztisch unterm Fenster, auf dessen Platte fünfunddreißig Lebensjahre eingeschrieben waren. Der Tisch legte ein exakteres Zeugnis von ihm ab als die Gesichter, Landschaften und Engel an den Wänden. Die Bilder gingen unter ihren Tränen Metamorphosen ein, eine Auenlandschaft schmolz impressionistisch dahin, Porträts schlossen die Augen, und gar die Engel traten ganz durch das Papier und hinterließen keine Spur.

In der schlimmen Zeit nachm Kriege, sagte Frau Siebenmüller zu Paasch, wos nischt zu essen gab, hat er unsern Schrebergarten gemalt gegen cincn Korb mit Äpfeln oder warens Birnen. Da hätten Sie sehen können, wie der sich freuen konnte. War ja eigentlich mehrn Kind stattn Mann.

Wie Künstler so sind, sagte Paasch und legte, den Schirm behutsam gegen die Tür der Witwe lehnend, die Flasche von der linken in die rechte Armbeuge. Dann nahm er den Schirm mit der Linken wieder an sich.

Bißchen überkandittelt warense ja schon manchmal, sie vor allem, sagte Frau Siebenmüller, im Erfolgsroman der Witwe die dulle Griet genannt. Sie wollt ich ja mal zum Ährenlesen mitnehmen, nachm Kriege, wissen Sie, aber da wollte se nicht. Zu fein für unsereinen. Immer die Nase hoch.

Die Fahne hoch, sagte Paasch und hätte ihr jetzt gern das Lied vorgesungen, die Reihen fest geschlossen, um ihr Gedächtnis zu prüfen, SA marschiert, aus der Zeit, da sie seinen Alten mitnahmen nach Waldheim und sie auch schon aus dem Fenster gesehen hatte, wenn es was gab. Aber Frau Siebenmüller verstand nicht.

Wie? sagte sie. Sie erwarten sicherlich Besuch. Ein Finger wies auf die Flasche.

Nicht gerade Besuch, sagte Paasch und setzte jetzt den Fuß entschlossen auf die erste Stufe.

Kein Mond heute nacht, dachte er im Hinaufgehen. Und alles ohne Licht. Wie im Grab. Besser, man ließe sich verbrennen. Vielleicht soviel wie in einen Ascheneimer geht. Keine Würmer. Ratten. Aber auch kein Skelett mehr, der vollkommene Dau des Schädels.

Das Abendbrot lag schon auf dem Tablett, als er sein Zimmer betrat. Aus einem der zwei unteren Kästen des Kleiderschranks holte er den Korkenzieher hervor, aber die Flasche hatte einen Kunststoffverschluß, der sich herausdrehen ließ, nachdem man mit dem Fingernagel die Bakelitverkleidung aufgeritzt und splitternd entfernt hatte.

Daß einem noch im Grab die Nägel wachsen. Bis der Kalk verbraucht ist. Er hätte sie mitnehmen sollen. In der Liebe soll es gemeinsame Erlebnisse geben. Sagt man. Wieviel Fett ihnen noch unter der Haut sitzt. Und das Geräusch, wenn Olsen ihnen die Köpfe von den Halswirbeln drehte. Nur der Karbolgeruch, erinnert sich Paasch, an der Flasche riechend, verdünnte den fetten trägen Geruch zu einer atmungsfähigen Substanz, die sich auch unter den Schutzkitteln festsetzte. Für dreihundert Mark konnte man seinen Leichnam verkaufen. Rentner, die mit mit zittriger Hand unterschrieben. Im ersten Praktikum hatte er solche Scheine sammeln und alphabetisch ordnen müssen. Lieferung frei Haus. Wer dann seinen Großvater auf dem Seziertisch zur einseitigen Überraschung und Wiedersehensfreude antraf, der konnte sich für ein verpfuschtes Leben am Stammvater und greifbaren Urahn gegenwärtiger Kalamität schadlos halten. Ödipus zersägt seinen Großvater. Die Fatalität der Verwandtschaft.

Das Radio lief an, schaltete sich verläßlich in die Wellenkreise, die die Stadt erreichten, über den Dächern einzufangen waren. Wie immer die Abrüstungsfrage. Das Treffen der Außenminister. Der Kampf um den Weltfrieden. Wer bietet mehr für einen Leichnam. Der Wetterbericht, Luftdruck über dem Meeresspiegel gerechnet. Das Eindringen warmer Meeresluft. Die Vorhersage bis morgen abend.

Paasch drückte auf den Knopf, ließ die Tonbänder rotieren, in die linke Scheibe spulte sich braun das Band, Charlie Parker, Miles Davis setzen unisono zum Thema an, dann Bud Powell, der sich einen Chorus lang nicht zurechtfindet und vergebliche Läufe diagonal zum Thema schickt. Man merkt, daß hier ein gebrochener Mann spielt. Paasch hält jäh die Doppelumdrehung durch ein Knopfdrücken an, spult zurück, daß ein Sphärengesang anhebt, der unterbrochen wird dort, wo etwa Bud Powell ansetzt und auf Parkers Chorus antwortet.

Paasch gießt sich das Glas randvoll und schaltet dann die Lampe aus. Nur die Skalenbeleuchtung bleibt, läßt grell eine Hand Wirklichkeit werden, die aus dem Dunkel greift, um die Lautstärke zu regulieren. Aus dem Dunkel tastet er übers Tablett, nimmt, was sich anbietet, und ißt in wahlloser Reihenfolge Wurst, Käse, eingelegte Gurken, weißes und schwarzes Brot.

So bleibt es zwei Stunden später ungewiß (wieder läuft das Band, Parker und Davis im Unisono, dann Bud Powell), wer da zu Paasch in die Dunkelheit des Zimmers gekommen ist, den Mantel ablegt, den Paasch in den Schrank hängt, wenig später auch das Kleid, die Strümpfe, die Unterwäsche. Eine schlankere Hand versucht die Lautstärke zu regulieren, zu mindern, damit von der Zukunft gesprochen werden kann, denn Liebe will eine Zukunft haben. Paasch aber findet Genüge an der Gegenwart, baute lieber Mauern um sie, daß sie nicht hinauswächst in die Zukunft. Doch schon tritt sie über Ufer, etwas geschieht, Bud Powell findet sich nicht zurecht, das Thema ist ihm entglitten, man merkt, wie hier sich einer abmüht, quält, in den Abgrund schaut, in den er getrieben wird, bis Miles Davis einsetzt, Horizonte tun

102

sich in langer grader Linie auf, die Beklemmung hat Raum, sich zu lösen. Wir werden, sagt Paasch, um sie zu beruhigen, um durch sie ihre Eltern zu beruhigen. Alle außer Stanislaus haben den einfachen gleichen Rat und tun, als täten sie es ebenso in seiner Lage, die nicht ihre Lage ist. Dodo Marmerosa spielt jetzt, es ist das gleiche Thema, aber er kommt durch, hat keine Hilfe nötig, man wünscht sich, sein Chorus wäre länger, man vergißt die andern, solange er spielt, aber da markiert schon das Schlagzeug (Al Haig) den Wendepunkt, Gegenwart wird Zukunft, und der Schlußchorus schleppt sich belanglos ins Finale. Hier aber ist einer, Marmerosa, durch das Labyrinth gekrochen. Paasch versucht, ihr das begreiflich zu machen. Sie soll verstehen, daß es einen Unterschied gibt zwischen Powell und Marmerosa. Aber sie fröstelt in ihrer Nacktheit, im Dunkel liegend und dennoch leuchtend wie das aufgeschlagene Bett.

Immer weiter spult das Band Musik ab, Seven come eleven mit Stan Hasselbach, der früh starb, Paasch singt dazu und läßt wieder das Glas vollaufen, es nahe ans Licht der Skalenbeleuchtung haltend.

Rätselhaft bleibt ihr Gesicht, auch für Paasch, der es nicht erkennt, das in dem bestimmten Augenblick einen Ausdruck haben wird wie die andern auch, mit denen er auf den Dielen der Wochenendlaube seines Vaters gelegen hatte oder hier, seitdem er dieses Zimmer bewohnte und die Tonbänder dazu liefen, Stan Hasselbach blies wie zu Lebzeiten.

Denn seit Brigitte lief er Frauen nach, sprach Sechzehnjährige vor Kinos an, schlief mit ihnen ein- oder zweimal, hier, im Gartenhaus, in ihren Wohnungen, um es dann Arlecq zu erzählen, der dieses Rankenwerk erotischer Beziehungen, in das Paasch sich plötzlich verfing, nicht zu deuten wußte. Die Berichte an Arlecq waren exakt, farblos, ohne Leidenschaft, eine Anatomie der Liebe mit Beschreibungen des Coitus, der schnelleren oder langsameren Erregtheit der Clitoris, wie aus einem Handbuch der staatlich subventionierten sexuellen Aufklärung. Reizschwellen und Charaktere ergänzten einander, unscheinbare Schulmädchen neigten zum Sadismus, steigerten Paasch zu mehrmaliger Ejakulation. Dann kamen Briefe, Telefonanrufe, die Paasch nicht erwiderte, ungelesen wegwarf, und sein Wirt, mit ein paar Schablonen auf Vorrat versehen, konnte die Anrufe ohne Rückfragen bei Paasch mit der Entschiedenheit eines Befehlsgewohnten parieren.

Brigitte aber kam in jeder Woche, lag bei ihm, denn nur sie konnte es sein, den Laugengeruch gewaschener Windeln schon an den Händen, schlank noch und rank, blond und knabenhaft unfertig, wie es seine Schwester war, die ihm das Abendbrot auf dem Tablett brachte und in Hingebung an den älteren Bruder sein Zimmer aufräumte. Lag auch heute in seinem Bett, während Davis und Adderly spielten, Hank Jones am Klavier. Miles begann mit kurzen einfachen Phrasen, die sich zwischen Tonika und Dominante bewegen. (F Septime fünf minus d neun plus sechs minus c neun plus, dann b minus sieben minus fünf, d neun plus c neun plus, wechselt von c zu d zu f, dann die Blockakkorde von Hank Jones ähnlich wie Shearing oder Brubeck, einer übernimmt es vom andern.)

Lag über ihr, sie auf dem Rücken in der Tiefe des Bettes wie die Toten in ihren Gräbern tief, bedeckte sie mit seinem Körper, der Lust aus ihr sog, die ihn um so höher riß, je mehr er an die Toten auf den Tischen der Anatomie dachte. Da war es dann gleich, ob das Tonband lief oder schon abgespult im Leeren schlappte. Schwer über ihr, die mehr aus Gewohnheit denn aus Lust stöhnte, lag Paasch und gab diesem Körper, was er ihm abverlangte. Dann war es getan, und seine Hand beruhigte ihre Erregung, war sie nun echt oder nicht.

Vom Bett aus schaltete Paasch am Radio, um nicht reden zu müssen, jetzt weder die Lerche noch die Nachtigall anzukündigen. Er zog an der Zigarette, bis der überlange Aschenstreifen abbrach und aufs Bett streute. Mitternacht war vorüber. Lester Young spielte aus unsichtbaren Wellenlängen, auf denen der Mond aufzog, nun gab es doch einen Mond heute nacht, der groß in der Fensterscheibe aufging. Er holte den Schlafanzug aus dem Schrankkasten; seine Nacktheit war ihm peinlich. Immer noch die Zigarette in der Hand, legte er sich wieder ins Bett und verfolgte den Glimmstreifen, der sich durch Papier und Tabak fraß.

*Orgelpunkt*

Aus Silvas Kunsthandlung in der Klostergasse trat Arlecqs Cousine Ines. Trat wie schon einmal, doch nun aus der posthumen Engelserie Georg Hübners, aus den Ikonenaposteln, Barlachgestalten, Pergamenten in Blau und Rot (aus dem 16. Jahrhundert), den Aktbildern von Matisse und Modigliani, trat auf den wartenden schauenden Arlecq zu, mit weihnachtlichen Einkäufen, festlich verschnürten Büchern und Mappen in der Hand.

Sieh da, chico, was ich habe, sagte sie und schlug Isabels Augen zu ihm auf, daß ihm der Betrug des Tonfalls und des Blicks in die Glieder fuhr. War aber doch nur Ines, verwandtes Blut, das gleichermaßen anzog, wie es sich davor verwahrte, schneller ins Kreisen gebracht zu werden. Arlecq sah weiter ins Fenster, hielt wartend, worauf eigentlich, Ausschau nach Gesichtern und Leibern von Matisse oder des Zigeunermüller, die auf totem Stoff mehr von Isabel wiedergaben als es Ines vermochte. Aufrecht und lebendig neben ihm, in der Unschuld ihrer Jahre, die noch nicht über die Schulbank gekommen waren, heillos verträumte Wege gingen, Gott oder die Liebe suchten, den Sinn und die Wahrheit. Wie ein Orakel der Weisheit tauchte vom Hintergrund des Ladens Engelbergs Kopf auf, mit vorgerutschter Brille, weißen Strähnen dicht über den Ohren, reihte sich zu den Gütern seins Schaufensters und schien von gleicher Qualität zu sein wie diese.

Dann gingen sie, vom Turm des Alten Rathauses geleitet, ließen zur Rechten das schmalbrüstig aufragende Haus, die BLUME, in das sich die übrig gebliebenen Nutten der Stadt verkrochen hatten und in den Nachmittag schliefen. Mir aber sind die Arme gebrochen, sagte Arlecq zu Ines, weil ich bei Wolken geschlafen. Sie legte den Satz zu ihrer Vorstellung von der vibrierenden Großartigkeit eines Lebens, das über der banalen, jedermann sichtbaren Welt seine Kreise zog, in die sie noch nicht hineinragte, dank Arlecq nur, wie sie meinte, einen Teil davon gewahr wurde in einem Satz wie dem von den Wolken. Schliefst du nicht gern über Wolken? fragte sie den Älteren. Eigentlich verstehe ich diese Zeile nicht mehr, sagte Arlecq. Die bei den Dirnen schliefen, sind frei? Ich möchte es umdrehn und sagen: die bei Wolken schliefen. Doch überdies: die Dirne ist tot.

Welche? war Ines so dumm zu fragen.

Immer nur die eine seit Christie Marlowe und Charlie Baudelaire und wen sonst noch du dazu zählen möchtest, sagte Arlecq.

Ein Jahr später wurde die BLUME von den Arbeitern der Kommunalverwaltung abgerissen, und die Anlässe poetischer Verwirrung wurden immer spärlicher in der Stadt. Noch aber konnte

Ines fragen: welche?

Ein Weihnachtsmarkt hatte sich häßlich vor das Rathaus gelagert. Sie gingen dran vorbei, ließen Puppen, Kinder und Ausrufer in und vor den rasch gezimmerten Buden, die mit Lametta und Glasperlenschnüren das Wunderland verhießen. Indes Isabel im pariser Vorort Neuilly in Schmerzen lag und den Erlöser dieser Zeit nicht gebären wollte, gingen sie durch die Stadt, deren Konturen wie auf der nach Leim und Wachs riechenden Weihnachtslaterne zu Hause durch rote und violette Farben weich mit dem Licht des Nachmittags zergingen. So nahe am Fest erlebte die Stadt in ihrem Kern die jährliche Aufwertung ihres Mittelalters. Gassen, Giebel und Kirchenportale rückten in die Volkszeitung; die sonst geschäftstüchtige, international besuchte Urbanität zog den Schleier der Besinnlichkeit vor. Eine Invasion erzgebirglerischer Weihnachtsengel, hölzern und sehr materiell, lag im Streit mit den andern und trug alle Jahre wieder den Sieg davon. Arlecq hatte ein paar davon in der Manteltasche, daß sie für Flora fiedelten und schalmeiten. Sie besonders gab etwas auf Symbole froher Erwartung und Verkündigung.

Auch für seine Mutter war nun die hohe Zeit gekommen, und ihre sonst verwischten Züge erstanden in reiner Erwartung. Sie schrieb nach allen Fernen, schickte Karten und Briefe, empfing Briefe und Karten, brachte in tätiger Liebe Pakete zur Post, ging beladen die halbe Stunde Wegs im abgetragenen blauen Mantel, das in der Mitte gescheitelte Grauhaar unterm Kopftuch. Kam zurück mit Einkäufen, die in ihren Umschnürungen auf den großen Tag warteten, deren Geheimnis sie augenleuchtend durch die vorweihnachtliche Zeit trug. Auch Arlecq stimmte sich festlich ein mit etwas Bach, Händel, Arcangelo Corelli. Die Erwartung flog sozusagen mit blauen Schleiern über die Stadt. Ines hatte Herzklopfen, wenn sie in diesen Tagen mit Arlecq in der Thomaskirche saß, die Hirten sangen, die Engel, und Zion sich bereitete, IHN festlich zu empfangen. Im Nachklang dieser Klänge fuhren sie dann mit der Straßenbahn (im Berufsverkehr) über die Kanalbrücke, darunter das stehende schwarze Wasser, eingefaßt vielleicht von weißen Schneerändern. Arlecq aber, die hölzernen Engel in der Tasche, erschrak vor der Vergeblichkeit dieser Hochstimmung, sah die Seifenblase steigen und am Morgen nach Weihnachten platzen, daß nichts anderes übrig blieb, als Paasch anzurufen und zu den gewohnten Platten zu greifen, die hielten, was sie vorgaben. Jetzt aber, in der Straßenbahn, zusammen mit Kindern, Hunden, Weihnachtsbäumen, ließ er die Vorahnung nicht aufkommen, sprach mit Ines über das Oratorium, sah ihr in die Augen, Isabels Augen, die eine lichtere Stadt spiegelten, mit großen Flächen, ein paar alten Häusern, die samt den Heiligen auf Simsen und Sockeln beim großen Feuer verschont geblieben waren und eingesäumt von staubigen Sommerwegen ihre Gestalten in den Fluß tauchten.

Am Morgen des 24. Tages kam Ines, ihn zu einem Spaziergang abzuholen. In allen Zimmern brannte das Feuer in den Öfen, daß der Widerschein der Flammen über Möbel und Wände zuckte. Reste des Frühstücks standen im großen Zimmer auf weiß gedecktem Tisch. Schlangengleich bewegte Lady Bird sich durch alle Räume. Flora hatte schon heute einen freien Tag. Ihre Anwesenheit markierte deutlicher als die Kalenderzahl den Feiertag. In Arlecqs Zimmer sah von Norden her die Landschaft weiß in den Raum, in weißer Linie begrenzte der Waldstreifen den Horizont. Er suchte eine Bach-Sonate aus dem Plattenstapel, vielleicht auf Veranlassung von Ines, die am Fensterbrett lehnte. Er wußte nicht, wie er ihre ständigen Versuche abtun sollte, Lebensmaximen, richtungweisende Ansichten von ihm zu erfragen. Er erwiderte mit Zitaten, griff nach Büchern, dachte an Mathäus und an seine Fertigkeit, jedes Loch in den Hirnen seiner Leser mit dem Papier seiner Klassiker ausstopfen zu können. Je mehr er an Ines gab, was er nicht geben konnte, verlor er an eigener Sicherheit, und was bei ihr vielleicht blühend aufging, wurde für ihn welk und belanglos. Mit der Zeit wurde Ines durch Arlecq dazu gebracht, ihr Leben mit einer Mischung von zynischer Leichtfertigkeit und pantheistischer Gläubigkeit an die Wunder der Natur einzurichten, als Arlecq auf jede Meinung gleich viel gab, Ost oder West auf den Kurs eins zu eins setzte.

Schnee war gefallen, der sich auf dem feuchten Grund nur zögernd ansiedelte und jeden Schritt scharf und schwarz umrandete. Eine Fährte, das ist etwas Sicheres, sagte Arlecq stapfend, da kann wer immer will sich dran halten. Du meinst, sagte Ines, es kann die Spur von unseren Erdentagen. Aber ich hab nichts mit Goethe.

Über den Kanälen und Flüssen des Auenwaldes gab es Wildenten. Das schwarze Wasser verweigerte jede Spiegelung, als sie ihre Köpfe darüber hielten. Das Wasser versuchte, das tiefhängende Geäst der Trauerweiden in die Richtung seines Gefälles zu spülen. Ines wies darauf hin, und Arlecq küßte sie auf den Mund, um die Schule ihrer Ahnungen zu vervollständigen. Sie ließ es geschehen, lachte, als es geschehen war und sah von den Bäumen weg auf die Wasserfläche, die in stetem Sog sich zerteilte und furchte und um die Brückenpfeiler spülte. Zurück liefen sie durch den Wald, während die Züge des Vorortbahnhofes in den Himmel pfiffen und Dampf ausschickten, der die Kirchenglocken in Bewegung setzte.

Der Nachmittag zeigte sich von der friedlichsten Seite. Der warme Dunst der Öfen zog ungehindert durch die offenen Türen der im rechten Winkel aneinandergrenzenden Zimmer. Arlecqs und Floras Rundfunkgeräte spielten auf gleicher Wellenlänge, trafen sich zum Gleichklang im mittleren Zimmer, wo Arlecqs Mutter mit dem Weihnachtsbaum beschäftigt war. Flora öffnete Likörflaschen und ließ Gläser von einem zum andern Zimmer gehen. Lady Bird fraß Lametta, die von den Zweigen fiel. Auf einem Stuhl stehend, setzte Arlecq dem Baum die prächtig aufragende Spitze auf. Flora, vom Nebenzimmer, sagte durch die Tür: schief. Mief nicht rum, sagte Arlecq, du liegst schief. Arlecqs Mutter aber hatte das bessere Auge und schlug die Richtung vor: mehr nach rechts. Jetzt erst bekam die Spitze den richtigen Dreh, und der Baum verjüngte sich silbrig zur Zimmerdecke, daß die Kugeln desto gewichtiger herabhingen. Drunten, unterm Unterholz der ausfächernden Zweige, zogen die Drei Könige, in den Sitz ihrer Rösser gespießt, klapprig dahin im Kreislauf der Jahrhunderte, hin zu dem Kind, Melchior einhändig auf lahmendem Rappen. Das Kind breitete rosig die Arme aus, zur Rechten Maria, zur Linken Josef, der in tief gebückter Haltung sein Erstaunen verbarg. Ein Hirt, dessen Querflöte wunderbarerweise am Mund haftete, denn er hatte keine Arme mehr, hatte sie lassen müssen bei der Schlacht von Jericho, als die Mauern fielen, trieb zwei Lämmer in die Bahn der dahinziehenden Drei Weisen aus Morgenland. Mit dem dritten zog Lady Bird ins Nebenzimmer.

Von hier gesehen, fixierte Arlecqs Mutter den Baum von der Tür aus, sieht er sehr schön aus.

Hauptsache, ein Blickwinkel stimmt, sagte Arlecq und trank Floras Halb und Halb.

Das Radio in dem einen und andern Zimmer spielte allerlei heitere Klassik in die Kaffeetassen. Den Kaffee trank man an Floras kleinem Teetisch, da auf dem Eßtisch des Wohnzimmers, wie das mittlere Zimmer hieß, schon die Geschenke lagen unter knisternden Hüllen. Arlecq überredete seine Mutter zu noch einem Likör, den Flora spendierte. Dann las sie wie alljährlich aus einem Märchenbuch ihrer Kindertage und stellte so die verletzbare, immer wieder das Jahr über unterbrochene Kontinuität des Glücksempfindens her. Es wurde ein schöner Nachmittag, bis hin zur Stunde der Bescherung und des anschließenden Abendbrots, das auf seine Art eine Überraschung war, mit den Spezialitäten aus Ost und West, Nord und Süd, die an seine Mutter adressiert gekommen waren.

Zum Schluß schoß Flora noch ein paar Blitzaufnahmen, aus verschiedenen Winkeln spähend, daß der Nachwelt bewahrt würde, was sonst der Vergänglichkeit anheimgefallen wäre. Festliche Düfte zogen durch die Wohnung, die seit Jahren die ihre war, die andere vor ihnen bewohnt hatten. Es schlief sich gut in solchen Wohnungen, schrieb Arlecq nach dem Essen in eins seiner Hefte. Vorzustellen, daß wir in den Träumen der Mieter vor uns bereits existierten, wäre seltsam.


### Gespräch auf dem Berg

Dieser Kelch ging nicht an mir vorbei, sagte Paasch, ich hab ihn leeren müssen.

Die Botschaft hör ich wohl, sagte Arlecq, allein wohin mit soviel Würde?

Weiß nicht, sagte Paasch. Aufs Land vielleicht, da sind die Stellen besser, die Scholle fett, die Zähne gut. Olsen schreibt mir, er läßt schon die Garage baun.

Ein bestandenes Examen jedenfalls, sagte Arlecq. Eine gute und runde Sache.

So gingen sie über die Brücke nach Westen, Paasch hatte Brigittes Geschenk um den Hals, einen blau-weiß gewürfelten Schal. Sie liefen landwärts über die Kanalbrücke am Bienitz, doch störten sie nicht die Fische auf vom Grunde des Wassers. In winterlicher Starre zog sich der Kanal in gerader Linie durch die Landschaft. Hier gab es keine Häuser mehr. Die Stadt verlief sich in ihrem Urgrund, die Straße gab die Linie weiter an starre Ackerfurchen, verlor sich im Baumgeäst. Der Bienitz galt als Erhöhung, ragte rundlich auf in der Ost-West-Achse. Durch das trockene Gesträuch, an dem Hagebutten schrumpften, sah Arlecq von der einen Seite die Türme der Rathäuser, von der andern die Sherman-Panzer den Berg ankriechen wie Käfer, kleine weiße Wolken vor der Rohrmündung. Hier war es, sagte Paasch, wo wir den Neger fanden. Sie hatten ihm nur die Schuhe gestohlen und die Zigaretten aus der Brusttasche. Unser Volkssturmführer gab ihm einen Fußtritt, obwohl er Nichtraucher war.

Melchior, sagte Arlecq. Fiel vom Himmel am Dreikönigstag. Sie pfiffen ein paar Takte aus Uh bop she bam, zu Ehren des toten Melchior, der in einem Jeep der Militärpolizei zu Tal gefahren worden war.

Uhbopshebam, lallte Paasch im Weitergehen, der Schirm stieß voran, zielte nach Westen hin wie die Wünschelrute nach Wasser.

Das Jahr ging zu Ende. Der Himmel jagte ein paar Nachmittagswolken über den Wald, und Melchiors Geist flog voraus.

Der Drang nach Westen, sagte Arlecq. Wenn wir immer weiterliefen.

Bis zum nächsten Posten, sagte Paasch. Hier war immer gutes Übungsgelände.

Am Ende ist es freilich ganz einfach, sagte Arlecq, kostet dich nur die Fahrkarte. Hier irgendwo fährt der Zug. Und du brauchtest dir wegen des bestandenen Examens keinen Kummer zu machen.

Und wegen ein paar andrer Dinge dazu, sagte Paasch und schritt aus.

Schienen furchten das Land, ein Zug fuhr dahin, ein Güterzug, dessen Ende nicht abzusehen war. Melchiors Geist hüllte sich in eine schwarze Rauchfahne. Panzer fuhren mit, wurden mitgefahren, bequem aufgebockt, Holz zwischen den Raupen und Ketten, Stahltrossen schnürten die Rohre, daß sie nicht unversehens ins Land schwenken konnten. Rollten mit und auf dem Zug sanft den Bienitz hinunter.

Sie sahen dem Zug nach und verloren Melchior aus den Augen. In den geschlossenen Waggons, sagte Arlecq, fahren sie schon die Uniformen, nach Dienstgraden gebündelt.

Paasch hob ein Stück Zeitung auf, das die allgemeine Wehrpflicht versprach.

Das Private mit dem Allgemeinen verbinden, das ist die Kunst des kleinen Mannes, sagt mein Wirt, sagte Paasch.

Dennoch ist die Lage im Frühjahr immer eine andre, meinte Arlecq. Warte, bis du sehen kannst, wie dir das Berufsleben anschlägt. Eile mit Weile, eh du die Weiche stellst.

Stanis wüßte vielleicht, wo da was anzufangen wäre als Zahnarzt, räsonierte Paasch.

Dennoch, sagte Arlecq.

So stakten sie noch eine Weile unschlüssig im Gelände. Arlecq prüfte das Licht auf den Schienen, bis es im perspektivischen Fluchtpunkt verlöschte; prüfte es auf den Wassern des Kanals, auf den Schneefeldern, die Löcher ins Furchensystem der Felder radierten. Dann gingen sie. Wie die Arche Noah am Fuße des Berges Sinai wartete die Straßenbahn auf sie dort, wo die Ackerfurche wieder Straße und Schiene wurde.

## Null Uhr und Umgebung

Paasch hatte alle eingeladen, das Ende des Jahres, das Ende seines freien Lebens und Strebens zu begehen. Arlecq und Ines gingen zu Fuß die kalte Straße hinunter, die vom gelben Fensterlicht erwärmt wurde, in welchem Schatten auf- und abtraten, Tische gedeckt wurden, Paare sich tanzend bewegten zum Klang unhörbarer Radiomusik. Brigitte und Linde kamen mit der Straßenbahn, stiegen vor dem Rathaus aus, bogen links um die Ecke der Bedürfnisanstalt; Stanislaus nahm ein Taxi, das Paasch bezahlte. Der kalte Wind warf sich ihnen in den Rücken, daß auch ihr Gang seltsam leicht wurde, ihre Füße die Tanzschritte ausführten wie die Paare hinter den Gardinen oder im Irgendwo der blau schimmernden Fernsehbilder. Tanz war auch in Schäfers Ballhaus, an dem sie vorbei wollten, um über den schmalen ländlichen lehmigen Weg, die Schlippe, zu Paasch zu gelangen. Das Ballhaus trug seinen Namen in Ehren, ländlich gebaut, wie es war, mit spitzem Giebeldach sah es auf die Straße, als locke es Irrlichter auf weiter Heide. Hier war vor Jahren nach Mitternacht gejamt worden, lange Blues-Passagen hatten hinter verschlossener Tür die Vorstadtfans in Andacht versinken lassen, Paasch war dabei gewesen, bis auch die Polizei eingelassen werden wollte. Da hatte man den Blues schnell zickig aufgeschnulzt, jeder griff sich ein Mädchen, nur Paasch hatte weiter beim Bier gesessen, am Ende drehte und walzte alles um die Fahne der FDJ, und auch die Polizei war nicht

111

mehr abgeneigt, am fröhlichen Jugendleben teilzuhaben. Nur waren zu wenig Mädchen gekommen, das hätte ihnen auffallen sollen, fiel ihnen aber nicht auf, da man ihnen die paar, die gekommen waren, willig abtrat, kollegial, bis sie, die nur nach dem Rechten geschaut hatten, wieder abtraten und vielleicht Paasch das Klavier übernahm und keiner mehr tanzte. Jetzt aber tanzten sie wieder im Ballhaus, die Band streute die 20 Prozent WEST-SCHLAGER in ihr Repertoire, Konflikte mit dem Gesetz konnte es höchstens zur vorgerückten Stunde geben, und da auch nur wegen Trunkenheit. Elender Schwof, sagte Arlecq, wie es Ines erwartet hatte, daß er es sagen würde, und sie drückten sich am Ballhaus vorbei durch die Schlippe, wo schon die ersten Zugeständnisse des Abends erpreßt wurden, am Zaun, der rechts die Schlippe abgrenzte, im Schattenkreuz der Ballhausfenster. Nach links stieg der Weg an, wurde städtischer, vollends belebt an der Kreuzung, wo ihnen Stanislaus zuvor war in seiner schwarzen Mietlimousine. Dann schnitt ihnen die Straßenbahn den Übergang ab, legte sich kreischend vor ihnen in die Kurve, ein paar Gesichter mit Pappmützen in den Scheiben und die stumme Szene eines Mannes, der für den Fahrschein mit einem Trunk aus seiner Flasche bezahlen will. Er hat die Taschen voller Feuerwerkskörper, erzählt Arlecq seiner Cousine Ines, um zwölf entzünden sie sich an seiner Liebe zur Schaffnerin, daß die Endstelle mit ihnen auffliegt, höher hinaus als die kahlen Pappeln in Paaschs väterlichem Garten.

Du scheinst anzüglicher Stimmung zu sein, sagt Ines zu ihm; so ihr doch heute nur die große Liebe begegnen würde, hofft sie, denkt sie schon den ganzen Tag, den sie am Ende, wie alle Welt, in bitteren Schnäpsen ersäufen wird.

Paasch hat dem Fahrer das Geld in die Hand gedrückt, Stanislaus geht schon unsicher zur Haustür. Es ist klar, daß er getrunken hat, wo nur, zu Hause vielleicht, mit seiner Mutter, nimmt Paasch an, während er sich das Gerede des Fahrers anhört, früh trägt sie Zeitungen aus, da geht sie auch heute früh zu Bett. Der Fahrer hat Ärger, heute besonders, noch vor Zwölf, das weiß er vom Vorjahr, kotzt ihm irgendwer wenn nicht über die Schulter, so doch auf den Sitz, und er kann froh sein, wenn es nur die Schonbezüge trifft. Die geb ich sowieso jeden zweiten Januar in die Wäsche wissen Sie, sagt er zu Paasch und weiß nicht, in welcher Tasche er das Wechselgeld hat. Lassenses stecken, sagt Paasch, und Stanislaus knallt die Haustür zu, daß es bis zu Frau Sieben-müller schallt. Einmal im Jahr muß man sich ja mal auskotzen, guter Mann, sagt Paasch noch zu dem Fahrer, der den Fuß schon auf dem Gaspedal hat. Ich danke auch, sagt der Fahrer und reißt den Wagen nach links auf die Fahrbahn. Er läßt die Lampen ein-mal kurz aufflammen, ehe er an der Kreuzung ist. Arlecq und Ines bleiben geblendet stehen.

Oben hat Stanislaus sein mitgebrachtes Papier SPRECHSTUNDE GEÖFFNET bereits mit Reißnägeln an die Wohnungstür geheftet.

Immer wenn die Tür geht, streckt der Wirt und Major von ge-stern seinen glattrasierten Kopf durch die Küchentür, runder knochiger Schädel, dank der Haartracht kann der Wirt im Spiegel immer wieder das Bild seiner Kriegsgefangenen vor Augen haben (denkt Arlecq wenig später). Der Wirt grüßt freundlich, schaut einem nach, bleibt durch Kenntnis der einmarschierten Kopfzahl Herr der Lage.

Linde fehlt noch. Brigitte hat sich ins Halbdunkel der Ofenecke zurückgezogen. Wenn man es weiß, sieht man die Rundung ihrer Schwangerschaft, und alle, die kommen, wissen es und sehen hin.

Nichts geschieht zunächst. Paasch legt die Mäntel der Hinzuge-kommenen auf den Schrank, das Zimmer ist sonst unverändert, die Berge glühn im Abendrot, vom Goldrahmen begrenzt, glühn seit dem Hochzeitstag des Majors a. D., der damals, wie Paasch weiß, erst in die SA eintrat. Die Glarner Alpen, sagt Stanislaus, als sähe er das Bild zu ersten Mal, der Tödi, meine Herren, 3623 Meter! Aber das ist doch gar nicht erwiesen, es kann ebensogut das Matterhorn sein oder einfach die Steiermark, von des Majors Schwiegermutter am Hochzeitstag heim ins Reich geholt.

Arlecq drückt auf die Tonbandtaste, da keiner an Musik gedacht hat, und das Band spult Frank Sinatra ab. Dazu was Herbes, sagt er, Cinzano. Kahlbaum, sagt Paasch.

Mach mal Pause, sagt Stanislaus und hebt die Flasche Kahlbaum an den Mund. Die Damen sehen sich an.

Rama rauchen ist wie eine Frau gebrauchen, erwidert Paasch den Slogan, läßt aber schon bei gebrauchen die Stimme mißlich sinken.

Auf Frank Sinatra folgt Monk, Thelonious Monk, the high priest of bop, wie Paasch oder Arlecq hinzusetzen, und der Wirt ist ge-nötigt, abermals den Kopf durch die Küchentür zu stecken, aus der es nach Bratkartoffeln riecht, denn die Wohnungstür geht, und Linde kommt schal- und kopftuchvermummt, daß dem Wirt das Wort DEPORTATION durch den biergeschärften Sinn geht.

Ich wollte dir etwas Gold mitbringen für die erste Plombe, hatte Arlecq gerade zu Paasch gesagt, und Stanislaus rief: Für den Ehering, Mensch, für den Ring!

Wie, gibt es eine Hochzeit? fragt Linde und schüttelt ihr befreites Haar. Arlecq will ihr aus der Vermummung helfen. Brigitte rührt sich nicht. Ines hält sich an die Getränke und an die Musik. Diesmal ist es etwas Leichtes wie Moonlight in Vermont.

Keiner weiß, wieso Paasch auch auf Linde kam, der er sonst aus dem Wege ging. Vielleicht weil sie immer nach Hörsaal riecht, erklärt Arlecq später Ines, du weißt, wie sehr er das vermissen wird. Für ihn ist es unwiderruflich, mit einem bestandenen Examen kennt der Staat keine Nachsicht. Nur Linde und Ines liegen warm noch in seiner Obhut, die eine unter der arkadischen Landschaft über Hörsaal 40, die andre ahnungsvoll, aber sicher geleitet von Schuldisziplinen, wenn sie an Feuerbachs Bild der ins Weite trauernden Iphigenie im Treppenhaus vorübergeht, nach der Pause zurück ins Klassenzimmer, wo jemand, der es aus Büchern hat, über den Rapallo-Vertrag erzählen wird, über die Bagdad-Bahn, über den Panthersprung nach Agadir. Paasch allein muß hinaus ins feindliche Leben, der Wirt sieht seinen Untermieter in eine von Bauern und Bonzen umgrabene Provinz ziehen, so daß er an Paaschs Tür klopft, noch ist nicht Mitternacht, aber eingelassen wird und eine Flasche Melde-Likör vorweist zu kernigen Sprüchen.

Bitte eintreten zu dürfen, bin so frei, bitte die Damen um Pardong (Stanislaus setzt hörbar das fehlende ähem! der alten Schule dort ein, wo es ausgelassen wurde, man muß mit der Zeit gehen), will aber mit meinem verehrten Doktor Paasch hier ein Glas auf Dero Gesundheit anstoßen! Der Melde-Likör gluckert in die Gläser, in Paaschs Glas, in des Majors mitgebrachtes Glas, alle andern sind ausgeschlossen, hier geht es um Höheres. Dennoch bläst es weiter nichtsdestotrotz entartet aus Paaschs Rundfunkempfänger, der Major muß schon die Stimme heben, um sich verständlich zu machen. Zum Wohl, Herr Doktor, sagt er. Paasch grinst doch ein wenig über diese Würdenverleihung. Sieben Liter, echot Stanislaus.

In angewinkelter Armbewegung kippt der Major sein Glas hinter, kippt ein paar Jahre nach hinten, Kriegssilvester 44, im Unterstand, sibirische Kälte, Urteil wegen Meuterei revidiert: statt Erschießen Einsatzkommando. Schoß sich doch der Trottel selbst die Kugel in den Kopf. Pech gehabt. Nichts mehr zu machen. Aus. Dem Major rinnt es heiß durch die Kehle, er kippt den Kopf zurück, läßt die Jahre hinten, wo die Tür im Schatten steht, und tritt ab.

Stanislaus kann nicht umhin, eine Kopie der Szene zu liefern. Er hat jetzt über sein Maß getrunken.

Stimmung, sagt Arlecq und läßt sich hinab in den Schatten des Bettes, an dessen Fußende Linde auf einem Kissen sitzt und den Ofen anstarrt.

Triste, die Vergänglichkeit, sagt Linde und meint sich selbst. Das Band ist abgelaufen. Paasch ist dabei, ein neues aufzulegen.

Da es nicht drauf ankommt, küßt Arlecq Linde auf den Mund und versucht dann, ihr das Haar unter dem Kinn zu verknoten. Solche Umrahmungen mag ich nicht, sagt Linde und hält seine Hände fest.

Erzählst du heute keine Geschichte, fragt Arlecq. Da hält Stanislaus die Laudatio auf Paaschs Ehrendoktorwürde. Paasch will gerade Brigitte, die Schonung verlangt, zum Gehen aufmuntern, als Stanis schon mit Paaschs Schuhanzieher ans Glas schlägt, um Ruhe klingelt. Arlecq und Linde sehen über den Rand der Bettstatt.

Hochwohllöbliche Freunde, Freundinnen, hebt Stanislaus an, auf Paasch nun denn, den Ritter zur Plombe.

Paasch reinigt die Brillengläser mit dem Taschentuch und sieht blind verkniffen zu Stanislaus.

Im Zuge der Kollektivierung der Landwirtschaft, fängt Stanislaus ein zweites Mal an, wurde dem Volke hart aufs Maul geschaut, dem Landvolke, wie ich sagen muß, daß auch Zähne, nicht nur Zähren fielen. Ähren in Ehren, aber so geht es nicht, Freunde, so nicht.

Stanis öffnet sich das Hemd, um den Tonfall des kleinen Funktionärs, in den er geraten, besser zu veranschaulichen. Wir haben Fehler gemacht, gewiß, wer macht keine Fehler. Also müssen wir sagen, daß wir Fehler gemacht haben. Aber gestützt auf die Erfahrungen der großen, der ruhmreichen glorreichen unbesiegbaren des Vaterlandes aller Werktätigen, der großen unbesiegbaren sozialistischen ruhmbedeckten an der Spitze der Menschheit stehenden den Fortschritt auf einem Sechstel der Erde verwirklichenden großen unbesiegbaren Soffjetunion – charascho. Also Freunde, wie lautet doch gleich die Parole: Zahnärzte aufs Land! (Und noch einmal im Falsett eines Kinderchors) Zahnärzte aufs Land. So hat denn unser von allen geschätzter staatsbewußter Kollege, Freund der Soffjetunion – bist du ein Freund der Sowjetunion? – (Stanislaus steigt auf einen Stuhl) für den Fortschritt auf dem Lande – Zähne schenken, Freude schenken…

Mach mal Pause, ruft Paasch dazwischen. Es ist zwölfe. Ines öffnet das Fenster, das auf den von Wohnblocks umstellten Hof geht. Es ist Mitternacht, doch diese Mitternacht hat nichts Vertrautes, die Nacht kann sich nicht ungehindert ausbreiten über eine schlafende Stadt, denn Fenster gehen auf, stoßen ihr Licht in die Nacht, werden aufgerissen, der Mann aus der Straßenbahn läßt an der Endstelle seine Raketen hochgehen, Freude schöner Götterfunke, der Dirigent mit dem berühmten Namen hat die Neunte hinter sich und das Bad der Ovationen, jetzt ißt er Kaviar, und der Major läßt den Sektkorken unter der Tür knallen, Feuer steigt auf, Sekt fließt in die Gläser. Arlecq trinkt auf einen Zug und wirft das Glas in den Hof, alle treten mit ihren Gläsern ans Fenster, visieren erkennbare Gegenstände an, bevor sie werfen, die Mülltonne, die Teppichklopfstange. Das freilich ernüchtert den Wirt ein wenig, denn es waren seine Gläser, die das Jahr über in der Kredenz standen, behütet, ein Nibelungenschatz hinter Glas, den seine Frau zum Wochenende vom Staub befreite; die aber schlief und wußte nichts davon. Tatenlustig war ja das Jungvolk nun einmal, war ja immer so gewesen und würde so bleiben. So ist auch der Wirt versucht, ein Ziel aufs Korn zu nehmen, doch er beherrscht sich und sieht dem Glas auf den Grund. Brigitte ist auf ihrem Stuhl am Ofen geblieben, jetzt weint sie etwas, und Ines legt ihr die Hand auf die Schulter. Stanislaus ist aus seiner Höhe nicht heruntergekommen und wirft als letzter und besonders gut und weit mit seinem Glas.

Paasch hat den Twelve-o'clock-Rock auf Band bereit, erweist sich auch diesmal als ein Mann von Grundsätzen. Da geht irgendwo hinter der Wand das Telefon, der Major eilt ins Schlafzimmer, wo seine Frau unter Federn begraben liegt. Paaschs Vater ruft aus der Tiefe der elterlichen Wohnung nach seinem Sohn, um noch einmal zum bestandenen Examen zu gratulieren und auch zum neuen Leben im neuen Jahr. Affig gewandt springt Stanislaus hinter Paasch drein ins Schlafzimmer des ranglosen Majors, fast scheint es zu einer Ausdehnung der Festlichkeit über die bescheidene, wenn auch ausreichende Wohnung des Majors kommen zu wollen.

Sire, geben Sie Gedankenfreiheit! ruft Stanis in die Muschel direkt ins väterliche Ohr, das dieses Wort wohl kennt, seine Auslegung längst aufgegeben hat. Freiheit, du Verbrecher, ruft jetzt Stanislaus unverblümt in Sprache und Tonfall, als wäre nicht Paaschs Vater an der Leitung, sondern welche auch immer übergeordnete Autorität. Paasch kann ihm mit knapper Mühe den Hörer entreißen und erklärend hineinsagen: Stanislaus, vollkommen besoffen. Dann hört sich Paasch die Glückwünsche an, wünscht Glück zurück, legt auf, und sie gehen aus dem Schlafzimmer, wo die Majorsfrau in schwere Träume sinkt.

Arlecq hat vor Linde inzwischen ein paar Worthülsen mit Liebe angefüllt, aber auch da erinnern die Worte nicht mehr Isabel, und so schweigt er schließlich.

Paasch hilft Brigitte, die sich nun doch zum Gehen entschlossen hat, in den Mantel und begleitet sie zur Straßenbahn. So kommt es vorerst zu einem Stillstand ihrer Bewegung. Stanislaus vergräbt das Gesicht in beide Hände; Arlecq und Linde zitieren einen Dichter (abwechselnd); Ines sieht in die Nacht, wo ein paar verspätete Raketen zu Sternen zerpulvern und zurück ins Dunkel fallen.

### Die Erwin-Story

Paasch kam zurück und goß sich ein, drückte auf die Tonbandtaste. Ines ließ ab von den Sternfunken, Arlecq und Linde vergaßen ihren Dichter, Stanislaus nahm die Hände vom Gesicht. Salt Peanuts, salt peanuts, lallten Paasch oder Arlecq, und Stanislaus stellte den Stuhl beiseite, auf dem Brigitte gesessen.

Das neue Jahr streckte seine Hand aus über die Stadt. In gähnende Leere rollte die Kugel auf unendlicher Kegelbahn. Ungewiß, wer zuerst drauf kam, aber Paasch zog schon das neue Band auf, und Stanis verteilte die Rollen. Die Vorlage war bekannt: man spielte die Erwin-Story. Paasch in der Rolle des Liebhabers, Stanislaus in der Doppelrolle des Mädchens und des Erzählers. Arlecq übernahm die Vaterrolle. Ines und Linde, die gern mitgetan hätten, die Vorlage aber nicht kannten, rückten in den Hintergrund, saßen am Bettrand, nüchtern vor Spannung.

Paasch schraubte das Mikrofon fest, Stanislaus sog Konzentration aus der Zigarette, die Spulen setzten sich träg in Bewegung. Es fängt an. Stanislaus fängt an. Dreht am Radio nach einer einbettenden Geräuschkulisse, Beethovens Neunte macht die späte Hörergemeinde trunken. Das paßt, das Band nimmt es auf. Dann blendet Stanislaus' Stimme den Ton langsam ab.

STANISLAUS (als Erzähler): Das ist der getragene Ton von Beethovens Orchestrion. Die Klage zieht durch die Schweizer Berge, wo hoch droben in der Herberge sitzen zur Nacht Erwin und sein Gespiel in des Busens Pracht. Die Diskussion wogt zwischen den beiden, denn sie können einander nimmer leiden. (Stanislaus schweigt. Die Musik hebt wieder an, unter Karajan.)

STANISLAUS (als Mädchen): Ich wills nicht, wills nicht, es nicht...

PAASCH: Du mußt aber, Liesel, das Leben und die Natur und die Schweizer Berge, kann es denn Schöneres geben auf Gottes Erde? (Er fällt aus der Rolle, lacht einen Verfremdungseffekt.)

STANISLAUS: Da ist nichts zu lachen, lieber Mann, es ist mir halt lästig ein Kind, so dick machts den Bauch und schreien tuts auch, und überhaupt in diesen Tagen mit Atomtod und Not möcht ichs nit tragen.

PAASCH: Wir werden es warten schon und haltens Geld zusammen, und mein Vater macht uns a Wiegen, da will er nischt für kriegen, nein, aus Liebe tuts der Mann, und sich regen bringt Segen.

STANISLAUS (als Erzähler): Da wirds gespenstisch um das Haus, den beiden geht schier der Atem aus, Sturm und Gewitter ziehn heran, da tut der Mann schnell was er kann, kippt Schnaps hinunter und wärmts Liesel mitunter. Doch aus der Tasche, o Graus, zieht er die Pistole raus!

PAASCH: Wir gehn in die Welt, nach Amerika und Soffjetrußland, und das Kind wird n Pionier, hüben wie hier, da wird aus ihm ein großer Mann, der seine Eltern nähren kann und wir was vonem haben im Alter auf dem Altenteil und auch die Liebe höret nimmer auf.

STANISLAUS (wieder als Mädchen): Geh weg mit deinen garstigen Pfoten, noch eins machst mir net, das könnt dir so passen, meinen süßen Leib verprassen, mich dann alleine lassen.

PAASCH: Aber geh, Franzi, ich tu dir net weh, schau wie der Mond blüht über der Au und die Kuh auf der Wiesen und im kühlen Tau. Gleich fliegt die Nachtigall zu des Hornviehs lieblichem Schall...

STANISLAUS: ...und ich bin wieder dick und drall. 's wird abgetrieben, sag ich, und damit genug. Und ich geh zu den Franzosen als Serviermamsell, da verdien ich mein Geld und such mirn Gesell, der nicht ne Familie gründen will, und wir kaufen ein Auto und fahrn auf der Stell, und dich laß ich stehn, du kannst von mir gehn.

PAASCH: Na warte, du bist mirn Flittchen und komm ich ins Kittchen, dir werde ich leuchten, doch erst meine Zunge anfeuchten und dann mach ich dich hin, du Kindesdiebin.

STANISLAUS (als Erzähler): Die Handlung kulminiert, der Hörer wird gut informiert. Gleich wird geschossen, doch er bleibt unverdrossen. Ein Held, ein Held und nicht für Geld. Staunend vernimmts die Welt. (Er nimmt ein Glas und knallt es hart neben das Mikrofon, das Glas klingt nur, doch da kommt der Wirt mit einer Flasche Rotkäppchensekt, der Korken knallt, der Schuß fällt.)

WIRT: Na, meine Herren, war das nicht ein Schuß, ganz wie anno dünnemal, hier noch ein Schluck auf den guten Effekt, das ist wie Konfekt. (Stanislaus scheucht ihn zurück, der Major a. D. erkennt, was gespielt wird, und verstummt.)

PAASCH: O was hab ich getan, ich großer Satan, jetzt ist sie hin, das Kind in ihr drin, ein Ende mit Schrecken, denn ich muß mit verrecken. (Stanis knallt das Glas diesmal auf den Fußboden, es geht klirrend in Scherben, der Wirt möchte nun doch protestieren, doch Linde hält ihn zurück mit dem Hinweis auf das offene Mikrofon, das unbestechlich ist.)

STANISLAUS (als Erzähler): So daß am Ende wir stehn, weinend an doppelter Bahre, klagend um drei, zweimal die Gegenwart, einmal die Zukunft, Polizei und Leichenbitter, nur der Vater erweist sich als edler Ritter, hält frei die Totengräberrunde, vernehmt es nun aus seinem Munde.

ARLECQ: So steht denn die alte Generation gefaßt vor der Jugend Torheit. Im Kampf um das Kind siegte der Mutter Geilheit, und nur die kleinen Leute sind des Todes Beute. Dies merkts euch allemal, die ihr steht im Leichensaal. Doch die Qual hat ein Ende, fließt der Schnaps ins Hemde. Wir drehn nun aus die Blende. Finis coronat opus.

Paasch schiebt sich nun jeden Morgen in die Straßenbahn, hält die Monatskarte hoch, fährt von West nach Ost quer durch die Stadt, von einem Ende ans andere. Der Ofen mit dem unförmigen Aufbau ist noch warm, wenn er das Zimmer verläßt, der Ostwind greift mit kalten Fingern in den neuen Mantel, kommt Paasch um die Ecke der wellblechernen Anstalt, in der, Ende Februar, weniger Notdurft verrichtet wird als an behaglichen Sommerabenden, wenn die Turnerinnen der Vorstadtelite hinter den Fenstern der Turnhalle jedem sichtbar zeigen, was Anstrengung bedeutet, rhythmisch die fetten Schenkel in den schwarzen Turnhosen bewegen, daß die schweren Brüste auf und ab wogen. Glatt fegt der Wind über die Schienen, in denen auch zu früher Morgenstunde kein Schnee nisten kann, es sei denn, die Bahn hätte Verspätung, was vorkommt. Dann wächst die Reihe der Wartenden in Paaschs Vorzimmer und setzt seine Tätigkeit unter Belagerung. Die Bahn fährt unbeholfen von Haltestelle zu Haltestelle, Paasch lernt die Anspielung *wie die Heringe* zu variieren, etwa mit Vergleichen wie: worin gleicht eine Straßenbahn einer Jungfrau. Das schafft Kontakte, Heiterkeit breitet sich aus und vertreibt die Schläfrigkeit.

Paasch verrichtet sein Handwerk ohne Leidenschaft, was die Leute glauben läßt, er arbeite besonders sachlich, also vertrauenswürdig. Er hat, kaum acht Wochen an der Poliklinik des VEB Eisen und Stahl tätig, mehr Patienten als der Chefarzt, der seinen zweiten Wagen fährt, acht Uhr dreißig Paasch am Werktor überholt, manchmal auch schon auf der Straße zum Werk. Dann hält er, und Paasch steigt in das rote Auto. Nach der Mittagspause spielen sie beide, im Klubraum der Intelligenz, eine Partie Skat zusammen, assistiert von ihren Sprechstundenhelferinnen, sachlichen Mädchen, die um ihre Weiterbildung bemüht sind, die Kurse der Abendschule besuchen. Paasch trinkt Bier zur Skatrunde und gewöhnt sich an, lange dünne Zigarren zu rauchen, die er in der Werkskantine kauft, immer nur fünf auf einmal. Damit reicht er bis Feierabend oder darüber hinaus, raucht dann die letzte zu Hause auf dem Bett liegend, trübt damit das bißchen Licht der Radioskala und behält einen klaren Kopf für die Argumentationen des Abendkommentars. Ein paarmal ist er mit einer der Reinigungskräfte ausgewesen, einer blassen schwarzhaarigen

Dreißigerin, die ein Kind hat und auch im blauen Arbeitskittel, über Scheuereimer gebeugt, nicht ohne Anziehung ist. Sie spricht nicht viel, oft gehen sie auch nur ins Kino, dann zu ihr. Sie stellt keine Ansprüche. Er hat ihr eine Bluse geschenkt, die ihm seine Schwester besorgt hat.

Paasch kommt aus, richtet sich ein, findet das neue Leben erträglich, sobald es ins Gleichmaß gekommen ist. Eine verpaßte Straßenbahn nach Dienstschluß ist ein Verhängnis. Mit der Planstelle auf dem Lande ist es nichts geworden, die Reden des Majors ohne Dienst, die Laudatio von Stanislaus aus der Höhe herab waren Worte in den Wind gesprochen. Keiner von beiden hatte nachträglich etwas über Betriebspolikliniken zu sagen gewußt. Beziehungspunkte aber gäbe es genug, und nur Arlecq sah, wie Paasch hier näher an die Basis des Staates rückte, die Dialektik von Sein und Bewußtsein hin und her spielte. So konnte es nur noch eine Turnusfrage sein, bis Paaschs Fotografie an einem der Feiertage, an denen Intelligenz, Arbeiterschaft und Bauernstand in eins nun die Hände legten, in die Volkszeitung geriet. Stanislaus in seiner Bücherei würde das Exemplar mit besonderm Nachdruck katalogisieren.

So also stand Paasch in Weiß vor seinem Behandlungsstuhl, Brillengläser und Geräte reflektierten, während er Monteuren und Hochofenarbeitern, Gießern und Formern, Kernmachern und Buchhaltern, Technikern und Bürokräften in den Mund sah, als quäle sie alle der Schrei des Entsetzens, wo es doch nur ein lokaler Schmerz war, der ihnen den Mund verkrampfte und der schon durch eine prophylaktische Behandlung behoben werden konnte, ehe es noch zu Komplikationen kam, oder durch eine Wurzelextraktion, falls doch nichts mehr zu machen war. Täglich dieser Katarakt von Halsschlünden, aus denen unruhig die Zunge zuckte, die breit in die untere Zahnreihe eingebettet lag, und Paasch führte seine Geräte ein, sondete mit kleinen Handspiegeln, wählte Bohrstifte aus, lokalisierte unbestimmt angedeutete Schmerzsymptome, tat was ihm beigebracht worden war, was er im wiederholten Examen bestätigt hatte, daß es ihm beigebracht worden war, damit er ein nützliches Glied der Gesellschaft werde. Seine Helferin milderte den Schmerz der Injektion und des Bohrstifts einzig durch ihre physische Erscheinung, machte es dem Patienten möglich, aus Schmerzlabyrinthen zurückzufinden in ein vertrautes Dasein. Saßen Frauen auf Paaschs Stuhl, mußten sie selbst für den Schmerz aufkommen. Er war nie besonders zuvorkommend gegen die Weiblichkeit des Betriebs. Er hatte nichts gegen die vom Maschinenöl dunkel gefärbten Fingernägel einzuwenden. Ihre natürliche Anpassung an den Schmerz (der nur Teil sein konnte vom großem Schmerz der Entbindung) war ihm zuwider. Es verärgerte ihn, wie bereitwillig sie den Mund öffneten und mit der Zungenspitze den schmerzenden Zahn hinweisend antippten.

Einmal kam Arlecq, sich behandeln zu lassen, stand fremd am Werkstor, graue Farben lagerten über dem Fabrikgelände, die nur vom roten Auto des Chefarztes durchbrochen wurden. Der Betriebsschutz geriet in Aufregung, telefonierte, blätterte in Arlecqs Personalausweis, Paasch kam ans andre Ende der Leitung, erklärte, der Betriebsschutz ließ sich überzeugen. Arlecq konnte passieren, schob sich die Sonnenbrille wieder auf die Nase, die er mit hatte aus Furcht vor Rußteilchen, umherirrenden Eisenpartikeln. Daß hier in Tages- und Nachtschichten gearbeitet wurde, erinnerte ihn an ein höllisches Räderwerk, dessen Formeln mit all ihren Fehlkalkulationen nur wenigen bekannt waren und zur geheimen Zahlenmystik der Wirtschaftsplaner gehörten. Für Paasch wären das fantastische Vorstellungen, wie sie nur Arlecq hegen konnte, der zur späten Morgenstunde erst aus dem Bett kam, die Morgenzeitung ungelesen weiterreichte. Paasch aber, dachte Arlecq, das Rotekreuzzeichen im Auge, mußte hier die wohlige Pein aus dem Erziehungslager des Jungvolks von neuem zu spüren bekommen, sicher gehalten in seiner Labilität vom Reglement der Dienstzeiten. Er hatte jetzt immer Geld, kaufte sich jeden zweiten Abend seine Flasche Kahlbaum im Konsum an der Ecke. Die Batterie leerer Flaschen, die sein Wirt wöchentlich in die Mülltonne im Hof zwischen Häuserblocks versenkte, ließ diesen verschlungene Wege zurück zu fernen Kasinoabenden gehen, über die längst der Schnee vom vorigen Jahr geflockt war. Où sont les neiges. Sie hätte ihm eigentlich aus Paris schreiben können.

Im sechsten Monat Brigittes fällt Paaschs Name mit Schnee und Ruß durch die Werkhallen, wird auf Drehbänke gespannt, geht ölglatt von Halle zu Halle, brennt rot im Hochofen, kühlt schwarz im Schlackenwasser und zerreißt auf dem Prüfstand für Panzerketten. Seine Patienten lächeln schief hinter schmerzverzerrtem Mund, die Frauen auf dem Behandlungsstuhl öffnen mit boshafter Langsamkeit die Lippen. Nun, sie war mit dem Leben davongekommen, so stark wird die Dosis Schlaftabletten schon nicht gewesen sein, die sie vor dem Zubettgehn zu sich nahm in einem Zahnputzglas. Gerade dieser Umstand rührt die Mutter immer wieder zu Tränen, als die Eltern des Mädchens den Chefarzt aufsuchen, die nächst erreichbare Autorität. Sie wollen ihr Recht haben. Der Vater hat Mühe, die Treppe hochzukommen, denn er lahmt mit dem linken Bein, dessen Tüchtigkeit er beim Einmarsch in Polen überanstrengt hat. Dafür aber ist sie um so rüstiger, überwältigt spielend den Betriebsschutz, überzeugt jeden, der ihr Auskunft gibt, gleich schräg übern ersten Hof, sie habe mit dem Doktor zu reden wegen ihrer Tochter, die ins Sankt Georg eingeliefert worden sei die Nacht und alles wegen des Kindes und ausm Zahnputzglas. Stellen Sie sich mal das vor.

Paasch trinkt zur Zeit sein Bier in der Kantine, wo die Schwarzhaarige den Fußboden aufwischt, den blauen Kittel in die Beine geklemmt. Der Rest bleibt ungetrunken in der Flasche, die seine Sprechstundenhilfe, die ihn ins Zimmer des Chefs bittet, wegräumt. Paasch weiß nicht, wohin mit der angerauchten Zigarre. Er läßt sie im Aschenbecher, wo sie erkaltet und zu stinken anfängt. Die Reinigungskraft kippt sie, sobald sie fertig ist mit Aufwischen, in den Eimer. Im eigenen Behandlungsraum wäscht sich Paasch die Hände, ehe er hinüber geht ins Chefzimmer. An manchen Tagen assistiert er dem Chef bei schwierigen Fällen vor Beginn der Sprechstunde.

Nehmen Sie doch Platz, Herr Paasch, sagt der Chefarzt. Eine Vorstellung erübrigt sich wohl.

Nicht daß ich wüßte, sagte Paasch und setzt sich. Ihm jetzt auch noch ihre Eltern auf den Hals schicken. Das war geschmacklos. Das reicht zu, um sich vierzehn Tage nicht sehen zu müssen. Du hast mich beleidigt: wird er ihr sagen. Mit einer dramatischen Sprache war ihr beizukommen.

Paasch denkt das zu Ende, ohne auf den nächsten Satz seines Chefs zu achten, der sagt: Das sind die Eltern Ihrer Verlobten, darf ich wohl sagen.

Paasch schließt seinen Kittel bis zum letzten Knopf, ehe er, aufstehend, sich kurz verbeugt, was den Vater in einige Verlegenheit bringt, seines steifen Beines wegen, auf das er so schnell sich nicht wieder stellen möchte.

Sie hat sichs Leben nehmen wollen, sagt nun die Mutter geradeheraus, damit Sies nur wissen. In Sankt Georg liegtse.

Der Vater klopft mit seinem Stock den Boden. Auf halbem Wege zwischen ihnen rundet sich der Spucknapf links vom Behandlungsstuhl.

Das kann ich nicht glauben, sagt Paasch, das kann nicht wahr sein.

Sie ist in Sankt Georg, wiederholt der Vater, als könne hier die wiederholte Anrufung des Drachentöters Hilfe bringen. Aber Bildungsreminiszenzen konnten wohl bei ihnen nicht vermutet werden. Der Vater trägt einen kleinen Schnurrbart und sieht aus, wie sich Paasch einen Infanteristen aus dem Ersten Weltkrieg vorstellt. Siebzehn vor Verdun.

Sie ist Gott sei Dank über den Berg, wie man so sagt, sagt der Chefarzt, um die Sache kurz zu machen. Er faltet die Hände auf seiner Schreibtischplatte und sieht sich das Familienfoto an, das da im Stehrahmen steckt.

Und er will sie nicht heiraten, sagt die Mutter, auf den Kern der Sache kommend. Und nach einer Schweigepause (Paasch überlegt, ob er rauchen könnte, bedenkt dann aber, der Anblick seiner langen dünnen Zigarre könne einen zu brutalen Eindruck machen) erinnert sie mit Nachdruck: Ausm Zahnputzglas!

Paasch versteht nicht. Der Chef ist froh, eine rein sachliche Erklärung geben zu können.

So, sagt Paasch. Jetzt den Zerknirschten spielen. Sie ist doch außer Gefahr, wenn ich recht verstehe? Er hat Visionen vor Ratlosigkeit, sieht Gott auf dem Behandlungsstuhl sitzen und in die Höhe fahren, aus der er ihm unter spitzem Hut zunickt. Jetzt haben sie ihn. Er glaubt, die Komödie zu durchschauen. Sie hätte ihn vorher fragen sollen, wieviel Tabletten man nehmen muß.

Ja, sagt Paasch, da keiner etwas sagt. Sein Speichel schmeckt nach Bier. Ich glaube (an die Mutter gewandt), Brigitte hat Sie da nicht ganz informiert. Wir wollten nämlich heiraten. Nicht gleich natürlich. Ich wollte erst im Berufsleben stehen, Sie verstehen, heutzutage, da geht es nicht ohne eine feste Grundlage, man muß sich erst eine Existenz geschaffen haben, nicht, wir sind keine Hitzköpfe, die Hals über Kopf. Er kann nicht weiter. Der Chef nickt Zustimmung, schaut ihn an, wie man einen verläßlichen Mitarbeiter anschaut, der zu seinen Worten steht.

Die Mutter sieht beide scharf an. Der Vater klopft zustimmend mit seinem Stock, unbewegten Gesichts. Man kann glauben, daß es ihm gleichgültig ist, worauf es hinausläuft. Er streckt sein steifes Bein in den Raum und stützt sich auf den Stockknauf.

Sie sind Zeuge, Herr Chefarzt, sagt die Mutter, die sich auskennt. Im Kampf ums Dasein die Erfahrungen eines halben Jahrhunderts gesammelt hat. Sie steht auf. Der Vater erhebt sich unter leisem Knarren seines orthopädischen Stiefels. Paasch wär ihm gern behilflich gewesen. Auch er steht auf, doch der Chef ist so entgegenkommend, sie zur Tür zu geleiten, ihnen den Weg zum Ausgang zu weisen.

Kommen Sie morgen vorbei, junger Mann, sagt die Mutter noch durch die Tür. Scheint mich für ihren Geschäftspartner zu halten. Sie geben noch einmal dem Chefarzt dankend die Hand.

Paasch spuckt ins Becken, ehe sich der Chef ihm wieder zuwendet, und betätigt den Mechanismus, der die Spülung auslöst.

### Stanislaus gibt Auskunft

Auch dieser tritt seine Spuren in den unberührten Schnee, der immer über Nacht fällt. Er hat es nicht eilig, er kommt ohnehin zu spät. So nimmt er sich jeden Morgen Zeit in der Küche, die weder Paasch noch Arlecq je betreten haben, allein beim Frühstück sitzend (Malzkaffee oder Tee, zwei Scheiben Brot mit Marmelade), das zu lesen, was über Nacht gedruckt wurde. Seine Mutter schiebt zur Stunde die Zeitungen durch den Briefschlitz, trägt das ihre bei zur Information in der nördlichen Vorstadt. Auch sein Vater hatte früh in der Zeitung gelesen, sich des Aufbaus vergewissernd, che er in den Betrieb fuhr und dort seine Reden ausarbeitete. Er wird auch jetzt nichts anderes tun, in einer anderen Küche sitzend, in der westlichen südlichen östlichen Vorstadt, vielleicht etwas näher ans Zentrum, mit Parteiaufgaben betraut in einer der Wohnungen der Ringbebauung. Während sein Vater den Aufbau sucht, sucht er die Anzeichen des Verfalls. Immer über Nacht bricht die Zerstörung herein, gibt es einen kleinen oder einen großen Krieg im Nahen oder Fernen Osten, wird an Grenzen geschossen. Flüchtlinge ziehen von West nach Ost, von Ost nach West, stoßen ungehindert oder behindert durch Demarkationslinien, sind plötzlich südlich oder nördlich von Breitengraden. Freiheit, die ich meine. Stanislaus geht die Zeitung durch, findet im Vergleich zum Vortag keine Veränderung in der Weltpolitik, nur die astronomischen Daten unter der Wetterkarte zeigen ein Hoch oder ein Tief an, Sonnenaufgänge und Untergänge verschieben unmerklich ihre Zeiten. Die Sonne der Kobaltbomben keimt noch in unterirdischen Verliesen.

So kommt an diesem wie an jedem Tag auch seine Spur zu den anderen, verliert sich nur scheinbar auf dem Weg von der Küche in die Magazinräume der Bücherei am Deutschen Platz. Denn die Sicherheitsbeamten in ihrem Haus mit den Baugruben und Zäunen davor sind nicht auf diese Spur angewiesen. Stanislaus hat eine andre Spur längst in ihren Akten hinterlassen, und die Beamten schieben sich die Papiere zu und kümmern sich hinter ihren Fenstern nicht um sein vom Mantelkragen eingefaßtes aufsässiges Gesicht.

Vor den schmalen länglichen Fenstern des großen und des kleinen Lesesaals fallen die Flocken unaufhörlich und hüllen das Gold der Russischen Kirche ein, schwarz steht der Pope unter dem Christusbild, sieht herüber, versucht aus den hieroglyphischen Labyrinthen der verschlungenen Linien und Pfade quer auf der Schneedecke zu enträtseln, auf welchen Wegen die Stadt geht und fährt. In den Räumen der Direktion sitzt schon die Konferenz am grünen Tisch, als Stanislaus sich an die Arbeit macht, Bücher auf kleine Wagen packt und eine erste Fuhre zum Aufzugschacht rollt. Die Sicherheitsbeamten haben sich Lesekarten ausstellen lassen, sitzen in den Lesesälen, lesen Marx und Engels, Lenin und Stalin und finden Zeitungsartikel, aus Zeitungen ausgeschnittene Kommentare, Lebensläufe der in Stalins Arbeitslagern Verschollenen, Innenpolitisches aus den dreißiger und vierziger Jahren der Sowjetunion. Hat der Marxismus noch eine Chance? So wird Geschichte verfälscht. Wer war Trotzki? Die Beamten streuen das auf die Lesetische, tun so, als wüßten sie nicht, wer Trotzki sei, lesen interessiert, indes ihre Kollegen im Zeitschriftenarchiv seltsam zerschnittene Zeitungen, Monatshefte, Literatur aus der Abteilung der sekretierten Bücher, ins Fensterlicht halten.

Es ist, klar, daß das Volk der Magazineure von vornherein verdächtigt wird. Leute ohne rechte Ambitionen auf die Sprossenleiter des beruflichen Aufstiegs, stille Verzichter und an diesen Strand Verschlagene, die nur das Einmaleins der Kataloge beherrschen wollten, sich mit hartem Brot und dünnem Tee begnügten, in ihren Bücherkammern wie in Waben saßen. So lassen sie die Reihe der Verdächtigen für ein erstes leichtes Verhör einen nach dem andern in das Zimmer treten, das ihnen die Direktion freundlicherweise zur Verfügung gestellt hat.

Stanislaus hat Abendschicht, als die Reihe an ihm ist. Zwei glatt gekämmte, korrekt gescheitelte Köpfe warten auf ihn.

Paasch konnte ein paar Tage später den Hergang berichten. Er hatte es von Stanislaus. Arlecq hatte auf Paasch im *Centra* gewartet, wo die Tische weit voneinander standen, jeder sein Gespräch für sich hatte. Paasch trank Bier, Arlecq Kaffee.

Stanis haben sie verhört, fing Paasch an.

Arlecq stellte sich den Staat vor, der nach Stanislaus Umschau hält. Zwei Herren, unauffällig, freundlich. Bieten Zigaretten an, die Stanislaus nicht ausschlägt. Da wird es ein Gespräch über das geteilte Deutschland. Stanislaus raucht, er sitzt auf einem bequemen Stuhl.

Sie fragten ihn über den Westen aus, sagte Paasch.

Natürlich, sagte Arlecq. In Geographie ist er beschlagen. Da kennt er sich aus. Vielleicht sagt er zu den Beamten: Frankfurtmain würde Ihnen nicht gefallen. Eine Hochburg des amerikanischen Imperialismus. Oder so wohl nicht. Nein. Er erzählt ihnen, daß er dort für die Amerikaner gearbeitet hat.

Natürlich, sagte Paasch. Die bekannten Geschichten. Sie wollten erst mal rauskriegen, wo er und für wen er dort gearbeitet hat. Es geht nämlich darum, daß sie den suchen, der die Flugblätter in die Bücher steckt, Zeitungsartikel, was weiß ich. Da ist ein ganz schöner Stunk in der Bücherei los seit einigen Tagen.

Wußte ich gar nicht, sagte Arlecq. Da fahre ich heute noch hin. Wie verhält man sich da. Man erzählt über Arbeitsstellen, Löhne. Die Amerikaner zahlen besser. Und Sie wissen doch wohl auch, warum und wieso, sagen die Beamten. Sicher eine Devisenfrage, vermutet Stanislaus. Er jedenfalls hat sich alles aus dem Armeeladen gekauft, die Hose, die er auch im Winter trägt, den pelzgefütterten Trenchcoat; den hatte er sich als Bargehilfe in Koblenz verdient, billig erworben, eigentlich mit Trinkgeldern bezahlen können. In Koblenz wär er fast in einen Mädchenhandel geraten, sagte Paasch. Nein, dieser Westen, sagte Arlecq, der reinste Sumpf. Paasch bestellt ein zweites Bier. Die Beamten, ist anzunehmen, wissen auch das, denn sie haben sich vor dem Verhör die Garderobe der Magazineure angesehen, Firmenschilder über der linken inneren Brusttasche gelesen, eingenähte Markenbezeichnungen unterm Garderobenband. Ja, die Engpässe unsrer Textilindustrie, lachen die Beamten und streifen sich geringschätzig etwas Asche vom Zweireiher (40% Wolle). Stanislaus nickt. Er hat seiner Mutter keinen passenden Wintermantel kaufen können. Mit seinem Monatsgehalt, abzüglich Steuern. Die gab es auch drüben, ihr Verwendungszweck mochte der gleiche sein, die Beamten scheinen da andrer Meinung, gehen aber nonchalant darüber hinweg. Sie sind nicht gekommen, um mit ihm zu rechten. Wie um das Gespräch zu Ende zu bringen, sagt dann der eine, während der andre mit seiner Zigarette beschäftigt ist oder mit der Pappschachtel (sie würden CASINO rauchen oder TURF): Ja, diese Sache mit diesen Texten in manchen Büchern? Was habe er denn da für eine Meinung, da er die Kollegen besser kenne als sie, vom Bau sei, wie man so sagen könnte. Sie lachen über diesen kleinen Witz, während Stanislaus bei dem Worte Bau das Wort Bunker assoziiert, vielleicht das Wort Knast. Er sieht dabei aus dem Fenster. Unten liegt das Wiesenrondell unter der Schneedecke. Arlecq sitzt im Sommer gern am Wiesenrand, erholt sich zwischen zwei Büchern, zerkaut einen Grashalm und behält die Röcke auf der Promenade zu halber Höhe der Wiese im Auge.

Dann wurden sie ziemlich scharf, sagte Paasch. Sprachen von Verrat an der Volksmacht, die das alles hier finanziere, einschließlich der Neuanschaffungen, literarisches Weltniveau, das hier überwinterte. Und die sei so mächtig, die Volksmacht nämlich, sagten die Beamten, für Reinheit auch in den Köpfen ihrer Bürger sorgen zu können. Das könne sie wohl für ihr gutes Geld verlangen. Für Reinheit in den Köpfen sei auch er, sagt nun Stanislaus. Es sei klar, sagen daraufhin die Beamten, wie dieses Gift des Klassengegners auf jugendliche Unbefangenheit wirken müsse. Verheerend, gibt Stanislaus zu. Sie fallen am Ende aus dem Gleichgewicht ihrer guten Schulung, sagen die Beamten oder Stanislaus. Vielleicht sehen die Beamten auch ganz anders aus, sind dick, beleibt wie Oberkellner, nicht unbedingt wie Tenöre, aber nicht ohne Finsterkeit im Blick. Von Anstrengung gezeichnet. Dann räumen sie ein paar Papiere in ihre Aktenmappen, was eigentlich gegen die Bestimmungen ist. Aktenmappen sind an der Garderobe abzugeben. Dennoch haben sie welche. Das Geräusch der zuklickenden Verschlüsse macht deutlich, wie still es bei der Unterredung zugegangen ist. Geben ihm herzlich die Hand. Er kann gehen.

Arlecq fuhr auf den Abend noch in die Bücherei. Nahm entgegen seiner Neigung ein paar Bände Marx Engels Lenin aus dem jedermann zugänglichen Handregal im großen Lesesaal, legte die Bücher unter die Leselampe, fächert sie auf. Nichts. Es sind die gleichen Worte. Liest, da er nichts bestellt hat, verdrossen ein wenig Lenin. Manche Sätze sind mit Rotstift unterstrichen. Er ist enttäuscht, er hätte gern ein Flugblatt gefunden, irgend etwas von den Dingen, die Paasch anführte, Sätze wie: Nieder mit der geistigen Unfreiheit. Nichts von alledem. Statt dessen liest er über die Neue Ökonomische Politik, abgekürzt NÖP. Das hält er nicht lange aus.

Arlecq sitzt gern zu später Stunde in der Bücherei. Noch vor zehn steigt er in die Straßenbahn, zeigt dem frierenden Schaffner einen Zehnmarkschein, der den Schaffner verärgert. Soviel Wechselgeld mit klammen Fingern zusammenzählen zu müssen. Die Bahn fährt auf der langen Straße zur inneren Stadt, geht in die Kurve. Der Platz liegt hinter den zugefrorenen, mit dem Fingernagel aufgekratzten Scheiben, wo Stalins bronzenes Standbild noch seinen Platz in der Erinnerung der Fahrgäste hat. Blau leuchtet das Zifferblatt der Rathausuhr, schwarz stehen die Türme gegen die graue Nacht, im Licht von Bogenlampen wartet ein Spalier fotografierter Ministerköpfe.


*Arlecqs Wanderjahre*


Mit Arni Gislasson, dem Riesen, konnte man über die Dächer der Stadt sehen. Zweimal im Jahr eröffnete er sein Büro unterm Dach des Hochhauses, ganz nah schlugen die Zyklopen an ihre Glocke. Arlecq hatte aus dieser Höhe die Stadt noch nicht gesehen, es sei denn, Isabel hatte ihn dazu beflügelt. Doch die war weit, hatte geschrieben, eine Mir-geht-es-gut-Postkarte aus Paris. So stieg Arlecq nur mit Hilfe des Lifts in den Himmel, stieß durch alle Etagen, bis ihn oben Wimpel und Fähnchen grüßten. Gislasson wartete mit dem Whisky. Die Stadt, durch das goldgefüllte Glas besehen, war schön wie des Riesen andere Stadt, in der er Generalkonsul war. Hier war er nur Geschäftsvertreter seiner Nation, leitete das Kompensationsverfahren, Heilbutt gegen Textilkonfektion, because Iceland is a very small market. Übers gebuckelte

Dach der Nicolai-Kirche sahen beide in den von Disteln und Schierling zerfressenen Hof der Universitätsruine, Kleinseite und Kolosseum in einem.

Hier ragt es gut über die Umgebung sagte Gislasson in seinem Kopenhagener Deutsch. Skål, sagte Arlecq und sah aus dem Fenster. Unten sprang Stanislaus zwischen ein- und ausfahrenden Autokolossen oder kolibrikleinen Sportwagen und teilte die Parknummern aus, den vertrauten Benzingeruch aus Frankfurtmain in der Nase. Er wird Urlaub genommen haben.

Halldór Kiljan Laxness, sagte der Riese, der unser bekannter Nobelpreisgewinner ist, liebt diesen Auslug, wenn er rund um die Erde hier Station macht. So sah Arlecq mit Kiljans Augen, den Whisky in der Hand, über die Dachfirste der Stadt, die ins Zartblau des Märzhimmels schnitten. Unten schoben die breiten Limousinen das vertraute Straßenbild beiseite, strahlten den Glanz der Fremde aus.

In welcher Tasche trägt er sein Parteibuch, fragte Arlecq den Riesen. Halldór? sagte der und zweifelte. Er ist ein Isländer, lächelte Gislasson. Er pflegt es an der Grenze abzugeben.

Arlecq hatte eine gute Zeit im Schatten des Riesen. Er zeigte den Fremden die Stadt, lotste ihre schweren Wagen über die Kanalbrücke, konnte von Gislassons Turm gelassen auf Turbane oder die steifen Hüte der City sehen. Scharf nach Pelzwerk roch es aus den Hinterhöfen des Brühls. Staubverkrustete Lastwagenkolonnen, mit dem Schlamm der Fremde beschmiert, hochbeinig, seltsam, entließen mit Eisenband beschlagene Kisten ins Innere von Specks Hof, wo der Standard des menschlichen Vermögens geborgen wurde. Das Hohelied der Arbeit schlug sich an solchen Tagen in den Spalten der Volkszeitung nieder, wurde mit Macht intoniert, daß es eine Beilage und Sondernummer erforderte, alle seine Strophen unterzubringen. Das Hansa-Haus zauberte durch vier Stockwerke mit dem Vermächtnis Gutenbergs; im fünften vergab man Lizenzen für den Einkauf. Den Musterfisch in der Vitrine des isländischen Standes auslegend, hatte Gislasson mit Arlecq über *Der alte Mann und das Meer* gesprochen. Erst im Hansa-Haus kam er auf T. S. Eliot (Let us go then, you and I, when the evening is spread out against the sky, eine so schöne Zeile für einen Märznachmittag). Soviel Taktgefühl hatte Arlecq dem Riesen nicht zutrauen wollen, der aber verteidigte sich mit dem Hinweis auf die vererbte Tradition der Sagas und der Buchbeflissenheit in den weißen Nächten. Arlecq indessen beobachtete Linde, wie ihre Hand einen Band Apollinaire, einen dieser kleinen blauen Bände der Edition Seghers, in ihre weite Männerjackentasche gleiten ließ. So entging ihm, wohin Ines einen Band Mondrian schob. Arlecq bedauerte, diesem Alter der Unbedenklichkeit, was sonst bekam man auf der Schule, auf der Universität mit, entwachsen zu sein. Er trug seinen Band Capote ungeniert mit sich herum. Gislasson hatte ihn damit begrüßt, als er in Mockau aus dem prager Flugzeug gestiegen kam.

Das Buch ist unser wahres Vaterland, sagte Arlecq.

Sie führen die Rede wie ein Snob oder wie ein Kommunist, sagte Gislasson. Falls Sie nicht die Bibel meinen, dann haben Sie das Manifest im Sinn.

Wenn es darin hieße, Leser aller Länder vereinigt euch, dann ja. Eine Internationale der Bücherleser, sagte Arlecq.

Aber es müssen gute Bücher sein, sagte Gislasson.

Solche wie die Ihres großen Landsmannes, sagte Arlecq, um dem Riesen eine Freude zu machen.

Eine Gazellenherde französischer Mannequins schnitt ihnen das Gespräch ab. Sie waren sehr blaß von den Anstrengungen des perfekten Schönseins, weiße Gesichter unter dem Vogel- und Flaumgefieder ihrer Hüte. Leichte graue und rosa Mäntel, Farben Utrillos, bauschten sich im Durchzug der Drehtür. Arlecq griff fester nach seinem Capote.

Am Abend fuhr er in McIntoshs alter Limousine durch die Stadt. Er hatte ihm von Paasch erzählt, aber da sie ihn abholen wollten, trafen sie ihn nicht mehr an. Nur der Major von gestern war an die Tür gekommen, wollte sich englisch verständlich machen, brachte leider nicht soviel zustande wie genügt hätte, das Entstehen der zweiten Front beklagen zu können. McIntosh hatte Wohlwollen in seinem runden Gesicht kreisen lassen, der Wirt schloß bedauernd die Tür. Da hatte McIntosh, viel zu spät fiel ihm das ein, ein Päckchen Lucky Strike durch den Briefschlitz rutschen lassen. Hier war die elementare Basis der Verständigung noch die gleiche geblieben wie Neunzehnhundertfünfundvierzig.

Ohne Paasch stiegen sie in den Mercury 47, ein Vehikel ohne Extras, nur durch die linke Tür zu besteigen, denn die rechte hatte keinen Innengriff und keinen Außengriff. Weiß der Teufel, was McIntosh mit so einem alten Wagen bezweckte. Dennoch bogen die Nachbarn die Hälse aus den Fenstern, US MILITARY, erkannten

McIntosh wieder, gleichwohl dieser im grauen Anzug war, Uniform nicht trug, denn er war Beamter beim Beschaffungsamt. Arlecq erzählte im Wagen, was er von Melchior wußte, der am Dreikönigstag auf dem Bienitz gefallen war. Doch war McIntosh unfähig, das Besondere dieser Erzählung aufzuspüren. Wär es heller gewesen, wären sie noch zum Bienitz gefahren, um die Stelle zu sehen, wo das Gefecht mit dem Volkssturm stattgefunden hatte, als McIntosh noch Sergeant war. Oder Private First Class. Statt dessen bogen sie rechts um die Ecke, überholten Straßenbahnen und die fabrikneuen Wagen, die alle auf derselben Straße aus dem WESTEN kamen. McIntosh berichtete aus dem rechten Mundwinkel vom Kaviarfrühstück beim sowjetischen Botschafter Unter den Linden, said this guy the ambassador to me. Er barst lachend überm Lenkrad. Die Polizei stoppte an der Waldstraßenkreuzung den Verkehr: die Regierungsdelegation im verhangenen schwarzen Wagen hatte Vorfahrt. Sollten mehr von der Sorte haben, sagte McIntosh und meinte den Botschafter. Er trat die Bremse durch. Das Radio spielte Polka Dots And Moon Beams, und die Polizei in weißen Handschuhen und Ärmelüberziehern tänzelte amtseifrig und ruderte die Herde schwarzer IA-Wagen, die alle aus der Hauptstadt kamen, zur Fahrt ins reservierte Hotelzimmer, durch Passanten und Verkehrsketten. Dann ging ein Arm weiß in die Höhe, stoppte den Verkehr aus der nördlichen Richtung, sie aber durften fahren, McIntosh gab Gas, der Mercury willigte ein, und sie rollten ab, immer die Nase am Schlußlicht des letzten Regierungswagens. Vielleicht, daß da die Regierung durch die Gardine nach ihnen ausspähte, US MILITARY, McIntoshs rundes Gesicht erkundete. Fahnen blähten die Front des Ringmessehauses, die Normaluhr lehnte wie stets an der Balustrade, doch nichts erinnerte an den Sommer, stumm ruhte der Flügel im Winkel der Kongreßhalle. McIntosh hatte Mühe, den IA-Limousinen auf den Fersen zu bleiben, es war vergebens, die fuhren alle im Halbkreis um den Bahnhofsvorplatz, nahmen die Kurve nach links und erreichten in glanzvoller Auffahrt die Rampe des Hotels Astoria. Vielleicht standen hier die Stadtväter Spalier. Dachte Arlecq.

Hoch zur Goethestraße. Die Gänge des Mercury gerieten unter McIntoshs Phlegma durcheinander. Es war von hier unten nicht zu sehen, ob noch Licht in Gislassons Büro brannte. Schwarz stand die Universitätsruine. Irgendwer gab heute ein Orgelkonzert in der Universitätskirche. Doch McIntosh schob sein häßliches Blech schon zwischen einen Mercedes und einen Karmann-Ghia. Stiller Amerikaner, der er war, ging er im Neuen Rathaus sein Geld zur Wechselbank tragen. Arlecq wartete, ins zerschlissene rote Polster gelehnt. Er beugte sich vor, um die Tonhöhe von Every Time It Rains zu regulieren. Pennies From Heaven. Durch das herabgelassene Wagenfenster drang neonblau und schneekühl wie ein Winterarbend das Märzwetter, in dem Gislasson spazierenging, in Begleitung eines Mädchens, das irgendwo unten an seinem Arm hing. Arlecq sah sie beide kleiner werden, bis auch Gislasson Platz im Rückspiegel hatte. Sah aus, als ob er sie vor dem Hauptbahnhof kennengelernt hatte.

Der Tag destillierte sich zu einer großen Müdigkeit. Arlecq ließ die kalte Luft durch Mund und Nase in die Lunge. Jemand kam die von Löwen bewachte Freitreppe hinunter, ein Mädchen, Lisa, die das gleiche Zeug wie Linde studierte, das Rolandslied, den Konjunktiv, die Reden von Marcel Cachin. Sie hatte sich Linde angeschlossen, gleichgültig, wie Arlecq vermutete, ohne Zuneigung, vielleicht war es der große Gegensatz, der sie reizte. Wenn sie dich nicht sieht, hatte Linde gesagt, weiß sie nicht, daß du existierst. Lisa kam von ihrem Zehnstundendienst im Ausländertreffpunkt. Arlecq rief sie an, vergaß die Defekte der rechten Tür, die keinen Griff hatte, rutschte nach links, eine Hand am Steuerrad, öffnete die linke Tür, mußte erst um die kastenförmige Wagenschnauze herum, ehe Lisa wußte, wer sie sprechen wollte. Sie hatte nichts dagegen, sich auf den Rücksitz zu setzen, sie war müde. Das Radio lief unkontrolliert weiter, ausgerechnet eine Baseball-Reportage aus Oklahoma City. Ihr machte es nichts aus, sie verstand kein Amerikanisch, dolmetschte nur für Polen und Franzosen. Linde hatte von polnischen Gräfinnen und französischen Diplomaten in Lisas Verwandtschaft erzählt. Arlecq stellte sich die Kreuzung dieser Linien vor, hielt Lisas traurige Gelassenheit, aristokratische Müdigkeit (wie es Linde ausdrückte) für das Resultat dieser Ostwestverbindung. Er wußte nicht, ob er sich ihretwegen mit Linde eingelassen hatte, ob er sich nun Lindes wegen mit ihr einlassen wollte. Gleichviel, sie lehnte ins rote Polster, saß abwartend neben ihm. Da sie mit Linde im Examen stand, sprachen sie über Examensnöte. Das Examen ist eine langweilige Pflichtübung, sagte Lisa. Lauter langweilige Pflichtübungen, wie immer. McIntosh kam zurück, sah durch die Gläser seiner kleinen Brille in den Wagenfond, kombinierte zweimal falsch, sagte: hi, auf Arlecqs Vorstellung, gladtoseeyou. Lisa sagte nichts und reichte ihm ihre kleine Mädchenhand über die Lehne des Vordersitzes. Arlecq lotste McIntosh in den Tanzbums im Elstertal, dem samstäglichen Animierlokal von Stanislaus, den anzutreffen McIntosh nicht verfehlen würde, falls dieser keinen Nachtdienst auf seinem Parkplatz hat. Sie ließen sich nicht überreden, ins Lokal mitzukommen, gingen zu Fuß ein Stück zurück, liefen über märzmattes Gras, durch winterkahle Baumalleen zur Straßenbahn. Da sie zur Untermiete wohnte, war es schon besser, sie gingen zu ihm, die Nacht schwarz vor dem Fenster ohne Gardine, Bücher, Treibhausblumen in einer Vase, die zusammengerollte Katze am Fußende, Lady Bird, die die Augen zu einem Spalt erkennend öffnet. Im kalten Morgenlicht dann kocht Arlecq Kaffee, schaut von der Küche auf den Balkon, auf Bäume, hört auf das Sieden des Wassers. Flora und seine Mutter liegen in ihren Zimmern, die Wohnung ist still, als wäre sie unbewohnt. Nach dem Kaffee geht Lisa. Ihr Dienst beginnt um acht Uhr. Polen und Franzosen.

Arlecq war nicht vor zehn mit Gislasson verabredet. Bis neun las er in dem französischen Roman, den sie ihm dagelassen hatte, eine leidenschaftliche Liebesgeschichte, die eine vorgeformte, über Jahrhunderte präfabrizierte Sprache neutralisierte.

Der Morgen war von Schneewinden durchweht. Die Kälte machte den Komfort der Kleidung, den Schutz der geräumigen geheizten Wagen der zu Gast in die Stadt Gekommenen noch erstrebenswerter, sah man aus der Höhe des Straßenbahnperrons ins Innere der Prachtlimousinen. Arlecq dachte fröstelnd an Lisas mechanische Willfährigkeit. So las er ein wenig in dem französischen Roman, die eine Hand in der Tasche des neuen Rehbeinmantels, und fuhr mit Hausfrauen, Rentnern, Messebesuchern aus der Kleinstadt ins städtische Zentrum.

Gislasson kam im pelzbesetzten Mantel ins Büro, und es fing wieder mit Whisky an, da die Heizung schlecht funktionierte, der Dampf sich nur zögernd bis zu ihnen hinaufwand. Arlecq schrieb ein paar Briefe für Gislasson, telefonierte in seinem Namen mit den Kommandostellen der staatlichen Wirtschaft. Free on board, diktierten alle Söhne, die zu Gislasson ins Büro kamen, Jonasson, Vilhjalmsson, Jonson oder Törlasson. Kasse gegen Dokumente, schrieb Arlecq in die Verträge, c. i. f. oder f. o. b., Mr. Eugenides, the Smyrna merchant / Unshaven with a pocket full of currants, zitierte Gislasson, um alle bei guter Laune zu halten, c. i f. London: documents at sight. Arlecq schrieb, bekam Zigarren und Einladungen zum Mittagessen mit Vilhjalmsson, Törlasson, Jonasson, als sei er der staatlichen Wirtschaft offene Hand und könne, angeregt von den Impulsen guter Zigarren, Belebungen durch Mittagessen (do you like lobsters?) vermittelnd weiterleiten an höhere Instanzen, because Iceland is a very small market, wo er doch nur für einen Band Capote arbeitete und dafür, mit Kiljan Laxness den gleichen Blick über die Stadt geteilt zu haben. Vielleicht aber war die Freigebigkeit in Gislassons Büro auch ganz selbstlos, war Genugtuung der isländischen Nation, vom Überschuß abgeben zu können, das Geld in den Taschen der grauen Maßanzüge loszuwerden, das den seefesten Gestalten das gewandte Auftreten in Hotels und Bars erlaubte und mit rosigen Gesichtern in eine verwegene Halbwelt einzudringen. Trotz Buchweisheit und Virginiatabak waren in den Anzugsfalten noch immer die Gerüche nach Teer, Stockfisch und Schafswolle, daß ungeachtet der tadellosen Bankverbindungen sich in Gislassons Büro Meer und Weide über Teppich und Schreibtisch ausbreiteten.

Arlecq schlug auch den getrockneten Stockfisch nicht aus, den sie im Koffer mithatten, um in der Fremde der Heimat zu gedenken, und der mit etwas Brot und Butter wie Schweizerkäse schmeckte. Dennoch reichte seine Welterfahrung in jenem Frühjahr über die Fanggründe von Kabeljau und Heilbutt hinaus. Von einem Tag zum andern reiste er von Unklaich nach China, waren ihm 108 273 Quadratkilometer soviel wie fünf Kontinente. Hatte er am Dienstag noch mit Gislasson im Club der Ehrengäste unter isländischer Flagge gesessen und getrunken, trank er am Mittwoch seinen Tee in südlich sächsischer Kleinstadt, einig mit chinesischer Sitte und Art, noch immer die Fahrbahn der gleichen Sprache benutzend, Erbgut des englischen Imperiums von der Battle of Hastings bis nach Hongkong. Hier war die Welt zusammengekommen, am Geburtsort des Komponisten den Meister zu ehren und im schönen Wettbewerb sich zu offenbaren. Arlecqs Chinesen spielten alle Klavier, wenngleich sie sonst von ausgeprägter Individualität waren. Zum freien Vormittag mieteten sie Ruderboote zur Fahrt übern See, der halb von der Stadt eingefaßt war und über den wie ein Pinselstrich der Rauch von Fabrikschloten stand.

Wie die Ratsherren, die es auch hier gab, wußten, kannte Musik keine Grenzen, hob die internationalen Gegensätze auf. So war das romantische Klangbild bis nach China gelangt, und Arlecqs Chinesen fanden die Billigung der Jury. Es gab Sonderkonzerte im alten Ballhaus am See, wenn der Mond einen Silberstreifen in die Rauchschwaden flocht, Professor Sun Sse Gai den bekannten amerikanischen Negerbariton begleitete, der mit seinem Hillman in dieses Land übergesiedelt war. Ein Emigrant aus Missouri, der den Posten dessen bekam, der nun in Stuttgart sang, vielleicht in Köln oder Darmstadt. Arlecq für sein Teil tat sich um in der Welt, lernte chinesisch höflich auch zu Kellnern und Polizisten zu sein, beherrschte bald die a-moll-Symphonie für Klavier und Orchester Note für Note und bekam filigranartige Chinoiserien aus spinnwebendünnem Papier als Abschiedsgeschenk auf den Weg. Nichts von Cool in diesen Wochen, schrieb er an Paasch, romantisch verdämmerte die Kleinstadt, nur das Bahnhofsgelände, das man vom Hotelfenster übersah, war lebendig Tag und Nacht. Aus allen besseren Häusern perlte es zu Ehren des großen Sohnes der Stadt, und die Ratsherren, schrieb Arlecq an Paasch, verwechseln diesen Klang schon seit 1927 mit sozialistischem Realismus. Ein russischer Geiger ging beiläufig verloren, bei einer Vergnügungsfahrt im Autobus, hin zu den Tälern, hoch auf lichte Höhn, lief ohne sein Instrument in den Wald hinein, wofür keiner verantwortlich sein wollte, am wenigsten die Veranstalter, brave Leute der Festgemeinde. Man fand ihn wieder, an der nächsten Wegbiegung, am Bachrand sitzend, einen Fuß im Wasser. Die Chinesen nahmen auch das mit Diskretion auf.

Immer waren es Gäste von Diskretion, die Arlecq begleitete, einfügsam in jeden Veranstaltungsplan. Weniger glanzvoll als die Kaufleute, die zweimal im Jahr im Mercedes oder Mercury die Stadt besuchten, doch eindrucksvoll wie alles jenseits der Landesgrenze. Die Papillons noch im Ohr und gewillt, zu den Büchern aus dem Verlagshaus Mathäus zurückzukehren, ließ Arlecq sich auf halbem Wege für die Delegation indonesischer Kommunalpolitiker gewinnen. Zeigte sich erfreut beim Anblick ihrer dünnen Ziegenbärte und mohammedanischen Barette. In schnellen Wagen ging es über grünumsäumte Straßen durch den engbegrenzten, mit Sorgfalt bewachten Staat. Stehbankette, Trinksprüche, Tischreden. Der Stolz der Gastgeber war ohne

Grenzen. Das Zauberwort Delegation öffnete aller Sesam Inneres. Die Gastgeber zeigten, was sie hatten und was einst ihres Landes gewesen war. Neubauwohnungen, Sozialversicherung und museal verwaltete Konzentrationslager. Die Fahrt nach Buchenwald ging durch frühjahrsgrünes Land, nachdem zuvor in Weimar vor dem Podest, auf dem Goethe und Schiller stehen und sich gegenseitig den Kranz zuschieben, Ansprachen mittels Arlecq an die eine und die andere Adresse gewechselt worden waren. Von Schillers rötlicher Locke in der Glasvitrine ging es zu den anderen Vitrinen mit den Kinderschuhen und Frauenhaaren. Der Häftling, der das Lager nicht verlassen wollte, es immer von neuem anschaulich machte, steckte den Kopf in einen der Verbrennungsöfen, um den fremden Herren, die der Sprache nicht mächtig schienen, den Sinn des Mechanismus begreiflich zu machen. Der indonesische Kommunalrat der liberalen Partei nahm die Keule in die Hand, mit der die Kopfjäger durch das Lager gezogen waren, im Dschungel des Hochspannungsdrahtes. Arlecq und der Häftling mühten sich abwechselnd, Schweiß im Gesicht, den Gästen den richtigen Zeitbegriff beizubringen. Die freilich lächelten und nahmen es für ein prähistorisches Museum, nickten den Ratsherren zu, an deren Wiege demnach die gleichen barbarischen Vorfahren gestanden hatten. Gemeinsame Vorfahren fördern die Verständigung zwischen den Völkern. Arlecq weigerte sich, es so zu übersetzen. Auch der Häftling mühte sich vergebens, lief rot an und befahl alle zum Appell und jagte die Gruppe distinguiert gekleideter Gäste und Ratsherren über den Lagerplatz, auf dem kein Halm ansetzen wollte. Steine zerkratzten das gepflegte Schuhwerk, die Ratsherren hatten am Ende Mühe, sich den Staub von den Hosenbeinen zu klopfen. Ja ja, sagte der Häftling mit einer hohen Stimme und breitete die Arme aus, Arbeit macht frei. Die Ratsherren nickten, verstanden erst nachträglich, worauf der Häftling angespielt hatte. Einer wies auf die Inschrift über der Toreinfahrt. Arlecq, der zurückgeblieben war, warf Schillers Locke, vor Verwesung durch Jahrhunderte bewahrt, zu den Mädchen- und Frauenhaaren in der Vitrine.

# Zweiter Teil

Die Stadt barg ihr zweites Gesicht unter der Erde. Unterirdisch liefen die Quellen, liefen die Ströme unter den Sektoren der Stadt, stauten sich und waren ein ausgedachtes Netzsystem, überall erreichbar. Unterirdisch liefen die Schienenstränge im Doppelspiel mit denen über der Erde. Ausbalanciert von West- und Ostkreuz, drehte die Stadt sich um ihre imaginäre Achse, Brandenburger Tor oder Siegessäule. In der Tiefe war Nacht, nur die Schienen spulten das Licht von Station zu Station. Plötzliche Lichtoasen, die sich dem Blick aus dem Rückfenster wieder entzogen, einen Sternenhimmel roter und grüner Lampen hinterließen. Die Türen griffen fest in die Verschlußrinnen, A. und P., jeder die Tasche in der Hand, den Mantel überm Arm, lasen die Namen der Stationen; denn das Labyrinth, in das sie aus der Ferne gekommen waren, hatte Orientierung und Ausgang. Die Bahn fraß sich unterirdisch durch nach Osten, Lichtenberg hatte einen guten Klang, ein Ort für Aphorismen, meinte A. Falk würde sie für die Nacht aufnehmen, ein paar seiner neusten Platten auflegen und mit seiner wunderkindlichen Selbstgefälligkeit die Wirkung der Musik auf ihren reisemüden Gesichtern studieren. Im welken Licht der Bahnbeleuchtung verschwammen alle Gesichter. Jetzt war endlich Frühling, die Gewißheit hatte man, oberhalb der Betondecke erwärmte Sonne den Asphalt, doch alle Körper, im Winter konserviert von dicker Kleidung, saßen sich hier gegenüber wie ausgezogen. Die unter Tage fuhren, private Hoffnungen hinter der Stirn, schienen A. alle nur ein Gesicht zu haben. Doch auch sein Gesicht, P.s Brille und kantige Nase kippten in der Fensterscheibe schnell ins Schwarz der Tunnelwände, wurden so widergespiegelt, daß alle Gesichter verwechselt werden konnten. Die Namen der Stationen glitten vorbei wie vom Fernschreiber diktiert. Eine lange Reihe Buchstaben signalisierte durch das Fensterglas, Lichtenberg kam in Sicht. Der Zug stand geräuschlos. Sie rafften die Mäntel zusammen und folgten dem Strom zur Treppe. Reisende zu den Fernzügen, sagte die Stimme, als sie im Tageslicht standen, noch immer begrenzt von Schienen, auf denen die Stadtbahn in entgegengesetzte Richtungen ausfuhr, nur die Mitteltreppe benutzen. Sie waren keine Reisenden zu den Fernzügen, kamen vom Fernzug, benutzten eine andere Treppe zusammen mit denen, die Feierabend hatten.

P. beobachtete Männer, die Bier aus Flaschen tranken. Er hatte seinen Schirm nicht vergessen; das Frühjahr hatte sich von seiner regnerischen Seite gezeigt. Auf der Straße ließen sie sich orientieren. Falk wohnte zwei Häuserblocks weit. An der Straßenecke ein Taxi-Stand, ein Blumenladen, Geschäfte, in denen, wie sie im Vorbeigehen vermuten, Falk seine Milch, Obst und Gemüse nach Jahreszeit und Zuteilung, Brot und was sonst noch einkaufte.

Sieht wie bei uns draußen aus, sagte A., die gleiche Fassade.

Draußen kannst du hier nicht sagen, sagte P. Hier ist entweder alles draußen oder alles drinnen. Jeder Ort ein Ort für sich. Er kannte die Stadt, hatte hier schon Zahngold für seinen Vater eingekauft.

Ich seh schon, sagte A. Die rechte Mitte fehlt, kein Markt mit Rathaus, nicht mal die Wellblechbude an der Ecke. Du hast es erfaßt. Drüben ist es wenigstens einfacher. Da haben sie die Gedächtniskirche.

Dann schon lieber der Eiffelturm, sagte A.

Ich weiß, sagte P. Es zieht dich mit Macht zu deiner Jessabel. Aber erst mal durchs Lager. Das kotzt mich jetzt schon an.

Falk sah oben aus dem Fenster. Es war das Zimmer seiner Wirtin. Als er beide kommen sah, ging er in seins, stand dann, kaum daß sie geklingelt hatten, an der Tür, die langen Beine in Blue jeans. Falk, das Wunderkind, einst Hübners Meisterschüler, sein Brot nun mit geophysikalischen Messungen verdienend, draußen vor der Stadt, in den sandigen Niederungen der Mark. Sie legten erleichtert die Umständlichkeiten der Reise auf ein Biedermeiersofa. Im schweren Goldrahmen darüber ein Inselmotiv, schwermütig blaues Wasser, in dem ein Nachen spielerisch Wellen schlägt. Das fabrikneue Radio stach aus der dunklen Tapete, auf die Generationen abends ihren letzten, früh ihren ersten Blick geheftet hatten. Wurstschalen und Überreste eines Apfels lagen auf einer Zeitung unterm Rund der tiefen Lampe.

Die Provinzler, sagte Falk mit seiner Wunderkindhochnäsigkeit, daß P. gleich die Laune verlor. Er stellte den Schirm mit Bedacht in eine Ecke. Mal nicht so die große Fresse sagte er. Wir sind nicht hergekommen, um mit dir Karotten zu fressen. Wir wandern noch ein Stückchen weiter. Er grinste A. an. Der aber rauchte und sah aus dem Fenster auf eine weit entrückte Häuserfront. Dazwischen Schienen und Züge, die klarinettenschrill in den Bahnhof einfuhren. Falks Posaune stand in ihrem schwarzen Kasten auf dem Fensterbrett. Falk hatte ein zweites Sofa aufstellen lassen. Er selbst schlief auf einer Luftmatratze, die nachts aus dem Schrank geholt und aufgerollt wurde, dort wo gerade Platz war, vor dem Kleiderschrank oder zwischen Tisch und Ofen. A. und P. hatten im Zug über diesen Tick Falks gesprochen, an seiner spartanischen Lebenshaltung ihren Witz versucht. P. stellte die Flasche Kahlbaum auf den Tisch.

Wie das, sagte Falk, wohin des Wegs? Wer wird denn für immer nach dem Westen wollen?

Er holte zu Ehren der Gäste den Nes-Tee aus der Kommode und nannte P. den Preis seiner blauen Hosen. Er riet, am Gesundbrunnen einzukaufen.

Die Plumpe, sagte P. Wir kennen uns aus in eurem Jargon. Morgen abend, sagte Falk und zog drei Karten aus der Jackentasche, spielt der Count im Sportpalast. Er hielt die Karten in die Höhe. P. und A. hellten sich auf. Hier wurden Träume Wirklichkeit.

In Abständen von drei Minuten fuhren die Züge pfeifend in den Bahnhof, schnitten scharf wie ein Rasiermesser in die Kehle des Sängers, Frank Sinatra, den P. durch ein Knopfdrücken zu singen veranlaßt hatte. A.s Zigarette schmeckte nach Sand und nach Eisen, und nur die Häuserwand auf der anderen Seite der Schienenstränge gab seiner unbestimmten Sehnsucht eine unbestimmte Antwort. Immer mehr Lichter sprangen in die Dunkelheit und begrenzten die einbrechende Nacht. Anne war aus dieser Stadt. Sie tanzte in Dresden, im großen Übungssaal. Er hatte versprochen, ihr zu schreiben. Heute vor zwei Wochen, im Großen Übungssaal der Tanzschule.

Die Wirtin reichte, klopfend, unter Entschuldigungen, im freundlichen Dialekt, der viel weiter nach Osten verwies, als es Lichtenberg war, das heiße Wasser durch die Tür. Falk goß es ihnen in die Tassen, daß der Pulvertee vom Grund an die Oberfläche gespült wurde. Das Wasser nahm sofort eine rostbraune Färbung an. Einen solchen Tee gab es nicht im Konsum an der Ecke. P. splitterte den Kunststoffverschluß seiner Kahlbaumflasche unter den Tisch und goß sich und A. den Fünfundvierzigprozentigen in die Tassen. Falk war gegen Alkohol.

The Jazz Messengers spielten, von Falk auf den Plattenteller gelegt, Falk war immer auf dem laufenden, kaufte seine Platten am Hardenbergplatz, tauschte Ost gegen West zum Tageskurs. Die

Messengers spielten geräuschvoll, mit viel Schlagzeug (Art Blakey), die Töne stürzten mit der Macht einer Lawine aus dem Diskantlautsprecher. Nur Falk saß gelassen am Tisch, freute sich im stillen an der guten Wirkung seiner Platten. A. goß mehr Kahlbaum in die Tasse, die keine Blumen auf dem Grund aufwies. P. kippte mit seinem Stuhl nach hinten, hielt sich mit den Händen an der Tischkante fest, schaukelte seinen Stuhl auf zwei Beinen. Dann legte ihnen Falk The Sleepwalker auf, mit Howard McGhee. P. saß nun rittlings auf seinem Stuhl, die Arme reichten zur Kommode, auf der das Radio stand, seine Finger regulierten die Lautstärke. Das Klavier im Alleingang orgelte zum Gegenrhythmus der Züge unten vor dem Haus.

Die Nacht sah in den Hinterhof. Nichts blieb mehr übrig vom Tapetenmuster. Nur Klees Invention mit dem Taubenschlag, von Falk mit Reißnägeln neben den Spiegel geheftet (der ein schwaches Licht gab), glomm durch den Abend. Die aus der Fremde gekommen waren, um Teil zu werden vom großen Strom, der von Ost nach West sich schleusen ließ, machten untereinander aus, auf welchem Sofa sie durch die Nacht treiben wollten. A. wählte das Biedermeiersofa.

Falk gab auch heute keine seiner Gewohnheiten auf, spreizte und neigte sich bei offenem Fenster (die Züge waren nun unerträglich laut), während die andern unter ihren Decken froren, neigte und spreizte sich im schmalen Raum, den das Mobiliar aussparte, zeigte in der Dreieckshose seine Yoga-Übungen.

Wozu der Krampf, sagte P. leise zu A., der auf dem Rücken lag, zur Zimmerdecke sah, in diese Richtung sagte: Nichts tun, lang liegen, der Frühling kommt von selbst, das Gras grünt von alleine.

Falk indessen saß versunken als König der Fische im Meer der Nacht, konzentriert auf den schwankenden Lichtpunkt zwischen den Augenbrauen oder meditierend herabsehend auf des Nabels Mitte. Dann stand er auf dem Kopf, strecke die Beine zur Zimmerdecke, ruhte (es sah bequem aus) auf den Schultern, schwankte leicht und fiel um. Das geht noch nicht, sagte er. A. und P. taten auch das zu allen anderen Absonderlichkeiten der Stadt, unter kratzender Decke, welche die Wirtin aus Polen oder Pommern gerettet haben mochte. Die Züge fuhren durch die Nacht, warfen Lichter an die Zimmerdecke. Vom Erdgeschoß bis unters Dach lebte das Haus durch die Nacht in den Morgen. Türen gingen und Schritte, Musik später Abendsendungen. Die

Stadt war auch endlos in der Zeit. A. schlief spät ein, tanzte im ersten Frühlicht mit dem Mädchen aus der Tanzschule die Pavane auf einen toten Infanten. Das Große Welttheater wurde in der Schule auf die elementare Ausdrucksgebärde reduziert, Schmerz, Liebe, Tod. Die großen Spiegel waren unbestechlich und zerschnitten zu Silhouetten, was aus der Nähe einen Mund hatte, Augen von unverwechselbarem Ausdruck. Er muß übersetzen, der Gast von Partei und Regierung, die große Tanzpädagogin aus Übersee, gibt Anweisungen. A. ist unaufmerksam, tauscht Adressen mit einem Mädchen aus, malt ihr etwas in ihr Buch, einen tanzenden Harlekin, während der Gast aus Übersee die Flucht des Petruschka Taste für Taste verfolgt.

Mit den ersten Frühzügen klingelte Falks Wecker, schepperte ins Leere, als er aufrecht neben der Matratze stand, das Hemd über den Kopf zog. Er ging zur Freiübung in die Knie, seine braunen Muskeln hoben sich hell von der dunklen Tapete ab. P. murmelte etwas Unverständliches, sah aus blinden Augen auf das Bild an der Wand, der Nachen lag noch immer geborgen im Wellental, und schob die Decke über den Kopf. Es klopfte, und wieder reichte die Wirtin ohne eine Spur von Unordnung in ihren grauen Haaren das heiße Wasser in einer Blechkanne durch den Türspalt. Falk sah in den Spiegel, fuhr mit dem Rasierapparat über den spärlichen Bartwuchs, frühstückte schnell etwas, nahm die Aktenmappe. Gegen zehn tranken sie schwarzen heißen Kaffee in der Eckkneipe und aßen belegte Brote. Der Morgen roch nach Benzin. Noch waren sie Bürger dieses Staates, konnten einen Entschluß ohne Eile hin und her wenden. Die Züge fuhren am Tag und in der Nacht, brachten jeden an seinen Bestimmungsort, auch ein Lager war ein Haus mit Betten. Bis zum Konzert im Sportpalast konnten sie über den Tag verfügen, konnten in der Mittagsstunde unauffällig (nur die Aktentasche, keine Koffer) über Bülowstraße und Gleisdreieck fahren. P. sprach von diesem magischem Dreieck in verheißungsvollen Worten.

Sie bezahlten das Frühstück von den eintausendsiebenhundert Mark, die sie in der Währung dieses (ihres) Staates besaßen, eine Summe, die sich aus P.s letztem Monatsgehalt, A.s Honoraren und Geldern für die Buchenwald-Führung der indonesischen Kommunalpolitiker, der Reise mit der Tanzpädagogin zusammensetzte. A. schrieb noch eine Postkarte Dresden, Basteiplatz. P. ignorierte es.

Indes Falk mit der Erdrinde beschäftigt war, fuhren sie wieder durch U-Bahnschächte, stiegen um in Stadtmitte, gab es das, doch hatte man die Mitte ausgeklügelt, die nur eine des Zählstabs sein konnte, durch lange Gänge hetzten die Umsteiger, schleppend, aber akzentuiert lief P., A. mit ihm, der Schirm klopfte die Stufen ab. Die Polizei an der Station Potsdamer Platz stand längst wieder auf dem Trockenen, während ihre Kollegen von dazumal samt Schirmmütze und Dienstpistole obenauf geschwommen waren durch die Bahnhofsräume, wie A. und P. sich erinnerten, im Film gesehen zu haben, Szenen aus der Stunde der Kapitulation, als die Schächte, Gleisanlagen hoch unter Wasser gestanden hatten fünf Minuten nach zwölf. Doch es war gut ausgegangen, und auch Stalin, im Film, eskortiert von Jagdmaschinen, war auf dem Trockenen gelandet.

A. und P., ein paar Leute mit ihnen, entgingen der staatlichen Aufmerksamkeit. Der Zug durchbrach eine Grenze.

Na schön, sagte P. und kreuzte die Hände über der entengelben Krücke seines Schirmknaufs. Freier weht der Wind nach Oobliadooh. Ungeachtet der mittäglich Reisenden, ein paar alte Leute, eine Familie mit Feriengepäck, Schuljugend, eine junge Frau, lallte P. einen Scat-Vocal bis zur nächsten Station.

Laß diese Sprachübungen, sagte A., zeig die Würde, die dem Flüchtling angemessen ist.

Schwerer wurde das Münzgeld in der Hosentasche, als sie auf der Treppe (auf zum Ka-de-We) standen, den Tauentzien vor Augen hatten, das Fließband des Wunders mit der ausgehöhlten Gedächtniskirche im Hintergrund, Gedächtnis woran, in der Achse zum Kurfürstendamm, der zu Hause durch alle Gespräche um den WESTEN schimmerte. Ihre leichte Habe in der Hand, schritten sie schäbig auf neuem Pflaster. Lau wehte der Frühling über beiden Teilen der Stadt, doch war er festlicher hier als Hintergrund des schon österlichen Schaufensterarrangements.

Es haut mich wieder einmal um, sagte P., der das schon kannte, hier gewesen war, mit Zahngold für seinen Vater in der Tasche. A. schwieg. Etwas mehr Begeisterung von deiner Seite bitte ich mir aus, sagte P.

Kennst du die Geschichte von den Ostschuhen, sagte A. zu P. Ich kenne nur die Geschichte von den Ostjuden, sagte dieser, die in der Kristallnacht auf Raketen zum Funkturm fuhren. Die meine ich nicht, sagte A. Ich sagte Schuhe.

P. sah auf die im Schaufenster.

Da war der Mann aus der Provinz, sagt A., der sich hier sein Geld und seine Schuhe eintauschte gegen ein paar bessere, weil von drüben. Hüben aber fiel er der Polizei damit ins Auge, als diese ihre Stiefel neben das Schwindelkursprodukt stellte. Da hießen sie ihn dieselben ausziehn und gaben ihm dafür ein Paar Sandalen, wie sie auch der Erste Minister sommers zu Hause trägt. Nur war jetzt Winter, dreizehn minus. Dem Mann erfroren zwei Zehen auf dem Heimweg, die ihm in der Städtischen Poliklinik amputiert werden mußten. Da führte er Klage und schickte Briefe an den Ersten Minister. Der schwieg sich aus, aber sein Sekretär sandte ihm ein Paar Schuhe als Entschädigung. Es waren die gleichen, die er vor der Polizei hatte ausziehen müssen.

Ein paar Plastezehen wären ihm von größerem Nutzen gewesen, denk ich, sagte P. und schwang seinen Schirm.

Sicher hätte er unsere Plaste verschmäht, wie er die Sandalen verschmähte, sagte A.

Deren Plaste mußt du jetzt sagen, korrigierte P. Ostplaste von drüben. Wir sind jetzt hüben.

Drüben oder hüben, sagte A. Jedenfalls riecht es hier besser. Nach Schaschlik, sagte P. Das haben sie von uns, ich meine von drüben. Aber man kann noch den Geruch der Automarken dazurechnen, den Benzingeruch, die freie Presse und den Bundeskanzler.

Wo wir eben erst angekommen sind, sagte A., halte ich es für nicht angemessen, schon so zersetzend zu sprechen. Sieh mal das hier.

Kinobilder im Glaskasten. Hier siehst du gleich, daß sie bessere Plaste haben, sagte P., soviel Busen, Mann, da kannst du drüben lange rumlaufen, bis du so was unter die Finger bekommst.

Es muß ein guter Film sein, sagte A., eine richtige Lebensfülle. Genau das, was uns abgeht.

Es freut mich, daß du dich endlich erwärmst, sagte P. und schaute sich die Bilder aus der Nähe an. Villa mit Schwimmbassin, sagte er, haut mich glatt um.

Der Wechselkurs stand auf Vierfünfundzwanzig. Sie schoben dem Mann hinter dem Zählbrett Eintausend auf sein weißes Hemd zu. Die Quittung warfen sie in den Papierkorb.

Schon für Pfennige konnte man an der großen Fülle teilhaben. Sei aßen etwas, das man im Stehen essen konnte.

Stil hat es hier, sagte A. und hatte die Interbau im Sinn. Der stalinistische Zuckerguß in Architektur, Musik und sonstwo, der Käsegeruch von hüben wird uns fehlen.

Und so schnell werden sie drüben keine desodorierenden Mittel dagegen, erfinden sagte P. Das Zeug, mit dem sie den Josef ausgespritzt hatten, als sie ihn in die Grube legten, war erste Klasse. Das wird nicht so schnell Erde.

Eher bauen sie einen Rosengarten um ihr Reich, sagte A. Rosen, sagte P. kopfschüttelnd. Wo denkst du hin.

Das Nachrichtenmagazin, das sie gekauft hatten, entlarvte eine Leihwagenaffäre.

Die Weltbühne, sagte P., schreibt gepflegter. Was selbst mir nicht ganz entgeht.

Kunststück, sagte A. Wo sie schon immer wissen, was passiert, sie mehr Zeit haben, ihre Sätze zu pflegen.

Dann gingen sie, verließen den Bezirk Tiergarten, die Bestien schliefen in den Nachmittag. Sie hätten sich noch immer als Staatsbürger der anderen Seite ausweisen können. Die Zigaretten waren ausgezeichnet. P. rauchte drei hintereinander.

Sicher werden sie uns die Ausweise abnehmen, sagte A. Wenn sie ein paar Ganoven auf Vorrat haben, mit unseren Gesichtern, könnten sie guten Gebrauch davon machen.

Unsinn, sagte P. Du denkst noch immer in den Schablonen der Volkszeitung. Was sollen sie mit Ganoven und Gangstern. Die brauchen sie fürs Kino.

Ich bin nicht sicher. Schließlich stehen wir hier im Grenzland, sagte A.

Nach Oobliadooh, wenn du das meinst, sagte P.

Ich weiß nicht, sagte A. Komme mir vor, als ob ich einen Fuß links und den andern rechts der Sektorengrenze hätte.

Nimm einen zurück, sagte P. Da stehst du sicherer. Ich geh jetzt.

Die Interbau, im Glaskasten noch, da aber schon fertig und bewohnbar, zeigte den Komfort von morgen.

Die Hausbesitzer machen in Sozialismus, sagte P. und hielt seine Kurzsichtigkeit nahe ans Glas.

Jetzt nimm du die Volkszeitung aus dem Mund, sagte A. Man könnte denken, du hättest überm Zähneziehen das Denken verlernt.

Sie entschieden für die oberste Etage im Hause von Le Corbusier. Von da oben würde sich die Stadt zu beiden Seiten in Spielzeug verwandeln, nur die beiden Oberbürgermeister behielten ihre volle Größe, während sie die Züge aufzogen und auf die Schienen setzten.

Hier jedenfalls, sagte A., wird der Mensch in eine menschliche Kategorie eingeordnet. Indes bei uns, bei denen, der Mensch in die Idee gepfropft wird.

Die Idee in den Menschen, sagte P.

Laß die Dialektik zu Hause, sagte A.

Laß es gut sein, bis wir da oben einziehn, sagte P. und warf die leere Zigarettenpackung in den Rinnstein.

Der große Verkehr des Fünf-Uhr-Nachmittags ergoß sich in die Hardenbergstraße. Zwischen den Südfrüchtenpyramiden entdeckte A. ein paar Mädchenaugen ausgesuchter Raffinesse.

Komm mir vor, als ging ich in die Nicolaistraße, Rente beantragen, sagte P. und sah an seinen Cordhosen hinunter, dann auf seine breiten Schuhe.

Falk wartete auf sie im Sportpalast. Schon lief die Reklame an der Seitenwand, trank der Bär seine Milch, fügten sich die Anbaumöbel auf Ratenzahlung wie im Traum zur kompletten Wohnungseinrichtung. Wenn ich das sehe, sagte P. und dachte an die, die seine Schwiegermutter hatte werden wollen. Falk kaute Gummi und sah durch seine Brille ins Programmheft. Ein Mann, der aussah wie ein Professor von der Universität, an die A. gern dachte, machte die Ansage, stellte die Musiker als seine Freunde vor; doch traten die sogleich an ihre Instrumente und erwiderten die Freundlichkeit des Mannes nicht. Zuletzt kam der Count auf die Bühne, trat heraus wie der Stier in die Arena und setzte sich, klein und dickfingrig, an den Flügel und leitete in der bekannten Manier ein. Hinterm hellen Blech bliesen die schwarzen Gesichter, als fiele es ihnen in diesem Augenblick erst ein, so zu spielen und nicht anders, wo es doch streng nach dem Arrangement von Nil Haefti ging. P. ward andächtig, unterdrückte die Wellen, die ihn durchliefen. Er ließ den Kopf sinken und fing an, den Takt leise auf die Holzplanken abwechselnd mit dem einen und dem andern Fuß zu verfolgen. Falk, das Wunderkind, der Eingeweihtere auch in dieser Materie, machte auf Soli aufmerksam. Das ganze große häßliche Haus, Sportzelt schwitzender Ausscheidungen an anderen Abenden, wo einst der Propagandaminister auf den totalen Krieg hatte abstimmen lassen, alles inklusive, gab nun dem Count was des Counts war, ging willig durch das Purgatorium des Jazz, erwiderte den Anruf der Musiker mit elastischer Hingebung.

Ohbopshebam, sagte P. in der Pause und dampfte seine Erregung aus, daß die amerikanische Armee über ihnen, unverkennbar in ihrem schlechten Zivil, auf P. wies und: Look at that madman sagte, was A. übersetzen mußte.

Falk führte sie sicher durch das Publikum, das sich in den Gängen staute, grüßte, wurde begrüßt, war auch hier zu Hause. Später geleitete er sie an den Breitenbachplatz, zeigte ihnen das Kellerlokal. P. vergaffte sich sogleich in den Bassisten, half ihm singend von Oktave zu Oktave. Die Tänzer verschoben die Stühle, P. wies auf die fliegenden Röcke und bekam Lachkrämpfe, wenn er die Inschriften an der Wand las, HUNDEBADESTELLE und die andern.

Das Wunder der Freien Welt, sagte P., die Wunderpille und die Liebe währet ewiglich. Er mischte seinen Whisky mit Coca-Cola.

Was für eine Pille meinst du, fragte Falk. P. sah ihn mitleidig an.

Wieso, sagte A. Diese Pille ist eher eine Frage des Klassenkampfes, sie möchten unter sich bleiben, ohne eine neue umstürzlerische Generation in die Welt zu setzen.

Du meinst, daß es uns überlassen bleibt, ihnen diese zu schenken? sagte P.

Falk verabschiedete sich noch vor Mitternacht, gab ihnen am Einstieg zum U-Bahnschacht die Hand, um in die Tiefe, die sein Element war, nach Osten zu fahren. Sie standen noch unschlüssig, indes andere gehend, fahrend Ziele erreichten, es in beiden Teilen der Stadt Mitternacht wurde, lautlos über Ätherwellen die zwölfte Stunde ausgesprochen wurde von den diensthabenden Sprechern in den Rundfunkanstalten, die mit ihren unmittelbar folgenden Nachrichten die eine und die andere Seite meinten. Sie standen und warteten am U-Bahnschacht, zogen die Mäntel an, klappten die Kragen hoch. A. hielt viel davon, erst zur frühen Morgenstunde mit gehetzter Nachdrücklichkeit ans Lagertor zu klopfen, um Asyl bittend.

Hinter der Fahrstraße kam das Lager. Noch war der Einlaßdienst mit dem Eifer der Kommenden beschäftigt. Familien, die ihr Gepäck tragend kaum bewältigten, das sie den Augen der Zugkontrolle als Feriengepäck, leichte Kleidung zur Wanderung am Strand (umsteigen wollte man in Berlin) während der Frühsaison in den Bäderorten der Küste verkleinert hatte; als notwendige Garderobe zum Verwandtenbesuch zwecks Familienfeier,

Kindstaufe, Einsargung, Hochzeit, Jugendweihe oder sozialistischer Eheschließung.

So warteten sie (da sie gern die letzten gewesen wären) auf der Bank neben der Plakatsäule, auf der Annoncen verblichen, Buchstaben in Großdruck sich bedrohlich in schwarze Tiefen zurückzogen. Sie saßen frierend in ihre Mäntel gehüllt. Der Morgen hoch über ihnen, alle Sterne standen noch am Himmel, war kalt.

P. las im Licht der Straßenbeleuchtung die Zeitung, die er am Nachmittag gekauft hatte. Wenigstens erfahren wir hier schon, sagte er, mit wem wir es zu tun kriegen: die Bauernschaft der Zone, die..., Lehrer, die dem Wissen ihrer Schüler nicht..., Lehrlinge, die nicht mit der Waffe in der..., Deserteure der sogenannten Volksarmee der sogenannten..., Rechtsanwälte und Ärzte (ein Auto reicht wohl nicht mehr, sagte P.)..., die... Hör schon auf, sagte A. Da hätten wir gar nicht erst zu kommen brauchen, wenn wir sie hier alle wieder beisammen finden. Er war müde wie nach dem Tagesdienst bei einer Delegation auf Staatsbesuch. Eine Besichtigung mehr, die jetzt bevorstand.

Eine Uhr schickte ihren Mond durch die Nacht. Die Zeiger rückten, dann war es zwei Uhr. P. warf die Zeitung unter die Bank und stand als erster auf. Dann gingen sie. Ihr Kommen schreckte den Einlaßdienst aus leisem Schlummer. Auch dieser hatte vor Wochen erst seinen Standort gewechselt, war aus der Pförtnerloge der Kongreßhalle an dieses Portal gekommen, saß wachend wieder in Amt und Würden. Wieder war es der alte Traum, der ihn beunruhigte, jene Erschießung der vier oder fünf Juden in der Ukraine, die so fern lag, daß die Schüsse im Traum kaum noch hörbar wurden. Auch die Gestalten sanken lautlos in sich zusammen. Vier oder fünf. Diesmal waren es fünf gewesen.

Nur wir zwei, guter Mann, sagte P.

Name, sagte der Pförtner knarrend, besann sich dann erst auf die Bestimmungen seines neuen Amtes, die Höflichkeit vorschrieben.

## Persil bleibt Persil

Das Waschpulver schlug runde Blasen an die Hausfront, wenn A. aufsah beim Rundgang durchs Lager. Borchert hatte diesen Roman nicht mehr schreiben können. Er war beizeiten gestorben in seinem sauberen Krankenzimmer im Schweizer Asyl, die tollen Farbdrucke vor Augen, die den Schwestern das Beten schwer machten, in die Sanftheit eines Pater noster qui est in cœlis kleckten. Frühe Tulpen zeigten sich rot im Osterwetter, so grün war die Wiese zwischen den Wegen, daß es wie jedes Jahr an Übertreibung grenzte. Sie gingen beide ihrer Wege zwischen Baracken und Grünanlagen. Hinter ihnen lag die Prozedur der Aufnahme, Fragebogen, Ärzte, vor denen man die Hosen herunterlassen mußte, scharfe Verhöre des französischen Beamten, nachlässige, aber gründliche des amerikanischen, korrekte des britischen. A. hatte sich sogleich verdächtig gemacht, da er wie jedermann die Fragen erst durch den Dolmetscher hatte gehen lassen, bis dann der Fragebogen, der für eine Berufsausübung im fernen Bundesland sich wichtig tat, seine Kenntnisse in diesen Sprachen vermerkte. Den Krückstock hatten sie ihm ohne weiteres bewilligt, kostenlos, trotzdem sie Taschengeld bekamen, Zigaretten, Zeitung und Kino bezahlen konnten, es doch nur für eine Packung Virginia anlegten, die Zeitung beim Nachbar ausborgten, die Filme im Fernsehen verfolgten (jedenfalls in der ersten Woche). So also hinkte A., auf seinen Stock gestützt, durchs Lagergelände, P. bohrte den Schirm spitz in den Sand der Wege, der ihnen, da sie nicht Falk waren, nichts von seiner Struktur verriet. Beiden blühte, wie sie da hinkten und gingen, ein leichter Bart um Kinn und Wange. Von Rasieren stand nichts in der Hausordnung. A., der auch hier viel las (er hatte Bücher am Zeitungskiosk gekauft, flexible, schlecht gedruckte Rotationsromane), sann, ob er sich nicht die gleiche randlose Brille anpassen lassen sollte, die P. trug. Nicht nur würde er so weniger Mühe mit den kleingedruckten Romanen haben, er glaubte, die Dinge hinfort besser durchschauen zu können.

Übel gelaunt war P., dachte er an die Bundesländer, in die sie ausgeflogen werden sollten, hoch über den Wäldern Thüringens, durch den schmalen Luftkorridor, den Verträge garantierten. Denn dort, wo sie hin sollten, nicht recht hin wollten, sagte er, gäbe es Zahnärzte genug für alle Komplikationen ihrer Bürger, deren rege Kautätigkeit die größer werdende Wohlstandsfülle nicht mehr bewältigen konnte. A. tröstete ihn, es würde sich schon genug Arbeit anbieten, der Slogan *Mehr ißt, wer gute Zähne hat* könnte einer eröffneten Praxis zum Durchbruch verhelfen.

Das mit dem Stock, A.s helfender Krücke, die einfach war, ohne Kunst gebogen der Griff, braun und anspruchslos, hing mit seinem verstauchten Fuß zusammen. Den hatte er sich übel eingeknickt, als sie auf den Lastwagen steigen mußten. Ein Seuchenverdacht hatte zur teilweisen Räumung ihrer Baracke Anlaß gegeben. Alle ledigen männlichen Insassen, die beweglicher waren als ihre Kollegen im Ehestand und so geeigneter für schnelle Aktionen, waren ausgefahren worden ins Notquartier.

Sie waren die letzten gewesen auf der langen Lagerstraße, an deren Ausgang das Gefährt, mit Bänken versehen wie ein Armeelastwagen, auf sie wartete. Polizei säumte grün die Lagerstraße und trieb zur Eile an. Schon zeichnete der Bart seine zukünftige Entwicklung in ihrer Gesichter, was den glatten, gut genährten, rosig auf grüner Grasnarbe stehenden Beamten ein Dorn im Auge sein mußte, ihre sicher empfindliche, trocken rasierte Haut rauh zum Erröten brachte. Auch der Lagerpförtner stellte seine Betrachtungen an, als er sie so die Lagerstraße herunterkommen sah. A. schaute sich die Gesichter der höflich zusehenden Beamten an, hinter deren glatten Mienen seine leicht erregbare Fantasie den Hundeinstinkt ahnte. Es war gut, das Gefühl erproben zu können, der Gejagte, der Fliehende, doch der Flüchtling zu sein.

Nimm die Hände hoch, sagte P., der sich nicht beeindrucken ließ. Sie schießen sonst. Möglich, daß sie meinen fast nichtarischen Großvater riechen.

Verdammte Scheiße, sagte A.

Nanu, sagte P., solche Worte? Er grinste die Beamten der Reihe nach an. Dein Freund und Helfer, sagte er. Alles die gleiche Ärsche.

Da also war es geschehen, daß sein rechter Fuß in der hölzernen Sparrenwand des Lastwagens steckengeblieben war, als der linke schon eine höhere Stufe erreicht hatte, das Bein rechts den Unterschied gewaltsam ausgleichen wollte, nicht so der Fuß, der jäh seinen Knacks weg hatte. Die oben saßen, nur auf sie gewartet hatten, zogen ihn auf die Sitzbank. Wie immer unter Auswanderern gab es auch hier einen Arzt. Der gab ein paar medizinische Hinweise, die für den Moment ohne jede praktische Bedeutung waren, bloße Schaustellung von Theorien, die P. auch noch zu korrigieren suchte.

Dein Freund und Helfer, sagte A. Gibt wohl zu viel von eurer

Sorte, als daß sie alle die gleiche Diagnose stellen könnten. Laß es gut sein, sagte P. Der Bundespräsident gibt dir einen Orden dafür.

Ein paar Gesichter lachten. Einer sagte, sie scheinen zu fürchten, wir hätten ihnen die Lepra mitgebracht, daß sie uns in Quarantäne stecken.

A.s rechter Fuß, auf den er noch nie mehr gegeben hatte als auf seinen linken, drang stechend ins Bewußtsein. Doch fand er gute Behandlung im Notquartier, auch ein Stock ließ sich sogleich besorgen, was ihn in der Folgezeit von der Notwendigkeit eines Bartes (zum Stock) immer mehr überzeugte. Der Stock verwandelte ihn, machte ihn boshaft wie einen Blinden, angriffslustig gegen Steine und Blumen, in den ersten Tagen schmerzten ihn die Handgelenke. Nach der ersten Woche hätte er ohne Stock nicht mehr laufen wollen, wäre nach links oder rechts zur Seite gekippt. Mit dem Stock war er jeder Maskerade zugeneigt, tappte am Stock den Rinnstein entlang, die Augen hinter den schwarzen Gläsern, stützte sich dann wieder schwer auf ihn, mehr als es der Fuß erforderlich machte, grub den Gummischutz tief in den Sand der Lagerstraße.

Die Fahrt zurück ins Lager, nach dem Abklingen der Seuchengefahr, unternahm er, den Stock zwischen den Knien, im Führerhaus des Lastkraftwagens.

Was führt euch nur alle hierher, sagte der Fahrer, der nie drüben gewesen war. Habt ihr denn nischt zu fressen oder was? A. rauchte seine gewohnte Virginiazigarette. Die Butter ist knapp, sagte er, um den Mann zu beruhigen. Was sonst sollte er ihm erzählen.

Butter, sagte der Fahrer und zuckte die Achseln. Er überholte eine Straßenbahn. Bei uns frißt jeder Margarine. Seit Jahren schon.

Drüben ist die Margarine – A. wollte irgendein derbes Wort gebrauchen, glaubte es aber mit der Würde seines Stockes unvereinbar, so erfand er: drüben ist die Margarine aus dem Schweiß der Hoffnungslosen gemacht. Der Fahrer sah ihn von der Seite an, war aber mit dem Verkehr beschäftigt und stellte so seine Fragen ein.

Der Bart wuchs ihnen von einem Tag zum andern, füllte schwarz A.s hageres Gesicht, machte P.s Gesicht breiter und unkenntlicher.

154

Das Essen war gut. Die Filme waren gut, wenn man sich einen guten aussuchte. Zum Beispiel *Orphée*. P. lachte immer, wo es nichts zu lachen gab, lag lang im Sessel und strich sich den Bart, wenn der Dichter seine Geheimbotschaften aus dem Autoradio empfängt. Wirft mich lang um, sagte er, einen Ausdruck, den er sich angewöhnt hatte, ihn unausrottbar immer im Munde führte. A. sagte nichts, zischte ihn zur Ruhe, als da plötzlich Isabel auftrat in der Rolle des Todes, la mort. Sais-tu qui je suis? P. hatte nur Freude an dem Geräusch der Gummihandschuhe, die Jean Marais überzieht, um durch den Spiegel die jenseitige Welt zu erreichen.

Auch das Wetter war gut, für den Schirm war keine Verwendung. Man konnte in der Sonne liegen, als wär dies ein Sanatorium. Die Bücher, die A. erstand, am Kiosk oder in der Buchhandlung, waren ausgezeichnet, so daß er auch gehend las, den Stock lesend vergaß, sich seiner erst nach der Lektüre besann, ihn dann desto fester in die Hand nahm.

Bis da eines Morgens P. sein großes vertrautes Wort sprach, auf das A. gewartet, auf das er spekuliert hatte. Obwohl die Bücher gut waren, das Wetter, der Kaffee, die Apfelsinen, die Zigaretten, die Filme mit Liz Taylor oder Marlon Brando. Es kotzt mich an, sagte P. sein großes Wort, das da alles enthielt, einschließlich der Witze im Zimmer mit den vier Schlafstellen.

Es kotzt dich also an, sagte A. und prüfte seinen Bart, mit dem längst Staat zu machen wäre, mit dem man auftreten könne. Und sie würden wohl damit auf die Rampe müssen. Ein Bart, der gute Figur machte, nicht nur auf Steckbriefen, auch in den beweglichen Bildern des AUGENZEUGEN oder auf den Seiten der Volkszeitung, jedes Haar ein Punkt im Rasterdruck. Wo wir ins oberste Stockwerk ziehn wollten, sagte A. Und im Sommer mit dem VW an den Gardasee.

Wir hatten den Lago Maggiore ausgemacht, sagte P., den Stanislaus empfiehlt. Gleichwohl. Mir reicht der Bus zum Auensee. Der Junge hat Heimweh, sagte A.

Nach Braut und Bett, sagte P. Dessen kannst du gewiß sein. Nach dem Brautbett also, sagte A. Diesmal haben sie dich. Vergiß das nicht.

P. hatte mehr nicht vorzubringen. Bewegung ist alles, sagte er, und rührte lustlos in der Kaffeetasse.

A. dachte an die Emigranten im Weißen Hirsch, verschanzt hinter Tassen und Weingläsern. Wahrscheinlich warteten sie, bis ihnen der General, der ihr General war, die Schlacht an der Sierra de Guadarrama oder wo auch immer gewann.

So wurde es ein Rückzug. Durchs offene Lagertor, das sie aufgenommen hatte. Die Mäntel überm Arm, die Taschen in der Hand, P. stützte sich auf den Schirm. A. auf den Stock. Die Stadtbahn kam, nahm sie auf, die Türen schlossen sich, Vorsicht bei Abfahrt des Zuges, West fuhr nach Ost, sie tauschten, was ihnen verblieben war, zu einem höheren Tageskurs, leichter wurde das Münzgeld in der Hosentasche. Die Stadt verlor erheblich an Anstrich, doch war es noch immer dieselbe Stadt, trug den einen selben Namen auf Landkarten, Hauptstadt oder Frontstadt. Wieder entgingen sie der Polizei, der anderen Polizei von drüben, die blau war, etwas weniger gut rasiert, scharfe Augen hatte, wie es das polizeiliche Reglement forderte. Dennoch führten sie zweihundert Zigaretten ein, einmal das Nachrichtenmagazin, ein halb Dutzend Bücher in den typischen Einbänden aus Glanzpapier, flexibel, mit einem Papp- oder Leinenrücken.

Wie riecht es denn hier, sagte P.

Tiefer tauchte die Bahn in den Schacht. Lichtenberg hatte wie immer einen guten Klang. Doch war Falk auf Dienstreise. Die Wirtin ließ sie trotzdem ein, scheute nicht die Bärte, wußte, wen sie vor sich hatte, ihres Mieters Freunde waren auch die ihren. So schob sie das heiße Wasser wie gewohnt durch den Türspalt, brachte die Decken (aus Schlesien oder Ostpreußen gerettet). Ein Brief war für A. gekommen, vom Basteiplatz. Anne, das Mädchen mit dem im Nacken verknoteten Haar und dem blassen Gesicht, kam nach Hause, lud ihn ein, zu Besuch zu kommen, nach GRÜNEICHE. Die Wirtin, nach dem Ort befragt, schlug die Hände übers Grauhaar zusammen, denn dies sei ein Ort so völlig außerhalb der Stadt, daß sie ihn nur einmal gesehen hatte, aus Breslau kommend, im Flüchtlingstreck. Ein Flüchtling mehr, dachte A. P. sagte, die Hundetürkei also, in die sie dich da eingeladen hat. Aber aus Gottes Marienfelder Hand gefallen, kannst du ebensogut ein neues Feld der Liebe ackern gehn. Ich bleibe hier. Danke für die Empfehlung, sagte A. und las noch einmal die Karte.

Dann schwiegen sie beide. A. konnte dank des Stocks nun mit weniger Worten auskommen, verkürzte Sätze und Ansichten durch Hinweise mit und auf den Stock, und auch in Falks Zimmer langte er nach den Dingen mit dem Stockgriff, angelte sich Flaschen und Tassen über den Tisch, wie er es bei den alten Männern im Lager beobachtet hatte.

Die Woche begann mit dem Montag. Falk blieb noch immer aus, war irgendwo in der Mark mit seinen Geräten beschäftigt, legte mit ihnen das Ohr an die Masse Gestein und Sand, die das Land hatte. War es auch nicht unermeßlich, das Land, die Arbeiter-undbauernrepublik, so wies es doch beinah alles auf, das Falk sich für seine Arbeit wünschen konnte, bis auf die paar Erdbeben, wie sie die Seismographen in Jena aus jenen Fernen hinter den Grenzen registrierten. Aber Falk war weder auf Erdbeben noch auf Atombombenversuche aus. Ihm genügte die Erschütterung, die die Wellenbewegung des Meeres weitergab bis ans Gebirge. In der Nord-Süd-Diagonale des Landes. Was von West nach Ost lief und umgekehrt, war nicht seines Amtes.

A. und P. hatten es auch ohne Falk gut in Lichtenberg. Gingen nur des Abends auf die Straße, im Schutze der Nacht, von Bärten dunkel umhüllt, mieden Begegnungen im Treppenhaus, Leute mit Abzeichen am Rockaufschlag, von denen sie nicht wissen konnten, wieviel Wachsamkeit Teil ihrer Gesinnung war. Die Wirtin besorgte ein paar Einkäufe, kochte ihnen Gemüseeintopf auf Breslauer oder Stettiner Art; denn in der Öffentlichkeit mochten sie nicht essen, hatten ihren Ausweis, der mit ihnen groß geworden war, drüben gelassen. Kein Kellner würde ihnen etwas bringen, wenn sie sich nicht ausweisen konnten. Das Geld reichte hin, sie hatten es unter sich aufgeteilt. Jeder verantwortete seine Ausgaben. Falk hatte ein paar Vorräte in der Kommode zurückgelassen, Tee, ein paar Konserven, Eingemachtes von zu Hause, Kirschen in Zuckerwasser, bräunliches Pflaumenmus. Es ging auf Mai zu. Der Plattenteller kreiste, wenn P. die Einmachringe unterm Glasverschluß abzog, zupfend sich daran vergriff wie auf einer Baßsaite. Die Musik war den Nachbarn darunter und darüber, hüben wie drüben, rechts wie links vertraut. Auch Falk drehte abends wie jedermann den Apparat auf, goß das Öl seiner Platten ins Wellengewoge der zu Felde ziehenden Nachrichtensender. Die Züge fuhren durch den Tag und durch die Nacht, doch hatten sie sich daran längst gewöhnt. Selbst A. schlief traumlos, ließ Anne kaum an die Peripherie seiner Träume. P. schlief so sicher wie daheim, nahm früh das heiße Wasser entgegen, sorgte für Frühstück. Nur der Vorrat an Zigaretten ging zur

Neige in dem Maße wie sich die kristallne Blumenvase (sie hatten sie in eine Ecke gestellt, wo sie nicht gleich zu sehen war) mit halbzentimeterlangen Kippen füllte. Sie genossen das Aroma jetzt wieder bis auf den letzten Zug.

## Die Entführten

Falk kam über Oranienburg zurück. Als er am Ostkreuz umstieg, schaffte er seinen Zug nicht mehr. So kaufte er dem Buckligen, der Mühe hatte, mit doppelter Last ausrufend sich durch den Berufsverkehr zu keilen, um auf dem Bahnsteig zu verschnaufen, die Abendzeitung ab. Falk sah aufs Titelblatt, las Schlagzeilen, die seine Ruhe nicht erschütterten, verweilte bei den Fotografien: Arlecq mit Bart mochte wohl so aussehen. Doch stand Paaschs Name unter dem Bild. Jetzt stellte er sein Gepäck, zwei Taschen, ab, um besser die Zeitung halten zu können. Seinen Gummiklumpen, der auf der kargen märkischen Sandflur einen regen Speichelfluß erzeugt hatte, so daß der Durst nicht von seinen Aufgaben ablenken konnte, schob er in die Backentasche. Tatsächlich, Arlecqs Name stand unter Paaschs Bild. Die Bärte mußten den Redakteur verwirrt haben, war es nicht Berger, der sie von der Schule kannte. Berger, der schon immer die besten Ausreden gewußt hatte, dabei eifrig, ein Musterschüler, der es inzwischen weiter gebracht haben wird als zum Redakteur eines Abendblatts. Die Geschichte zu den Fotos jedenfalls war eine richtige Bergerlüge. Falk amüsierte sich, verzog den Mund wie Arlecq auf dem Foto. Die Mundwinkel, lächelnd, verloren sich im Bartgestrüpp oder im schlechten Druck des Abendblatts. Paasch sah nach unten, geblendet vom Blitzlicht. Vor internationaler Pressekonferenz, las Falk, enthüllten heute die Machenschaften der verbrecherischen Frontstadt-Politik zwei junge Menschen unserer Republik... der Arzt Dr. Klaus Paasch und Peter Arlecq, bekannt durch... Da kam sein Zug, und Falk schob sich in die offene Tür, trat mühelos durch die Menschenwand, das Yogatraining schien ihm wunderbare Kräfte verliehen zu haben, doch war es nur die Meisterschaft eines geübten Benutzers der Verkehrsmittel. Die schmierig frische Druckerschwärze stach scharf in den Nachfünfuhrschweißgeruch. Die Zeitungsleser waren schon auf den Seiten zwei und drei oder hatten gleich von hinten angefangen. Der Bucklige trat in die Lücken, die Falk spielend öffnete, doch machte er keine großen Geschäfte mehr, verkündete mit abgenutzter Stimme ohne Erfolg die Schlagzeilen des Abendblatts.

In Lichtenberg erzählte die Wirtin, was sie wußte. Sie wußte nicht viel, hatte die Tage nicht gezählt, da sie für Paasch und Arlecq gekocht hatte, ein Tag war ihr wie der andere, seit sie aus Breslau umgesiedelt war.

Die Platte, die sie zuletzt gehört hatten, lag noch auf dem Teller. Falk schaltete ein, der Apparat lief schnell warm, D and E war gespielt worden, wurde gespielt, indes A. und P. schon den neuen Ausweis in der Tasche hatten, der ihnen auf zehn Jahre staatliche Anerkennung garantierte. Für die Geschichte war A. zu verantworten. P. machte den Zeugen in eigener Sache. Die Blitzlichter fielen akkurat in die Pointen. Für die Pressestenografen war das Mitschreiben ein Kinderspiel. Angefangen hatte es mit einem Telefongespräch, dann hatten sie Berger in der Eckkneipe getroffen, den sie nicht wiedererkannt hätten, so dick wie der geworden war. A. wiederholte, was er am Telefon gesagt hatte. Berger nahm es augenzwinkernd auf, was auf eine krankhafte Veranlagung hinwies, wie P. sich später erinnerte. Unbekannt blieb, ob man Berger für den Staat nehmen konnte, wie weit seine Verbindungen nach oben reichten, was aus seinen Künsten aus der Schulzeit geworden war, aus denen eine gute Schulung eine Staatsraison gemacht haben könnte. Berger brachte sie in die Zeitung, verschaffte ihnen die neuen Ausweise, ließ sie auf die Bühne. Die Journalisten reisten an, füllten den Saal mit Erregung und Tabaksqualm, saßen mit und ohne Sonnenbrillen in den Reihen unter ihnen, schlugen die Beine übereinander und benahmen sich laut wie eine Schulklasse. A. und P. rauchten die Zigaretten aus der letzten Packung und gaben nichts auf hämische Fragen der Westpresse, der Reporter von drüben, nun da sie wieder hüben waren, der Staat (so Berger der Staat war) sie in seine väterlichen Arme geschlossen hatte, nicht ohne Strenge, wie ein Vater streng ist zu entlaufenen Kindern; doch waren sie ja entführt worden. Man hatte ihnen Geld angewiesen zur Überbrückung, glaubt nicht, daß ihr die einzigen seid, hatte Berger dunkel gesagt, eine Einweisung in ein Hotel mittlerer Kategorie (A. hatte auf Staatskosten in besseren Hotels geschlafen), ein Zimmer mit Bad, P. ließ beide Hähne laufen und wusch sich als erstes die

Füße, während ein Mädchen ihnen die gebügelten Hemden und Hosen brachte für den Auftritt. Als das Fernsehen die Pressekonferenz übertrug, saß A.s Mutter im Kreise der Verwandtschaft vor dem Apparat und bekam einen Weinkrampf, als sie den Sohn erkannte. A.s Cousine Ines hatte einen Lachanfall, Flora schwieg sich aus und schob es nach einiger Überlegung auf P., den Verführer.

Doch hatte A. sich die Geschichte ausgedacht, vielleicht nach einer wahren Begebenheit. Lüge und Wahrheit, sagte er zu P., stehen dialektisch zueinander.

Berger nahm sie ins Gebet. Was sie denn bewogen hätte, fragte er, untergründig die andere Seite aufzusuchen. Hier wich A. aus, kritisierte die Kulturpolitik, die nicht Bergers Ressort war, verwies auf Count Basie im Sportpalast, Musik ausgebeuteter Minderheit im rassendiskriminierten Amerika, Berger, obgleich sich hier Kompetenzen schnitten, ließ die Gelegenheit nicht ungenutzt, in einem Exkurs über Kommerzialismus des imperialistischen Monopolkapitals und die Jugend zu sprechen. P. verständigte sich flüsternd mit A. Scheint Basie für Quermann zu halten, sagte P. und schob die Brille so weit vor, wie es seine kurze kantige Nase erlaubte. A. grinste, was sich die Westpresse nicht entgehen ließ. Es blitzte auch in die Stegreifrede Bergers, der in Eitelkeit badete.

Danach hätten sie einen Bekannten getroffen, erzählte A. geläufigen Tons. Der hätte sich anheischig gemacht, sie in seinem Wagen auszufahren. Sei ein Bekannter aus der Universitätszeit gewesen, ergänzte P.

Also ein Abgeworbener, sagte Berger.

In gewissem Sinne ja, gab A. zu.

Mir kam das gleich bissel komisch vor, sagte P. So mitten in der Nacht ausfahren. Er hatte einen Teil des Überbrückungsgeldes vor der Konferenz in Weinbrand angelegt. A. fiel ihm ins Wort.

Für eine Weltstadt, sagte A., sei es wohl noch nicht so spät gewesen, nicht, da gelten andere Zeiten. Als es aber immer schneller nach Südwesten gegangen sei, nach Zehlendorf, wie sich später herausstellte, wär es ihnen nicht mehr geheuer gewesen, und gar an eine Filmszene hätte sie die Villa erinnert, die sie aufnahm, sehr elegant ausgestattete Räume, laute Musik (war das nicht auch Count Basie? fragte Berger dummm dazwischen), laute Musik, wiederholte A. unbeirrt, Hill-Billie oder so was, sagte P.

Dann ein gedeckter Tisch. A. verlor sich in Einzelheiten der Speisefolge, um die Szene veristischer zu gestalten.

Und was erst pure Freundlichkeit gewesen im Munde des Hausherrn, der einen amerikanischen Akzent sprach, entpuppte sich schon beim Dessert und erst recht nach einigen Whiskys mit Soda zur massiven Drohung, das Haus nicht eher verlassen zu dürfen, bis sie eingewilligt hätten, nach Heidelberg ausgeflogen zu werden, zum Spezialistenlehrgang für Agenten und Diversanten, um von da zurückzukehren mit Aufträgen zur Wühlarbeit gegen die Fundamente ihres Staates.

Dem wir unsere Erziehung verdanken, betete jetzt P. Er hatte zuviel getrunken. Berger sah ihn mißtrauisch an. Der uns geschult hat, sagte P. Ich zum Beispiel bin Dentist geworden, ein guter, ein nützlicher Beruf. Zähne schenken, Freude schenken. A. hielt ihm die offene Zigarettenpackung hin. Daß es eine Marke von drüben war, mußte die Geschichte in den Augen der Presse nur noch glaubwürdiger machen. So hätten sie eingeschüchtert eingewilligt, sagte A. in die Mikrofone und Kameras, wären auf das Spiel eingegangen, seien am Morgen nach einem guten Frühstück, der Kaffee war immer ausgezeichnet, sagte P., ins Marienfelder Lager gefahren worden, wo sie ihre Ausweise hätten abgeben müssen. Das Dokument, berichtigte P. Du kennst die Sprache des Klassenfreundes nicht. Berger sah hoch von seinen Papieren. Er ergänzte, sich erhebend, das Weitere, fand schnell die Verbindung zur Tagespolitik. Die Vertreter der Provinzpresse notierten sich ein paar Gedanken für ihren morgigen Leitartikel. Ein Journalist der anderen Seite versuchte mit Fragen A.s Bericht anzubohren. Weshalb man sie denn ins Lager gebracht habe, wo sie doch eingewilligt hätten, nach Heidelberg zu fliegen?

Das war doch Tarnung, guter Mann, sagte P. in die Gesichter in der Tiefe des Saals.

Die Geschichte machte sich für A. bezahlt. Er ging nach der Konferenz mit dem Vertreter der Volkszeitung die Abmachung ein, den Hergang der Entführung für die Sonntagsbeilage der Zeitung zu schreiben. Das würde niemandem weh tun, seine Cousine ausgenommen, die von nun an den Sinn und die Wahrheit nur noch in sich selbst finden würde. Die Geschichte würde ihm Geld genug einbringen, das Hotel auf eigene Rechnung länger bewohnen zu können, und er könnte vielleicht zum Wochenende nach Grüneiche fahren, wo auch immer dieser Ort lag. Anne hatte ein zweites Mal geschrieben, ein paar Fotos lagen zwischen den Briefseiten, auf denen sie alle zu sehen waren, der Gast aus Übersee am Klavier, die Mädchen im Trikot, er selbst, wie er an der Wand lehnt, bartlos, mit jenem Gesicht von damals, sehr ernst, etwas sentimental, hingegeben an die Pantomimenwelt.

Die Zeitungen schickten ihre Gesichter durch die Lande. Die Reinigungskraft im Betrieb, der P. längst abgesetzt, seine Planstelle weiter vergeben hatte, schnitt sein Foto aus der Zeitung und legte es zu anderen in eine Blechschachtel. Brigitte sah das Bild in der Volkszeitung und hatte Mühe, ihre Mutter zu beruhigen. Auch Frau Siebenmüller fand Grund zur Erregung, mit diesem Bart, sagte sie zu ihrem Mann, das ist wirklich das letzte, da hört doch alles auf. Nur der majorale Wirt erbaute sich an den Abenteuern seines Untermieters bei den Plutokraten, mit denen es nicht weit her sein konnte, so wie die sich von den Russen alles gefallen ließen. Er gab seiner Frau Anweisung, in P.s Zimmer Ordnung zu schaffen. Stanislaus las die Zeitung vor dem Frühdienst, in der Küche. A. und P., auf den Betten ihres Hotelzimmers, lasen ihre Geschichte in den verschiedenen Tageszeitungen. Sie gleichen sich alle, Bergers Jargon gab den Ton an. Sie studierten ihr Mienenspiel auf den Fotografien, erfuhren jetzt erst aus dem Abendblatt, daß der eine der andere war, man P. für A. und A. für P. genommen hatte. So beschlossen sie, ihre Namen auch in Zukunft zu vertauschen, fast war A. geneigt, den Schirm anzunehmen, der nicht mit ins Bild gekommen war, und P. den Stock dafür anzubieten.

Das Zimmer ging auf einen Lichtschacht. Gegenüber übte ein Gesangverein, gab es irgendwo eine Singschule, sang ein Chor bei offenem Fenster die Carmina Burana. A. ließ sich beeindrucken.

Wenn wir uns am Ende den ganzen Klimbim erspart hätten, sagte P. in den Gesang, sie hätten uns vielleicht den Ausweis auch so ersetzt.

Ich weiß nicht, sagte A. Du kennst die Losung: Vertrauen ist gut, Kontrolle ist besser. Ich habe in der Schule gelernt, mißtrauisch zu sein.

In der Schule, sagte P. Das ist lange her. Er sah sich den neuen Ausweis an. Sie haben uns ganze zehn Jahre anvertraut, sagte er. Zehn Jahre. Haut mich lang um.

Ich nehme an, sagte A., daß du gute Verwendung davon machen wirst. Gleich im ersten wirst du heiraten.

Wenn ich daran denke, sagte P., der jetzt A. war, und gab die entkorkte Flasche an A., der jetzt P. war.

## Die Hochzeit

A. inzwischen hielt den Schirm, tat als wär er P. und war es nicht, versuchte vergebens eine Rolle zu spielen, die P. hätte vor den Folgen retten können. Doch P. war nicht mehr A., A. nicht mehr P., ein jeder hatte sich in den althergebrachten gewohnten Namen verkrochen, als sie aus dem Zug steigend vertrauten Boden unter den Füßen wußten und über den Köpfen den vielfachen Wellenbogen des Hauptbahnhofes. Zwei Reisende aus dem berliner Nachmittagszug, bärtig, bebrillt, wenig Gepäck, jeder eine Tasche, einen Mantel. Der eine ebnet sich den Weg mit dem Schirmstock, der andre mit dem Krückstock, Gebrechen vorgebend, die spätestens auf der Treppe zur Stadt (die sie beide gelenkig, achtlos, unbeschwert herunterkommen) unglaubhaft werden. Anders die Treppe zum Rathaus der Vorstadtgemeinde. Da hätte Paasch den Stock stützend gebrauchen können, so wie er die Stufen nimmt, schleppend, lauter unregelmäßige Tempi. Die andern auf der Straße, an der Balustrade lehnend diejenigen, die sich auf der Straßenseite des Rathauses befinden; übers Geländer gebeugt die, welche auf der gegenüberliegenden Seite stehen, sehen nur ihrer beider Rücken. Lose fällt der Kleiderstoff über das Halbrund der Mädchenhüfte, auch sie geht mit Bedacht, doch mehr der hochspitzen Schuhe wegen, die auf schmalstem Untergrund die Stufen der Freitreppe ertasten. Wie nach geheimer Abmachung dröhnen nun die Glocken (eigentlich läuten sie immer zu dieser Stunde) in die einbiegende Straßenbahn, den Zuschauern auf der Seite der Bedürfnisanstalt wird die Sicht verwehrt, unbekannte Gesichter schauen auf sie herunter, und nur die andern, deren familiäre Bande sie enger und näher ans Brautpaar haben heranrücken lassen, können beobachten, wie es durch das Portal ins Rathaus entschwindet.

Stanislaus fehlt, der eingeladen wurde, der Zeremonie beizuwohnen, doch nicht als Trauzeuge. Paasch hatte sich jede Zeugenschaft verbeten, wollte den letzten Gang allein mit dem Mädchen gehen, das sein Gesicht hinterm Brautschleier erst dem Beamten offenbart. Der ist aufmunternd dick, pausbäckig rund.

Er ist informiert, in Kenntnis gesetzt, weder überrascht ihn Paaschs Bartkranz noch die Rundung der Braut, die das Kind schon im neunten Monat mit sich trägt, so daß sich der Beamte entgegen seinen Gepflogenheiten (die zum allgemeinen Dekor gehören) angehalten sieht, die Sache kurz zu machen.

Unten warten sie, Eltern, Schwiegereltern auf der einen Straßenseite, auf der andern Arlecq mit Linde, Ines, der Wirt und Major, auch Frau Siebenmüller, die zwischen zwei Straßenbahnen aufmunternd anteilnehmend ein paar Worte in die mütterlichen schwiegermütterlichen Ohren hinüberruft; doch erreichen sie nicht das jenseitige Ufer.

Arlecq hält beide Stöcke, den seinen, den Schirmstock, um den schwarz der Stoff gefaltet liegt, gehalten wird vom eigenhändig zusammengenähten Gummiband. Arlecq fühlt sich, unnötig zu sagen, plötzlich ambivalent, leidet mit Paasch, rückt am ungewohnten Brillengestell. Ines bewundert die Dichte, Schwärze seines Bartes. Linde prüft mit dem Handrücken den samtnen Haarwuchs, was den Major a. D. nahezu entrüstet, ein so lockeres Gebaren auf der Straße, ich bitte Sie, fehlte nur noch, daß sie es auch noch auf der Straße. Dennoch überwindet er sich und fängt ein Gespräch mit ihnen an.

Ja gesagt ist schnell, sagt der Wirt, sagt der Beamte langsam hinter seinem Tisch, gütig, väterlich einsichtsvoll, und er sieht ihnen ins Gesicht, die da vor ihm auf der Bank sitzen. Blumen stecken steif in einer Vase, die die Blechbüchse mit dem Frühstück des Beamten diskret im Schatten hält. Der schwarzgerahmte Staatspräsident an weißer Wand lächelt landesväterlich. Das Mädchen faltet die Hände über ihrem Schoß, ihre Arme umschließen die Wölbung des Bauches. Sie hält den Kopf lauschend gesenkt. Aber es gilt für ein Leben, doziert der Beamte, sagt der Wirt und Major von gestern zu denen auf der Straße. Paasch nickt und spürt die Wärme des Cognacs, den sein Vater ihm zu Hause eingeschenkt hat, sich langsam ausbreiten. Arme und Beine sind ihm schwer wie vor dem Einschlafen. In Höhe des Fensters laufen die Leitungsdrähte der Straßenbahn, geraten in Schwingung. Nur am Geräusch kann er feststellen, aus welcher Richtung die Bahn kommt. Stadteinwärts: die 18, 13, 27.

Bei meiner Hochzeit, erzählt unten der Wirt, spielte uns mein Bruder, er war ausm Spielmannszug, Muß i' denn, muß i' denn auf der Trompete, als wir aus der Kirche traten. Glauben Sie, daß selbst dem Pfarrer die Tränen kamen? Frau Siebenmüller glaubt es aufs Wort. Sie hat auch für diesmal ihr Taschentuch mitgebracht, doch es will noch immer keine rechte Stimmung aufkommen. Ines lacht ohne jede Hemmung, und der Major im Ehestand hält sich an Frau Siebenmüller.

Noch so eine Reminiszenz, sagt Linde, und wir müssen alle hinters Wellblech. Linde, so sieht Arlecq und hat es sich längst notiert, ist für die Ehe. Träumt von der Ehe, hält die Ehe für das Reiseziel ihrer Jugend. Zu ihrer Eheschließung soll es schneien; geht sie einst zum Altar, soll es auf dem Lande sein. Die Gäste bekommen einen Wildschweinbraten, trinken Pflaumenschnaps und geleiten das Paar dann an den Schlitten, Silberglocken in der Winternacht.

In unserem sozialistischen Staat, sagt der Beamte unterm Bild des Präsidenten (und schlägt in einer Innenschau die Augen auf zu ihm), sind Mann und Frau gleichberechtigte Partner einer hehren Gemeinschaft, die in eine große helle schöne wunderbare Zukunft voranschreitet. Paasch sieht sich den Mann an, der das von sich gibt: runder Mund unter runden Tränensäcken. Er ist so alt, daß ihm solche Rede schon zweimal zwölf Jahre glatt vom Mund gegangen sein wird. Vor ihnen, auf hölzerner Schale, kreisen die Ringe. Er weiß nicht mehr, welcher Finger es ist. Noch ehe der Ring den Finger umschließt, das Familienbuch mit den Eintragungen des Tages in der großen steifen Schrift des Beauftragten des Personenstandswesens über den Tisch geschoben wird, haben die Glocken in der Kirche gegenüber aufgehört zu läuten. Die Stille wäre unerträglich, wenn nicht ein geheimer Mechanismus irgendwo betrieben würde. Der Beamte lächelt, wie er zu Weihnachten lächelt, wenn er seinen Enkeln den Weihnachtsmann spielt und den Sack mit den Geschenken öffnet, wie der Staatspräsident zum Neujahr lächelt, wenn er im Rundfunk von Perspektiven spricht. Denn: im Nebenzimmer hat einer Beethoven auf den Plattenteller gelegt, die Nadel fährt ächzend zum ungezählten Mal in die Plattenrille, gewaltig stößt der Ton aus dem Lautsprecher zu ihren Köpfen, warum muß es die Neunte sein, Paasch sieht auf, der Cognac hat ihn jetzt ganz erreicht, Beethoven breitet sich aus. Was nur ist mit Paasch, das Mädchen nimmt den Schleier ganz vom Gesicht, der Beamte sieht hoch, dem Frieden seiner Innerlichkeit droht Gefahr, denn nicht minder gewaltig bricht es aus Paasch hervor, lallend gurgelnd lachend, Krämpfe winden sich aus seinem Hals, schreiend steht Paasch auf, flieht durch die Tür, fällt durch Gänge Fluren Treppenhäuser des Rathauses, wo des Bürgers Sicherheit zu Hause ist, er seine Karteikarte hat, Ankergrund eines Gemeinschaftslebens, dennoch flieht Paasch, schreiend lallend lachend durch Gänge hetzt Paasch, auf die Leute nicht achtend, die hier ihren Bittgang gehen, Beamte reißen Türen auf, sehen diesen Mann im Bart, der einen guten Anzug trägt, ein weißes Hemd, eine Krawatte aus seines Vaters Kleiderschrank, der einen zivilen Eindruck macht, dennoch die Treppe hinunterstürzt, zwei und drei Stufen unter einem Schritt, rechts herum, links herum, geradeaus, unten tritt Stanislaus soeben aus der Buchhandlung, mit einem Präsent für die Neuvermählten, eine staatlich subventionierte sexuelle Aufklärungsbroschüre, Was jeder wissen muß, in der Rechten, die er Paasch in die Hand drückt, der samt dem Buch, gefaßter, aber atemringend der harrenden Verwandtschaft hart in die Arme fällt.

Arlecq eilt über die Straße mit den Stöcken, Paasch umklammert auf- und ausatmend die entengelbe Krücke, wischt sich den Lachschweiß in Perlen von der Stirn. Doch da hat ihn schon die Braut eingeholt, männlich beherzt vom Beamten begleitet, beide treten durchs Portal ins Freie, der Beamte trägt die Ringe in der hohlen Hand, der Oberarm klemmt das Familienbuch an die Brust. Blind beunruhigt nimmt er Arlecq für Paasch, tritt ihm die Braut ab, gibt ihm die Ringe und das Buch und eilt dann zurück in die noch immer sinfonisch durchwogten Büroräume des Standesamtes.

Hier das Buch der Bücher, sagt Arlecq zu Paasch, der tief Luft holend der sorgend entstellten Mienen um ihn nicht achtet. Frau Siebenmüller hat ihren Skandal.

Nimm dirs nicht so arg zu Herzen, sagt Stanislaus, im besten Anzug auch er. Jetzt zieht Brigitte, die Braut, aufschluchzend den Schleier vors Gesicht, und alle Sorge kann sich ihr zuwenden.

Beethoven, sagt Paasch gerade noch verständlich für das Ohr seiner Freunde und fällt zurück in seinen Anfall, kann aber links von Arlecq, rechts von Stanislaus gestützt, an die Balustrade gelehnt werden, während Arlecq ihm die Ringe in die Jackentasche fallen läßt.

Die Ringlein aus Silber und Gold, sagt Stanislaus, geleimt ist der Knabe im Ehesold.

166

Erwin, sagt Paasch mit dem letzten Rest seiner Lungenkraft, Beethoven.

Hieß aber Ludwig van, sagt Stanislaus und ahnt die Zusammenhänge.

Jäh, unerwartet, doch nicht eben überraschend, tauchte zwischen zwei Straßenbahnen Gott auf, kam aus dem Hintergrund des Kirchgartens und lüftet, von der anderen Straßenseite, wo Linde, Ines, der Wirt, Frau Siebenmüller standen, wenig begriffen, ihr Teil ahnten, den hohen Hut.

Gott hat läuten lassen, sagte Arlecq und wies hinüber auf den gelüfteten Hut, der schräg in der Luft hing. Paasch riß sich los, eilte über die Straße, blicklos für den Verkehr an der Kreuzung, schob das Familienbuch in die eine, die aufklärende Broschüre in die andre Jackentasche, um eine freie Hand für Gott zu haben. Dem Alten schüttelte er erst die eine, dann die andre Hand, als gälte diesem die Gratulation, und schob ihn ins erste der wartenden Taxiwagen, die Paaschs Vater bestellt hatte, daß die Szene einen würdigen Abgang bekäme für das Späherauge der Nachbarschaft.

So fuhren Paasch mit Gott, Arlecq mit Stanislaus im ersten Wagen, der Graubart von Arlecq und Paasch in die Mitte genommen; ihnen folgten die blumenbeschwerte kindstragende Braut, Ines und Linde, das Doppelpaar der Eltern und Paaschs traurig ernste Schwester. Befrackt harrten die Kellner längst im Deutschen Hof, wo die festliche Tafel gedeckt war, es festlich zugehen sollte. Nicht auf Kosten des Schwiegervaters, wie es die Sitte vorschrieb, denn dazu haben wirs nicht, hatte die Schwiegermutter allen erzählt. Paasch, wie es schien, kam zurecht mit seinem Schwiegervater, klopfte ihm auf die Schulter, als er ihn steifbeinig am Tisch stehen sah, wies ihm seinen Platz an, goß ihm ein, machte ihn mit Gott bekannt.

Ich bin erfreut dieser Ehre, sagte Gott und legte den Hut auf die Knie; er ragte auch so noch über die Tischkante. Die Kellner tranchierten den Rehrücken mit silbernen Geräten, hielten Gott für den Brautvater und legten ihm das saftigste Stück auf den Teller. Nebenan schoben die Bühnenarbeiter des Operettentheaters die Kulissen für die Abendvorstellung zurecht. Unbeirrt probten Soubrette und Tenor ihr Tändelspiel, das zweistimmig in schmelzender Lieblichkeit im Lokal akustische Gestalt annahm. Brigittes Mutter ward zu lang vergessenen Gefühlen gerührt, Stanislaus sang kauend den Refrain. Paasch, so nahe bei Gott, hatte seinen Anfall gänzlich überwunden. Es war ihm peinlich, wie sich Stanislaus vor allen Leuten benahm, er trat ihm deshalb unterm Tisch auf den Fuß, goß ihm das Glas voll, um ihn zu beruhigen. Arlecq schenkte Linde ein, die auf den Wellen des Duetts ihre Schlittenfahrt gleiten und schaukeln ließ, trauernd verloren zwischen den Gästen saß. Arlecq steckte das ungewohnte Brillenglas in die Tasche seines schwarzen Anzugs (er hatte ihn erstmalig zu Hübners Beerdigung getragen). Alle Gesichter verloren ihren Ausdruck, die Häuser rings um den Lindenauer Markt rückten trotz des hellen Maitages in eine trübe Ferne.

Da hielt Gott die Tischrede, läutete fein mit seiner Gabel ans Weinglas, erhob die Würde seines Silberbartes über die aufschauenden Gesichter der Tafelrunde, stand da, ein kleiner alter Mann im schwarzen glänzenden Manchesteranzug, ein wenig übers Weiß der Tichdecke gebeugt, über die Gläser, Teller, Bestecke, langhalsigen Weinflaschen.

Es ist gut so, sagte Gott leise, daß alle ihre Bestecke beiseite legen mußten, um ihn zu verstehen. Es ist gut so. So viele Leute. So viel Andacht um ein junges Paar. Es wird gebären aus blutigem Schoß. Doch ist es gut so. Der Erlöser kommet uns nach. Abel, der Gerechte. Im neunten Monat öffnet sich die Frucht. Doch ist es gut so. Doch erfüllet sich der Sinn so. Auch wenn das Weizenkorn stirbt. Auch wenn der Baum verdorrt nach der Fruchtgabe, das Wasser versiegt, das um seine Wurzeln spülte, tief ins feine Rankenwerk belebend eindrang. Doch dieser, mein Sohn (Gott sah auf Paasch, alle waren betroffen bis auf Arlecq, der schon immer vermutet hatte, Gott sei ein Dichter, es hier bestätigt fand), dieser, sagte Gott, wird mir anheimgegeben, eh er neu geboren wird, sich in neuer Gestalt sein Schicksal abermals erfüllen muß. Arlecq sah den Alten an, trank sein Glas aus. Höre den Wind in den Bäumen: diese Stimme in der Hörmuschel.

Amen, sagte Stanislaus ins lastende Schweigen. Gott setzte sich wieder auf seinen Stuhl, trank befriedigt seinen Wein. Auch die andern wandten sich nun wieder den Speisen und Getränken zu. Eltern und Schwiegereltern rätselten, indes sie kauten und tranken, über diese Bekanntschaft ihres Sohnes und Schwiegersohnes, der es schon immer mit Verrückten getrieben, nun gar in der Fülle seines wilden Bartes wie Gottes Sohn aussah, Gottes Sohn genannt worden war.

Paaschs Schwiegervater hatte Gefallen an diesem alten Mann gefunden. Er trank ihm zu.

Alter Mann, sagte Gott zu ihm, du könntest wohl mit uns kommen. Gerade ist uns der Heiner gestorben. Paasch feixte, als er sah, wie es über dem schwiegerväterlichen Schnurrbart zuckte.

Der Heiner? fragte Paasch den Alten. Wer war das?

Ein großer Musiker, sagte Gott. So groß, daß er sich am Ende selbst für ein Instrument hielt. Er konnte Sinfonien an einem Nachmittag komponieren, die er selber ausführte. Mit Händen und Füßen, Kopf und Bauch. Es waren schöne Konzerte. Nun ist er tot. Gestern haben sie ihn geholt und in die Grube gefahren. Gott sah trauernd ins Glas.

Still saß das Mädchen, die Braut, den Myrtenkranz ins Schleiergeflecht gedrückt, fühlte das Kind sich verlangend bewegen, und rührte die Speisen nicht an. Gespräche, Gläserklirren, Operettenduett erreichten sie nicht, sie war mit Zukünftigem beschäftigt, Kinderwäsche, Gardinen, Hausrat, ein Staubsauger, ein Bügeleisen. Vielleicht zögen sie nun doch aufs Land.

Das versöhnlich stimmende Operettenduett im Ohr, dennoch Mißtrauen im Blick, prüfte die Brautmutter die Gäste. Daß ihr Schwiegersohn ein Studierter war, eine Laufbahn vor sich hatte, bewog sie zu Freundlichkeit, leichtem Geplauder mit der Gegenpartei, dem Elternpaar. Beide sahen sie gestreng aus, aus Verbitterung oder Standesdünkel. Sie konnte das nicht entscheiden. Paaschs Vater aber gab sich jovial zu jedermann, zeigte gute starke Zähne aus eigener Werkstatt, zog selbst Stanislaus in ein Gespräch über das A und O seines Berufes, sprach mit ihm über Nutzen und Übersichtlichkeit der Kataloge in der Bücherei, die ihm als passioniertem Leser vertraut war.

Stanislaus, der in dieser Woche Abenddienst hatte, gab keine rechte Antwort, nickte alkoholzerstreut zur Suada von Herrn Paasch und beschränkte sich auf Ja und Nein. Er hatte ein Hochzeitsgedicht gemacht, das er zum besten geben wollte, auswendig, in der Pose des Liebhabers, den er im Amateurtheater der Bücherei spielte. Er nahm die Blätter aus der Brusttasche und memorierte im stillen.

Man saß beim Nachtisch. Gott war heiterer Laune, gelassener Stimmung, trotz der ungeheuren Mengen Alkohol, die Paasch in wechselnder Folge in ihn hineingegossen hatte. Es gab Pückler-Eis zum Nachtisch. Ines ließ jeden Löffel mit Hingebung auf der

Zunge zergehen. Die Nachtischbehaglichkeit lag in schweren Wolken über der Tischrunde. Arlecq und Paasch rauchten die Zigarren, die Paaschs Vater reihum anbot, schwere Importe, die ihnen lang aus dem Bart wuchsen. Gott stopfte sich eine Pfeife, nahm aber die angebotene Zigarre an, prüfte sie mit der Nase und versenkte sie in die Brusttasche seines abgeschabten Manchesteranzugs. Man wartete auf ein Zeichen zum Aufbruch, da Paasch senior mit dem Oberkellner schon die Rechnung durchging.

Folgt jetzt der Cortège ins Brautbett? fragte Linde Arlecq. Es sind auch Betten für die Ehrenjungfern vorgesehen, sagte dieser in ihr strähniges Blondhaar, das sie zu einem Kranz gerollt trug. Linde spreizte die Schenkel unter ihrem blauen Rock und lächelte. Ihre kranken Augen, Arlecq vermerkte es, sah es auch ohne Brille, waren heute porzellanblau. Paaschs Wirtin indes bezog frisch das Bett, schüttelte sein Kopfkissen auf, vier Haltestellen von hier, und der Major im Ruhestand ordnete Blumen in einer Vase.

Nun, sagte Paaschs Vater fragend in die Gesichter, die auf ein Zeichen von ihm warteten. Doch ging da die Tür auf und neue Gäste kamen, zwei Herren mit gut gescheitelten Frisuren, junge sportliche Erscheinungen in Anzügen wie aus dem Warenhaus an der nächsten Ecke, gaben die Klinke zwei weiteren Gästen in die Hand, die etwas älter waren, nicht so gepflegt, vielleicht unrasiert. Alle vier orientierten sich gleichermaßen gewandt, zwei nahmen den Hut ab (schon an der Tür), zwei behielten ihn auf. Vier Augen blieben einen Lidschlag lang an Paaschs und Arleqs Bärten hängen, vier Augen hatten es auf Stanislaus abgesehen, isolierten ihn erkennend aus der Schar der Hochzeitsgäste. Gott verließ seinen Stuhl ohne Eile, die kleine Pfeife noch in der Hand. Mitkommen, sagten die Männer, die den Hut aufbehielten, und nahmen den Alten in die Mitte. Höflich blieben, die höflich eingetreten waren, reichten Stanislaus die Hand, legten ihm die Linke auf die Schulter (so jedenfalls in der Rekonstruktion der Szene zwischen Paasch und Arlecq).

So also sahen sie aus, nicht eigentlich wie Tenöre, eher alltäglich, ein wenig ganovenhaft vielleicht, wie auch Stanislaus ganovenhaft aussah, wenn er ein Auge zukniff, als stünde er noch immer auf dem Schwarzen Markt von Frankfurt, Main natürlich.

Wieder ging im Nebenraum das Duett über die nur teilweise dekorierte Bühne, verfingen sich Soubrette und Tenor und versuchten es noch einmal von vorn. Stanislaus ließ sein Glas halbvoll stehen (Arlecq sagte später zu Paasch, er habe es ausgetrunken, stehend), wieder sahen sich die Hochzeitsgäste betroffen an. Paasch trat den beiden Glattgekämmten Bartlosen unhöflich in den Weg, hielt sie fragend auf, als Stanislaus schon in die Mitte genommen wurde. Gott hatte den Saal bereits verlassen.

Beunruhigen Sie sich bitte nicht, sagten die Herren zu Paasch. Nicht daß es nur um eine Formalität ginge (da hätten sie sich maliziös angesehen, sagte Arlecq später), aber wir haben ein spezielles Interesse an Ihrem Freund. Bitte verzeihen Sie, Herr Paasch, und herzlichen Glückwunsch auch unsererseits zu Ihrer Eheschließung. Fast hätten sie ihm auch noch die Hand gedrückt.

Deine Zigaretten, sagte Paasch noch zu Stanislaus und gab ihm ein angebrochenes Päckchen aus seiner Jackentasche. Einer der beiden öffnete die Tür. Dann ließen sie Stanislaus den Vortritt.


### Abel oder die Übergangszeit

Der Elsterflutkanal, verschlammt und ohne Lastkähne, war nicht die Nabelschnur der Stadt. Ob er in die Elster mündete (Arlecq wußte es nicht genau), in die blaue oder schwarze, von ihr gespeist wurde, blieb ohne Einfluß auf die Farbe des Wassers, nährte keine Fische. Nur Wasservögel zogen ihre Spuren die Länge und die Breite, auf dem Wasser und am Himmel. Vielleicht hausten Ratten unterm Brückenbogen, doch unaufhaltsam keilte Arlecqs schmales Boot die ebene Fläche, fuhr er dahin auf der Linie der sich im Wasser spiegelnden Baumkronen. Die Ratten, gab es sie, blieben im Winkel, scheuten den Maimorgen oder das schaufelnde Geräusch des Paddels, das Arlecq mit Bedacht eintauchte, stoßweise vorankommend, als zöge er sich am Seil vorwärts. Den Stock hatte er zu Hause gelassen, bediente sich seiner nicht einmal mehr in spielerischer Absicht, seit er, nachdenkend über Stanislaus' ungeklärte Verhaftung, mit den Brautleuten und Hochzeitsgästen das Deutsche Haus verlassen hatte, den Stock in der Hand wie ein lästiges Überbleibsel. Das Wasser war schwarz, kaum berührt vom Grün der Bäume, die links und rechts des Kanals standen, in der Ferne in keilförmiger Linie zusammentrafen.

Er liebte die sinnvoll ausgedachten, von altersher überlieferten Formen des Bootes, das bei aller sportlichen Zweckmäßigkeit der Überlieferung verhaftet blieb, immer wieder in gleicher Vollkommenheit reproduzierbar war. Wieder tauchte er in den Schatten der Brücke, verteilte links und rechts ausgleichende Schläge ins Wasser, um die Richtung zu wahren, saß aufrecht, steif im Kreuz. Was gingen ihn die Rentner Hausfrauen Studenten an, die in dieser Minute mit der Straßenbahn über die Brücke fuhren, was Paasch, auch wenn er mit Gott zusammentraf, ihn jetzt nicht treffen würde, denn beide saßen oder standen hinter Türen, die den Weg nur auf Gänge freigaben, auf das Treppenhaus mit dem Blick auf die Miniaturimitation des Eiffelturms. Dennoch nicht aus der Zeit gestellt, auch wenn die Landschaft um den Kanal das Nirgendwo zu sein schien. In jedem Spiegel wurde man an die Tage des Exodus erinnert, erstanden Ursachen Zusammenhänge, die nur hier nicht galten, sich auf dem Wasser nicht ansiedeln konnten, von den Wasservögeln nicht verstanden wurden. Und somit war man doch aus der Zeit gestellt.

An solchen Tagen war das Nachhausekommen gleichsam die Rückkehr aus dem Nichts, war man ein Fremder, der ein Element gegen das andere vertauschte, der sich besinnen mußte, welche Tür in welchem Stockwerk ihn aufnehmen würde, welcher Raum der seine war. Da fielen wie immer die Stimmen durch Treppenhaus und fünf Etagen, wurde die Nahrung in Taschen Netzen heimgebracht, spülte ein ausgeklügeltes System von Röhren alle Restbestände in die Kanalisation. Das Haus, in das Arlecq trat, war ein Eckhaus, bot drei Seiten dem Wind, lehnte mit der vierten an die Zeile gleicher Häuser. Sein grauer Bewurf wurde weiß in Mondnächten, und nur der Schnee auf Dach, Simsen und Vorbauten machte es schmutzig. Trotz Mond oder Schnee hatte es der Flieger, der die Sprengbombe über dem Dach ausklinkte, verfehlt, seines hellen Zieles allzu sicher. Zugeschüttet war der Krater im Hausgarten, mit Lehm und Erde zugeworfen, in alle Winde das Strafbataillon, das die Arbeit getan unter der Aufsicht bewaffneter Soldaten. Die Eigentümer des Gartens hatten ihnen zwei Eimer Suppe an den Trichterrand getragen. Vom Fenster war zu beobachten gewesen, wie die Eimer dampften. Soviel Nächstenliebe hatte sich in den Jahren darauf mit Zwiebeln und Radieschen, Salat und Petersilie bezahlt gemacht. Auch Arlecqs Mutter kaufte davon, und es kam billiger als im Laden.

Da saß Linde auf der Sofakante und betrachtete die schweigende Katze.

Lady Bird, grau getigert, zum Kreis geschlossen, den Kopf flach auf den Vorderpfoten, weigerte sich, Linde in das Feld ihrer Wünsche und Berechnungen einzubeziehn. Monogam wie sie war, den Weg über die Treppe, auf den Hof und in die Straße scheuend, Arlecq ergeben, der sie fütterte, ging sie sonst allem und jedem aus dem Weg. Büßte ihre Lust nur an den Vögeln, die sich im Sommer im steilen Flug auf die Blumenkästen des Balkons niederließen, und die Arlecq dann, nicht ohne Einsicht in die Logik tierischer Verhältnisse, mit abgebissenen Köpfen in den Vorgarten warf, in den sie im Halbbogen flügellos fliegend fielen, spurlos ins Gras tauchten.

Das Zimmer war unverändert. Blau hob sich Linde von der hellen Wand, saß regungslos zwischen Büchern und Masken, die ihr weder etwas sagen noch verbergen konnten.

Arlecq, mit schmerzenden Handgelenken, gab ihr Feuer. Die Flamme war unruhig in seiner Hand.

Paasch ist Vater geworden, sagte Linde. Abel heißt das Kind. Nach fünfstündigen Wehen. (Jetzt endlich brannte ihre Zigarette.) Brigitte ist wohlauf, ich habe sie besucht. Ein erstaunliches Mädchen, so simpel und durch nichts aus der Ruhe zu bringen.

Abel? lachte Arlecq. Das muß gefeiert werden. (Er warf die Zigarette in den Aschenbecher.) Abel, das ist gut. Jetzt hast du deine Wette verloren.

Welche Wette? sagte Linde. Hatten wir gewettet?

Wir hatten, sagte er. Vor neun Monaten, in der Morgenfrühe. Ein Kind, das ist ausgezeichnet.

Ich weiß, was jetzt kommt, sagte Linde, jetzt glaubst du, Anlaß für Optimismus zu haben.

Natürlich, sagte Arlecq. Auf Abel ist Verlaß.

Was du dir einbildest, sagte Linde und fuhr der Katze über den Rücken. Die streckte die Vorderpfoten mit einem Blinzeln auf Arlecq und rollte sich sodann um so fester zusammen. Ich will nicht gerade behaupten, sagte Arlecq, daß Abel der Fortschritt ist, die neue Generation hinter den Bergen. Ich will nicht gerade den Festton einer Rathausfestsitzung anschlagen. Aber bedenke doch die Möglichkeiten, die da eingeschlossen liegen.

Du meinst, vom Idioten zum Weltraumfahrer, sagte Linde.

Das ist freilich eine phantastische Skala. Aber du vergißt die andern, die sich seiner schon annehmen werden. Denn die Verhältnisse, die sind nicht so.

Ach was, sagte Arlecq. Die Verhältnisse sind wir. Man müßte auf ihn acht geben können, seine Erziehung lenken. Ich weiß nicht was.

Du könntest vielleicht die Patenschaft übernehmen. Das würde deinen Freund Paasch unsagbar erleichtern, wie ich ihn kenne, sagte Linde.

Du kennst ihn wohl nicht, sagte Arlecq, dann schwärmte er: Abel. Ein Kosmos an Möglichkeiten.

Noch freilich hat er verklebte Augen, dein neuer Mensch, sagte Linde, und schmeckt nur die Milch aus der Mutterbrust. Aber mit den Jahren, wer weiß.

Aber richtig ist es nicht, sagte Arlecq. Ich meine: daß Leben aus jeglicher Verbindung entstehen kann, ohne der Liebe zu bedürfen.

Ohne der Liebe zu bedürfen, sagte Linde und hüllte sich lachend in Rauchwolken. Was würdest du sagen, wenn sie ihn Kain genannt hätten.

Ein Kind ist ein Kind ist ein Kind, sagte Arlecq unbeirrt und drehte die Katze auf den Rücken, die ihre Hinterpfoten weich krallenlos, aber nachdrücklich in seine Handfläche grub. Bedenke, wie es jetzt weitergeht. Ohne der Liebe zu bedürfen, wohl aber des Geldes und einer Wohnung, sagte Linde.

Immer dasselbe, sagte Arlecq. Die ganz praktischen Leute sperren einem das Himmelreich zu.

Der Liebe, ergänzte Linde, die heute keine Vorlesung besuchen möchte, Abel nicht im Hörsaal begegnen wollte, nicht in einem Hamlet-Seminar, nicht bei der Präparation eines Schädelknochens in der Anatomie, und auch nicht bei der Zeitungsschau der Freien Deutschen Jugend.

Paasch kam mit der Dunkelheit des späten Nachmittags, drückte Flora, die öffnete, Blumen in die Hand, ließ sie nicht beglückwünschend zu Wort kommen, sondern überquerte mit großen Schritten den Vorsaal und trat in Arlecqs Zimmer. Hier stellte er die halbvolle Flasche auf den Tisch. Kahlbaum oder Aprikosengeist.

Abel ist zu acht Jahren verurteilt worden, sagte Paasch, die Brille abnehmend und mit blinden Augen das Zimmer absuchend. Nicht doch, sagte Arlecq erschrocken. Auch wenn du Stanislaus meinst. Wer sagt das?

Der Rundfunk, sagte Paasch, nun wieder brillenbewehrt nach Gläsern Umschau haltend, die Arlecq schon aus dem Schreibtischkasten nahm.

Acht Jahre, sagte Arlecq. Das klingt besser als fünfundzwanzig. Abel kommt in eine bessere Welt.

Die Logik der Volkszeitung, sagte Paasch. Na, du weißt es schon: ich bin Vater.

Nachdem die Flasche geleert worden war, versuchte sich Paasch in einem auf a und b aufgebauten Vokalgesang, was mißlang.

Abel war in aller Munde. Namhaft gemacht, nahmen ihn die Gespräche der Vorstadt auf. Doch weder Großmütter noch Pfarrer hatten Genüge an Abels einem Namen. Auch die älteren Herren, die in Paaschs väterliche Wohnung kamen, um der Hausmusik zu obliegen, die Instrumente spitz in den Dielenfugen, drehten den Namen um und um. Der Großvater väterlicherseits hätte in der Diskussion um einen zweiten Namen für Amadeus oder Sebastian plädiert. Paasch eher für Thelonious oder George (Shearing), doch am Tage der Taufe entschied man sich, ließ irgend jemand die Entscheidung treffen: Stephan und nicht anders. Das Wetter war klar, der Mai ging in den Sommer über. Wer im dunklen Anzug gekommen war, schwitzte den Kragen durch. Unerklärlich, wie es der Pfarrer in seinen Gewändern aushielt, Propst Alberti, den man gewonnen hatte (auf Vermittlung von Frau Hübner vermutlich), zur St. Laurentius-Kirche zu kommen. Assistiert vom Gemeindepfarrer, goß er das Wasser über den Täufling. Paaschs Schwester hielt den Säugling weit von sich, in der klassischen Gebärde, die da heißen wollte: sehet das Kind. Propst Alberti sagte Im Namen des Herrn und die anderen Sachen alle und schließlich: taufe ich dich: Abel Stephan. Gott blieb aus, trat aus keiner Mauernische, keine Rede wurde auf Abel gehalten. Der erwachte aus schläfriger Gleichgültigkeit, als er das Wasser kalt auf der Stirn spürte, schrie aber nicht, sondern prüfte mit dem Wenigen, was er an Nase hatte, die Luft, die der Flügelschlag des Engels vielleicht erbarmend kühl über die Taufgemeinde fächerte. Ein Hübner-Engel auch dieser, Frau Hübner sah ihn sich flüchtig an mit ihren großen blauen, ein wenig von der Basedow-Krankheit gezeichneten Augen. Man wußte, daß sie Schwierigkeiten mit der Publikation ihres Romans hatte, dem es ähnlich wie den Bildern des Meisters erging: war Christophorus, der Riese, zukunftsfreudig, war das Kind auf seiner Schulter bekümmert, verängstigt, und umgekehrt.

Die Lektoren hätten gern jede Anspielung auf eine Generationsproblematik herausoperiert. Frau Hübner (sie hatte mit Arlecq darüber gesprochen, in aller Öffentlichkeit, in der Straßenbahn) zeigte sich standhaft, schleppte ihr Manuskript von Pontius zu Pilatus. Der Ausgang war ungewiß.

Abel schaute auf Paasch, was allgemein belustigte. Arlecq, so geradezu mit Abel konfrontiert, wurde schwankend in seinen Hoffnungen, sah hilflose Materie auf den schönen behutsamen Händen von Paaschs Schwester. Vielleicht war ein Kind etwas Überflüssiges. Kein bekanntes Maß war hier anwendbar. Fassungslos vor dem ganz andren standen die einen (so der Major a. D.), indes die Mütter das Vakuum mit grenzenloser Liebe ausfüllten.

Wer war Abel? Paasch würde eher gefragt haben: was ist Abel. Abel bedeutete den endgültigen Auszug aus seinem Zimmer, war der Übergang wohin.

Es wurde der Einzug in einen Ort, wo Bierkonsum und Normenerhöhung in einem Verhältnis zu stehen schienen. So jedenfalls für den Neuankömmling. Wo früher Ackerbau gewesen, etwas Forstwirtschaft, hatte die einweisende Behörde Paasch berichtet, erhebe sich jetzt das Industriekombinat. Ringsum aber stünde noch Wald, breite sich Sandflur aus. Er könne fast im Grünen wohnen, nur daß die Bäume nicht eben so hoch wüchsen, daß sie die Schornsteine im Hintergrund verdeckten. Paasch machte das nichts aus. Er hatte weder für Wald noch für Schornsteine ein Auge. Je höher sie waren, desto besser, um Abel so beizeiten eine Vorstellung von Höhe beizubringen und väterlicher Fantasielosigkeit als Anschauungsobjekte bei einem Spaziergang dienlich zu sein. Das Gehalt war beträchtlich.

In den letzten Wochen hatte Paasch nur wenig verdient, als er stellungslos seinem Vater beim Anfertigen der Gebisse, Prothesen, der Bestellungen auf Zahnersatz geholfen hatte. Nach der Hochzeit hatte Paasch niemanden sehen wollen, stand gelegentlich auf den blanken Dielen des väterlichen Wohnzimmers wie in den Tagen, als er für die Examenswiederholung lernte, rauchte noch seine langen dünnen Zigarren (manchmal mit den alten Herren, die zu seinem Vater kamen, das Cello abends zu kratzen). Las gelegentlich noch in den militärischen Erlassen, die ihm sein Wirt geliehen hatte, den Militärgesetzen aus den Jahren 43 und 44, und in einem unerklärlichen Anfall löschte er das Band mit der Erwin-Story, beobachtete mit Genugtuung (wie es sich Arlecq gut vorstellen konnte), wie der Löschkopf dem Band aufsaß und es langsam, aber eindringlich neutralisierte. Als er ging, die Koffer im Flur standen, hatte es kein Abschiedsfest gegeben. Es gab nichts zu feiern, gab auch keinen Alkohol, das Geld war von Brigitte längst verrechnet worden und hatte Anwendung gefunden für Fahrkarten, Kinderwagenbegleitschein, Gepäckanfahrt zum Hauptbahnhof, Expedition per Gütertransport. Als dann die Koffer in dem Dreizimmereinfamilienhaus am Waldrand ausgepackt, Möbel aus dem nächsten Konsumkaufhaus angefahren wurden, schien es, als habe sie das alles wunderbarerweise mitgeboren, mit Abel in die Welt gesetzt. Als die ersten Schränke (für Küche, Wohn- und Schlafzimmer), Stühle, der Eßtisch eingeräumt waren, noch immer die Nachgeburt einer Kommode, eines Waschbeckens durch die Gartentür getragen wurde, war kein Zweifel mehr, daß auch diese Dinge so ungewollt auf die Welt gekommen waren wie Abel, der im blauen Kinderwagen unterm verblühenden Apfelbaum greinte.

Paasch trank Bier mit den Möbelträgern, die eilig taten, sich den Mund abwischten und wieder auf ihr Gefährt stiegen. Irgendwie standen die Schränke im Raum, die Stühle. Paasch ließ sie stehen und liegen, untersuchte vorerst die Gartenpumpe, den Schwengel in Schwung bringend. Brigitte pflückte die Preisschilder von den Möbelstücken und verwahrte sie. Die Pumpe gab kein Wasser. Sie war von den vorigen Mietern, die jetzt in Neukölln oder im Schwarzwald nach Wasser gingen, das letzte Mal im Herbst bedient worden.

Das Haus hatte einen Balkon nach der offenen, nur am Horizont bebauten Seite. Hier würde man nach Dienstschluß sitzen und Zeitung lesen. Die Montage einer UKW-Antenne wäre dringend geboten. Auch Olsen, in gleicher Enklave, hatte bei seinem Einzug nichts eiligeres zu tun gehabt, als sich mit einem Elektriker in Verbindung zu setzen. Sein Dienst begann erst zum Monatsanfang.

Die Fabrikschornsteine rauchten, der Badeofen schickte Rauch durch den Schornstein des Hauses, erwärmte das Wasser für Abels tägliches Bad in der Plastikwanne, die den Möbelträgern im Wege gestanden hatte, bis sie Paasch mit einem Fußtritt durch die Balkontür hatte rutschen lassen. Jetzt schaukelte Abel, an Nacken und Füßen gehalten, darin durch das Wasser. Das Radio funktionierte, Wechselstrom wie überall, der Anschluß zum Tonbandgerät kostete keine Mühe. Aus dem gelöschten Band der Erwin-Story (ein fernes Stimmengemurmel wie eine Unterhaltung in Tauchermasken klebte noch am Band) tauchte Parker's Mood auf, zögernd, tastend der Auftakt. Musik füllte das fremde Haus, legte nicht gerade das Dach ab, die Zeiten waren vorbei, doch rückte sie die Möbel an den Platz, an den weder die Möbelträger noch Paasch sie hatten rücken wollen. Es wurde ein wohnliches Haus. Auch waren zwei Flaschen Bier übrig geblieben.

Paasch ließ alle Türen offen, nur die Badezimmertür blieb verschlossen, hielt dicht, damit Abel sich nicht erkälten konnte in seinem Kunststoffbehälter. Paasch trat mit den Bierflaschen durch die Küche auf den Balkon. Parker's Mood zog mit dem Luftzug, zerflatterte. Über die Häuser an der Horizontlinie tauchte die Sonne in Nebelfelder und machte sie durchsichtig. Paasch trank das Bier aus der Flasche. Die zweite Flasche stand auf dem Zementboden des Balkons. Er stellte sich das Dorf vor, eine LPG vom Typ I vermutlich, ein paar Konsumläden, Rampen am Weg, auf die die Bauern in dunkler Frühe die Milchkannen abstellten, die vom Lastwagendienst der zentralen Erfassungsstelle abgeholt wurden, bläuliche Milchränder auf den Kannendeckeln, verdünnt von Regenwasser. Aber vielleicht war es auch ganz anders, galten hier Erinnerungen an den Landeinsatz im vierten fünften Semester nicht. Ein Dorf gab es nicht. Hier entstand eine Industriesiedlung, Hochöfen, die Republik braucht Stahl, um unabhängig zu werden von den Weltmarktpreisen. Paasch stellte die leere Flasche vorsichtig auf den betonierten Boden. Ein Dorf gab es nicht, nur die Fabrik und die Arbeiterwohnheime und ein paar Landhäuser aus unbekannter Zeit, von wohlhabenden Städtern für heiße Sommertage erbaut. Auch sein Vater hatte so ein Haus bauen wollen, mit einer Terrasse, Goldfischteich, englischem Rasen, doch dann schleppten sie ihn ins KZ, und es wurde nur eine Wochenendlaube, in der man im Oktober schon nicht mehr schlafen konnte. Die zweite Flasche schmeckte anders als die erste. Zumindest würde es einen Bierkrug geben, wo der Wirt das Bier in Fässern lagerte, aus dem Messinghahn ins Glas gezielt, mit jener schon unterbewußt regulierten Handbewegung, die auch den sich entwickelnden Schaum vorherberechnet, damit nichts überschwappt, wenn einem die Kellnerin das Glas auf den Bierdeckel setzt. Stanislaus hatte Bierdeckel gesammelt, besaß welche aus Winterthur, Genova, Frankfurt-Hoechst. Vielleicht ließen sie ihn jetzt Bierdeckel ausstanzen. Die guten Bautzener Bierdeckel. So preiswert und praktisch. Glaube nicht, daß sie ihn auf Montage schicken bei seinem einswieviel Brustumfang.

Die Sonne tauchte endgültig in Nebelschwaden, noch ehe er das Bier aus der zweiten Flasche hatte austrinken können. Irgendwo lief ein Motor, LKW oder Traktor. Nach Parker's Mood kam nichts mehr. Er könnte ein anderes Band aus dem Koffer suchen. Jetzt ging die Badezimmertür. In Tücher vermummt kam Abel auf den Armen seiner Mutter in die Küche, an die sich das Kinderzimmer anschloß. Merkst du nicht, daß es zieht, sagte Brigitte und stieß im Vorbeigehn mit dem Fuß die Balkontür zu. Die Tür fiel glatt ins Schloß, das die Mieter vor ihnen vielleicht noch geölt hatten, ehe sie ihre Koffer packten, um nach Tübingen oder an den Rhein zu ziehn.

In der ersten Zeit weinte Abel nur wenig, sättigte sich schnell an Flaschenmilch und Brei, schlief gern und zeigte eine Vorliebe für den klebrigsüßen, milch- und speichelglatten Flaschensauger. Gummitiere waren ihm gleichgültig. Die Zeit fand eine neue Einteilung im Maß seiner Entwicklung.

Paasch unterließ es, sich vor dem Ersten vorzustellen. Sie hatten seine Papiere, Fragebogen und Paßbild. Da ging er lieber spazieren, ein Stück Weg durch den Wald, Mischwald, in dem es zur Mittagszeit harzig roch. Für den Auslauf von Naturempfindungen war hier kein Raum, nach wenigen Schritten hatte man das Kombinat vor sich. Rauch lag darüber, Fahrzeuge fuhren ein und aus. Ein paar einstöckige Häuser, einzeln stehend, das Lebensnotwendige im Erdgeschoß anbietend, von Gärten getrennt, teilten den Weg zum Fabriktor ein. Paasch ging nie so weit, daß er durch die Toreinfahrt ins Innere des Werkgeländes hätte spähen können, bog lieber einen Fußweg nach links oder rechts ab, der ins Freie lief, auf Felder. Das Korn stand kniehoch und grün, es gab also doch Landwirtschaft, würden Traktoren und Mähdrescher fahren.

So stakte Paasch auf lehmigen Wegen ins Freie, sah Traktoren über die Horizontlinie kriechen, zwei feindliche Mannschaften, die auf weitem Sportfeld zum Kampf nach Punkten antraten: aus der Perspektive des Spaziergängers Paasch. Dann stapfte er zurück zur Hauptstraße, so und nicht anders würde sie heißen, vielleicht auch Poststraße oder Straße des Siebenten Oktober; er hatte kein Straßenschild ausfindig machen können. Da war auch der Dorfkrug, leer noch in dieser Stunde vor dem Schichtwechsel. Der Dorfkrug, der hier Zum Pappelwirt hieß, von Pappeln nicht umrahmt war, die vielleicht dem strengen Winter von 45 auf 46 zum Opfer gefallen waren. Man hätte längst neue anpflanzen können. Pappeln wachsen schnell nach.

Der Wirt war nicht neugierig. Er wußte: das war der neue Zahnarzt, privat würde er nicht praktizieren, das war verboten. Er hatte ihn auf seinen ungewissen Spaziergängen beobachtet. Hier ging sonst keiner spazieren. Der Tag war jedem so eingeteilt, daß man sich über eine freie Stunde gewundert hätte, und übers Wundern wäre man gar nicht erst zum Spazierengehen gekommen. Das Lokal war leer. Der Wirt schaltete auf einen anderen Sender, als Paasch eintrat, begegnete umschaltend dem Auge des im Einheitsrahmen freundlich wohlwollenden bebrillten Ministerpräsidenten. Wahrscheinlich (dachte Paasch) könnte man hier auf die UKW-Antenne verzichten, der Ort lag näher an Berlin, alle Wellenbereiche waren gleich stark.

Bitte, sagte der Wirt und wunderte sich nicht über Paaschs Bartwuchs.

Ein Bier und ein Korn bitte, sagte Paasch. Hier würde man Korn trinken.

Bitte recht sehr, sagte der Wirt und öffnete den Hahn mit jener schon unterbewußt regulierten Handbewegung, die nicht zuviel und nicht zuwenig ins Glas läßt, den Schaum vorausberechnend. Das Bier schäumte auf. Mit der gleichen Bewegung, mit der der Wirt den Hahn auf- und zudrehte, kippte er den Korn aus der farblosen Flasche in das kleine Glas.

Sehr zum Wohl, sagte der Wirt.

Paasch sagte danke und trank im Stehen. Er wischte sich mit dem Ärmel der Cordjacke den Mund ab und las dabei den Spruch, der über den drei Fenstern der Kneipe lief, ungleiche weiße Buchstaben auf einen roten Pappstreifen geklebt: SO WIE WIR HEUTE ARBEITEN, WERDEN WIR MORGEN LEBEN. Der Wirt beobachtete, wie Paasch den Spruch las, wußte aber nicht, nach welcher Richtung er etwas sagen könnte. So nickte er nur, verzog die

Mundwinkel, was freilich noch keinen Kommentar bedeutete, und sah auf Paaschs Rockaufschlag. Keiner von denen, dachte Paasch die Gedanken des Mannes, hat er wohl auch nicht nötig. Als Arzt. Er bestellte einen zweiten Korn, um dem Wirt eine Chance für ein Gespräch zu geben. Paasch hatte ein Herz für Gespräche.

Arlecq zum Beispiel hatte kein Herz für Gespräche. Verdiente mit Gesprächen und an Gesprächen sein Brot. Stand außerhalb der Gespräche, wurde als Partner nicht herangezogen. Ein wenig vermochte er den Redner aus der Fassung zu bringen, wenn er auf den roten Knopf drückte, es rot am Rednerpult aufflammte. Das hieß: langsamer sprechen. Oder er konnte vor einem wichtigen Wort auf die Räuspertaste drücken, konnte so den Kontext durchlöchern. Dann glaubte der Zuhörer im Saal, in dessen Landessprache Arlecq die Rede, die stehend hinterm Pult gehalten wurde, ummünzte, an eine technische Störung, sah sich um eine bedeutende politische Anregung betrogen und lüftete für Sekunden den Kopfhörer wie einen lästigen Verband.

Es wurde auf den internationalen Konferenzen noch immer mit den veralteten Geräten aus der Kriegszeit gearbeitet. Die Muscheln aus dickem schweren Gummi, die einst der Abhördienst ans Ohr gelegt hatte, vielleicht auch die Teilnehmer an der Geheimkonferenz des Marschall Pétain, klebten schweißerzeugend am Ohr. Die Apparatur, das Netzwerk, das Dolmetscher und Hörer verband, gereichte der technischen Equipe zur ständigen Plage. Arlecq (wie du dir vorstellen kannst, erzählte er Paasch später) nahm, wenn die Verbindung unterbrochen war, der Techniker mit dem Ersatzmikrofon in der Kabine eilig auftauchte, das Standmikrofon in beide Hände, hielt es wie einen Trichter an den Mund, sprach wirres Zeug ins taube Mikrofon, vermischte alle Sprachen, über die er verfügte, gefiel sich (was Paasch besonders belustigte) in Obszönitäten, Schmähungen, geradezu staatsgefährdenden Provokationen. Einmal hatte in der Pause wer bei offenem Mikrofon seinem Kollegen in der Kabine einen politischen Witz erzählt. Kennen Sie den, als Josef Wissarionowitsch nach Jalta fliegt und da fällt ihm doch plötzlich ein, daß... Da lachten die Beamten, die für Sicherheit sorgten, und baten noch einmal um den Witz. Diesmal vor einem dichten Mikrofon. Arlecq zum Beispiel hatte anders als Paasch auch kein Gedächtnis für politische Witze in der Art, wie sie der Pappelwirt

181

nach dem ersten Juni an Paasch weitergab, wenn sie um die Mittagszeit bei geschlossenen Vorhängen das kühle Bier tranken.

Vom ersten Juni an zeigte Arlecq zehn Tage lang dem Einlaßdienst früh seine grüne Karte. Er schlief im Haus der Gewerkschaften, frühstückte Bananen und Toast, Kaffee und Obstsäfte. Da er Paaschs Adresse noch immer nicht kannte, aß Anne die für Abel beiseite gelegten Bananen in den Gaststätten, Cafés, wo sie nach fünf verabredet waren. Anne immer in Eile, auf dem Weg zur Laientanzgruppe, das selbstgestrickte Trikot in der japanischen Henkelschwinge. Mühte sich die Ablösung in der Kabine, zog sich die Konferenz in die Gänge zurück zu Kaffee, Kuchen, Bier und Zigaretten, saß Arlecq rauchend auf einer entlegenen, auch sonst leeren Tribünenreihe, beobachtet von der Polizei, die Rauchen verbot, hörte den Redner als gurgelnde Stimme aus den Mikrofonen, das babylonische Gespräch der sich von der Konferenz Erholenden als dumpfes Ostinato. Immer vorstellbar war Anne, mühelos vorstellbar für Arlecqs Gedanken, dieses Mädchengesicht in der Strenge des seitlich glatt anliegenden, fest von einem Knoten im Nacken gehaltenen Haares. Im Trainingsraum, auf der Bühne, unterschied sich ihr Gesicht mit der stumpfen Nase, den betonten Wangenknochen nicht von den andern Gesichtern, die als helles Dreieck einzeln aufleuchteten, die nackten Hände weiß in der Bewegung des Tanzes. Kam sie mit vielen die Bahnhofstreppe herunter, war es unverkennbar ihr Gesicht, ihre Gestalt in der Schulmädchenkleidung. Ihre Müdigkeit in den Augen, diese Spur Traurigkeit, die sich in den Vertiefungen der Augenpartie eingrub. Tat sie am Tage ihre Büroarbeit, drückte Stempel auf eingegangene Post, wartete überm Stenogrammblock gebeugt auf das Diktat eines sich weitblickend, männlich konzentriert gebenden Abteilungsleiters, fiel es ihr immer wieder ein: daß sie die große Begabung nicht gehabt hatte, für immer aus der Gemeinschaft und der Erwartung der dresdner Schule entlassen war. Und dann verschrieb sie sich, schrieb ein unleserliches Stenogramm, bekam keinen Brief fehlerlos durch die Maschine. Abends aber, in der Laienspielgruppe, beneideten sie die andern um ihre bessere Technik.

Die Halle, der Tagungsort für sechsundzwanzig Arbeiterdelegationen aus fünf Kontinenten, war eine Sporthalle, in der Eishockey gespielt werden konnte, die Schläger den Ball trafen, Bodenübungen für die Illustrierten sich präsentierten, die Paasch mit Stellungen im Coitus verglich. Alle Funktionäre der Konferenz, im Dress der Sportler, dachte Arlecq, das wäre eine schöne Szene in seinem Roman, den er sich, im Bett des Gästehauses liegend, Stück für Stück zusammenbaute. Jetzt sprach der Vertreter der australischen Hafenarbeitergewerkschaft. Arlecq konnte ihn nicht sehen, die Kabinen sperrten ihm die Sicht. Er dachte sich den Redner als einen Riesen mit einem Seehundbart, Gislasson mit einem Bart unter der Nase, Pranken, die nicht wußten, wie sie das Manuskript halten sollten. Eingesponnen von Kabeln, Drähten, die sich über dem Saal kreuzten, querten, die Spuren der Schlittschuhe auf dem Eis. Arlecq legte sich einen Kopfhörer ans Ohr, stöpselte die Bananenstecker in die dem halben Dutzend Sprachen vorbehaltenen Kontakte. Die deutsche Kabine war um einen Satz hinterher. Die Ereignisse in Ungarn haben gezeigt, sagte die deutsche Kabine, sprach es dem Australier nach mit seinem Seehundbart (er war bartlos). Die deutsche Kabine, die Leitkabine, stockte vor den Folgen dieses Satzes. Aber die ungarischen Ereignisse haben gezeigt, où sont les neiges d'antan, daß unsere Wachsamkeit gegen die Konterrevolution. Das Wort Wachsamkeit ging glatt durch alle Mikrofone, heißt es nicht ›sposor‹ auf tschechisch, dachte Arlecq, nein, so heißt es wohl nicht, Tschechisch mit seinen melodiösen Kadenzen, Arlecq stöpselte auf Tschechisch, zu spät, das Wort war schon durch, die Stimme im Ohr tat gut, Katarina Růžičková, die Dolmetscherin vom Außenhandel, saß in der Kabine, mit ihrer schönen herben Stimme aus Prag. Gislasson trank Cinzano in Prag und las seinen Eliot in seinen ereignislosen Dienststunden. Lisa Delauney saß in der französischen Kabine, auch sie über den Folgen der ungarischen Konterrevolution, die sie wohl nichts angingen, saß sittsam auf dem kleinen Schemel, den Rock über den Knien, arbeitete ohne Anstrengung, da es, war es nicht so, ihre Muttersprache war. Russisch floß die Rede des Australiers so perfekt wie das Original selbst, das mußte der Neid ihnen lassen, sie waren immer auf der Höhe mit dem Redner, hinkten keinen Satz nach, nahmen alles aus dem Original. Vielleicht daß sie nach dem Kriege in Wollkleidern herumgelaufen waren, die seine Mutter strickte. Jeder, der da saß, in der Kabine schwitzend sich abmühte, dachte Arlecq, verdiente ein Kapitel in seinem Roman, der nie geschrieben wurde. Natschinski zum Beispiel, der nach dem Kriege Waffenhändler in Saudiarabien gewesen war, die Waffen seiner Einheit verschacherte und nun etwas ins Mikrofon spuckte, das er für Arabisch hielt. Vilumsen in seinem roten Hemd, seinem zerbeulten Auto, mit dem er aus Dänemark gekommen war. Søren Vilumsen, mit einem Strich quer durch das O, wissenschaftlicher Übersetzer für alle nordischen Sprachen.

Dann schickte die kubanische Delegation (minutenlanger Beifall) ihren Mann an die Rednerbühne. Arlecq sprang in die heißgeschwitzte Kabine, trat auf das Manuskript des Vorredners, rückte sich den Schemel ans Mikrofon. Noch immer Beifall. Das wurde ein Marathonlauf. Arlecq ließ den ersten Satz ins Leere, goß sich Selterswasser ins Glas. Beim zweiten Satz drehte Arlecq den Ton ab, erfand die Rede, drückte angenommene Gedanken in ein gemäßigtes Tempo, das alle Kabinen, außer der russischen, die ihm folgen mußten, aufatmend aufnahmen. Das Generalthema war einfach wie das Thema eines Schulaufsatzes: Kuba und der nordamerikanische Imperialismus. Nur die Russen, wie stets, übernahmen direkt, folgten in Eile dem Redner, Beifall kam aus der Ecke der sowjetischen Delegation, der zu Vermutungen Anlaß gab, wohlunterrichtete Kreise kombinierten, gaben ihre Gedanken an die Journalisten der WESTPRESSE bis hin nach Bonn, die Abendnachrichten in einem Teil der Stadt sprachen von Vermutungen. Als Arlecq den Ton wieder aufdrehte, sagten sie, sein Redner, er, noch immer das gleiche, lief die Linie ihrer Gedanken zusammen: im Kampf für den Weltfrieden. Der Beifall der Delegierten wurde stehend geboten.

Anne war sanft, liebte wie ein Kind. Arlecq, der alle Verhaltensweisen, Normen, Worte an seine erste Liebe verloren hatte, mußte nun alles neu erfinden. Annes Fragen erinnerten an Isabel, an die Arlecq nicht mehr dachte. Jenes Mädchen auf der Brücke, in der Milchbar. Isabel, die keinen Bolero tanzen konnte.

Mit Anne hatte diese Stadt einen Mittelpunkt, eine erreichbare Peripherie. Sie saßen in dem kleinen, wenig besuchten Café neben dem Blumengeschäft, bestellten Obstkuchen und schwarzen Kaffee wie an jedem Nachmittag. Immer war es die gleiche Kellnerin, die sich nichts aus ihnen machte, jedes Mal darauf bestand, den Ausweis sehen zu wollen, den Arlecq blank und neu aus der Tasche zog.

Eure Geschichte in der Zeitung, würde Anne dann sagen, gefiel mir nicht, wenn ich ehrlich sein soll. Hatte es sich denn so zugetragen?

Arlecq wußte es nicht mehr, dachte für sie nach. Soviel kannst du mir glauben, sagte er, was wir vor der Presse erzählt haben, was in der Zeitung stand, ist vorgekommen. (War Stanislaus denn nicht angestiftet worden?) Es ist nicht uns so ergangen, da hast du recht, wir haben es erfunden, um Schwierigkeiten aus dem Weg zu gehen, und die andern haben es geglaubt, aus was für Gründen auch immer. Es war eine Probe aufs Exempel. Ein kleiner kalter Krieg auf unsere Kosten.

Sehr schön finde ich das nicht, sagte Anne und wurde rot im Gesicht, da sie widersprechen mußte. Ich möchte nicht drüben wohnen, sagte sie. Wenn ich meine Großmutter in Spandau besuche, komme ich mir vor wie im Ausland. Ich kann mir nicht vorstellen, daß ich drüben mit jemand gehen könnte, ich meine, eine Freundin hätte. Ich bin nicht dein FDJ-Sekretär, sagte Arlecq.

Dich hätten wir schon nicht gewählt, sagte Anne, aber ich meine es wirklich so. Ihr seid ja schließlich auch nicht drüben geblieben.

Nein, sagte Arlecq. Wir haben für die Deutsche Demokratische Republik optiert.

Warum kannst du nicht ernsthaft bleiben, sagte Anne, die das Fremdwort nicht verstanden hatte. Das ist ein wichtiges Thema. Für uns beide, mein ich.

Du hast recht, sagte Arlecq und dachte nach. Paasch hatte nicht bleiben wollen. Er hätte vielleicht für die freie Konkurrenz nicht das Zeug gehabt. Hier war er sicherer in seiner Labilität. Schule, Studium, Beruf: andere hatten für ihn vorgesorgt. Für die jeweilige kleine Bewährung hatte man selbst aufzukommen. Und daß er wegen Anne zurückgekehrt wäre, das stimmte wohl nicht. Damals noch nicht. Eher hätte er bleiben mögen. Wegen Isabel. In Paris.

Die Unterschiede waren zu groß, sagte er zu Anne. Wenn du das verstehst: dreizehn Jahre andere Gewohnheiten. Und die Polizei im Lager sah aus wie aus einem Hitler-Film.

Wäre ich eine große Begabung gewesen, überlegte Anne, ich weiß nicht, vielleicht würde ich dann anders denken. Oder auch nicht: ich finde es nicht richtig, daß so viele nach drüben gegangen sind. Dann wundert man sich, wenn wir Mühe haben, hier etwas zustande zu bringen.

Ich wundere mich nicht, sagte Arlecq.

Du, sagte Anne. Du weißt ja gar nicht, wie das in der Tanzgruppe ist. Wo jeder kleinste Fortschritt sich sogleich auf alle überträgt.

Von mir aus, sagte Arlecq. Meinethalben. Dann strengt euch mal gemeinsam an.

Du tust geradeso, als ob du es nicht nötig hättest, dazuzugehören. Ich hab in der Schule gelernt, daß die da oben nichts sind ohne uns.

Der Staat bin ich, sagte Arlecq.

Wenn wir heiraten, werden wir es schon zu zweit sein müssen, sagte Anne.

Oh, sagte Arlecq. Ein Hochzeitsantrag. Langsam begreife ich, was Paasch so für Bedenken gegen die Ehe hatte.

Arlecq legte die Bananen aus dem Gästehaus auf den Tisch. Ich will sie mir lieber aufheben, sagte Anne, auch sie ein Kriegskind. Wenn du willst, kannst du jetzt meine Hand halten. So hielt er ihre Hand. Anne, das Kriegskind, dem man das Einteilen beigebracht hat. Bei ihr zu Hause war man genau in kleinen Dingen. Du mußt dir die Schuhe gut einfetten, hatte sie an einem Regentag gesagt. Da bekommst du keine nassen Füße. Die Gesichter in der S-Bahn gefielen sich in einem trotzig selbstbewußten Ausdruck, der sich für Arlecq weder aus der Vergangenheit noch aus der Gegenwart ergeben wollte. Zweimal den Krieg verloren, aber immer die Schuhe gut eingefettet. Morgen habe ich kein Training, sagte Anne und zog ihre Hand aus der seinen, als sie die Kellnerin mit dem Tablett auf ihren Tisch zukommen sah. Morgen, sagte Arlecq, habe ich einen freien Tag. Der Kongreß geht baden.

Wirklich? sagte Anne. Wir könnten auch mal zu uns rausfahren. Bei dem Wetter lohnt sich das schon. Dann reichte sie ihm wieder ihre Hand, die linke diesmal.

Paasch zur Stunde aß sein Abendbrot mit Brigitte. Abel schlief. Das Abendbrot unterschied sich nicht von dem, das ihm seine Schwester ins Untermieterzimmer gebracht hatte. Wurstbrote, saure Gurken, Tee. Er las auch hier die WELTBÜHNE, die man gut zwischen Tasse und Teller einschieben konnte. Er goß sich Tee ein und blätterte. Brigitte legte das angebissene Brot auf den Teller und ging aus dem Zimmer.

Wir könnten also auch nach Grüneiche fahren, dem Paradies am Ende der Welt, sagte Arlecq.

So weit ist es gar nicht, sagte Anne.

Paasch war mit seinem Artikel noch nicht fertig, als ihm auffiel, daß Brigitte nicht zurückkehrte. Sicher saß sie wieder in der Küche und heulte. Kotzt mich an, dachte Paasch und las ohne Interesse weiter.

Arlecq sah durch die Gardine auf die Französische Straße. Unten lief Katarina Rúžičková in ihrem Wildledermantel. Nach Feierabend, an Sonntagen, war die Stadt häßlich, tot, wenn die Bewegungen zum Stillstand kamen. Er wäre hier gern zur Schule gegangen, die Morgenstunde in der S-Bahn (malte Arlecq sich aus) würde die Stadt verzaubern, mit Erwartungen verklären. Und die Mädchen, die abends Schlager der Woche gehört haben, gehen die Hausaufgaben durch.

Paasch saß abends bis zehn am Radio, sortierte ein paar Tonbänder, rauchte, trank, wurde schläfrig, ging zu Bett und weckte Brigitte.

Arlecq mitunter verabredete sich mit Falk, und sie gingen in den anderen Teil der Stadt. Die Filme waren noch immer ausgezeichnet.

## Die freiwillige Feuerwehr

Arlecq, der kein Herz für Gespräche hatte, fuhr nicht nach Grüneiche. Er blieb auch nach der Konferenz Gast des Gewerkschaftshauses, schaute früh auf Köche und Küchenmädchen, die über den Lichthof gingen. Telefonierte mittags durch sein weißes Telefon mit Anne, saß den Tag über an der Schreibmaschine und übersetzte die Resolutionen der Konferenz für die brüderlich verbundenen, im Unabhängigkeitskampf stehenden Völker in Übersee und anderswo. Dazwischen baute er sich auf Zetteln die Fragmente seines Romans zusammen, der weder Anfang noch Ende hätte, willkürlich an einem Sommertag begänne, an einem Sommertag abbräche.

Das Leben im Gasthof der Gewerkschaften behagte ihm. Diese Funktionäre hatten einen guten Umgangston, saßen plaudernd mit den Gästen am Frühstückstisch, lasen aus der Zeitung vor und bestellten Bananen beim Kollegen Gaststättenleiter, der es sich nicht nehmen ließ, eigenhändig zu servieren und in fremder Zunge parlierend um die Gäste herumzustehen, die, in einen farbigen Faltenwurf gewandet, ihre schwarz glänzenden Stirnen über das Tischtuch neigten.

187

Pfeifend fuhren die Züge in die Schächte, brachte der Gegenzug die Gegenstimme. Was war das für eine Stadt. Arlecq las bei unversperrter Tür die mitgebrachten Dementis zu den Resolutionen, die er für die Brüdervölker übersetzte. Die Dementis waren zu grob, die Karikaturen zu simpel, wenn die freundlichen Funktionäre einem bärtigen Parteisekretär aus der Jackentasche schauen oder ihm die rote Nelke ins Knopfloch stecken. Und die einen wie die andern, schrieb Arlecq auf seine Zettel, werben um Anne (um Abel), identifizieren sich mit ihrer Ehrlichkeit.

Arlecq fuhr nicht nach Grüneiche. Er dachte sich den Ort nach den Beschreibungen Annes. Schrieb über ihre Eltern, die Borkmanns, schrieb über Remann, den Maler. Dieser Sommer in Grüneiche. Wenn der Zug den lichtenberger Bahnhofsbogen passiert, aufs offene Land rollt, rahmen die Fenster Remanns metaphysische Landschaften ein (die Arlecq im andern Teil der Stadt ausgestellt gesehen hatte). Remann, ein abstrakter Maler, der von seiner Malerei hüben wie drüben nicht leben kann, Dienst tut an der Schranke des Bahnübergangs. Die Bahn, Teil einer geometrischen Figur inmitten von Wald, Feld, parallel zu Wegen und Straßen, Überlandleitungen, die den Himmel schraffieren, die Bahn eine Linie in Bewegung. Oder war es umgekehrt. Für Anne, die ein Drittel ihres Lebens in diesen Zügen verbracht hatte (die Bahn ist ein Teil ihres Zuhause), war die Bahn ein fester Punkt. Wege, Felder, Bäume verlassen ihre statische Ordnung, setzen sich in Bewegung, es folgen die Häuser, Grundstücke Grüneiches, die beiden Bahnhöfe des Ortes (einer für die Kleinbahn), Remann am Übergang der Kleinbahn, die Glocke und die Schranke bedienend, die sich klingelnd in Bewegung setzt, wie eine Uhr die vierundzwanzig Stunden des Tages einteilt. Sie fahren nach Grüneiche, Anne lehnt sich an, die Borkmanns kommen ihnen entgegen, auf ihren Sesseln sitzend in der guten Stube, die Mutter hebt die Kaffeetasse, der Vater, Schorsch Borkmann, Jahrgang 08, kaut den Sonntagskuchen, es ist Sonntag. Der Hund tappt auf der Diele, sondiert die Gerüche aus der Türritze, auf Lebenszeit verurteilt, die gute Stube nur von der Tür aus betrachten zu dürfen, konkrete Vorstellungen von einem Paradies zu Lebzeiten. Der Hund (eine Hündin) ist eine Mischung dreier Rassen. Die Nachbarn bekamen den kräftigsten Rüden aus dem vorletzten Wurf. Jetzt aber kennen sich die Tiere nicht mehr, bellen sich feindlich an, links und rechts des Zaunes, gelbgrün funkeln die Augen. Auch die Nachbarn kommen ihnen entgegen, unfreiwillig, gleiten auf ihren Sesseln (Kaffee, Sonntagskuchen) dem Zug entgegen, denn das Borkmannsche Haus ist ein Doppelhaus. Doppelt hält besser. Beide Frauen haben Mühe, den Kaffee nicht aus der Tasse zu schwappen. Der Kuchen aber krümelt ohnehin.

Die Geschichte des Doppelhauses ist ein ergiebiges Motiv. Da ginge es nicht ohne Spuk zu, auf dem Lande spukt es viel besser als in der Stadt, eine alte Frau im Leichentuch geistert grau und weiß durch grüne Kiefernwälder, spurlos auf märkischen Sandwegen. Es ist nicht der Geist von Annes Großmutter. Diese lebt in Kreuzberg, Spandau oder Neukölln. Es ist der Geist der Eigentümerin der Borkmannschen Hausseite. Eine alte Frau, barmherziger Pflege empfohlen, die Frau Borkmann, Schorsch Borkmann, Anne in ihre häusliche Hälfte einließ, ihnen Zimmer einräumte, um nicht allein zu sein, mit Stimmen und Gesprächen den Tod hintan zu lassen. Da braucht es eine lange Geduld bis zum Testament. Und auch dann noch gibt es Scherereien, obgleich die Borkmanns als Erben fungieren, doch siegte Frau Borkmanns zähe Beharrlichkeit. Gott sieht ins Herz und zahlt die Nächstenliebe aus. Seitdem sind Borkmanns Hausbesitzer, wenn auch einseitig. Arlecq entwirft das Familienszenarium, zeigt zunächst die historische Seite. Inzwischen ist der Kafffee kalt geworden vom Luftzug, Schorsch Borkmann läßt den Kuchen fallen und muß vorerst zum Dienst bei der freiwilligen Feuerwehr. (Hier das zweite dankbare Motiv.)

Borkmann schnallt sich den Riemen um sein breites Kinn, nimmt die Feuerspritze in die Hand und fährt um Neunzehnhundertdreiunddreißig im roten Feuerwehrauto der Gemeinde Grüneiche durch den Ort. Aber die Brände lassen auf sich warten, die Leute in Grüneiche sind mehr fürs Basteln. Sie basteln und bosseln nach Feierabend an ihren Lauben herum, erst ein Karnickelstall, dann eine Wochenendlaube an die hintere Stallwand gebaut, dann vielleicht ein Zimmer mit Ofen an die Wochenendlaube, alles mit meine Hände, sagt Schorsch und beschreibt seine erste Wohnung, wer massiv baut, denkt auch an die Zukunft seiner Kinder. Schließlich ist das Haus fertig. Am Ende kommt noch die Hundehütte vors Haus.

Borkmann bleibt bei der schnellen Truppe. Mann (würde er zu

Arlecq sagen), wär ich gern Rennfahrer geworden, so mit Karacho über die Avus. Er schnippst einen Kuchenkrümel über den Tisch. Anne sieht ihren Vater zweifelnd an. Frau Borkmann (mit dem Lächeln der Schauspielerin Fita Benkhoff im Gesicht) geht in die Küche, Kaffee aufbrühen. Es wurde nichts mit der Avus, Frau Borkmann hatte ein zu schwaches Herz. Sie hätte die Rennberichte, Sportreportagen am Radio nicht ausgehalten.

Wieviel Beklemmung bringen da erst die europäischen Großnotstände mit sich, während das Feuerwehrauto in der Garage rostet.

Anne weiß nichts davon, in einer Kriegsnacht gezeugt, zwischen zwei Urlaubstagen im September. Im Garten hängen die vollreifen Früchte an den Bäumen, Remann (schon damals) klingelt an der Schranke und malt abends seine verbotenen Bilder. Der Ort hat eine eigene Zeitrechnung, blau und hoch wölbt sich der Himmel in jedem Jahr.

Schorsch Borkmann kommt im schnellen Mercedes aus Krakau, in einer Nacht bis Berlin, Hauptleute, Minister, Parteispitzen im Fond. Ruckzuck gehts weiter nach Paris, Schorsch Borkmann rollt einen Tag nach der Kapitulation in der Frühe an, als die Jalousien noch herunter sind, die Restaurants noch nicht ausgekehrt, der Eiffelturm noch nicht beflaggt. In Paris zog Schorsch das große Los, Hauptleute, Minister, Parteispitzen, Nutten im Fond. Fotos (denkt sich Arlecq aus) beweisen die lautere Wahrheit der Borkmannschen Erinnerungen. Da gibt es den schnellen Mercedes mit schmaler Windhundschnauze, Borkmann in Uniform, seine Chefs in Uniform, alle in Uniform, bis auf die Pariser, die nicht groß ins Bild fallen. Dahinter ragt auf der Arkdetriumph, erstreckt sich die Schampselisseee, die Baoadebulonj und was an Paris noch bemerkenswert ist.

Behaglich würde Borkmann mit seinen großen Händen die Schlösser der Vergangenheit ins Blumenmuster der Tischdecke bauen, das Radio liefe, der Sender von drüben in Disharmonie mit dem Störsender von hüben.

Anne kann mit den Geschichten ihres Vaters nichts anfangen, fremde Geschichten, die ein fremder Mann erlebt hat in einer fremden Zeit. Kein Lehrer würde sie so erzählen, nicht einmal am Tage vor den Ferien, wenn man den Lehrplan beiseite legen konnte. Sie hat schon immer nicht recht unterscheiden können, wer hier eigentlich log, ihr Vater, der Lehrer? Sie selbst log nicht gern, war immer erstaunt gewesen, für Nicht-Lügen hervorgehoben zu werden, in der Schule, im Konfirmandenunterricht, zu Hause, vielleicht auch in der Freien Deutschen Jugend. Fragte Arlecq sie: liebst du deine Eltern, wurde sie unsicher. Sie liebte ihre Mutter, wenn sie an einem Wintertag nach Hause kam, müde vom Schlittschuhlaufen bei Sonnenuntergang, bis sich die Pirouetten, die Kritzeleien auf dem Eis in der Dunkelheit verloren, das gelbe Schilf schwarz wurde. Dann hatte ihre Mutter heiße Milch hingestellt, Brote, manchmal ein Stück Kuchen.

Sie liebte ihren Vater, wenn er sie im Lieferwagen seiner Firma über Land mitnahm, sie vorn im Führerhaus neben ihm sitzen durfte und für ihn, mit ihm auf Markierungen, Kilometersteine, Ortsschilder acht gab. Immer war die Straße weiß und blendend und schmerzte in den Augen.

Anne hat ihre Eltern enttäuscht, keine große Künstlerlaufbahn steht ihr offen. Jetzt muß sie Geld verdienen, tippt auf der Maschine im Büro, geht noch immer zum Training, junge Talente sollen gefördert werden, und unbegabt ist sie ja nicht. Sie lernt auch Englisch in der Volkshochschule, Englisch, das hat Zukunft, sagt Schorsch Borkmann (sagte es, käme Arlecq nach Grüneiche), Englisch, das versteht jeder, das hat immer Zukunft gehabt.

Als Kind hat sie ein Uhrenballett gesehen, als ich acht oder neun war. Ein Kinderballett. Ein Junge, der ein Langschläfer ist und nicht lernen will. Immer kommt er zu spät. Überall. Da haben die Uhren eine Idee. Alle Uhren, die es im Hause gibt. Sie beraten sich und verfolgen ihn dann. Er gähnt und will nicht. Da klingeln die Wecker. Sie klingeln nicht richtig, sagt Anne, sie machten das mit den Armen. Das war gut gemacht.

Neun Uhr zwanzig, sagt Arlecq. Du wolltest doch vor elf zu Hause sein.

Ich muß um sechs aufstehn, sagt Anne.

Um sechs klingeln die Schranken, klingeln die Wecker, fahren die Züge. Am Ende würde er doch nach Grüneiche reisen, um seine Notizen zu ergänzen.

## Die Werft

Ein bolivianischer Kollege, sagten die Funktionäre in ihrem Gewerkschaftshaus neben dem Nonnenkloster. Drüben, wo die Posten gingen, war der Westsektor. Weiß Gott, wie sie zu dem gekommen waren oder der zu ihnen: Ein Herr Casas. Wir stellen Ihnen einen Wagen, Kollege, auch einen Betreuer. Morgen früh acht Uhr. Wir dachten an den Bezirk Rostock, Kollege.

Arlecq legte den weißen Hörer auf das weiße Telefon. Es war wegen Anne, daß er noch immer hier saß. Und nun schickten sie ihn an die Küste. Ostsee im Juni. Oder war es schon Juli. Die Sonne stand auf der anderen Seite, der Lichthof lag im Dunkeln. Paasch war an der Ostsee gewesen, in jenem Jahr. Er konnte zum Glück Anne nicht auf eine Dienstreise mitnehmen.

Ein Herr Casas. Der aber nichts mit dem Mönch gleichen Namens zu tun hatte. Bartolomé Las Casas, der mit Columbus gesegelt, fast ein Revolutionär war, ein Prediger gegen die Versklavung der Indios. Dennoch sah Herr Casas wie ein Nachfahre des berühmten Predigers aus. Jesuitenkolleg, Aufruhr gegen den Landesdiktator, Flugblätter, Stinkbomben auf einer Kundgebung. Ein halbes Jahr Gefängnis. Hegel Marx Engels zur Wassersuppe. Und jetzt in den Bezirk Rostock. Die Republik zeigt, was sie kann. Der neue große deutsche Umschlaghafen, Herr Casas. Der Sprung von der Theorie in die Praxis.

Die Funktionäre hatten einen großen Wolgawagen genehmigt, das sprach für Casas. Der saß schmal im Fond neben Arlecq, das Gesicht mit den großen Gläsern nickte in den Rücken des Betreuers. Einer von denen, die nur Hegel, Marx, Engels (Stalin) gelesen hatten (ohne Wassersuppe), vielleicht ein wenig mehr Stalin als Lenin, aber den Aufruhr nicht gekannt, die Stinkbomben nicht geworfen hatten, die Flugzettel nicht verteilt, den Terminus Jesuitenkolleg aus der Großen Sowjetenzyklopädie kannten, Umgang mit Jesuiten nicht gehabt hatten. Ein Vielredner schon jetzt, da es nichts zu reden gab als: jetzt ist Kontrolle am Kontrollpunkt mit diesem Haus sind wir schon in der Republik. Nach Rostock führt keine Autobahn, sagen Sie ihm das, Kollege.

Arlecq sagte es ihm, Casas nahm auch das nickend hin. Der Wagen fuhr auf großen Rädern, schwankte unruhig auf schneller Fahrt, zerteilte die Baumreihen. Dann waren es Kornfelder, gelb, erntereif. Wiesenquadrate, wo sich Kühe um einen Bach gruppierten, malerische Szenerien (Hübner hatte einst solche Bilder gemalt).

Kühe, sagte der Betreuer mit halber Kopfwendung und lachte in den Rückspiegel.

Er scheint Ihren landwirtschaftlichen Kenntnissen zu mißtrauen, sagte Arlecq zu Casas. Der lehnte die Zigarette ab, mit
überdeutlicher Höflichkeit, die Schüchternheit nicht verbergen
konnte.

Arlecq fuhr gern im Wagen über Land, durch Ortschaften, sah
aus den Fenstern und konnte unbeteiligt bleiben wie vor einem
Kinostück. Das Tachometer pendelte nur zögernd über 90. Das
Radio wurde nicht angedreht. Um diese Zeit konnte man ein wenig Shearing, ein wenig Frank Sinatra aus der Podbielski-Allee
hören. Arlecq pfiff versuchsweise etwas *Lullaby of Birdland,* das
Paasch gern gespielt hatte. Der Betreuer stellte die Ohren auf,
kurbelte dann das Fenster auf, und Shearing kam unter die Räder.

Casas lächelte. Vielleicht über Shearing.

An der nächsten Abbiegung entdeckten Fahrer und Betreuer
ein gemeinsames Fronterlebnis. An der gleichen Stelle? Sag bloß,
sagte der Betreuer, du auch?

Kurz vor Toresschluß, sagte der Fahrer. Und dann nischt wie ab
zu Muttern. Der Wagen rutschte unversehens auf hundertzehn.

Arlecq war zu maulfaul für ein Gespräch mit Casas. Ein sympa-
thischer Herr in Schwarz. Ein Herr Casas mit seiner Jesuiten-
freundlichkeit und seinen Stinkbomben gegen den Landesvater.
Was unterscheidet einen Diktator vom andern.

Es scheint, sagte Arlecq, seinerseits höflich, daß man sich bei
Ihnen zulande demnächst auf einiges gefaßt machen muß? Sie
beziehen sich auf Cuba, sagte Casas. Ich komme aus Bolivien.

Das sieht manchmal gleich aus, sagte Arlecq, wenn viel Wasser
dazwischen ist. Älter als Paasch konnte er nicht sein. Oder älter
als Stanislaus. Nein, der war inzwischen viel älter als sie alle geworden.

Das ist auch bei uns so, sagte Casas. Europa ist für uns immer
Paris.

Das ist ganz falsch, sagte Arlecq. Berlin war nie die Französische
Revolution.

Der Betreuer sagte etwas, das Arlecq überhörte. Doch nahm ihn
der Fahrer wieder in Beschlag. Bei mir nicht, sagte der Fahrer.
An der falschen Adresse. Er tippte sich gegen die Stirn.

Eben diese Nuancen möchte ich gern kennenlernen, sagte Casas, nun ohne Verlegenheit, da er interessiert war.

Für Nuancen, sagte Arlecq, sind wir nicht da. Da sind Sie bei

193

uns an der falschen Adresse. Er wies mit der Zigarette auf den Rücken des Betreuers.

Casas schwieg, sagte dann: Unsere nationale Bourgeoisie ist durch und durch verfault.

Jetzt denkt er, ich greife ihn an. Arlecq schwieg.

Deshalb sind wir für Veränderungen, sagte Casas. Da er auf dem Jesuitenkolleg gelernt haben mußte, sich konkret auszudrücken, konnte das keine Phrase sein.

Wir (für wen sprach er da eigentlich) haben uns das vor fünf Jahren abgewöhnt, sagte Arlecq und überlegte.

Ja? sagte Casas und rechnete nach. Wie war das Neunzehnhundertdreiundfünfzig?

Ich weiß nicht, sagte Arlecq. Ich erinnere mich nur an einen zerbrochenen Flügel auf dem Marktplatz in meiner Stadt. Ringsherum verbrannte Papier, und mein Freund und ich mußten uns in einer Toreinfahrt verstecken, weil plötzlich geschossen wurde. Mein Freund spielt übrigens gern Klavier. Es tat ihm weh, den Flügel auf dem Markt zu sehen. Aber es regnete in diesen Tagen nicht, so brauchte man ihn nicht zu stimmen, als man ihn wieder aufstellte.

Und wer, bitte, stellte ihn wieder auf?

Leute wie dieser, sagte Arlecq und meinte den Betreuer, auch wenn der es nicht gewesen war, Neunzehnhundertdreiundfünfzig vermutlich erst in die Partei eintrat. Aber man mußte es einem Ausländer so anschaulich wie möglich machen, die Wahrheit exemplarisch abrunden.

Paasch war mit zum Rundfunkhaus gelaufen, hatte vielleicht auch einen Stein geworfen, als die Panzer noch auf der Chaussee waren, die dann diese von Kinderhand geschriebenen Plakate wie NIEDER MIT DER HO in kleine Fetzen rissen. Die Straßen waren bestreut mit zerknülltem, zerrissenem, verkohltem Papier gewesen. Auf dem eingeknickten Flügel hatte einer stehend einen Rag gehämmert, als man im Jugendclub in der Goethestraße noch nicht soweit war, über Rag als Ausdrucksform des Negerproletariats zu diskutieren. Der Betreuer sang etwas aus der Lustigen Witwe.

Ihr Kollege macht einen musikalischen Eindruck, sagte Casas leise, als könnte er verstanden werden. Was nimmt es da wunder, wenn er den Flügel wieder an seinen Platz rückte? Natürlich, sagte Arlecq, der das Thema nicht mehr mochte. Die Deutschen waren schon immer ein musikliebendes Volk.

Arlecq, wie stets auf solchen Reisen, haßt den Betreuer, verabscheut seine dicke selbstgefällige besserwisserische stolz überheblich herablassend würdevolle dumme Beamtenmiene. Und dieser ist ein besonderer Kastrat, ungewissen Alters, eine Lichtung wie eine Tonsur auf dem Hinterkopf, auf die man 258 km lang immer wieder hinstarren muß.

Fragen Sie doch mal den Genossen, Kollege, sagt der Betreuer aus breitem Lächeln, wie er den letzten Streik im Kupferbergbau in seinem Land im Hinblick auf den Klassenkampf im allgemeinen auf dem südamerikanischen Kontinent einschätzt. Das würde mich mal interessieren.

Im Hinblick worauf, sagten Sie, sagt Arlecq.

Im Hinblick auf den Kupferbergbau, nein, ich meine, im Hinblick auf den Klassenkampf im weltweiten Maßstab.

Ach so, sagt Arlecq. Einen Moment.

Der Wagen überholt einen Fernlaster, liegt sekundenlang bedrohlich auf gleicher Höhe mit ihm. Ein Fernlaster aus Lübeck oder Hamburg.

Hast du den gesehen, sagt der Fahrer mit dem Stolz des Technikers. Der Betreuer nickt nur.

Wie das ist, fragt Arlecq, mit dem letzten Streik in den Kupferbergwerken Ihres Landes, compañero Casas.

Zum Glück kennt auch Casas den Streik nur aus der Zeitung. Jeder Streik in unseren Ländern, sagt Casas verbindlich, schlägt über auf die Nachbarstaaten und gewinnt so politische Bedeutung.

Das südamerikanische Proletariat, erzählt Arlecq dem Betreuer, wird dadurch einen ungeheuren Aufschwung erhalten, der sich wie eine Lawine über den ganzen Kontinent ausbreiten wird. Der Betreuer dreht den Kopf zur Seite, bietet sein großes Ohr an, um besser verstehen zu können. Dann zieht er eine Zeitung hervor. Haben Sie ihm schon die letzten Meldungen übersetzt, Kollege?

Arlecq verflucht seinen Beruf. Er hat selbst eine Zeitung, sagt er. Die letzten Meldungen. Daß ich nicht lache. Kommt es zu einem Treffen der Außenminister. Abrüstungsvorschlag vor der UN. Unterirdische Kernwaffenexplosion. Erneute Provokation an der Staatsgrenze. Wie lange noch ist die Frontstadt ein Hort von

Auch Arlecq zieht seine Zeitung hervor, die er manchmal auf Reisen mitnimmt. Die Faltstellen sind brüchig, die Ränder vergilbt. Die Blätter riechen nach getrockneten Pilzen, nach Gemüse. Vielleicht waren es Pfifferlinge, die seine Mutter auf dem Balkon trocknete.

Ich soll Ihnen aus der Zeitung vorlesen, sagt Arlecq. Also hier steht es: Erneute Provokation an der Staatsgrenze. Kommt es zu einem Treffen der Außenminister. Wie lange noch ist die Frontstadt ein Hort von

Ja, sagt Casas. Wollen Sie mir vielleicht das bitte übersetzen, wenn es Ihnen keine Mühe macht?

Aber gern, sagt Arlecq. Es ist mein Beruf. Man bezahlt mich dafür. Nur ist die Zeitung acht Jahre alt. Es ist meine einzige.

Casas, das ist verblüffend, kann von Kopf bis Fuß lachen, drückt sich die Hände und bewegt sich auf und ab in der Ecke des Fonds, der Platz für drei hat.

Bolivianische Witze? vermutet der Betreuer. Nein, inländische, sagt Arlecq. Von da an sind sie fast schon Verschworene.

Sie machen in Warnemünde Station. Es ist früher Nachmittag. Die telefonisch bestellten Zimmer, mit Nachdruck geforderten Zimmer, zwei Doppelzimmer, sind im Strandhotel reserviert. Der Empfangschef legt ihnen ohne großes Aufheben die Anmeldeformulare auf den Tisch.

Es ist kein Hotel der Gewerkschaft, erklärt Arlecq.

Aber doch staatseigen? fragt Casas.

Schon, nur die Gäste sind privat. Sie sehen es gleich an den Kellnern. Falls Sie darüber schreiben wollen? Dazu hat man Sie doch eingeladen, nicht?

Ja gewiß, sagt Casas. Er muß seine Tasche selbst tragen. Wollen Sie uns bitte behilflich sein, Kollege, wendet sich der Betreuer an einen Kellner, der in der Halle steht.

Bedaure, mein Herr, ich bin beschäftigt, sagt der Kellner. Arlecq sagt: Der Betreuer hat ein zu großes Parteiabzeichen. Casas versteht nicht sofort.

So tragen sie ihre Taschen über den roten Kokosläufer in den dritten Stock. In den Fenstern ihres Zimmers, Arlecq hat auf das Meer noch nicht achten können, vermischt sich zweierlei Blau. Unten zieht sich weiß der Strand hin. Der Badebetrieb ist erschreckend.

Kennen Sie die Szene, sagt Casas, seine Tasche auf einen Stuhl stellend, da Monsieur Hulot im Badeort ankommt und das Leitmotiv der Filmmusik wieder ansetzt zu den Wellen, die an den

Strand kommen?

Ja, sagt Arlecq und öffnet ein Fenster.

Kennen Sie die Szene bei Proust, wenn er einen Sonnenuntergang in Balbec beschreibt, alles in rosa Licht getaucht ist, das Bett, das alte Silber auf dem Tisch, die Rosen.

Ich sehe, sagt Casas, Sie haben noch ältere Dinge in Ihrer Tasche als Ihre Zeitung.

Arlecq nimmt es als Kompliment und legt seinen Proust auf den Nachttisch.

Wir können das später nachlesen, sagt er. Hier wird es etwas anders zugehen.

Sie ließen den Betreuer warten und sahen sich das Meer an. Nach Westen zu taten sich Fernen auf, war jeder Ausschnitt eine Remannsche Bildkomposition (dachte Arlecq), störte kein Badebetrieb die reine Empfindung. Sie liefen dort, wo die Wellen den Strand geglättet hatten, ihnen kein Sand in die Straßenschuhe rieseln konnte. Zwei Ausländer vermutlich, im Gespräch, fremd. Arlecq lockerte den Kragen und zog die Krawatte ab, die er in die Jackentasche knüllte. Dann zog er die Jacke aus. Casas, unempfindsam, andere Temperaturen gewöhnt oder auch hier auf Etikette bedacht, behielt die Jacke an. Zur Rechten dehnte sich das Meer bis an die Horizontlinie, auf der wagehalsig Schiffe balancierten, den Halt verloren, abkippten, wieder auftauchten.

Glauben Sie nicht, sagte Casas als Antwort auf eine Replik Arlecqs, daß unsere Meinungen vorerst ganz unwichtig sind, wo sie doch nur Umkehrungen bleiben, die nichts beweisen? Meinungen sind müßig, wenn sie, verzeihen Sie bitte, nicht die eines Klassenstandpunkts sind. Was Sie jetzt noch vermissen, Ihren Shearing, Ihren Proust, das wird Ihnen gegeben werden, sobald Ihr Land ökonomisch und technisch ein starker Staat geworden ist. Da wird man Zeit haben, sich umzuschauen, um zu bemerken, was noch fehlt, womit man auch noch Leuten wie Ihnen, verzeihen Sie bitte, eine Freude bereiten kann.

Das wird nicht viel ändern, sagte Arlecq. Mein Sinn steht auch nicht nach den Wundern der Chemieindustrie. Und die automatischen Lösungen halten nie lange vor. Viel wichtiger wird es sein, einmal Ideale gehabt zu haben (welche im einzelnen? dachte er), jung gewesen zu sein und sein Leben dann bei der Beobachtung des dialektischen Umwandlungsprozesses zu verbringen, bei dem aus Idealen Enttäuschung wird, Anpassung, ich weiß nicht was.

197

Da verkennen Sie ganz die menschliche Art, sagte Casas. Eine Anpassung ist kein Stillstand, sondern vielleicht der Übergang zu einer neuen Qualität. Auch unser Freund, der auf uns warten wird, wächst in der Sache, die er vertritt, über seine private Dummheit hinaus. Wenn Sie erlauben: Casas stopfte sich eine Pfeife. Der Wind blies ihm das Streichholz aus.

Arlecq schwieg. Dachte unbestimmt an Anne. Dann fiel ihm ein: Ich hatte einen Freund, einen Bekannten, den man eingesperrt hat. Wahrscheinlich hat er Flugblätter verteilt. Wahrscheinlich hat ihn jemand dazu angestiftet. Der suchte jeden Tag in der Zeitung den Weltuntergang. Ganz einfach, weil er genug hatte von diesem scheißblöden Fortschrittsgequassel. Und damit einmal von vorn und ganz anders begonnen werden könnte, Wort und Sache sich wieder fänden.

Casas rauchte und schwieg anteilnehmend. Sicher dachte er an Hegel Marx Engels, vielleicht an Rousseau. Irgend etwas galt immer, irgendwer hatte immer das Richtige geschrieben. Der Wind fetzte den Rauch schnell über ihre Köpfe.

Hier ging man besser nicht weiter. Casas rückte am Brillengestell und behielt seine Pfeife in der Hand. Auch Arlecq, geschützter hinter der Sonnenbrille, verlor etwas die Fassung: Aphrodite, schaumgeboren, vertrat ihnen den Weg, lief nackt zum Waldstreifen hinter der Düne, das nasse Haar in Streifen über dem Rücken. Badend, spielend, liegend: eine nackte Menschheit siedelte zwischen Wald und Ufer. Hier haben Sie die Republik im Urzustand, sagte Arlecq. Ich darf Sie nicht weitergehen lassen. Bei diesen Undeklarierten weiß man nicht, ob es Staatsfeinde sind.

Casas wurde von seinem seltsamen Lachen durchschüttelt. Sie machten kehrt. Das Wasser, nun zur Linken, war blasig und blau. Alles was angeschwemmt worden war, vergessen, liegengelassen, Papier, ein Reifen, Kistenholz, warf lange Schatten.

Beim Frühstück, festlich vor den großen Fenstern mit dem Blick aufs Meer, schaute der Betreuer, der heute ein buntes Hemd trug, nach Sonnenöl roch, in sein Heft. Heute hätten wir eine Besichtigung auf der Warnowwerft, Freunde, sagte er. Arlecq biß ab, um die Übersetzung hinauszuzögern. Als sie zum Ausgang gingen, kehrte das Hausmädchen den Sand aus dem Kokosläufer. Casas wollte allen den Vortritt lassen, der Betreuer glaubte, soviel Höflichkeit (andere Länder andere Sitten) noch überbieten zu müssen und hielt als letzter die Tür, auch noch für ein paar Badegäste, die mit Gummitieren in der Hand, Bademänteln, Taschen, auf leichten Sandalen die Treppe heruntersprangen. Der Wind lag in den Kiefern. Im Schatten warteten die großen Limousinen, die im Interzonenverkehr nach Hamburg hier abgebogen waren, das helle Morgenlicht farbig reflektierend. Der Fahrer kannte sich in den Marken aus. Der Betreuer hielt nichts von soviel Chrom. Auch Casas schien nicht viel davon zu halten. Sicher hatte sein Vater in Bolivien ein ebenso strahlendes Blech, mit dem Casas gelegentlich ins Kolleg gefahren war. Sie stiegen in den Wolga. Arlecq kurbelte sein Fenster herunter. Das Meer war glatt, nur an den Rändern weiß gekräuselt vom lauen Wind. Casas sah vor sich hin. Seine Art zu beobachten war nicht ergründlich.

Da wechselt das Bild. Eine kurze Verhandlung am Werktor. Der Betreuer hat tags zuvor alles arrangiert, die BGL wartet mit Ziffern, Statistiken, Plantabellen. Casas stopft sich seine Pfeife, während von drei Seiten auf ihn eingesprochen wird. Sie gehen von Dock zu Dock. Dieses Schiff haben wir den Schweden abgekauft, sagt der Mann von der BGL, damit unsere arbeitende Bevölkerung ihr Urlauberschiff bekommt und durch Freude neuen Arbeitsmut gewinnt.

Die alte Kiellinie ist flüchtig übermalt. Rostbraun steht das Schiff in einem stillen schwarzen Wasser. Der Betreuer legt den Kopf in den Nacken und gerät ins Schwärmen. Können wir schon für einen Platz buchen, Genosse? sagt der Betreuer. Der Mann von der BGL geht nicht auf den Scherz ein, streicht sich mit der Hand über die Wellenlinie seines Blondhaars, während er das nächste Anschauungsobjekt visiert. Die Werft baut drei Schiffe. Riesenskelette wie von Sauriern, deren Knochen zum Schutz gegen das Seesalz braun und rot angestrichen werden. Durch die Verstrebungen blendet der Himmel. Die Kräne reichen die Platten zum Schiffsgrund hinunter. Blaues Feuer sprüht auf, wenn Eisen und Eisen sich berühren. Casas beobachtet genau, was sich hier ereignet. Erklärungen gehen im Schrillen des Eisens, im knarrenden Schwenken der Kräne unter. Auch der Mann von der BGL steht gebannt vor einem vertrauten Schauspiel.

Von der Höhe der Kranbrücke ist das Endergebnis unvorstellbar, Eisenteile liegen in der Tiefe, das Meer schiebt sich breit an die Werft. Casas, in seinem priesterlichen Schwarz, wird von den Frauen, die auf der Kranbrücke arbeiten, bestaunt. Hier wird die

Theorie zur materiellen Gewalt, sagt der Betreuer und ist stolz auf das, was er in der Parteischule gelernt hat. Casas behält seine devote Haltung bei. Diesmal gilt sie dem Wunder des Schiffsbaus. Der Kran breitet die Arme aus. Wieder mit dem Fahrstuhl, rohe Planken, ein Drahtkorb, hinunter, so schnell, daß die Schiffskelette ihre Konturen verwischen, Schiffe auf hohen Wellenbergen zu sein scheinen, auf denen man jäh ins Wellental stürzt.

Ein bolivianischer Genosse, sagt unten angekommen der Betreuer zu den Arbeitern, die mit dem Fahrstuhl auf die Kranbrücke wollen. Sie geben Casas die Hand. Eine deutsche Bruderfaust, sagt der Betreuer und haut einem der Arbeiter einen herzlichen Schlag auf die Schulter. Der schiebt das Käppi in den Nacken und will in den Fahrstuhl. Na, Kumpels, sagt der Betreuer, wir wünschen euch weiterhin steigende Erfolge bei eurem Ringen um den Sozialismus.

Wir steigen, sagen die Arbeiter. Der Drahtkorb schließt sich.

Der Betreuer hält sich nun an Casas schadlos, spricht ihn direkt an, daß Arlecq sich dazwischenschieben muß. Nun, Genosse Casas, haben Sie Fragen? Fragen Sie nur, Genosse, aber Sie sehen ja selbst, wie hier mit revolutionärem Elan gearbeitet wird, die Beschlüsse von Partei und Regierung tatkräftig umgesetzt werden, damit wir Westdeutschland bald im Prokopfverbrauch überholen können. Hier sind wir richtig, Genosse Casas, das können wir mit Stolz zeigen. Arlecq läßt ihn reden, Casas nickt höflich, der Mann von der BGL schaut auf die Uhr. Und alles ohne Dollaranleihe, sagt der Betreuer und findet kein Ende. Er wiederholt das Wort Dollar, schlägt einen Kinderton an, damit es Casas kapiert: Hier nix Dollar, verstehen, hier nur das: er spannt den Arm und tippt auf seinen Bizeps. Casas klopft die Pfeife an einem Stück Eisen aus.

Ich würde vorschlagen, wir setzen uns gemeinsam zu Tisch, sagt der Mann von der BGL. Da können wir noch ein paar Fragen in Ruhe anschneiden.

Sie gehen über einen freien Platz, der von vielen Sohlen fest wie Asphalt gestampft ist. Das Meer ist nicht zu sehen. Zwei Barakken liegen im rechten Winkel zueinander im Hintergrund. Wo man das Meer vermuten kann, zackt Stacheldraht zwischen Eisenpfosten. Da biegt im Marschschritt eine Kolonne in verblichener Arbeitskluft, einen Blechnapf in der Hand, um eine der beiden Baracken. Zwei Hunde, offene Schnauzen, aus denen die

Zunge seitlich über die Zähne hängt, traben voraus. Dann Männer in Uniform, mit geschultertem Karabiner.

Ach, sagt der Betreuer zu dem Mann von der BGL. Sind das eure Freiwilligen? Er lacht seinen Opernbaß, seinen Baß aus der Lustigen Witwe. Na, er kann auch das sehen. Sagen Sie ihm doch, Kollege, da kann er sehen, was wir mit unseren Gefangenen machen: wir stecken sie in die Produktion. Sagen Sie ihm, wir beherzigen, was Marx gesagt hat: Der Mensch ist das Produkt seiner Umwelt. Hier schulen wir sie um und machen aus ihnen was Nützliches.

Ach, sagt Arlecq zu Casas. Jetzt kann ich Ihnen sogar meinen Freund Stanislaus vorstellen, von dem ich Ihnen gestern erzählte. Da geht er, in der zweiten Reihe, der kleinere. Nur trug er das Haar früher anders. Die körperliche Arbeit wird gut für seinen Brustkorb sein. Nicht, Sie kennen das Marx-Wort: Das Sein macht den Brustumfang.

Arlecq schaut auf den Kleineren in der zweiten Reihe, möchte winken. Haßt den Betreuer. Stanislaus, hier und jetzt, würde so aussehen.

Könnten wir nicht mit ihnen sprechen? fragt er den Betreuer, meint Genosse Casas.

Ich habe nicht bemerkt, daß er eine Frage gestellt hätte, sagt der Betreuer. Und ich glaube nicht, daß wir ihnen die Zeit stehlen können. Jetzt ist Tischzeit.

Ach so, sagt Arlecq. Freilich, Arbeit macht nicht nur frei, sondern auch hungrig.

So ist es, sagt der Betreuer. Und nicht anders.

Die Kolonne zieht weiter. Der Platz ist so festgetreten, daß kein Staub aufwirbelt.


*Ein Landarzt*


Regentage im Sommer. Tiefe Wolkenfetzen ziehen wie Rauch über die Stadt. Der Himmel über den Wolken ist ausgegossenes Blei. Arlecq ist zurückgekehrt. Sein Zimmer ist unverändert, nur haften die Dinge (scheint ihm) schwerer, unverrückbarer dort, wo sie stehen und liegen. Es kostet Mühe, ein Buch von der Stelle zu rücken. Arlecq streut ein paar Fotos von Anne über den Schreibtisch. Dann packt er Paaschs Paket aus: ein Tonband in einem hellroten Pappkarton. Kein Brief, keine Karte. Keiner weiß, wie es Paasch geht. Vielleicht, daß Abel schon laufen kann. Vielleicht, daß Paasch die Wochentage nicht mehr unterscheiden kann. Für den Sprechstundenplan kommt seine Sprechstundenhilfe auf. An alles andere gewöhnt man sich. Vielleicht, daß er auch dort nach Feierabend lange dünne Zigarren mit dem Chefarzt raucht, während Brigitte am Abendbrottisch wartet. Die angeschnittene Wurst verliert die Farbe, der Tee wird lau, dann kalt und schwarz.

So hatte Arlecq Anlaß, sich endlich das Tonbandgerät zu kaufen. Das Geld dazu hatte er bei den Funktionären der Gewerkschaft verdient, dank der verworrenen entworrenen Gespräche auf der Konferenz, dank der bescheidenen Neugierde Casas', der noch dies und das hatte sehen wollen, am Ende die ganze Ostseeküste hoch und runter. Natürlich hatte er ihn beim Abschied nach Bolivien eingeladen.

Lady Bird konnte den neuen Geruch nicht ausstehen. Die stetig langsam unaufhaltsam sich drehenden Spulen beunruhigten sie. Arlecq legt Paaschs Tonband auf. Paaschs Stimme, unverkennbar, dennoch fremd. Ein Glas klirrt. Motorengeräusch aus der Ferne, wahrscheinlich stand das Fenster offen. Vielleicht ein Flugzeug, nein, ein Traktor. Paasch wohnt auf dem Lande. Paasch sagt: hallo hier paasch ist dort wer? Mir soweit geht es gut was ich auch von dir hoffe keine magenbeschwerden jeden tag sonnenschein und die verpflegung gut grüß mir tante flora hab sonne im herzen und zwiebeln im also freund möchte wissen ob sie stanis bierdeckel ausstanzen lassen eine kühle blonde wie mein ehelich weib. Abel? abel gedeiht prächtig danke der nachfrage beten und arbeiten immer meine devise gewesen und abends in den krug heißt hier zum pappelwirt putziger name wo keine pappeln vorm haus stehn die hunde gehn woanders pissen was ich dir noch sagen wollte komme um den fünfzehnten heim ins reich hoffe wir können uns dann austauschen kennst du die geschichte von dem manne der auszog das saufen zu lernen bohre immer den verkehrten zahn an peter von zahn hatte neulich prima kommentar was du nicht hörst nur was fürs volk. Hier gibt es wie überall solche und solche aber mehr solche alles kumpels die lieber die hand verrenken als dem staat was schenken sagt mein wirt kann ich mir lebhaft vorstellen wie das so lang geht mit unsrer volkswirtschaft sagt mein wirt meine jetzt diesen vom pappelkrug

202

pappelwirt prima pappelbier oobliadooh im kleinen gästezimmer zum männerskat hoffe du hast es endlich gelernt und verpimpere dich nicht hab mich vor augen gieß es ins taschentuch wie es bei van de velde heißt möchte dich mal sehen als ehemann windelscheiße aufs butterbrot geschmiert haut dich glatt vom stuhl. (Ein Glas klirrt.) Übrigens toronto konzert endlich aufgenommen, parker, dizzie bud powell geht gleich los mit salt peanuts herrlich da gerätst du außer rand bringe das band mit du seele eines literaten sonntags lese ich was mir mein chef borgt der es von seiner schwiegertochter hat studiert in westberlin franz kafka zum beispiel komme ich nicht mit. Das mit rosa und dem knecht zwei zahnreihen in des mädchen wange du vieh schreie ich wütend schön und gut oder wie die tür meines hauses unter dem ansturm des knechtes birst und splittert noch gut aber dann geht es los legt sich der arzt ins bett des patienten wo es feucht ist wie nach dem coitus nur hier von der suppenden wunde und den würmern ist mir ehrlich gesagt zu hoch. Der vater mit dem rumglas ist klasse stellte mir immer meinen großvater selig so vor der junge drückt sich vermutlich vorm militär soll auch hier bald gemustert werden sagt der rias frühfunk für die landwirtschaft freut euch ihr patienten (Paasch singt) der arzt ist euch ins bett gelegt. Guter satz dieser: einmal dem fehlläuten der nachtglocke gefolgt es ist niemals gutzumachen. Ich warte nur daß brigitte was mit dem elektriker anfängt den ich ihr manchmal schicke junger strammer kerl blauäugig gute germanische rasse nicht sowas artfremdes wie du und ich scheint aber nicht anzubeißen er natürlich. Kann mich hier freisprechen da sie einkaufen ist und was das für ein ort ist möchtest du natürlich wissen. Wie leutzsch ohne leipzig dran oder wie kleinpösna ohne die kleinpösner straße ein paar staatshäupter der zone aus der zeitung geschnitten im schaufenster und ringsherum ist fetter käse solltest du dir mal ansehen kommen willkommen hier kannst mit deiner ische kommen wir sind nicht so auch wenns nicht getraut seid. Erwäge zum fernseher zu kommen guter westempfang nationale front will nächstens die antennen ausrichten lassen nicht so für ärzte da hätte der elektriker länger hier zu tun da müßte er auf den boden rauf würden sie bitte die leiter halten frau paasch und ihre unterwäsche vielleicht bitte aus dem wege räumen stört sonst könnte leicht beschmutzt werden. Abel? abel ist ein netter junge ein bißchen mente captus scheint es denk mal an kramanns sohn hatte es immer leicht der junge auf dem ochsengefährt. Mein chef übrigens: was sie haben noch keinen stuhl? Solltest du wissen was das ist lange genug des umgangs mit mir gepflegt meint einen wartburg skoda moskwitsch wolga fährt selbst einen moskwitsch nächstens einen vauwe wie der das macht fährt immer in die kreisstadt zum stempeln soll dort auch ein heim geben siebenundzwanzig prozent zahnärzte alles alkoholiker mithin also klare perspektiven gegeben sind. (Ein Glas klirrt.) Ein glas klirrt die flasche ist leer hier schließe ich mit freundlichen grüßen dein ganz ergebener übrigens willis conover sendet auch über langwelle.

Schweigen, Paasch schweigt, das Band schleift im Leeren. Arlecq spult zurück.


### Die metaphysischen Felder

Einmal fährt Arlecq nach Grüneiche, fährt in dieses Berlin, der Zug steht in der Langenweile des Ostbahnhofes, die Züge der Hochbahn, die Züge aus und in die Vororte fahren aus und in den Bahnhof. Das Mißtrauen der Polizei (ein bärtiger junger Mann, der in einem Buch liest) schwebt nur einen Lidschlag lang über Arlecq, dann wird er zerstreut dank der Imperative auf den Telegrammen der Funktionäre aus dem Gewerkschaftshaus neben dem Nonnenkloster. Dank der Briefe, in denen Lektoren mit ihm über Schelmenromane verhandeln. Dreihundert Jahre nach ihrer Niederschrift verhelfen sie zu einem Alibi, entspinnen ein neues Kapitel, wird die Polizei an Zoll- und Grenzstationen hinters Licht geführt. Nach dreihundert Jahren.

Einmal fährt Arlecq nach Grüneiche, um sich von Remann Geschichten erzählen zu lassen. Enttäuscht von der Banalität des Gegenwärtigen, hofft Arlecq auf den Fundus eines alten Mannes. Es ist später Nachmittag, als er in Grüneiche ankommt. Mann für Mann schiebt sich durch die Sperre, Schorsch Borkmann zeigt seine Monatskarte, die leere Stullenbüchse in der Mappe. Wie immer ist der Zug knüppeldickevoll gewesen. Selbst auf dem Feuerwehrauto war mehr Platz, doch da saßen jetzt andere, saßen noch immer ehrenamtlich, manchen kannte er noch von früher, nur hatte der jetzt die Fahne nach dem Wind gedreht.

Da hat Remann es besser, versieht seinen Dienst an einer Nebenlinie, die den Vorort mit den Dörfern in der Nordsüddiagonalen verbindet. Am Schrankenhaus wachsen Blumen, Pappeln bilden die Grenzlinie zwischen Feldern und einer wolkenlosen Himmelslandschaft. Nur hin und wieder ein Zug, zwei Wagen von einer Diesellok gezogen, mäßiges Tempo und ungefährlich wie Spielzeug. Das Läutwerk wird beizeiten in Gang gesetzt, die Schrankenarme sperren die Chaussee, Remann, ein alter Mann, muß sich gehörig ins Zeug legen, denn hier ist noch Handbetrieb, wachsen die Schranken aus dem Handgelenk des Bahnwärters. Kein Försterhaus, keine Dackel, sonst wäre es fast so wie am Bahnhof der leutzscher Vorstadt. Die Züge der Stadtbahn durchbrechen die Nebenlinie im rechten Winkel, jagen nachts mit hellen Fenstern über die Felder. Remann hätte diese Bewegung gern durch ein Bild vermittelt, aber das hat schon ein andrer getan, Luigi Russolo, in den zwanziger Jahren, ein Bild, das heute, wie Remann erzählt, seine 30 000 Westmark wert ist.

Kommen Sie doch rein, Amigo, sagt Remann. Schön gemütlich hier. Hinterm Fensterkreuz eine der Remannschen Landschaften. Wenn der Wind aufkommt, bewegen sich die Pappeln.

Schön hier, nicht wahr? sagt Remann in der blauen Uniform mit den blanken Knöpfen, weißes Haar, randlose Brille, ein mildgestimmter alter Mann.

Sehr schön, sagt Arlecq und denkt an Paasch: hier laßt uns Hütten baun. In Grüneiche-Oobliadooh.

An der Wand hängt der Plan. Der nächste Zug ist ein Güterzug. Remann hat seinen Zeichenblock mit und überträgt (unter Rauchwolken aus seiner Pfeife, wohlriechender WESTTABAK) die Linien hinterm Fensterkreuz aufs Papier.

Ja, die Kunst, sagt Remann. Ist nicht viel los damit bei uns. Wenn Sie die zwanziger Jahre gekannt hätten, Amigo! (Auf der berliner Sezession hatte er dreimal das gleiche Bild verkaufen können, für 400 000 RM jeweils.)

Remann, so man will, trägt seine Geschichten vor. Geschichten aus den zwanziger Jahren und später. Familiengeschichten, Zeitgeschichten.

Die Geschichte des verkrachten Studenten, der sein Medizinstudium nicht zu Ende bringen kann, denn (die Zeitgeschichte will es so) sein Vater verliert alles Geld in der Inflation. Die Geschichte mit den Namen der großen Maler (Pechstein, Nolde, Kokoschka), die Remann ermutigen. Aber (die Familiengeschichte will es so) er heiratet eine kranke reiche Frau, die ihr

Geld falsch investiert, Remann wird nicht berühmt, die Familie hemmt ihn, sie wird ihm zur Last, und als die Frau stirbt, hat Remann nicht nur den Anschluß an die großen malerischen Bewegungen der zwanziger Jahre verpaßt, er kann das, was er gelernt hat, in den dreißiger Jahren nicht mehr anwenden.

Arlecq ist dem dramatischen Faltenwurf der Zeitgeschichte auf der Spur. Der Rauch tritt durch die offene Tür ins Freie, windet sich um die aufrecht stehenden rot-weißen Schrankenmasten. Rauch gehört nicht nur zum Geschichtenerzählen, hier ist er zuweilen Bestandteil eines Berufes. Denn manchmal hält eine Lokomotive an der Schranke, die Waggons stehen irgendwo zwischen Feldern, wenn der Lokführer einen ärztlichen Ratschlag braucht für sich, seine Frau, seine Kinder. Dann schickt Remann mit dem Rauch seiner Pfeife sein Gutachten hoch zum Lokführer, dessen verschmiertes Gesicht noch finsterer wird, damit ihm kein Wort entgehe. Anstelle eines Dankeschöns tippt er an die Stirn, läßt die Lok pfeifen, und der Güterzug ruckt an. Remann hebt grüßend die Hand zur Mütze und nickt den Autofahrern zu, die ungeduldig hinter ihren Scheiben sitzen. Vielleicht sitzt der Kreisarzt in seinem Wagen und wartet, daß sich die Schrankenarme heben. Der Wagen rollt über die Gleisspur, die Herren kennen sich, grüßen einander nicht. Hier kann die Geschichte wieder ihren Verlauf nehmen: der Kreisarzt hatte es durchgesetzt, daß Remann im dritten Jahr nach Kriegsende nicht mehr praktizieren durfte, wiewohl ihn die sowjetische Kommandantur in der Stunde der Not eingesetzt hatte. Als der Kreisarzt mit seinen Papieren auf der Kommandantur anrückte (erzählt Remann), hatte der Kommandant gesagt: Nix gut, Remann unser Arzt, geh du nach Westen. Aber der Bursche war nicht in den Westen gegangen, sondern in die Partei. Und so blieb für Remann nur noch die kleine Ortsschranke, der Glaube der Leute an seine wunderbare Heilkunst und die Staffelei nach Feierabend.

Als Remann nach Kriegsende ein zweites Mal heiratete, bezeugten die Russen ihre Sympathie, die Kommandantur richtete ihm die Hochzeitstafel ein mit Kaviar, Wodka und Machorka, schickte Ziehharmonikaspieler, denen Remann (im weißen Kittel aus der Famuluszeit) Grüneiche kampflos übergeben hatte. Nicht ohne zuvor mit List eine versprengte Wehrmachtseinheit, die sich im Ort verschanzen wollte, aus dem Felde geschlagen zu haben (auch das eine Geschichte). So viele dramatische Geschichten auf engstem Raum. Arlecq hört sie mit Genuß, während der Rauch durch die offene Tür auf die Chaussee zieht. Aber auch da siedelt sich eine Geschichte an. Es ist die mit dem Gefangenentransport. Im Monat der Kapitulation, unter grünen Bäumen. Die Russen gestikulieren aufgeregt, ich trete näher, sagt Remann, da wird durchgezählt. Einer fehlt, einer muß entkommen sein. Die Russen, wie gesagt, tun furchtbar aufgeregt. Da steht der Ortsfriseur, der gerade über die Chaussee wollte, an der Ecke und wartet. Er war nicht kv gewesen, brustleidend. Und was meinen Sie, sagt Remann, man sieht sich den Mann gar nicht erst an, zerrt ihn am Ärmel, schiebt ihn in die Lücke und fertig. Ab nach Sibirien. Hauptsache, sagt Remann, war schon damals, daß das Soll stimmte. Der Mann ist übrigens später wieder entlassen worden. Sehen Sie, Amigo, im Grunde genommen war das ein sehr hintergründiges Exempel: auch dieser Mann war schuldig für seinen Bruder. In einem höheren Sinne, meine ich. Ob er nun Nazi gewesen war oder nicht, spielt dabei keine Rolle. Auch hier also Geschichten für Moralisten. Hatte Abel sich schuldig für Kain zu fühlen?

Noch vor achtzehn Uhr kommt die Diesellok mit ihren zwei Wagen vorbei, und als die Schranken wieder aufsteigen, tritt die Ablösung, eine Frau, in das blauverräucherte Wärterhäuschen mit seinem Fensterkreuz, dem Fahrplan, dem Kanonenofen. Rötliche Farben breiten sich über dem westlichen Himmel aus, jäh herrscht eine große Stille. Die Stadtbahn ist schon zu hören, wenn sie im Nachbarort zur Fahrt ansetzt. Die Frau, breithüftig, zwei Säulenbeine, klagt über Gelenkrheumatismus. Remann geht interessiert darauf ein, empfiehlt ein Mittel zum Einreiben. Die Frau fühlt sich sogleich besser.

Remann hat wie jedermann eine Mappe, die er mit Bedacht zuklappt und schließt. Arlecq bittet, den Zeichenblock tragen zu dürfen, trägt Remanns Ausbeute eines Tages, Lichtbündel über einem Geviert von Dächern, die wie Boote im Meer treiben. Hübners Engel haben sich bei Remann in Licht aufgelöst, gleiten unsichtbar-sichtbar über das Papier. Licht ist unser unsterblich Erbe, aus dem Licht kommen wir, ins Licht gehen wir, sagt Remann im Tonfall einer Diagnose. Arlecq sieht ihn von der Seite an, wie er da unter den Bäumen geht, Arzt, Maler, Lichtsucher, die Hände hart von den Griffen des Schrankenmechanismus, grüßend und begrüßt von den Bewohnern des Ortes, von den

Verwaltern der Gemeinde. Die Gemeinde, die sich aus zwei alten Nazis rekrutiert, die nach dem Kriege drei Altkommunisten aus der Verwaltung ekeln, gar nicht erst ran ließen (sagt Remann). Die Ortsgemeinde in der, nehmen wir an: Rathausstraße, wo Remann, nehmen wir an, am siebenten Oktober mit Ehren bedacht wird, in der kleinen Ansprache des Bürgermeisters ehrend genannt wird, weil er nach Kriegsende die Kühe vor dem Requirieren rettete, auf daß die Ortssäuglinge ihre Milch hätten und so dem neuen Staat erhalten blieben.

Einmal fährt Arlecq nach Grüneiche, um Herrn und Frau Remann zu besuchen. Remanns Geschichten sind alle vom Ernst des Lebens gezeichnet. Da kann es ironisch nur auf Kosten seiner Frau gehen, genauer: auf Kosten des vormaligen Künstlerlebens von Frau Remann. Ein Sängerleben mit all seiner heiteren Unverbindlichkeit, jeden Tag saubere Wäsche aus den Händen des Zimmermädchens und abends im Ballkleid der Lustigen Witwe, feurig als Polenblut, sittsam ländlich als Humperdincks Gretel, aus der die Jahre Gretels Großmutter gemacht haben. Adrett, mit kleiner Brille vor den sehr blauen, einst sehr schönen Augen, locker jede Bewegung, der Schritt ein Bühnenschritt, kommt ihnen Frau Remann entgegen. Die Gewißheit, das Abendbrot bereit zu haben, schmackhaft und eines Gastes würdig, strahlt aus ihr wie ein gutes Gewissen.

Tag, mein Lieber, schön, daß Sie uns mal besuchen. Mein Guter braucht das, den lebendigen Austausch von Mensch zu Mensch, wissen Sie, sagt Frau Remann. Wir hier hinter unsern Mauern. Hinter den Mauern des Hauses gibt es alte dunkle Möbel. Wind fächert die Gardine ins Zimmer. Der Lehnstuhl ist alt und bequem. Arlecq wird genötigt, im Lehnstuhl Platz zu nehmen. Alles noch aus der Goethezeit, sagt Remann erklärend, gediegene Arbeit. Der grüne Bezug hinter der Glastür des Bücherschranks verbirgt die Bücher, die hier gelesen werden. Ja, der Geist der Goethezeit, sagt Remann im Stehen, die Eisenbahnermütze in der Hand. Welch lebendiges Wirken, welch Leben im Geistigen, Amigo.

Ausgerechnet Goethe, denkt Arlecq. Das ist schade. Gut, daß man es seiner Malerei nicht anmerkt. Eine Feininger-Reproduktion liegt auf dem Sekretär. Remann entschuldigt sich. Aber ich muß endlich dieses Fronkleid vom Leibe haben, sagt er. Uniform ist was Scheußliches.

Anne kommt, wie verabredet. Schon als Kind stand sie in der Obhut dieses Hauses, aus den Remanns werden Onkel und Tante. Arlecq und Anne küssen sich, indes in der Küche der Tee bereitet wird, Remann die Hausjacke im Nebenzimmer anlegt. Schluß mit der Schnäbelei, ihr da, sagt Frau Remann und kommt mit dem Tablett.

Ist doch immer wieder merkwürdig, die Liebe, sagt Remann, in grauer Leinenjacke, Sandalen an den Füßen, ein Maler, der sein Atelier verlassen hat, um einen Gast zu begrüßen. Das Abendbrot ist präzis in Geschmack und Dosierung. Die Akkuratesse, mit der Frau Remann einst ihren Part einstudierte, ihn leichthin und wie selbstverständlich beherrschte, gilt nun ihren Rezepten, die einen Schuhkarton füllen. Zum Nachtisch gibt es einen Himbeerauflauf (dänisch). Dazu Geschichten, die in Himbeeraufläufen kulminieren. Zum Tabak dann, zu Ehren der Verliebten, Geschichten über Liebe. Arlecq steht fassungslos vor diesen Oasen der reinen Hingebung, die im Alltag grünen, und jeder heißt ja nicht Paasch, daß es erst so weit kommen muß.

Da kannte Remann den jungen Mann, r.i.p., der auf den Tod krank sich in seines besten Freundes Frau verliebt. Dieser ist zu allem auch noch ein Orgelbauer und lebt an der See. Remann kennt ihn, hatte bei ihm gewohnt, seine Staffelei bei ihm aufgeschlagen. Der Orgelbauer willigt ein, als er weiß, daß der Junge nicht mehr zu retten ist. Die Frau, die viel jünger als ihr Mann ist, entbrennt für den Todgeweihten. Die Idylle unterm Stundenglas. Die ewige Wiederkehr des Meeres. Mit dem vollen Mond die ersten Morphiuminjektionen und der Abtransport ins Krankenhaus. Und soviel Menschlichkeit in unserer Zeit, sagt Remann: das Krankenhaus stellte in letzter Stunde noch einen Krankenwagen, kostenlos, um ihn noch einmal ans hohe Ufer zu fahren (Ahrenshoop), das er so geliebt hatte. Dann kehrt die Frau, gebrochen, zu ihrem Mann zurück.

Anne fragt sich, wie sie sich verhalten hätte. Arlecq verzweifelt, denkt er an seine Notizen über Paasch. Er ist fast geneigt, die Paasch-Story zurückzunehmen.

Frau Remann gießt Tee ein, Remann bietet seinen guten Tabak an. In der Ferne klingelt das Läutwerk der Stadtbahnschranken. Aber: sagt Remann ins Schweigen, schafft euch um Himmelswillen keine Kinder an.

Anne lächelt in die Teetasse, als wüßte sie es besser. Die Kunst und die Familie (hatte sich Arlecq als Künstler ausgegeben?), sagt Remann, der es wissen muß, das geht nicht.

Aber denk mal an Feininger, fragt Frau Remann vorsichtig. Hatte doch auch Kinder.

Nun kommen Familiengeschichten, die Isabel so gern gehört hatte. Etwa von Dinglinger und seinen wieviel Frauen. Sollte wirklich nur ein Jahr dazwischen liegen: komm auf ein Küßchen zu mir, Roberto. Anne fragt immer wieder nach Isabel.

Arlecq prüft seinen Bart. Man schwitzt mit ihm wie unter einer Mütze. Paasch stand er vortrefflich. Besonders zum weißen Kittel. Der Patient, verloren im Labyrinth der Haare, merkt nicht, daß es der falsche Zahn war, den Paasch in der Umklammerung der Zange prüfend ins Licht hält. Der Patient hält den starken Alkoholgeruch für Äther oder für ein Desinfektionsmittel. Einmal dem Fehlläuten der Nachtglocke gefolgt.

Eigentlich, sagt Arlecq, gibt es eine so reine Liebesgeschichte wie die, welche Sie uns soeben erzählten, nur noch in der Wirklichkeit, scheint mir. In der Literatur hingegen, ich denke an Kafka.

Mögen wir nicht, sagt Frau Remann entschieden. Mit seinem Existentialismus.

Jetzt meinen Sie vielleicht Sartre, sagt Arlecq, und Anne freut sich, daß er es besser weiß.

Ist ja doch alles eins, sagt Frau Remann. Aber lesen, das tu ich gern. So richtig Zeit haben für ein Buch.

Was für ein Buch würde das sein, denkt Arlecq. Zum Beispiel: So sprich doch ein Wort antworte mir doch sage mir daß du mich noch immer liebst! Sage es weil es die Wahrheit ist. Komm zurück Therese und du wirst fühlen daß du mich noch ebenso liebst wie früher in unserem kleinen Liebesnest in der Rue de Spottini, wo wir glücklich gewesen sind. Ich habe dir ja gesagt Robert daß ich keine Frau bin die ihrer selbst sicher ist und daß du nicht auf mich rechnen durftest. Nein. In glühendem Verlangen breitete er die Arme nach ihr aus und stürzte auf sie zu. Aber sie stieß ihn mit eisigem...

Ja, das war eine schöne Geschichte gewesen.

Sie saßen im Dämmerlicht, durchs offene Fenster wehte die Abendkühle. Die Bäume im Garten standen lautlos. Das Quarren der Frösche verschluckte das feine Läuten der Bahnschranken. Züge fuhren durch die Nacht, Grüneiche Lichtenberg Bahnhof Zoo. Remanns helle Jacke schwebte als selbständiger

Farbton im dunklen Zimmer.

Dann, zum Licht der Lampe, zeigte Remann noch ein paar Zeichenblätter, Aufzeichnungen von Leuchtspuren in den finsteren Zeiten, die da waren und kommen werden, wie es Arlecq kommentiert haben wollte. Vielleicht war Remanns Leben das beste aller möglichen Leben, lernte man es, seinen Gesichten auf den Grund zu sehen. Wieder fuhren die Züge. Anne sah auf die Uhr und mahnte zum Gehen.

# Dritter Teil

Schön wie ein Karussell war die lichterhelle Straßenbahn, wenn sie um den Stadtring kreiste. Und wie beruhigte es zu sehen, daß alles beim alten geblieben war. Der Mond schwamm weich in einer Wolke, die Hämmer der Zyklopen auf dem Hochhaus schlugen an ihm vorbei. Vor dem Bahnhof liefen die Neonzeilen, Septembermeldungen wie aus dem Vorjahr, in Arlecqs Taschen raschelte das welke Zeitungsblatt. Arlecq stieg ins nächste Taxi, Paasch klemmte die Aktenmappe unter den Arm und stieg wie eh und jeh in die 27, ihrer beider Gefährt auf gleicher Höhe, an der Haltestelle Hotel International mußte der Wagen halten, Leute stiegen ein und aus, dann bog die Bahn nach links, der Wagen rutschte über die Kreuzung und fuhr durch die Lortzingstraße in den Auenwald.

Paasch stand auf der Plattform, rief sich die Namen der Haltestellen ins Gedächtnis, der Straßen und Plätze, sah das Heimatmuseum, wo die Zeugen der städtischen Vergangenheit ruhten. Paasch, der lieber Kustos geworden wäre, Stadtarchivar, vielleicht Archäologe, hielt sein Gesicht so nah wie möglich an die Wagenscheiben, um mit den Erinnerungen aus dem Heimatmuseum bis in die ältere Steinzeit zu sehen. In den Schaufenstern lagen die Faustkeile, Klingen, Schaber, Bohrer, die man in den Pleißeschottern von Markkleeberg gefunden hatte.

Doch war es nach jeder Reise eine andere Stadt. Arlecq gab dem Fahrer keine Weisung, der Wagen tastete sich von Hausnummer zu Hausnummer. Paasch erkundigte sich bei der Schaffnerin, ob es die richtige Bahn sei nach Leutzsch, denn vielleicht waren da Umleitungen, neue Haltestellen, Veränderungen seit der letzten Eiszeit. Aber es hatte sich nichts verändert, es ging wie eh und jeh an Bäckerläden vorbei, an Kinos, Läden mit Miederwaren, fast sind die Strumpfbänder zu lang für den Frauentorso im Schaufenster, die Glühbirnenbeleuchtung ist spärlich, das Schamdreieck bleibt im Dunkeln. Jetzt quillt es aus dem Kinoausgang, Filmpalast oder Centrallichtspiele. Es ist zweiundzwanzig Uhr. Die Leute steigen mit dem von der Leinwand ausgeborgten Selbstbewußtsein in die Bahn, die Mädchen haben vor Übermüdung und Sensation fiebrige Augen, die Liebespaare sind noch in der Vorlage verfangen und entdecken einander neu bis zum Schlafengehen. Paasch sieht lieber nicht hin, auf diese Paare, die sich gegenseitig halten. Arlecqs schwarze Limousine ist längst durchs Villenviertel, rechts die Post, wo seine Mutter Pakete und Briefe für den Sohn in der Fremde aufgibt, der Wagen biegt nach links ein, die Straße steigt an, noch stehen die Dorfhäuser in einer vom Mondlicht vergoldeten Patina (Schäfers Ballhaus hat geschlossen), aber schon hat die Stadtverwaltung auch hier sich etwas einfallen lassen, wie seine Mutter schrieb, die es aus der Volkszeitung wußte, und es soll ganz was Neues hergebaut werden, damit auch in der Vorstadt der Sozialismus einzieht.

Paasch, der in gewohnter Gangart nun über die Straße setzt, geht doch erst einmal ins Wellblechrondell. Der Boden ist feucht, auch weit vor der Rinne, in die er, die Tasche mit der Linken an den Leib pressend, sein Wasser läßt. Es riecht süßlich, keine Dampfwolken steigen auf wie im Winter.

Wie in der Schulretirade hat man auch hier Dinge ins Wellblech geritzt, die Wellenlinien künstlich einbeziehend. Doch ist jetzt nichts zu erkennen, der Mond scheint durch keine Öffnung.

Die Nachbarn haben die ins Schloß fallende Wagentür gehört und schicken ihre Redensarten aus offenen Fenstern auf die Straße. Der ist jetzt immer auf Reisen. Wie das so ist, kaum sind die Kinder flügge. Soll ja gut verdienen. Wie der so angezogen geht, das hat er nicht im Konsum gekauft. Aber es ist nur Arlecqs weißes Hemd, das aufleuchtet, die Leinenjacke aus dem Ka-De-We hält er zusammengerafft in der Hand. Die Nacht ist warm, die Gaslaternen flackern wie Kerzenlicht. Seine Mutter, die wochenlang nur diesem einen Tag der Rückkehr gelebt hat (als ob Grüneiche auf einem anderen Kontinent läge), ist plötzlich erschöpft, als er vor ihr steht und ihr die Arme auf die Schultern legt. Lady Bird beobachtet durch einen Türspalt, abwartend.

Paasch indessen läßt die elterliche Wohnung links liegen, steigt hoch in den ersten Stock, er hat den Hausschlüssel auch nach der Hochzeit nicht vom Schlüsselbund gezogen, der Schirm klopft die Stufen ab. Zur Tür des Majors und Wirts a. D. hat er keinen Schlüssel. So klingelt er ihn aus dem Bett. Der lugt erst durch den Spion. Für ihn heißt die große Lehre aus der Nachkriegszeit: Mißtrauen. Dann dreht er schnell den Schlüssel um und öffnet dem unvorhergesehenen Ereignis. Die unerwartete Situation macht ihn sogleich munter, eine unverhoffte Lage ist ihm nichts Ungewohntes, da hat er sich schon vor ganz anderen Problemen gesehen und war stets ein Meister schneller Entscheidungen geblieben.

Also, Herr Paasch, Sie, sagt der Wirt und zieht ihn in den Flur. Das freut uns beide, wie ich sehe, sagt Paasch. So soll es auch sein. Deutsche Männer, ein Herz und eine Seele.

Nein, er hat noch nicht wieder vermietet. Kann man wissen, wen sie einem da hineinsetzen, etwa gar einen Schwarzen, sonst einen Ausländer, da laufen genug davon herum in der Stadt und streuen ihren artfremden Samen in deutsche Mädchen (wie Paasch ergänzt).

Sie sitzen in der Küche und trinken laues Bier, und Paasch erzählt, wie es ihm bei den Bauern ergeht, die sie ja alle in die Fabrik gesteckt haben, wie der Wirt, ein passionierter Radiohörer, längst weiß. Wo solls da herkommen, sagt der Wirt und meint das tägliche Brot.

So ist es noch immer das alte Zimmer, und indes Arlecq die mitgebrachte Zitrone durchschneidet und den Saft in den Tee tropfen läßt, eine Tablette gegen Kopfschmerzen nimmt und seiner Mutter von Anne erzählt, bringt der Wirt Bettlaken und ein Federbett, bezieht eigenhändig das Bett, und Arlecq schlüpft in seine Hausschuhe. Hier ist gut wohnen. Als sich der Wirt endlich mit Gutenachtwünschen aus der Tür schiebt, zieht Paasch zwei Taschenflaschen aus dem Jackett, entnimmt der Ledermappe einen fünfzigprozentigen Weinbrand. Er trinkt in zwei drei Zügen eine der Taschenflaschen leer. Das mitgebrachte Tonband legt er auf den kleinen Tisch, wo früher das Radio stand. Sein neu kreiertes Einmann-Theater, ein Stück, Herr Faulwetter genannt, das Stanislaus alle Ehre gemacht hätte und von ihm, Paasch, in memoriam, besprochen worden war. Haddu-mir ein Pakeet mitddebracht, so fängt es an, Paasch lallt den Anfang vor sich hin, sich für die Nacht ausziehend. Herr Faulwetter sitzt in der Anstalt und lallt sich eins. Vielleicht kann Arlecq den Wärter spielen und sie nehmen das Stück morgen neu auf. Paasch sinkt in einen traumlosen Schlaf.

Arlecq spricht vor dem Zubettgehen noch mit Flora, während er Lady Bird an den Ohren krault. Flora erzählt von neuen fotografischen Aufnahmen, die ihr unverändertes Gesicht zeigen, konservieren, hinter dem langsam das Alter arbeitet oder unbekannte Krankheiten, die eines Tages aufbrechen würden. Der Gedanke an diese Krankheiten nimmt ihr den Schlaf. Sie hat sich einer neuen Passion ergeben, um nicht an diese Angst denken zu müssen. Es ist das Theater. Denn Flora vermittelt die kulturellen Interessen ihrer Kollegen und Kolleginnen an die Städtischen Bühnen, bestellt Theaterkarten, propagiert Anrechte, spricht am Arbeitsplatz über Fragen des Theaters. Längst ist der Rechtsanwalt, der sie einst beschäftigte, nach dem WESTEN, längst sind es die Rechtsbelange eines volkseigenen Betriebes, die Flora im Dinavierformat durch die Walze dreht. Die erbaulichen Seiten des Lebens spielen vor den Kulissen, die kriminelle Sphäre des Rechtsanwaltsbüros verdichtet sich zum Theatererlebnis. Flora arrangiert Diskussionsabende mit den Schauspielern der Städtischen Bühnen, schmückt mit Liebe den kleinen Kultursaal in der Mittagspause. Dann sitzt der und jener hinter Blumen an einem Tisch und liest aus dem Faust oder rezitiert Gedichte nach einer Ansprache des ersten oder zweiten Direktors. Einer, der im Straßenanzug gekommen ist, wie ein Schauspieler nicht aussieht, aber von seinen Rollen wie von Spiegeln umstellt ist, den Uneingeweihten ein Herr X, der aus dem Faust liest, ein Mann mit einem Privatleben, das zu erkunden Flora und die andern sich vorgenommen haben, weswegen sie sich vor der Lesung eine Reihe von Fangfragen ausgedacht haben. Sobald Faust glücklich an Gretchen gekommen ist, geht es los. Und man erfährt dies und das.

Da werden Spielpläne vor Arlecq ausgebreitet, aus der Volkszeitung ausgeschnittene Kritiken auf den kleinen Tisch gelegt, der und jener wird von Flora beurteilt, und mit diesem hat sie telefoniert, und bei der Probe zu einem Zeitstück ist sie dabei gewesen und hat sich sogar an der anschließenden Diskussion (»Sehen so unsere Menschen aus?«) beteiligt. Wie freilich sehen sie aus. Arlecq wüßte es zu gern, um nichts falsch zu machen in seinem Roman. Mußten sie dieses Lächeln der Zuversicht haben, wie der Schauspieler Y, der sich nach den Vorstellungen betrank, wie Flora wußte? Wer von seinen Bekannten, Freunden hatte dieses Lächeln. Vielleicht Remann, manchmal Anne, Abel könnte es haben. Aber mit Greisen, Kindern und Säuglingen machten auch die Städtischen Bühnen nur selten Theater. Übrig blieb also das Lächeln des Schauspielers, wenn er den alleswissenden Funktionär mimt. Wen konnte es überzeugen, dieses Lächeln, wenn man an all die Flaschen Wein und Schnaps dachte, die er in dieses Lächeln gießen mußte, um es geschmeidig zu halten.

So ging Arlecq ungerührt von Floras neuer Passion zu Bett, legte sich zwischen die kühlen Laken und wünschte sich vor dem Einschlafen Annes vertraute vertrauende Nähe.

Herr Faulwetter lächelt nicht, der kann nur noch lallen, sagt Paasch, von Arlecq befragt. Er bietet seine Taschenflasche an, als sie in die Grünanlage einbiegen.

Zwei Männer, die abwechselnd Schnaps in ihre verschieden gepflegten Bärte gießen und auf einer Bank in der von den früheren verschollenen Stadtvätern entworfenen, von den jetzigen bedachten Ratsvätern in alle Zukunft gepflegten Anlage sitzen. Der Turm des Neuen Rathauses, einst auf die alte Pleißenburg an der Stadtmauer in die Höhe gestockt, sieht herüber, herunter zu ihnen. Sommerliches Bild mit einem hohen Himmel, in den Flugzeuge weiße Streifen malen. Platanen am Weg, Kinder, die nicht in die Schule müssen, Studenten, die das Praktikum schwänzen. Dieses Geschmeiß, sagt Paasch ohne Überzeugung, nutznießend aus der Tasche des Staates, ernährt von deinem und meinem Steuergroschen. Jünglinge mit Kofferradios um den Hals rocken ins Grüne. Hausfrauen lesen Bücher im Schatten abgeblühter Büsche.

Sag was du willst, sagt Arlecq, das hier ist eine Idylle. Paasch blickt verkniffen durch die geschliffenen Gläser, Arlecq, hinter den schwarzen Gläsern, kann die Augen offen halten. Sie beobachten den Mann, der auf seiner zweirädrigen Maschine, die scharfe Schneide hinter sich herziehend, über den Rasen fährt, mit der Eleganz einer Kunstfigur in die Kurve geht, der grüne Duft des frisch geschnittenen Grases zieht zu ihnen herüber.

Sieh dir das an, sagt Paasch und weist ausdrücklich auf den Mann, der im blauen Tuchanzug wie ein Monteur auf seinem Wägelchen sitzt, immer aufs neue ums Viereck, heute, morgen, in diesem und jedem Sommer, das Gras auf allen Anlagen der Stadt mähend bis vor in die Vorstädte und dann aufs offene Land hinaus.

Haut mich glatt um, sagt Paasch seinen vergessenen Slogan. Auf den Beruf bin ich noch nicht gekommen. Wenn wir auf der Karre säßen. Sauber in die Kurve.

Du von der linken, ich von der rechten Seite, sagt Arlecq, immer in der Mitte verneigen wir uns von der Höhe unserer Sitze grüßend wie alte Chinesen. Und hinter uns schlägt das Gras Wellen.

Wieviel verdient so einer, überlegt Paasch. Reicht sicher für ein

Kind, einen kleinen Haushalt. Einmal im Monat ins Kino.

Du kämest dir vor wie in Oobliadooh, sagt Arlecq. Wo immer das liegt.

Paasch singt das Lied von der Prinzessin. In the land of Oobliadooh.

Wer vorbeikommt, schaut verwundert auf den singenden Paasch. Immer wieder zieht der Mann in Blau seine Kurven über das Grün. Die Wiese ist groß, der Sommer war regnerisch, das Gras sprießt und treibt an allen Enden, ein wenig mischt sich Benzingeruch ins Grün, vermengt mit dem Pfeifenrauch aus Arlecqs Pfeife. Arlecq erzählt von Remann, der die Schranken mit der Hand auf- und zugehen läßt.

Wollte Gott, daß es Abel nur so weit brächte, sagt Paasch.

Du mußt ihm zu schlechten Zeugnissen Mut machen, schlägt Arlecq vor. Dann machen es die guten Beziehungen zu den Ratsherren, Abteilung Pflege öffentlicher Anlagen, Zimmer 304, dritter Stock. Es muß im Sozialismus auch was fürs Auge getan werden.

Faulwetter, sagt Paasch: das müßte noch aufs Band. Faulwetter sitzt in seinem Anstaltszimmer und sieht aus dem Fenster, als die Anstaltswiese gemäht wird. Stell dir das Geräusch dazu vor: rattat-tat-rattat-tat-tat-ta-a. Paasch lächelt runden Mundes und findet noch eine Flasche in der Ledermappe.

Hadd-dumir ein Pakeet mittdebracht, lallt nun Arlecq, der den Text schon ein wenig kennt. Man muß es öfter hören, um sich die verschiedenen Laute einzuprägen.

Es hat mich eine Menge Alkohol gekostet, erzählt Paasch. Ich denke mir, sagt Arlecq, daß die Geschichte am Ende mit einem ganz kleinen o ausgehaucht wird, zu Ende geht, Faulwetter hat kein Paket bekommen, der Wärter bleibt nicht an seiner Türe stehen. Es geht zu Ende mit ihm, in der Ferne vesickert das rattat-tat-a, Faulwetter haucht sein kleines alkoholgetragenes o aus und ist im Jenseits.

Als ich es meiner Frau vorspielte, sagt Paasch, brach sie in Tränen aus.

Ich sehe daran, daß es ein Stück nach dem Leben ist, sagt Arlecq. Eigentlich, bedenkt er, wird Stanislaus in seiner Haftanstalt auch kein Paket bekommen. Von wem sollte er auch. Von seinem Vater bestimmt nicht, von seiner Mutter wohl kaum.

Genau die richtige Idee, sagt Paasch. Wir sollten ihm was schikken. Wir besorgen uns einen Karton und kaufen was ein, Schnaps, Butter, Kekse, vielleicht ein paar Konserven, natürlich Zigaretten.

Schnaps lassen sie nicht durchgehen, sagt Arlecq. Und dann, wohin willst du es schicken? Hast du eine Adresse? Nehmen wir an, er ist tatsächlich Werftarbeiter an der Warnow-Werft geworden.

Nehmen wir an, sagt Paasch und steht auf.

Bis zum Abend hatten sie alles beisammen, einen Karton aus einem Gemüseladen, Bindfaden, Packpapier, noch auf dem Postamt C 1 präzisierten sie die Adresse. Der Beamte nahm es hin, wog es, nannte den Preis, rätselte nicht an der Anschrift. Paasch verwahrte den Abschnitt der Paketkarte in der Hosentasche.

Was noch aufs Band müßte, bedachte Paasch (Faulwetter im Sinn), als sie über den Karl-Marx-Platz gingen, der Nachmittag hinter die Türme sank, wäre Musik.

Elektronische Musik, bestimmte Arlecq. Faulwetters kleine Agonie in o muß zur großen musikalischen Apotheose werden.

Wenn du meinst, sagte Paasch.

Flora indes war in Arlecqs Zimmer eingedrungen, von Neugierde auf Faulwetter getrieben. Als dann Faulwetters finaler Aufschrei aus dem Radio kam, in ein langes, auf i und u aufgebautes Stöhnen überging, Paasch wie auf der Folterbank heulte, brach sie in Tränen aus, spürte die Lähmung in alle Glieder kriechen und wußte nicht, ob es Tränen für Paasch waren, Tränen aus eigenem Schmerz.

Paasch und Arlecq tranken ihren Kaffee, ihren Courvoisier in der Vorhalle des International, saßen in tiefen Sesseln, der Bart rahmte ihre Gesichter. Wie immer (seit den Tagen Isabels, Gislassons) flimmerten die Zierfische in ihren wassersprudelnden grünen Behältern, gab es wächserne Torten in der Vitrine, dämpfte der weinrote Plüsch alle Gespräche und Hantierungen mit den silbernen Bestecken.

Paasch las die Speisekarte, erbaute sich an Namen wie: Sauce béarnaise.

Berauschen will ich mich an allen Tagen, sagte Arlecq und goß den Cognac in die Kaffeetasse.

Folgte man den Straßenbahnschienen (schwarz ins nasse Grau der Straße geritzt), geriet man gegen zweiundzwanzig Uhr unter die Besucher der Kongreßhalle. Ein Besuch des Zoologischen

Gartens kam nicht in Frage. Die Bestien schliefen hinter Gittern. Arlecq und Paasch traten ins Licht der Neonröhren, schoben sich in die Gegenströmung der Konzertbesucher, auffällig in ihren Bärten, unfestlichen Hemden, krawattenlos. Nichts entging den Spiegeln, nichts dem neuen jungen strebsamen Pförtner, dem sie ins Auge fielen. Der Ersatzflügel im Winkel blinkte wie eh und je mit allen Tasten. Da war es Gott, der sich ihnen in den Weg stellte, sich auffällig vom Gegenstrom der Besucher löste. Vielleicht hatte eine aufgeklärte Anstaltsleitung ihn mit einer Karte für Beethoven Brahms Bruckner versehen, versprach man sich vom Einfluß der Musik eine Reduzierung seiner Megalomanie. Warum auch nicht, sagte Arlecq, deus ex musica. Willkommen, Alter.

Gott hielt den Hut in der Hand, Haar und Bart schienen gestutzt worden zu sein, soviel war gleich zu sehen, der Manchesteranzug sah im schwachen Licht glatt wie ein Frack aus, die Stiefel glänzten wie Lack.

Seid ihr noch immer in der Welt, sagte Gott, und es klang vorwurfsvoll.

Noch immer, sagte Arlecq, auf dem Weg nach Oobliadooh.

Paasch stellte sich an den Flügel, ohne Gott zu beachten. Er schlug eine Terz an, die sich schnell im Dunkeln verlor, dann eine zweite, wechselte darauf in die Pentatonik und es wurde so etwas wie der Back Home Blues von Charlie Parker. Danach spielte er in weitläufigen Improvisationen verloren alle Themen, die er von Bud Powell, dem großen Irren und Morphinisten, kannte, bis eigene Einfälle eigene Themen ergaben und so fort.

Wieder glommen ihrer beider Zigaretten durch das Dunkel, nur Gott gab kein Zeichen seiner Anwesenheit, wollte hier nicht rauchen, die Anstaltsleitung verbietet es, sagte er. Wie eh und je geriet der Schirmstock ins Hüpfen, klapperte seinen Takt auf das Flügelholz, daß Arlecq, nicht länger nüchternen Sinnes, sich berauschte.

Und so fort und immer weiter ins Labyrinth der nächtlichen Stunden, während die Schlafenden (notierte sich Arlecq) in die unterirdischen Kammern der Träume stiegen.

Nur daß der Pförtner jung, wachsam, ein Streber war. Vielleicht hatte ihn auch die Anstaltsleitung von der Existenz Gottes in Kenntnis gesetzt, für den Notfall, für den Fall, daß die Furien der Musik Gottes Sinn verwirrten. So erkannte der Pförtner, was gespielt wurde, durchschaute die Sache, zog die Konsequenzen. So fuhren Arlecq und Paasch mit Gott im gleichen Wagen davon, wurden durch die nächtliche Stadt gesteuert, Gott hielt den Hut auf den Knien, Paasch kreuzte die Hände auf der entengelben Schirmkrücke, Arlecq war sehr betrunken. So kam es, daß Arlecq und Paasch in Gottes Anstalt kamen, in den hochgittrigen Krankenhausbetten übernachteten, wogegen sie eigentlich nichts einzuwenden hatten.

### In Gott

Da ist nichts mehr zu wollen: jetzt haben sie uns, sagte am Morgen, als die Vögel sangen, Arlecq zu Paasch, der es nicht wahrhaben wollte. Sie würden sich, kämen da Kommissionen, diensttuende Oberschwestern, Pfleger, Funktionäre, einer für den andern ausgeben, P für A und A für P.

Das Zimmer war ein hübsches Zimmer, weiß und blau wie eine Krankenschwester. Aus der Ferne schnitt die Gittertür des Parks in die Fensterscheiben. Unterm Kopfkissen lagen Kopfhörer, die Anschlüsse liefen irgendwo durch die Wand.

Komiker aller Länder vereinigt euch, sagte Arlecq und betrachtete seinen Kopfhörer.

Unsinn, sagte Paasch und legte einen Hörer ans ungewaschene Ohr. Ich höre nur immer Mozart, sagte er. Es kotzt mich an.

In Gott, sagte Arlecq. Wie war das gestern? Ich kriege es nicht mehr zusammen.

Keine Ahnung, sagte Paasch. Ich muß jetzt was trinken. Er sah ins weißlackierte, weißfrisch glänzende Nachtschränkchen. Ein weißlackierter weißfrischer Nachttopf lag empfangsbereit im Innern.

Scheiße, sagte Paasch und schlug das Türchen zu. Es schloß geräuschlos.

Die Matratzen waren aus Schaumgummi. Guter Exportartikel, sagte Paasch und drückte sich lang ins Bett, dem nichts einzudrücken war. Er zog die Decke hoch ans bärtige Kinn.

Jetzt entdeckte Arlecq die Tür. Keine Türklinke.

Der Hebel zur Außenwelt ist uns abhanden gekommen, sagte er. Einen Spiegel gab es nicht. So sah er Paasch ins Gesicht, das, von unten nach oben betrachtet, länger als sonst sich ins ungekämmte Haar verzog.

Wer eigentlich hatte ihnen gestern dies gestreifte Zeug übergezogen, lächerlich verwaschener Schlafanzug, auf dem die Streifen impressionistisch verwischten.

Es bleibt also dabei, sagte Paasch. Du bist jetzt der Zahnklempner, wenn sie mit ihrem Fragebogen anrücken. Erstgradige Schizophrenie, wenn es rauskommt. Das reicht für fünf Jahre.

Wie bei Stanislaus, sagte Arlecq. Da verpaßt du Abels Schulanfang.

Kann mir gleich sein, sagte Paasch. Da kommen die Lügen nicht über mich, an denen sie ihn das ABC üben lassen.

Freilich halte ich die Wissenschaft für unbestechlich, überlegte Arlecq. Sie werden dir sogleich aus dem Blut lesen, wie du heißt.

Immer dasselbe, sagte Paasch. Nicht einmal in der Klapsmühle hast du Ruhe. Laß uns nachdenken, was man ihnen noch offerieren könnte.

Gott wird für uns bürgen, sagte Arlecq. So wie er es gestern getan hat. Ohne sein Dafürreden hätten uns die Wärter nicht mitgenommen.

Wenn du das mal nicht geträumt hast, sagte Paasch. So voll wie du warst.

Arlecq kühlte sein Gesicht an der Fensterscheibe. In der Nacht hatte es geregnet, das Gras lag schwer zur Seite, von den Bäumen tropfte es, wenn der Wind ging. Höre den Wind in den Bäumen. Diese Prophezeiung war eingetroffen. Die Gitterstäbe des Eingangs waren wie frisch gestrichen. Schwarz war eine schönere Farbe als weiß.

Da hielten Schritte an der Tür. Arlecq sprang zurück ins Bett, um der Situation besser gewachsen zu sein. Der Schlafanzug lächerte ihn. Ein Schlüssel wurde gedreht, griff unhörbar fast ins gut geölte Schloß. Die Tür fiel auf wie ein Vorhang fällt, ein Mädchen in Blau und in Weiß, überragt von einem Athleten, in Weiß, schob ein Wägelchen durch die Tür, auf dem Ampullen, Gläser, Instrumente, allerlei Medizinisches geordnet lagen. Geräuschlos fuhr sie ihnen diese Morgengabe ans Bett.

Wer ist Paasch, fragte der Mann, ohne die Stimme zu heben. Das Mädchen sah von einem zum andern.

Ich, sagte Arlecq.

Zuerst den, sagte der Mann zu dem Mädchen.

Machen Sie den Arm frei, bitte den rechten, bitte, sagte das

Mädchen und griff nach ihren kleinen Instrumenten als greife sie in den Nähkorb.

Bitte, sagte Arlecq und streifte den ohnehin viel zu langen Ärmel hoch. Das Mädchen überzeugte sich von der Qualität der Adern in seiner Armbeuge, wusch dann mit einer ätzenden Flüssigkeit, die sich sogleich in der Nase festsetzte, die ins Auge gefaßte Stelle aus, stach sicher in die Vene und ließ durch den Nadelkanal Blut in ein Röhrchen tropfen. Darauf rammte sie das Röhrchen in einen Behälter mit Eis.

Jetzt diesen, sagte der Mann, um zu zeigen, daß er etwas zu sagen hatte.

Tun Sie dem nicht weh, sagte Arlecq, das ist ein schwerer Fall, der könnte schreien. Auch Herr Faulwetter schrie, als er Angst hatte.

Das Mädchen hörte nicht hin. Paasch lag lang auf dem Rücken, die Arme fest an den Körper gedrückt, die Bettdecke lag glatt darüber wie ein Sargtuch. Da sprang denn der Mann behende herzu, eine Hand fuhr unter Paaschs Decke, riß Paaschs Hand samt Arm heraus und in die Höhe, das nadelbewehrte Wesen tat schnelle Arbeit, indes der Mann Paaschs Hand hielt. Paasch schaute ins Leere, demonstrierte Apathie, Geistesabwesenheit, er hielt den Mund ein wenig offen. Speichel rann aufs Kopfkissen.

Das Mädchen rammte das zweite Röhrchen in ihre eisgefüllte Schale (später sagte Paasch, es sei gar kein Eis gewesen, Arlecq widersprach) und fuhr ihrer beider so unterkühltes, auf Eis gelegtes Blut schnell wieder durch die Tür, welche der Mann verschloß.

Beschissen, sagte Paasch. Jetzt kommen sie gleich dahinter, wieviel Kahlbaum drin ist.

Das im International gestern, sagte Arlecq, war Courvoisier, wenn ich bitten darf.

The Brandy of Napoleon, sagte Paasch.

Faulwetter als notorischer Trinker, räsonierte Arlecq, hätte keine Chance gehabt, in die Anstalt zu kommen.

Faulwetter war schon immer in der Anstalt, sagte Paasch, der es wissen mußte, er brauchte nicht erst einen Passierschein. Und dann gibt es auch noch Anstalten für Trinker, vergiß das nicht. Nicht alles was sitzt, sitzt in Dösen.

Gewiß nicht, sagte Arlecq. Manch einer sitzt auch in Bautzen. Oder in der Warnow-Werft, ergänzte Paasch.

Wollen wir annehmen, sagte Arlecq. Wer aber sitzt hier? Ich

möchte meinen, alle, die wir draußen kennen, sind eigentlich hier. Und draußen laufen nur ihre Stellvertreter herum, die maskierten Doppelspieler. Zum Beispiel kenne ich zwei Generäle. Deinen Wirt und einen andern.

Der war Major, sagte Paasch.

Das ist doch ganz gleich, sagte Arlecq. Unterbrich nicht meinen Gedankengang. Einer wird hier sitzen, derweil ihn der andre draußen vertritt.

Schön, sagte Paasch. Ganz gut. Und sie wechseln einander ab, wenn es gerade der Krieg des andern ist, der gemacht wird.

Richtig, sagte Arlecq. Du hast es erfaßt. So muß es sein. Oder ich kenne zum Beispiel zwei Maler. Der eine starb, zog aber in Wirklichkeit in jenem November hierher. Zwei Soldaten. Einer ist mein Vater, den, meine ich, finde ich hier wieder.

Bilde dir bei Gott nicht ein, sagte Paasch, wir seien ins Himmelreich gekommen. So weit reicht meine Fantasie denn doch nicht.

Unsinn, sagte Arlecq. Versteh das metaphorisch, auch wenns schwerfällt, eine richtige Metapher gleich zu durchschauen.

Danke, sagte Paasch. Wie ist das aber mit deinen Freundinnen, um mich keines anderen Ausdrucks zu bedienen. Isabel, die große Babylonische, zum Beispiel.

Zog hierher, als sie schwanger wurde, anstatt nach Paris.

Dennoch, sagte Paasch. Ich sehe kein System in deiner Überlegung.

Nur Gott und Abel, sprach Arlecq weiter, sind einmalig, existieren ohne Doppelgänger.

Wenn du mir jetzt noch einreden willst, sagte Paasch, daß auch Kain hier ist, weil Abel draußen blieb, dann weiß ich alles.

Er kratzte sich die Brust. Ich könnte es noch verstehen, wenn du meintest, daß, weil Gott hier ist, der Teufel in der Welt ist.

Das wäre eine zu simple Theologie, sagte Arlecq.

Oder wenn wir von einer besseren in eine schlechtere Welt geraten wären, sagte Paasch. Und wer vertritt uns, wie hast du dir das gedacht?

Das ist ganz einfach, sagte Arlecq. Einer bleibt hier, der andere geht zurück und trägt die Folgen.

Ein Faktotum, das Kaffee in Blechtassen und Marmeladebrote brachte, markierte die Zeit. Es war Vormittag. Noch vor dem Mittagessen kam die Ärztekommission.

Eine Schwester verteilte Papiere, die sich die Herren gegenseitig zeigten, und bezeichnete die Eingelieferten mit Namen.

Aha, sagte der mit der goldeingefaßten Brille und sah sich Arlecq an. Na, man kennt das ja. Typische Berufskrankheit in unsern Tagen, progressiv ansteigende Kurve. Ist also fehl am Platz. Sechzig pro mille, wenn das mal nicht ausreicht.

Sechzig pro mille, sagte Paasch und nickte dem Goldbebrillten zu, das war schon immer mein heimlicher Traum. Fünfzig pro mille ist aber das Stärkste, was man im Laden kaufen kann.

Sie sind gar nicht gemeint, sagte der Goldeingefaßte.

Paranoide Zustände, sagte Arlecq. Er hält sich immer für einen andern.

Paranoid? sagte der Bebrillte. Wieso eigentlich?

Der Ernst des Lebens, schwätzte Arlecq. Es kommt eben alles zusammen. Die Heirat, die Vaterschaft. Und überhaupt, möchten Sie, meine Herren, die Welt verantworten so wie sie ist, ganz und rund und doch wie ein verfaulter Apfel?

Er ist ein Pathetiker, sagte Paasch erläuternd. Da hören Sie am besten gar nicht hin. Falls Sie Auskünfte benötigen, wir sind gut bekannt mit Gott. Der wird so freundlich sein, denke ich, und Ihnen berichten, wie mein bedauernswerter Freund Paasch seit seiner Hochzeit nicht wieder zur Besinnung kam. Weil er fortgesetzt dem Alkohol huldigt.

Richtig, sagte Arlecq. Wußte ich denn, was ich tat? Nein, ich wußte es beileibe nicht.

Jetzt stutzten die Herren und sahen sich an. Da schien doch mehr vorzuliegen als ein unnormal hoher Alkoholspiegel im Blut.

Sie – gehören zusammen? fragte einer.

Wie der Coitus und das Kind, sagte Paasch.

Da wollen wir doch einmal nähertreten, sagte der in Gold und Weiß und stuppte seinen Finger, der nach Tabak roch, unter Arlecqs Augenpartie.

Wollen Sie mal ein klein wenig mit den Augen rollen, ja, so ist's fein, jetzt halten Sie an. So. Arlecq starrte zur Zimmerdecke. Auch diese war kahl, weiß wie ein Schneefeld. Keine Spur einer Fliege.

Wie lange tragen Sie denn das schon, wenn ich fragen darf, sagte der Goldene und zupfte Arlecq am Bart.

Ooch, sagte Arlecq, seit meiner Geburt.

Seit Ihrer Geburt? Ist ja interessant. Wann war denn das? Neunzehnhundertsiebenundfünfzig, sagte Arlecq. Da ging es jäh bergab mit mir und ich sträubte alle Stacheln, wie der Igel, wenn er den Berg hinabkollert.

So? sagte der andere. Wie der Igel? Merkwürdig.

Ja, sagte Arlecq. Wie der Igel. Ganz komisch, wie? Nutzte mir aber nicht viel, der Berg war zu glatt, die Stacheln verfingen sich nicht. Ich rutschte in die Tiefe und erwachte in diesem Bett.

Eine fantasiebegabte Natur, sagte Paasch. Schriftstellerisch begabt.

Dichterisch, sagte Arlecq. Der Igel, der aus meinem Barte rollt, dreht Pillen wie ein Käfer.

Oobliadooh, Oobliadooh, Uhu, sagte Paasch. Da hob die Kommission die Köpfe und wandte sich ihm zu.

Und wie ist das bei Ihnen, sagt der Goldbebrillte, aus rosigen Backen mild lächelnder Geburtshelfer der Vernunft. Er unterließ es, Paasch am Bart zu zupfen.

Bei mir wuchs es natürlich, sagte Paasch. Nur daß ich früher blond war, bei der HJ, wenn Sie das kennen. Das gab sich dann. Ich hoffte immer, es würde ein roter Bart daraus. Sie wissen vielleicht, daß Moses einen roten Bart hatte. Aber meine Hoffnung war vergebens. Jetzt müssen schon ein paar graue darunter sein. Wollen Sie mal nachprüfen? Sie haben ein schärferes Auge, als Mediziner, meine ich.

Der Arzt schüttelte den Kopf. Doch war ungewiß, worüber. Ungewiß blieb auch jeder mögliche Befund. Die Herren gingen unter leisen Gesprächen davon. Die Schwester verschloß die weiße Tür.

Wenn sie wieder Marmelade bringen, sagte Arlecq etwas später, klatsche ich sie an die Wand, damit Farbe wird und sie aus unsern abstrakten Malereien erkennen mögen, wes Geistes Kinder wir sind.

Wir wollen es Ihnen nicht zu einfach machen, sagte Paasch. Den Rorschach-Test werden sie kennen, das dürfte ihnen nichts Neues sein, das gehört zum Metier. Laß dir was bessres einfallen. Fürs erste, möchte ich sagen, war das schon recht ordentlich. Es hat ihnen einen Eindruck gemacht. Für heute werden sie uns in Ruhe meditieren lassen.

Geh an den Irren vorbei, sagte Arlecq, es ist nichts.

Zum Mittagessen gab es Kartoffelpuffer, die nach ranzigem Öl schmeckten. Das Faktotum wisperte, die Teller austeilend, Gott läßt grüßen. Parole: standhaft bleiben.

Grüß Gott, sagte Paasch, kauend, grüß Gott, guter Freund. Der Mann schien ihnen zuverlässig, ein Anstaltsspitzel vielleicht. So billig ließen sie sich nicht herauslocken. Nach dem Essen beobachtete Arlecq durch das Fenster (das sich nicht öffnen ließ) zwei alte Männer, die an Stöcken durch den Park humpelten, im spitzen Winkel zueinander einknickend, als verneigten sie sich zum Gruße. Ein dritter zog den Hut nach allen Seiten. Arlecq grüßte mit einer Handbewegung.

Keine Musik war in den Kopfhörern, nicht einmal das Knacken einer Mikrofonprobe. Sie stopften die Dinger unter die Schaumgummimatratze.

Kein Schnaps, sagte Paasch. Nach dem Essen trank ich immer zwei Bier, danach zwei Doppelte. Ich hätte sonst immer vorbeigebohrt.

Oder den falschen Zahn verplombt, sagte Arlecq, ich weiß.

In der letzten Zeit war es schon eine richtige Sucht, sagte Paasch und urinierte, von Erinnerungen heimgesucht, in den Nachttopf. Dann schlief er.

Das Wetter klärte sich auf, der Mond würde klar über der Stadt stehen heute nacht, höher und schärfer als gestern. Lunatic, dachte Arlecq. Er zerbrach sich den Kopf, wie das Gebäude von außen aussähe.


*Anne*


Anne stand vor lauter Ratlosigkeit. Eine aufgelöste Mutter. Eine Tante, die es schon immer gewußt hatte. Eine aufgeregte Cousine, die Ines hieß. Ratsuchend zu Arlecq in Arlecqs Stadt gereist, fand sie fremde Gesichter in einer fremden Wohnung. So stellte sie ihren kleinen häßlichen Koffer in der Diele ab und tat, was ihr das Nächstliegende zu sein schien. Sie ließ sich von Ines den Weg zur Polizei im Gebäude der Rathausgemeinde zeigen. Ines führte sie durch die Vorstadtstraße, die für Anne eine tote Straße war, vorbei an Schäfers Ballhaus, dann links den Weg hoch. Ines wußte nicht, wovon sie sprechen sollte.

Erst gerieten sie an die falsche Tür, hinter der gerade eine Hochzeit ins Familienbuch eingetragen wurde. Dann gaben sie zu Protokoll, was sie wußten und sie vermuteten. Arlecq war verschwunden.

Die Polizei nahm es kühl auf, legte es nicht gerade zu den Akten, sondern telefonierte, vielleicht mit Behörden im ersten oder zweiten Stock. Dann wurden es Stadtgespräche, Unfallisten wurden eingesehen, man geriet an die Krankenhäuser, gleich darauf an die Anstalten, deren eine, Gottes Anstalt, von hier zu Fuß zu erreichen gewesen wäre, hätte Liebe rechtzeitig ein Klopfzeichen gegeben, ein schnelles Sichfinden den glücklichen Ausgang gebracht.

Faulwetter schwieg zusammengerollt in den Windungen des Tonbands, der Sommer ging in den Herbst über, Ines hatte sich verliebt, war enttäuscht worden, hatte es aufgegeben, war erneut verliebt, wußte nicht, wie es ausgehen würde. Sie erstaunte über Annes Entschlossenheit, dieser sichere Ton, mit der Polizei umzugehn, als bezöge sie alle Dinge (am Ende auch die Staatsmacht) auf sich als den Mittelpunkt übergeordneter Entscheidungen. Anne hegte ihr kleines Mißtrauen gegen Ines, das sie auf dem Wege zur Anstalt nur zögernd aufgab. Von Liebe mochte sie nicht sprechen, schon gar nicht auf der Straße.

Das Ende der Straße säumten Pappeln, dann schob sich jäh die schmiedeeiserne Kunst des Parktors zwischen die Bäume. Ein Pförtner, der mit sich reden ließ, anmeldete, vormeldete, Meldung machte. Auf den richtigen Weg gewiesen, mußten sie an dem Manne vorbei, der den Hut tief vor ihnen zog. Die beiden Alten, auf Stöcke unsicher gestützt, knickten ihnen entgegen. Anne waren die Kranken unheimlich, doch Ines interessierte sich für die Abnormen. Anne vergaß, daß sie gekommen war, um Arlecq zu finden.

Arlecq sah sie zwischen den Gittern hindurchtreten, lautlos wie auf Engelsfüßen. Als er Anne erkannte, erschrak er, hielt Ines auf den ersten Blick für Brigitte und freute sich, daß es Ines war. Auch sie also suchte ihn.

Ein Arzt war nicht gleich zur Stelle, erst recht nicht der, welcher gerade sein goldnes Gestell mit der Serviette putzte. Denn es war Tischzeit, das Faktotum fuhr seine Suppe durch die Anstalt. So warteten sie. Da offenbarte sich Anne, teilte ihr Geheimnis mit, in das sie nur Arlecq hatte einweihen wollen. Sie wußte nicht, warum sie es Ines erzählte. Vielleicht erinnerte der Raum sie an den Wartesaal einer Klinik, die sie im nächsten Jahr aufnehmen würde, mit hohem Leib, erhitzt von den ersten Wehen. Ines sprach von Glück. Nun fanden sie zueinander. So also würde es doppelt sinnvoll sein, dachte Ines, Arlecq zu reklamieren. Arlecq, der still auf dem Bett saß, geblendet vom Weiß der Zimmerwände.

Der Arzt kam federnden Schrittes, wehenden Mantels, rief sie in sein Zimmer und setzte sich an den Schreibtisch. Wieder gaben sie zu Protokoll. Ines bestätigte Arlecqs Verspieltheit, die nichts als Maske des aus der Bahn Geworfenen war (sagte sie), und dahinter verbarg sich ein Mensch, der unbekannt blieb und den Anne als den Vater ihres zukünftigen Kindes bestimmte.

Sicher haben sie die Rollen getauscht, sagte Ines, die es längst durchschaute und bedauerte, als Parze aufzutreten, die diesen Schicksals- und Gemeinschaftsfaden einer auf sich selbst eingeschworenen Jugend zerreißen mußte. Sie tat es für Anne, solidarisch mit einem Geschick, das auch das ihre sein konnte.

Denn Arlecq, keiner ahnte es, keiner wußte es, hatte ein Mädchen geschwängert, nicht hinter den Dünen am Strand in der hohen Mittagsstunde, nicht eigentlich zufällig (wie Ines überlegte), da Liebe im Spiel war, und wer könnte sich die Folgen ausmalen, von denen Arlecq hier eingeholt wurde, da Liebe im Spiel war.

Das also ist des Pudels Kern, sagte der scherzhafte Goldbebrillte und seufzte aus. Das werden wir gleich richtigstellen, sagte er, Ordnung, meine Damen, herrscht auch in der Irrenanstalt. Die Mädchen schwiegen. Er drückte auf einen Klingelknopf und gab der herbeigerufenen Schwester Weisung. Arlecq hörte die Zeit in seinen Ohren sich ausbreiten wie ein Meer. Auch Paasch wachte auf und setzte sich aufs Bett.

Jetzt holen sie mich, sagte Arlecq. Jetzt kommt es an den Tag, mein Lieber. Wir können uns gleichwohl schon jetzt die Hand geben. Mir graben sie den Eingang frei. Immer sind es Frauen, leichtfüßig wie Engel. Ich höre sie dennoch.

Du spinnst, sagte Paasch und lauschte. Hier kommt keiner. Aber solltest du in dein Reich eingehn, vergiß nicht, mir dann und wann eine Flasche Kahlbaum einzuschmuggeln.

Ich denke deiner, sagte Arlecq.


Wieder kann die Fahrt in der Vorstadt stattfinden, Schule, Rathaus, Standesamt, die Kirche mit den Paradiesäpfeln, die Wellblechbude. Die Bahn schleift die Schienen, Annes Hand schiebt

231

sich in seine, Paaschs Stimme, die Stimmen im Arztzimmer, die Stimmen auf der Straße, Stimmen in der Bahn, die Fragen, die Antworten, die Fragen.

*Die Personen sind Fiktion. Städte und Lokalitäten entsprechen einer Vorstellung des Autors.*

*Von Fritz Rudolf Fries*
*erschienen im Suhrkamp Verlag*

Der Weg nach Oobliadooh. *Roman.* 1966
Der Fernsehkrieg und andere Erzählungen. 1970
See-Stücke. 1973
Das Luft-Schiff. Biografische Nachlässe zu den Fantasien meines Großvaters. 1974

st 245 Hartmut von Hentig, Die Sache und die Demokratie. Drei Abhandlungen zum Verhältnis von Einsicht
und Herrschaft
138 Seiten
Man spricht von »Tendenzwende« und meint damit: das
Ende des Traums von der Reform der Gesellschaft, die
große Ernüchterung oder in den Formeln von Hentig:
die Wiederherstellung der Sachgesetze gegenüber der
Demokratie. Die Hoffnung der verunsicherten Menschen
bleibt bei einem *common sense,* der beides vermag: sich
der zunehmenden Sachkompetenz zu bedienen und sich
von ihr wieder zu trennen, wo sie nur sachlich, unverständlich, unmenschlich wird. Die Weise, in der sich
*common sense* organisiert, ist die Demokratie.

st 246 Hermann Broch, Schriften zur Literatur.
st 247 Kommentierte Werkausgabe, herausgegeben von
Paul Michael Lützeler
Bd. 1 – Kritik, 432 Seiten
Bd. 2 – Theorie, 336 Seiten
Band 1 enthält Schriftstellerporträts – Thomas Mann,
Karl Kraus, Elias Canetti, James Joyce, Robert Musil,
Hugo von Hofmannsthal u. a. – sowie Rezensionen und
Würdigungen der Werke von Alfred Polgar, Kasimir
Edschmid, Charles Baudelaire, Aubrey Beardsley u. a.,
während Band 2 die thoretischen Schriften zusammen-
faßt. Diese Ausgabe vermittelt erstmals ein vollständiges
Bild des Dichters, Literaturtheoretikers, Politologen, Mas-
senpsychologen und Geschichtsphilosophen Broch.

st 248 Samuel Beckett, Glückliche Tage. Dreisprachig
Deutsch von E. und E. Tophoven
112 Seiten
»Beckett verärgert die Leute stets durch seine Ehrlichkeit... Er zeigt, es gibt keinen Ausweg, und das ist
natürlich irritierend, weil es tatsächlich keinen Ausweg
gibt... Unser fortgesetzter Wunsch nach Optimismus ist
unsere schlimmste Ausflucht.« *Peter Brook*

st 249 Uwe Johnson, Berliner Sachen. Aufsätze
128 Seiten
Berliner Stadtbahn, aus dem Sommer von ausgerechnet
1961, dieser Aufsatz wird ja manchmal verlangt, dann
war er nicht zu haben. Das soll von Anständen beim
Schreiben handeln, dabei geht der Verfasser keinen
Schritt von der S-Bahn runter. Wie, das könnte man hier
nachlesen. Auch die Anstände, die Johnson mit den West-
berlinern hatte, als sie die S-Bahn auszuhungern gedach-
ten; damals zitierten die ostdeutschen Verwalter des Ver-
kehrsmittels ihn gern. Skandal machten sie erst, als
derselbe Text in einem Buch an die Teilnehmer der letzten Olympiade verschenkt werden sollte. Unerfindlich,
außer, man sieht sich das an.


st 250 Erste Lese-Erlebnisse
Herausgegeben von Siegfried Unseld
160 Seiten
»Wie war jene erste Begegnung mit Literatur?«, so wurden Autoren befragt. Das Thema Erste Lese-Erlebnisse
ist von Belang. Für den, der schreibt, wie für den, der
liest. Für den also, der sich seines Weges durch Literatur
bewußt wird. Vor allem jedoch für den jungen Leser,
der dringlicher denn je der Orientierung, Anregung und
Ermutigung bedarf.


st 278 Czesław Miłosz, Verführtes Denken
Mit einem Vorwort von Karl Jaspers
256 Seiten
Miłosz, zwar nicht Kommunist, aber zeitweilig als pol-
nischer Diplomat in Paris, beschreibt die ungeheure
Faszination des Kommunismus auf Intellektuelle. Er
stellt sich als Gegenspieler marxistischer Dialektiker vor,
deren Argumente von höchstem Niveau und bezwingen-
der Logik sind. Was der konsequente totalitäre Staat
dem Menschen antut, zeigt Miłosz in einer Weise, die
den Menschen am äußersten Rand einer preisgegebenen
Existenz wiederfindet. Von solcher Vision beschreibt der
Autor ohne Haß, wenn auch mit satirischen Zügen, die
Entwicklung von vier Dichtern, die aus Enttäuschung,
Verzweiflung, Überzeugung oder Anpassung zu Propa-
gandisten werden konnten.

st 279 Harry Martinson, Die Nesseln blühen
Roman
320 Seiten
Dieser Roman des Nobelpreisträgers für Literatur 1974 erzählt die Geschichte einer Kindheit. In fünf Kapiteln stehen sich Menschen in der Unordnung von Zeit und selbstgerechten Gewohnheiten gegenüber. Von der Kinderversteigerung geht der Weg Martin Tomassons durch die Schemenhöfe der Furcht, des Selbstmitleids und der Verlassenheit, bis ein fremder Tod ihn aus dieser Scheinwelt stößt. Zuletzt kommt Martin als Arbeitsjunge ins Siechenheim. In dieser Welt des Alterns, der Schwäche, der Resignation regiert der schmerzvolle Friede der Armut. Martin klammert sich an Fräulein Tyra, die Vorsteherin. Ihr Tod liefert ihn endgültig dem Erwachen aus.

st 281 Harry Martinson, Der Weg hinaus
Roman
362 Seiten
Dieser Band setzt die Geschichte des Martin Tomasson fort. Das ist Martins Problem: die Bauern, bei denen er als Hütejunge arbeitet, beuten seine Arbeitskraft aus. Er wird mit Gleichgültigkeit behandelt, die Gleichaltrigen verhöhnen ihn mit kindlicher Grausamkeit. Ihm bleibt nur die Flucht ins »Gedankenspiel«, in eine Scheinwelt, aufgebaut aus der Lektüre von Märchen und Abenteuergeschichten. Die Zukunft, von der Martin sich alles erhofft, beginnt trübe: der Erste Weltkrieg ist ausgebrochen. Der Dreizehnjährige schlägt sich bettelnd durchs Land, um zur Küste zu kommen. Immer in Gefahr, aufgegriffen zu werden, erreicht er zu guter Letzt eine der Seestädte.

# Alphabetisches Gesamtverzeichnis der suhrkamp taschenbücher